미치도록 원하는 2

미치도록 원하는 2

구늘봄 장편소설

Terrace Book

Vol. 1

[Contents]

Vol. 2

chapter 15

집요한 추적

"야! 누가 소맥 좀 시원하게 말아봐라."

10평 남짓, 허름한 연탄 구이 가게 안은 회식 중인 병원 사람들로 이미 만석이었다. '장군이네 연탄 구이'라고 적힌 낡아빠진 현수막엔 가짓수도 몇 개 되지 않는 메뉴가 인쇄되어 있었다. 낡고 녹이 슨 드럼통 테이블 위엔 칼칼한 차돌 된장찌개, 씻어낸 묵은지, 갖가지 양념, 소주병 따위가 어지러이 놓여 있었다. 모든 게 세월의 흔적을 고스란히 간직한 채였다.

"어, 맥주 다 마셨는데. 시키는 김에 막걸리도 같이 시킬까요, 교수님?"

단출한 식당 내부는 맛깔나게 양념된 돼지고기 특수 부위에서 피어오르는 연기로 자욱했다. 시원찮은 인턴의 대답에 황 교수가 인상을 팍 찌푸리며 대답했다.

"돼지 껍데기에 막걸리는 무슨 조합이야. 깔끔하게 소맥으로 가."

"이 자식 이거, 또 모르는 소리 하네. 돼지 껍데기에는 막걸리가 국룰이야. 나는 완전 콜!"

고기 한 점에 소주 한 잔. 시작부터 고삐 풀고 내달리는 전
투적인 술자리가 이어질수록 분위기는 무르익었다. 응급 콜을
의식하여 늘 자제하던 분위기가 오늘은 바닥에 구르는 실타래
처럼 마구 풀려 있었다.

"소맥이면 어떻고 막걸리면 어떻냐. 일단 잔이나 채워. 자,
건배, 건배!"

"건배!"

매캐한 연기가 눈을 찔렀다. 검지의 마디로 연신 붉어진 눈
가를 문지르던 해수는 잔뜩 긴장한 상태로 소주를 들이켜자
마자 이주혁이 따라주는 막걸리를 받아야 했다.

"야, 천천히 마셔."

술을 따라주며 저런 말을 하는 의도는 과연 무엇일까. 진지
하게 고민하던 해수가 느릿한 목소리로 대답했다.

"……천천히 주셔야, 천천히 마시죠."

"인마, 알아서 주량 조절하란 소리야. 한 타임 쉬던지. 너 지
금 되게 빨개."

"아, 네."

해수의 얼굴은 빨갛다 못해 창백하게 질려 있었다.

오프 내내 논문의 골조를 짜느라 밤을 지새운 데다가 풀타
임 근무까지 마치고 이어진 오프였다. 이마저도 세부 연구 계
획을 세우느라 수면이 지나치게 부족한 탓에, 눈꺼풀이 반쯤
은 감겨 있는 상태였다.

교수가 주최하는 회식 자리를 거절할 만큼 간이 크지 못했던 그녀는 금방이라도 쓰러질 것 같다는 생각을 하며 묵묵히 자리를 견뎠다.

이주혁이 해수에게로 몸을 바짝 기울였다.

"미안하다. 교수님들이 네 결혼의 비하인드 스토리가 궁금하다잖아. 웬만하면 불러내지 않으려고 했는데, 내가 힘이 있어야 말이지."

무언가 궁금해하는 기색을 무시하고 제 할 일만 하던 해수의 태도가 호기심에 싹을 틔운 듯했지만, 그녀는 개의치 않고 되물었다.

"비하인드요? 드라마도 아니고, 그게 무슨……."

"야, 드라마가 따로 있냐? 주치의와 환자의 러브 스토리, 드라마보다 더 로맨틱하잖아."

사랑이 없는데, 무슨 수로 이야기를 해야 하나.

해수는 상추쌈을 크게 싸 제 입에 욱여넣는 이주혁을 바라보다 지글지글 연기가 피어오르는 불판으로 눈길을 돌렸다.

"흠."

한층 복잡해진 눈동자가 생각의 늪에 잠겨 허우적거렸다. 어룽거리는 연기 사이로 남자의 얼굴이 떠오른 건 이제 숨 쉬는 것만큼이나 자연스러운 일이었다. 지석이 출장을 떠난 지 3일하고도 그만큼의 시간이 더 흘렀다. 3일을 기점으로 그에게 더는 연락이 오지 않았다.

많이 바쁜 걸까, 혹시 무슨 일이 생긴 건 아닐까, 걱정하면서도 처음엔 막연하게 안도했다.

당장 눈에 보이지 않으면 마음이 조금 더 편해질 거야. 심장을 콕콕 찌르는 듯한 이 불편함도 어쩌면 사그라들지 몰라.

"하아."

해수는 땅이 꺼지도록 한숨을 내쉬며 고기를 뒤집었다. 조금도 편해진 건 없었다. 그녀에겐 여전히 아픈 날들이었다. 사춘기를 앓는 소녀처럼, 스쳐가는 바람 소리에도 가슴이 시리고 그가 온 건 아닌지 괜스레 눈길이 갔다. 미쳤나 봐, 생각하며 눈을 비비는데 그녀의 눈앞으로 자그마한 쌈 하나가 불쑥 내밀어졌다.

"저 인간들은 하여간 처먹기만 바쁘지. 너 혼자 고생이네. 아, 하고 집게는 이리 줘. 고기는 팔 힘 센 남자들더러 구우라고 하자."

산부인과 하주연 교수였다. 해수는 입을 조금 벌려 쌈을 받아먹으면서도 집게를 달라는 말에는 한사코 손사래 쳤다.

"괜찮습니다."

멀뚱히 앉아 대화의 중심이 되느니 차라리 바쁜 게 나았다. 해수는 눈썹을 좁게 모으며 연기 사이의 고기에 집중했다. 하지만 이러한 노력에도 불구하고, 대화의 화두는 여전히 자신이었다.

"고기 잘 굽는 거 보니 윤해수 살림도 잘하겠어."

"살림 같은 소리 한다. 채 대표가 쟤 손에 물 묻힐까 봐?"

"해수야, 많이 먹고 살이나 쪄워. 새신부 될 사람이 비쩍 골

10

아서 신랑이 애가 달아 어디 힘이나 제대로 쓰겠어?"

"교수라는 놈이 별걱정은."

버거운 한숨이 샜다. 기운이 없어 의례적인 미소로 일관하던 해수의 뽀얀 미간 위로 실금 같은 균열이 갔다.

탕! 탕!

그때, 드럼통 테이블을 신경질적으로 두드리는 소리가 해수의 귀를 쟁쟁 울렸다.

"누가 아저씨들 아니랄까 봐 대화 수준 진짜. 시끄럽고. 남의 연애사에 너무 깊이 파고드는 거 꼴불견이야, 그거."

성희롱의 언저리를 아슬하게 넘나드는 대화에 불쾌해진 하주연 교수가 분위기를 환기하듯 매서운 눈으로 다그쳤다. 그 덕에 테이블 위의 소란이 잠시 잦아들었다. 해수가 얼마간의 걱정을 지우며 안도하던 것도 잠시, 이내 억울하다는 듯 황 교수가 멋쩍은 얼굴로 머리를 긁적였다.

"제자가 갑자기 결혼한다니까 싱숭생숭해서 그러는 거지. 새내기 때부터 봐와서 그래. 딸 시집보내는 기분이라."

황 교수가 포문을 열자, 저마다 한마디씩 말을 보태기 시작했다.

"저는 VIP가 주치의 바꿔달라고 요청했다는 말 듣자마자! 딱! 감 잡았습니다. 평소에 해수를 보는 눈이 뭐랄까…… 그게 좀 위험했거든요."

위험해 보였겠지. 나도 그게 호감일 거라 착각했으니까.

해수는 씁쓸하게 웃으며 고기를 뒤적일 뿐, 조금도 대화에 뒤섞일 수 없었다.

"저도 회진 돌 때마다 느꼈습니다. 와, 윤해수 얼굴에 레이저 쏘는 줄."

"거봐라. 잘생긴 남자가 그렇게 봐주니 쟤가 넘어가지 않고 배겨? 채 대표가 하여간 인물은 인물이야. 나도 홀릴 뻔했다니까?"

왁자지껄한 웃음소리와 함께 야유가 쏟아지고 상추가 사방에서 날아들었다.

"미친놈! 징그러운 새끼, 저거."

"뭐 인마! 남자한테는 심쿵 좀 하면 안 되냐?"

"그래서, 매일 심쿵하고 사는 윤해수 심경은 어때? 여기서 힘있게 딱! 본인이 등판해줘야지."

불편한 심기를 내색조차 하지 못하고 연신 술잔만 홀짝이는 해수를 향해 여러 개의 눈동자가 와르르, 예고도 없이 쏟아졌다.

"후……."

어떻게든 속도를 맞춰보려 급하게 마신 탓일까. 해부할 기세로 파고드는 눈빛에 점점 취기가 돌아 속이 메스꺼워졌다. 해수의 숨소리가 불안정하게 흔들렸다. 자욱한 안개 속을 걷는 듯 사방이 희뿌연 연기에 가려져 정신이 하나도 없었다. 제 뺨 위로 손등을 갖다 대어 꾹 누른 해수가 힘겹게 몸을 일으켰다. 한 걸음도 채 가기 전에 비틀거리는 그녀를 이주혁이 다급히 붙들었다.

"야, 너 괜찮아?"

"아니요. 저 지금 좀 취했나 봐요. 힘들어요."

"먼저 들어가. 어차피 파장 분위기야."

휘청거리는 시야 사이로 술에 절여져 흐트러진 사람들이 보였다. 한쪽 테이블에서는 고성이 오가고, 당사자가 뻔히 자리에 있는데도 가려서 해야 할 이야기들이 분별없이 쏟아졌다.

"그 여자 연예인이랑은 아무 사이도 아닌 거네, 그럼?"

"누구? 한소라? 그쪽에서도 조용한 걸 보면 그렇겠지. 아니면 이미 끝난 사이거나."

"설마 환승?"

"환승이든 탑승이든 뭐가 중요해. 최후에 웃는 자가 윤해수라는 거, 그게 중요한 거지."

여기서 한소라 이야기가 왜 나오는 건지 이해할 수 없었지만, 해수는 멍하니 남 이야기인 양 그들의 대화를 들을 수밖에 없었다.

"……흐윽."

술이 술을 마시고, 술이 사람을 마신다고 했던가. 사실 취기가 머리끝까지 오른 탓에 입이 떨어지질 않았다. 평소엔 주량을 넘어섰다 싶으면 알아서 자제하는 편인데, 오늘은 브레이크 없이 달려버렸다. 기분이 이상했다. 생각보다 손이 먼저 술잔을 찾아 거침없이 들이붓고 있었다. 어쩌면 오늘만큼은 마음껏 취하고 싶었던 건지도 모르겠다.

"어? 윤해수 어디 가냐?"

결국 이기지 못할 정도로 술을 마셨고, 평소와 다르게 목덜미를 데워가는 열기를 일단 식혀야 했다. 가까스로 테이블을 짚고 연신 가쁜 숨을 토해내던 해수가 걸음을 떼며 말했다.

"바람 좀 쐬고 올게요."

해수는 녹이 슬어 삐걱거리는 미닫이문을 힘주어 열었다. 고작 문 하나를 사이에 두고 계절이 교차하듯 공기의 분위기가 뒤바뀌었다.

걷어 올린 소매를 내리고 셔츠 깃을 여며도 뺨을 스치는 한기에 오싹한 소름이 돋았다. 극심한 일교차에 희미한 입김이 서리고 코끝이 시렸다. 호, 입김을 불며 손을 녹이던 해수는 가게 앞, 콘크리트 턱에 털썩 주저앉았다.

─ 나는, 네가 많이 보고 싶을 거 같아.

그가 없는 시간은 신기하게 느껴질 만큼 느리게 흘렀다. 그래서인지 문득, 그의 목소리가 떠오를 때면 헛구역질이 나올 만큼 가슴이 아팠다.

"아니야. 안 보고 싶어. 나는……"

해수는 무릎을 바짝 당겨 안고는 그 위에 이마를 콩, 콩, 찧으며 꼬인 혀로 중얼거렸다. 그러다 인상을 확 구기며 주머니에 있던 핸드폰을 꺼냈다.

> 해수야, 뭐 해?

> 보고 싶어.

3일 전을 기점으로 뚝 끊긴 메시지들이었다. 이미 유효기한

14

이 지나 이제 와 무어라 답을 하기엔 뭔가 머쓱했다. 그렇게 부채감처럼 무수히 쌓인 메시지들이 남자의 이름을 매단 채 액정 위를 쓸쓸히 떠돌았다.

"네가 뭔데."

울컥 뜨거운 것이 목구멍을 때렸다.

당신이 뭔데 내게 그런 말을 하는 거야. 마치 내 마음을 바라기라도 하는 사람처럼.

"……아, 짜증 나."

술기운을 빌려 키패드 위를 배회하던 손가락이 힘없이 거두어졌다. 그의 말 한마디, 행동 하나에 이다지도 휘둘리는 자신을 이해할 수 없었다.

내가 왜, 어째서, 그럴 리가 없는데.

해수가 손을 꽉 쥐고서 머릿속에 떠오른 생각을 부정하듯 무릎 위에 얼굴을 푹, 파묻은 순간이었다.

"뭐가 그렇게 짜증이 나?"

"누구……."

묘한 기척을 느낀 해수가 고개를 들기도 전, 누군가 그녀의 곁에 다가와 재킷을 둘러주며 다정하게 어깨를 감싸 안았다. 해수는 무릎에 파묻었던 고개를 치켜들고 목소리가 들려오는 곳을 우두커니 바라보았다. 이지러진 시야 사이로 어렴풋한 남자의 실루엣이 보였다.

"……누구세요?"

혀가 꼬여 발음이 뭉개졌다. 옆에 앉은 남자가 황당하다는 듯 헛웃음 치며 그녀의 뺨 위로 손을 뻗어왔다.

"왜 이러시는 거예요."

차가웠다. 마치 뱀이 미끄러져 지나가듯 음습한 체온에 놀
란 해수가 남자의 손을 뿌리쳤다. 술이 깰 만큼 너무도 서늘
한 기분이 들던 때, 남자가 웃으며 말했다.

"사람 못 알아보는 건 여전하네. 도대체 얼마나 마셨길래."

흐릿했던 시선의 끝이 점차 또렷해졌다. 그제야 남자의 목소
리와 얼굴을 제대로 조합한 그녀가 아, 낮게 탄식하며 얼굴을
쓸었다.

"이도현. 네가 여기 왜……."

당황한 나머지 숨이 턱 막혀 말이 제대로 나오지 않았다. 이
에 도현이 그녀를 안심시키듯 나긋한 목소리로 말했다.

"뭘 그렇게 놀라. 유령이라도 본 사람처럼."

"여긴, 어쩐 일이야?"

"어쩐 일이냐니. 그렇게 말하니까 좀 섭섭하네. 우리, 친구
잖아."

물론 틀린 말은 아니었다. 그간 친구의 탈을 뒤집어쓰고 인
간적인 유대 관계를 친밀하게 쌓아왔던 건 사실이었으니까.

─ 그 새끼랑 가까이하지 마. 너한테 도움될 게 전혀 없는
　　인간이니까. 그 집안이랑 엮여서 좋을 거 없어.

그날의 고백만 아니었더라면, 여전히 좋은 관계를 유지하고
있었을지도 모를 일이지만 지금은 아니었다.

그렇게 생각한 해수가 분명한 목소리로 물었다.

"설마 또 우연이라고 말할 생각은 아니겠지?"

해수가 막연한 경계심에 몸을 움츠린 순간, 불안한 눈빛으로 주위를 훑은 도현이 그녀의 손목을 꽉 잡은 채 자리에서 일으켰다.

"설명하자면 길어. 일단 가자. 갈 데가 있어. 긴히 해야 할 말도 있고."

해수는 직감했다.

아, 이도현이 무언가를 숨기고 있구나.

제게 고백을 하던 그날의 그 역시 어딘가 모르게 평소와는 사뭇 다른 분위기였다. 고뇌로 가득 찬 얼굴이라 해야 할까. 마치 알아서는 안 되는 사실을 숨기고 있는 사람처럼 불안해 보였다. 지금 역시 마찬가지였다. 그래서 거부하지 않았다.

마침 대기하던 수행 기사가 지루함을 이기지 못하고 자리를 비운 사이였다. 해수는 도현을 말없이 뒤따랐다.

머지않아 두 사람이 멈춘 곳은 인적이 드문 공터, 기척을 숨긴 까만 세단 앞이었다.

달칵—.

도현이 성마르게 문을 열었고, 해수는 단숨에 조수석으로 밀어 넣어졌다. 보닛을 돌아 운전석으로 향하는 그의 뒷모습을 보며 해수는 작게 숨을 삼켰다.

운전석에 올라탄 도현이 말했다.

"이제 설명해봐. 두 사람이 대체 어떻게 된 건지, 내가 납득할 수 있게."

짧은 순간 수만 가지 생각에 사로잡힌 해수가 다소 복잡해
진 시선을 그에게로 내던졌다.

"내가 왜, 널 납득시켜야 해?"

"하긴 네게도 피치 못할 사정이 있었겠지."

도현이 순간 인상을 찡그리며 해수의 얼굴 근처로 손을 뻗
다가 거두고는 감정을 수습하듯 손으로 얼굴을 아래로 쓸었
다. 의미를 알 수 없는 그의 말과 눈빛에, 해수는 마른침을 삼
켰다.

"그래서…… 긴히 할 말이라는 게 뭐야?"

단도직입적인 질문에도 도현은 핸들에 이마를 붙인 채 말이
없었다. 담벼락 너머 가로등이 미치지 않아 어둠이 퇴적된 공
간. 차 안의 공기는 바깥보다 무겁게 가라앉아 있었다.

도현이 입을 연 건 얼마간의 시간이 흐른 후였다.

"나랑 떠날래?"

잘못 들은 걸까. 해수는 자신의 귀를 의심하며 미간을 좁혔
다. 무어라 답을 해야 할 것 같은데 차게 식은 손에서부터 전
신으로 퍼지는 불안감으로 인해 입도 달싹할 수 없었다.

공기의 흐름이 잠시 멈춘 것 같기도 했다. 도현이 피식, 자조
하듯 웃으며 얼어붙은 공기를 깨트렸다.

"아무리 생각해봐도 그 방법밖엔 없어. 어디든 가서 몇 년
조용히 숨어 지내면 그 새끼도 포기하겠지. 내가 도와줄게."

"그게 무슨……."

"나도 이런 생활 지긋지긋해. 당장 너랑 뭘 어떻게 하겠다는

게 아니야. 너도 그 새끼한테서 벗어나고 싶을 거 아냐."

그녀의 의사 따위 개의치 않고 말을 잇는 도현의 눈빛은 언뜻 광기에 매몰되어 있었다. 고개를 삐거덕거리며 웃는 얼굴에 해수는 엄습하는 공포를 애써 숨기며 말끝을 흐렸다.

"나는 네가 무슨 말을 하는 건지 잘 모르겠어. 내가 가긴 어딜 가. 어쨌든 일단 진정해. 진정하고……."

"필리핀 어때? 아는 형이 거기서 작은 회사를 하나 하고 있어. 큰돈은 못 벌더라도 너 하나 행복하게는 해줄 수 있어."

하루에도 몇 번씩 질투심에 열이 올라 견딜 수 없는 순간이 도현에게 찾아왔다. 하지만 떠나자는 말은 그러한 감정과는 별개였다.

그는 진심으로 해수를 걱정하고 있었다.

"채지석이 네 발목에 채운 족쇄, 그거 내가 풀어준다고."

해수가 채지석의 손아귀에 있다는 사실은 그뿐 아니라 채홍석에게도 큰 심리적 압박감을 주었다.

"내가 경고했잖아."

아버지의 잔인한 성정을 그대로 물려받은 채홍석은 제 앞길을 막을 만한 것이라면 쥐도 새도 모르게 없애버리고도 남을 인간이었다.

"채지석은 네가 감당할 만한 놈이 아니라고."

그는 과연 윤해인의 사건에 대해 어디까지 알고 있는가. 해수를 제 손에 넣은 저의가 무엇인가. 채홍석에겐 그것이 관건이었다.

"넌, 그 집안이랑 절대 엮이면 안 됐어."

도현은 확신했다. 채지석은 정상이 아니라고. 그는 마음먹은 일은 기어이 끝을 보고야 마는 집착이 광적으로 심한 인간이었다. 애당초 정상적인 것과는 거리가 먼 집구석 아니던가. 따라서 채홍석을 몰락시키는 게 그의 궁극적 목표라면, 누구보다 위험해질 사람이 바로 해수였다. 그리고 그녀를 지킬 사람은 오로지 자신뿐이라고 도현은 굳게 믿고 있었다.

"왜 대답이 없어. 그 새끼한테 발목 잡혀서 사는 거 답답하지도 않아? 지금은 잡고 있지만, 나중엔 걷지도 못하게 발목 끊어낼 새끼야."

잔인하게 느껴질 만한 으름장에도, 해수는 담담한 얼굴로 정면만을 노려보고 있었다. 마치 모든 걸 알면서도 감내하겠다는 듯이.

순간 도현의 등줄기를 타고 불안감이 엄습했다. 예상과 다른 반응이었다. 의아함에 사로잡힌 시선이 해수를 훑었다.

"너, 설마……."

도현이 말끝을 흐렸다. 말도 안 된다는 듯이, 차마 입 밖으로 꺼내기 싫은 말이라는 듯이 고개를 저으며 어금니를 꽉 악물었다.

"아니, 네가 그럴 리가 없지. 네가 나한테 그랬잖아. 사람을 해하는 건 죽어도 용서 못 한다고. 그러면 안 되는 거라고."

해수는 벌어진 아랫입술을 꾹 깨물었다. 다문 입술에서 배어 나온 피가 혀끝에 닿았다. 왈칵 터져 나올 것 같은 울음을 익숙하게 삼킨 해수가 아무렇게나 엉키는 숨소리와 흐트러진 기척마저 억누르며 중얼거렸다.

"지석 씨는 그런 사람 아니야. 난, 그 사람 믿어."

이성이 마구잡이로 끊어졌다. 끝내 쏟아지는 감정을 수습하지 못한 도현이 핸들을 내리치며 소리쳤다.

"채지석 그 새끼는 믿으면서, 나는 의지가 안 돼? 쓰레기 같은 인간인 건 마찬가진데, 왜 나는 안 되는 거냐고!"

빵—!

핏발이 서 붉어진 눈이 흉흉했다. 둔중하게 가해진 충격에 묵직한 자동차의 클랙슨 소리가 빈 공터에 쩌렁쩌렁 울렸다. 동시에 딸깍, 문이 잠겼다.

차 문을 향해 손을 뻗던 해수의 얼굴이 굳어지고 움직이는 손끝에서 당혹감이 묻어났다.

"아직 내 말 안 끝났어."

음울한 음성에 놀라 급하게 숨을 들이쉰 그녀가 천천히 호흡을 내뱉었다. 침착해야 한다, 섣불리 자극하지 말자, 이도현은 자신을 해하려는 게 아니다, 스스로 다독이면서.

"알아. 그런데 지금 이런 상태로는 너랑 얘기 못 해. 오늘 말고 다른 날, 아니면 당장 내일이라도……."

"나 지금 그 어느 때보다 이성적인 상태야. 왜? 네 눈엔 다르게 보여?"

깊게 가라앉은 목소리에, 순간 해수가 겁에 질려 어깨를 움츠리면서도 단단한 목소리를 냈다.

"아니. 네가 아니라, 내가 불안해서 그래."

"그러니까, 내가 갚아준다잖아. 난 이해가 안 가. 내가 다 해결해주겠다는데, 넌 도대체 뭘 그렇게 불안해하는 거야?"

억눌린 숨을 토막토막 끊어 쉬던 도현이 신경질적으로 감정을 추슬렀다.

음습한 기세에 눌린 해수가 저도 모르게 주춤거리며 잠금장치를 향해 다시 한번 손을 뻗을 때였다.

"아니야. 네가 그럴 리가 없지. 그래서도 안 되고."

소름 돋는 감각이 등줄기를 타고 흘렀다. 그와 동시에 시동을 거는 소리가 들려왔다. 서서히 차가 움직였다.

"네가 그런 새끼를 좋아할 리가 없잖아. 윤해수가 그런 개새끼를……."

이도현의 말에 해수의 심장이 쿵, 소리를 내며 내려앉았다. 저도 모르게 밀려든 긴장감에 손끝이 굳었다. 얼른 잠금장치를 풀고 내달려야 하는데, 간파당한 진심이 메아리처럼 가슴을 두드려 꼼짝할 수가 없었다. 해수는 천천히 눈을 감았다가 떴다. 침묵이 한없이 길어졌다. 투박한 타이어가 질척거리는 땅 위를 짓이기는 소리가 들렸다.

"네가 아무것도 모르나 본데. 그 새끼……."

"……그만해."

무수히 쏟아내고 싶은 말들이 목을 죄며 차올랐다. 울음이 섞여들기 시작한 목소리에는 물기가 가득했다. 해수는 아무것도 듣고 싶지 않다는 듯 고개를 저었다.

의아한 듯 되묻는 이도현의 눈썹이 느리게 솟았다.

"뭘 그만해? 너 설마……."

목구멍에 진득한 무언가가 차올랐다. 별안간 머릿속을 가득 메운 감정의 온도에, 숨을 쉴 때마다 기도가 화르르 타들어가는 것만 같았다.

해수는 잠시 숨을 고르다가 울먹임을 삼키며 고개를 끄덕였다.

"그 사람 생각하면 마음이 조금 아픈 것 같기도 하고, 안쓰럽기도 한데……."

잘게 조각난 유리로 심장을 문지르는 듯한 통증이 일었다. 오래된 통증이었다. 그를 보면 이유 없이 가슴 한구석이 죄어오듯 아팠다.

울컥, 흐느낌이 한차례 스쳤다.

머지않아 슬픔이 잦아들고, 해수는 고백하듯 창밖을 바라보며 말을 이었다.

"미치도록 미운데…… 미워할 수가 없어서, 아니 그 사람을 미워하고 싶지가 않아서…… 결국 아무것도 할 수 없는 내가 소름 끼치게 경멸스러워."

다만 그를 향한 마음이 자신의 의지를 녹여버리지 않도록 온 힘을 다해 버텨온 것이었다. 쌓이고 침식하고 다시 퇴적된 감정이 너무도 깊었다.

"하지만 미워하는 마음마저도 애증이라고 부르는 거라면…… 그래, 네 말이 맞아. 나 그 사람 좋아해."

듣는 이 없는 공허한 고백만이 적막한 공간을 떠돌았다. 그제야 인식한 마음의 무게에 깊이 침잠한 채 변해가는 창밖 풍경을 멍하니 바라볼 뿐, 그녀는 한동안 말이 없었다.

"상관없어."

"……뭐?"

붉어진 눈동자가 옆으로 향했다. 그곳에는 광기 어린 얼굴로 사납게 핸들을 돌리는 도현이 있었다.

"못 들었어? 그 새끼한테 무슨 감정을 가졌건 상관없다고. 사람은 누구나 실수해. 네 상황이 널 그렇게 만든 것뿐이야."

어두운 차의 내부는 바깥과 분리된 공간처럼 묵직한 침묵에 둘러싸였다. 두 사람 사이는 냉랭한 바깥 날씨처럼 조금의 온기조차 허락되지 않았다.

"너, 정말 미쳤구나."

"네가 그 새끼 애를 가졌다고 해도 상관없어. 그러니까 그만해. 후회하기 전에."

금방이라도 바스러질 것처럼 건조한 목소리가 서늘한 내부를 떠돌았다. 더는 말이 통할 것 같지 않았다. 해수는 손잡이를 쥔 손에 힘을 주며 단호한 목소리로 말했다.

"당장 차 세워. 안 세우면 뛰어내릴 거야."

좁은 골목을 빠져나간 차는 어느덧 로터리를 지나 순식간에 고속도로로 합류했다.

순간 돋아나는 소름에 머리끝까지 쭈뼛거렸다. 이제야 맞닥뜨린 비참한 현실에 심장이 툭, 떨어져 진창에 나뒹굴었다.

낮 내내 지겹게도 내리던 비가 막 멈춘 저녁이었다.

예상보다 길어진 출장은 해수에게 약속한 날짜보다 3일이나 더 지체되었다. 인수를 위한 사전 검토 항목을 조율하는 데 많은 시간이 소요되었다. 피곤을 느낄 새도 없이 일주일의 강행군이 끝났다.

귀국한 지 몇 시간이 채 지나지 않은 지석은 손에 쥔 만년필을 산만하게 돌리며 자신의 집무실 소파에 앉아 있었다.

급한 일들만 처리해두고 퇴근하려던 계획은 예기치 않게 들이닥친 채민석으로 인해 무산되었다. 마음은 급해 죽겠는데, 멋대로 들이닥친 불청객이 좀처럼 입을 열지 않았다.

"할 말 있어서 오신 거 아닌가."

마주 보고 앉은 채민석은 불편해진 성질머리를 감추기 위해 한쪽 눈썹만 연신 씰룩였다. 뭔가 할 말이 많은 얼굴이었지만, 그러거나 말거나 지석은 다소 무례할 정도로 그를 주시했다.

"밥맛 떨어지는 새끼랑 얼굴 맞대고 여유롭게 티타임이나 가지려던 건 아니었을 텐데요."

지루함 끝에 찾아온 조급함이 한숨과 뒤섞여 공기 속으로 흩어졌다. 창밖으로 시선을 던지며 시간의 흐름을 가늠한 지석이 구겨진 미간을 손끝으로 문질렀다.

"선약이 있습니다. 시간 오래 못 드려요."

침묵이 쓸데없이 길었다. 적막 끝에 짧게 한숨을 쉰 채민석이 비굴하게 눈을 굴리며 마침내 입을 열었다.

"내가 오늘 이렇게 찾아온 건 다름이 아니라……."

앞에 놓인 민트색 찻잔을 들던 채민석은 힐끔 눈치를 보며 잔을 도로 내려놓고 더듬거리며 말을 이었다.

"이, 일단 사과부터 할게. 그땐 내, 내가 정신이 어떻게 돼, 됐었어."

"새삼스럽게 사과는 무슨."

지석이 눈매를 찡그렸다. 평생을 나오는 대로 지껄이던 인간이 느닷없는 사과라니. 필시 속에서 우러난 행동은 아닐 거라는 확신이 들었다.

채민석이 지석의 표정을 살피며 기어들어 가는 목소리로 말했다.

"그게, 사실은 내가 너한테 부탁할 게 하나 있어서……."

"부탁?"

"너도 알다시피 지금 물산 사정이 좀 안 좋아. 뭐, 우리만 그런 건 아니고. 전 세계적으로 또, 이게 어…… 시장이 좀 많이 불안한 시기이기도 하고."

무슨 말을 꺼내려는 건지 짐작했다는 듯, 지석이 눈썹을 들어 올리며 고개를 끄덕였다. 사업 자금 융통에 관한 부탁이라면 출장 가기 전, 이미 한 차례 반려한 내용이었다.

"그래서요."

아무것도 모르는 척 거만한 시선을 들어 올린 지석은 계속 이야기하라는 듯 턱짓하며 테이블 위로 만년필을 툭, 던졌다.

지석의 눈동자에서 희망의 불씨가 피어오를 단서를 목격한 채민석의 얼굴 위로 일순 화색이 돌았다.

　"지석아, 사실 내가 이번에 물류 회사 하나를 인수하려고 하는데, 빌어먹을 인수금 타협이 안 돼. 그래서 말인데, 네가 조금만 더 힘 좀 써줘라. 어?"

　한숨을 쉬다가 지석은 허무하게 웃어버렸다.

　"누가 보면 맡겨둔 돈인 줄 알겠네."

　지석은 중얼거리며 서늘하게 입매를 굳혔다.

　"천민 새끼랑은 같이 밥 한 끼 먹는 것도 더럽고 재수가 없다더니, 그 새끼 돈은 깨끗한가 봅니다."

　채민석이 기막히다는 듯 일그러진 표정으로 입을 씰룩거렸다. 욱하는 성질머리를 가까스로 추스른 채민석이 처음 듣는 말이라는 듯 너스레를 떨었다.

　"더, 더럽긴 누가. 네가? 내가 그런 말을 했다고?"

　피식 입꼬리만 올려 웃는 지석의 딱딱한 얼굴을 보면서도 채민석은 틈을 발견한 사람처럼 웃었다.

　"그러니까, 한 번만 도와줘라. 안 되는 일도 되게 하는 거! 그게 네 특기잖아. 돈으로 주기 좀 그러면 화성에 물류 창고, 그거 내 앞으로 빼줘도 되고. 내가 알아서 현금화할 테니까."

　피곤을 감추지 않고 커프스를 툭, 풀어내던 지석이 눈을 맞췄다. 잠시 무거운 침묵이 오갔다. 꽂히는 시선에서 부정의 기운을 느낀 채민석이 서서히 얼굴을 굳혔다.

　"왜, 싫어?"

싱긋 웃으며 미간을 문지른 지석이 말했다.

"싫다기보다는. 떡 하나 달라는 애새끼처럼 투정을 부리시길래."

"뭐? 애새끼? 이 썹……."

"이미 물산으로 흘러간 자금만 해도 수백억입니다."

"야! 누가 떼먹어? 갚아! 갚는다고!"

참지 못하고 버럭 소리 지른 채민석은 지석의 미간이 잠깐 좁아졌다가 다시 펴지는 것을 보았다. 그는 지석의 심기가 불편하다는 것을 눈치채고 곧바로 사과했다.

"아, 미안하다, 지석아. 내가 흥분했어. 그만큼 절박해. 아버지는 지금 대선 때문에 바쁘신 거 너도 알잖아. 되지도 않는 밑구멍에 돈 쑤셔 박느라 아들은 뒷전이라고."

수세에 몰린 목소리 끝이 떨렸다.

물론 자신이 알 바 아니었던 지석은 넥타이마저 풀어 주머니에 쑤셔 넣으며 건조하게 대답했다.

"일단 그것부터 정산하고 다시 말씀하시죠."

"와, 이 병신 같은 새끼가!"

지석이 피식 웃으며 소파의 팔걸이를 주먹으로 가볍게 내리쳤다. 타격감이라곤 찾아볼 수 없는 악다구니가 이어졌다.

"야, 이 새끼야. 아버지 밑에서 돈 빨아먹고 이만큼 컸으면 주제를 알아야지! 너 같은 것도 형제라고!"

채민석이 목에 핏대를 세우며 빈정거렸다. 순간, 지석의 눈빛이 서늘하게 비틀렸다.

"형제? 그럼 형님도 천민 새끼가 되는 겁니까. 형제라면 응당 출신 성분도 같아야지. 안 그래요?"

채민석이 자리를 박차고 일어났다. 테이블에 올려져 있던 찻잔이 순식간에 지석의 얼굴을 향해 날아들었다.

쨍그랑—!

사나운 공기가 살갗을 짓치고 가듯, 유리 파편이 사방으로 튀는 소리가 집무실 내부를 날카롭게 메웠다.

지석은 고개를 기울여 찻잔을 가볍게 피했다. 이어 피곤한 듯 손으로 제 목덜미를 감싸 누르고 목을 뒤로 젖혔다.

채민석이 틀어쥔 주먹을 부들거렸다.

"밤길 조심해라. 네 옆에 있는 그년이나 너나 내 눈에 띄면 그땐 살아남기 힘들 테니까."

여전히 눈알을 부라리는 채민석을 향해 지석이 느른한 한숨을 내쉬며 표창과도 같은 시선을 던졌다.

"삶에 미련이 없나? 죽고 싶을 정도로 삶이 지겨운 게 아니라면, 내 아내는 입에 올리지 마시고."

지석이 소파에서 몸을 일으켰다. 거구에 짓눌려 있던 소파가 빠드득 비명을 질렀다. 나른한 얼굴로 한숨을 쉬던 지석이 얼어 있는 채민석에게로 성큼 걸어가 넥타이의 매듭을 바짝 조여주었다.

"만회할 기회 역시 내 손에 있다는 거, 부디 알고 계셨으면 합니다. 같은 실수가 반복되면 빡이 치거든요. 나도 사람 새끼인지라."

"......"

"혹시 모르니 세부 경영 계획서나 보내주시죠. 검토해보겠
습니다."

감정의 고저 없이 매끈한 얼굴로 다시 창밖을 바라보던 지
석이 소매를 걷고 제 손목 위의 시간을 확인했다. 짙어진 어둠
과 비례한 그리움이 가슴을 뭉근하게 짓눌렀다.

가벼운 축객령이 내려지는 순간이었다.

퐁— 딸깍.

불을 붙이지 않은 담배 필터가 씁쓸했다. 뒷좌석에 앉은 지
석은 미미하게 찡그린 얼굴로 핸드폰을 바라보다가 고개를 뒤
로 젖혔다. 지포 라이터에서 나는 청아한 소리만이 내내 적막
함을 떠돌았다.

"후……."

무심한 시선이 낮은 한숨과 함께 허공을 배회했다.

윤재는 어둠 속에서도 빛을 발하는 상사의 얼굴을 흘깃 돌
아보며 마른침을 삼켰다.

"다시 확인하도록 지시할까요. 2시간 전, 회식 장소에 무사
히 모셔다드렸다고 메시지는 왔었습니다."

"놔둬."

가벼운 명령이 떨어졌다. 윤재의 시선은 여전히 룸미러에 붙

박인 채였다. 싸늘하게 시선을 굳힌 지석은 보기 드물게 오래 고민하고 있었다. 그 시선의 끝을 좇던 윤재가 조심스레 입을 열었다.

"대표님, 어디로 모실까요."

한참 머뭇거리며 대답을 기다리던 윤재는 오랜 출장에 지쳐 있을 지석을 우선 걱정해 단호하게 마음을 굳히며 덧붙였다.

"그럼 일단 댁으로 모시겠습니다."

몸을 뒤척이는 소리가 들려왔다. 귀찮다는 듯 나직한 목소리와 함께였다.

"해수 있는 곳으로 가. 회식 끝날 때까지 기다리면 되니까."

권태로운 눈빛 사이에는 언뜻 애수가 짙게 어려 있었다. 머뭇머뭇 곁눈질하던 윤재가 조심스레 한 번 더 물었다.

"괜찮으시겠습니까. 많이 고단해 보이십니다."

"같은 말을 왜 여러 번 하게 하지? 안 괜찮을 거 뭐 있어. 출발해."

묵직하게 시동 걸리는 소리를 들으며 지석은 눈을 감았다. 의무적으로 보냈을 메시지를 제외하고 해수에게선 연락 한 통 없었다. 어디 그뿐일까. 전화를 받지 않은 건 물론 메시지조차 읽지 않았다. 질문에 대한 대답일까.

지석은 누군가의 마음에 대해 호기심을 가져본 적이 없었다. 따라서 그에겐 해수와 나누는 모든 감정이 낯설고 복잡했다. 그럼에도 부담을 주고 싶지 않아 연락하고 싶은 걸 참고 또 참았는데.

"보고 싶네, 우리 해수."

지석의 혼잣말에, 천천히 가속페달을 밟으며 주차장을 빠져나가던 윤재의 시선이 룸미러에 잠시 머물렀다.

여전히 형체 없는 여자를 찾아 헤매듯 핸드폰으로 눈길을 두던 지석이 짙게 한숨을 쉬며 눈을 꾹 눌렀다. 불면으로 지새웠던 밤의 대화. 끝끝내 자신을 밀어내며 고개를 젓던 여자의 환영을 애써 무시한 채 지석은 다시 한번 해수의 번호를 눌렀다.

[지금 고객님께서 전화를 받을 수 없습니다. 다음에…….]

순간, 신경이 바짝 곤두섰다. 동시에 지석이 매섭게 미간을 좁히며 어금니를 악물었다. 안내음의 미묘한 변화에, 기민해진 그의 한쪽 눈썹이 삐딱하게 치솟았다. 예민해진 감각이 지난 일주일 내내 귓가에 선연하게 울려 퍼지던 안내 음성을 기억해냈다.

— 연결이 되지 않아 음성 사서함으로 연결…….

다르다. 무언가 이상했다. 왜 달라진 것인가. 늘 귓전을 관통하던 안내 음성과는 달리, 이번에는 의도적으로 거절했다는 뜻이었다. 지석은 입에 문 담배를 반으로 꺾어 짓이기며 한 번 더 해수에게 전화를 걸었다.

[전원이 꺼져 있어 음성 사서함으로 연결…….]

의도적으로 거절한 것으로도 모자라 핸드폰이 꺼져 있었다. 신변에 변화가 생긴 게 분명하다는 직감이 들었다. 노련한 사냥개의 성마른 신경세포가 제 주인을 향해 난잡하게 날을 세웠다.

보기 드물게 형형해진 안광이 어둠 속에서도 섬뜩할 정도로 빛을 내기 시작했다.

아직 무슨 일인지 알 수 없었다. 어쩌면 아무 일도 아닐지 모른다. 하지만 사소한 안내음이 촉매제가 되어 심장을 사납게 움켜쥐었다.

그는 거칠게 머리칼을 흩트리며 무언가에 홀린 듯 입을 열었다.

"밟아."

짧게 일갈하는 목소리와 함께 타이어가 빠르게 회전하기 시작했다.

윤재의 전화가 울린 것 역시 지하 주차장을 막 벗어나던 그때였다. 해수의 경호를 맡은 수행 기사의 전화였다. 윤재가 통화 버튼을 누르자마자 귀가 터질 것만 같은 소음이 덮쳐왔다. 예감이 좋지 않았다.

"말해."

[문제가 좀 생겼습니다!]

안주머니에서 다시 담배를 꺼내던 지석의 눈동자가 스피커에서 흘러나온 한마디에 싸늘하게 굳었다.

지석은 하아, 탄식을 뱉으며 느리게 얼굴을 문질렀다.

"위치부터 말해."

[아, 여기가⋯⋯.]

"위치."

예기치 못한 상황에 당황한 듯 더듬거리던 수행 기사가 이내 정신을 차리고 빠르게 보고했다.

[현재 위치 논현로, 양재 방면. 차량 번호 173나 4***. 동승한 자가 누군지는 아직 파악하지 못했습니다. 이동 경로 계속 보고하겠습니다.]

사납게 짖치는 타이어 소리가 현장의 긴박감을 대신했다.

빠르게 흐르는 목소리를 들으며 뇌혈관이 조이는 듯한 통증을 느낀 지석이 얼굴을 쓸어내리며 낮게 욕설을 내뱉었다.

요동치던 심장은 제대로 된 박자를 놓친 지 오래였다. 머리에 떠오른 사람은 한 사람뿐이었다. 자신과 비슷한 시기에 나타나 지금까지도 해수의 곁을 그림자처럼 맴도는 단 한 사람.

"이도현."

그가 저급한 의도를 가지고 해수에게 접근했던 건 알고 있었다. 알면서도 묵인해온 이유는 그가 섣불리 건드리기 어려운 채홍석의 최측근이었기 때문이었다. 머리가 복잡하게 회전했다. 채홍석의 지시인가, 아니면 단독 행동인가. 지시라도 문제였고, 단독 행동이라면 더더욱 문제였다. 이도현이 모든 사실을 털어놓기라도 하는 날엔…….

지석은 눈을 감은 채 잠시 웃었다.

"젠장."

생각은 거기까지였다. 출장 내내 연락을 거부하던 해수를 떠올리기 무섭게 평정심이 형편없이 어그러졌다. 계획된 납치가 아니라, 함께 도피하는 것이라면……?

— 내가 싫다면요? 이번에는 선택지가 있나요?

문득, 저를 가늠하듯 말을 건네던 조심스러운 목소리와 이성을 놓고 그녀를 가졌던 밤, 붉게 부은 뺨 위로 눈물을 흘리던 해수의 얼굴이 동시에 떠올랐다.

지석은 무감한 얼굴로 다시 담배를 꺼내 물었다. 딸깍, 불을 붙인 뒤 한 모금을 길게 빨았다. 눈에서 빨간 불이 화르르 타올랐다가 사그라들었다. 물안개처럼 피어오르는 연기를 의미 없는 눈으로 바라보며 해수의 일상을 천천히 되짚었다.

이도현과 몰래 만나거나 연락했을 리는 없었다. 지금까지도 해수의 일거수일투족은 움직이는 족족 그에게 보고되고 있었기에 그녀가 수행원들을 포섭하지 않은 이상, 동선이 조작되었을 가능성은 제로에 가까웠다.

아니지, 어떤 상황이건 예외는 늘 존재하고, 그 예외는 어김없이 뒤통수를 강타하는 법.

그는 고개를 세차게 털어내며 모든 가능성을 열어두었다.

뭘까, 이 불길한 예감은.

해수의 선택이 이도현을 향할지도 모른다는 생각이 들자, 지석의 눈빛이 경고등처럼 형형하게 번뜩였다.

출장 떠나던 날, 현관문이 닫히기 직전 희미하게 미소 짓던 해수의 얼굴이 마치 긴 이별을 말하는 것 같은 착각이 들었던 이유는 뭐였나.

후우, 내뱉는 뿌연 연기 사이로 자동차의 후미등이 물 흐르듯 가로질렀다. 하늘에서 이슬 같은 비가 흩뿌리기 시작했다.

지석이 생각에 빠져 있는 동안 스피커폰에서 위치를 알리는 수행 기사의 목소리가 이어졌고, 통화를 이어받은 윤재가 간단히 지시했다.

"계속 상황 보고해. 사고 나지 않게 적당히 방해하면서 견제하고. 애들 더 붙일 테니까 최대한 따라붙어."

윤재는 룸미러로 힐긋 지석을 살폈다. 평소와 다를 바 없는 표정임에도 살기가 느껴져 자신도 모르게 머리가 쭈뼛 선 순간, 반으로 줄어든 담배를 끄던 지석과 눈이 마주쳤다.

"김윤재, 정신 못 차리지. 전방 주시하고 밟아. 자신 없으면 핸들 넘겨."

맹렬하게 꽂히는 지시가 사나웠다. 고작 잠깐 스친 시선 또한 솜털이 곤두설 정도로 서늘하게 굳어 있었다.

"아닙니다."

현재 위치는 삼성로. 충분히 따라잡을 수 있는 거리였다. 윤재는 핸들을 힘주어 잡고 가속페달을 묵직하게 밟았다.

"절대…… 놓치면 안 돼."

들릴 듯 말 듯 이어진 목소리는 애원에 가까웠다.

타이어가 텅 빈 아스팔트를 사납게 굴렀다. 여자를 향한 집요하고 고독한 추격이 시작됐다.

끼익—!

새하얀 도시를 방황하며 내달리던 차는 걷잡을 수 없는 분노를 품은 시한폭탄과도 같았다. 금방이라도 가드레일을 들이받을 듯한 위협적인 질주가 이어지자 뒤따르던 차들의 날카로운 경적이 귓가에 울렸다.

　"야, 이도현! 진정해. 속도 좀 줄여. 제발!"

　아무 말도 들리지 않는 걸까.

　보이지 않는 대상을 향해 분노를 쏟아내듯 핸들을 내리칠 뿐, 돌아오는 대답은 없었다. 아무리 생각해도 그를 진정시킬 엄두가 나지 않아 막막했다.

　끼익―!

　금방이라도 사고가 날 것 같았다. 차량은 많지 않았지만, 속도가 빠른 차들이 대부분이었다. 자칫하면 대형 사고로 이어질지 모른다는 생각에 다다르자 통제를 잃은 그녀의 머릿속이 경고등을 켜고 바삐 돌아가기 시작했다.

　"이해해. 나 과거에 연연하고 그런 등신 새끼 아니야. 해수 넌 실수해도 돼. 너한테 그런 미친놈들이 들러붙는 건 당연한 거니까."

　거칠게 흩어지는 숨소리와는 어울리지 않는 평온한 투였다. 하지만 관대함 속에 가려진 것은 비틀어진 집착이었다.

　"도현아, 정신 좀 차려. 이러다 사고 나겠어!"

　흔들리던 해수의 시야 사이로 충돌을 피해 급정거하는 차들의 헤드라이트가 맹렬한 기세로 침범해왔다.

　"왜. 그 새끼 다시는 못 보게 될까 봐, 그게 그렇게 겁이 나?"

RPM이 치솟는 굉음과 함께, 속력이 점차 빨라졌다. 밤하늘을 가르는 엔진의 소음이 금방이라도 폭발할 듯 절정에 달했다. 차가 지나치게 빨리 달린 나머지, 주변 광경은 또렷한 상이 맺히기도 전에 사각사각 조각나 시야 밖으로 흩어졌다.

앞으로 벌어질 끔찍한 일을 예감한 듯 해수는 눈을 감은 채침묵을 지켰다. 그러다 문득, 출장 떠나던 날 현관문을 닫기 직전 자신을 향해 환히 미소 짓던 남자를 떠올렸다. 이상한 일이었다. 그를 떠올린 순간, 미움도 분노도 일지 않는, 폭신한 구름 속에 파묻힌 것만 같은 안온함이 전신을 감싸 안았다.

"넌 죽어서도 그 새끼 못 만나. 내가 너 지옥까지 끌고 갈 거라."

순간 웃음이 나온 이유는 그녀도 알 수 없었다. 눈을 뜬 해수는 가만히 밤하늘을 응시하며 미소를 띤 채 대답했다.

"착각하지 마. 그 사람 때문이 아니야. 내가 널 좋아하지 않아. 그게 이유야."

커다란 타이어의 험악한 마찰음이 귀를 때렸다. 이리저리 차선을 변경하느라 바닥으로 그려낸 스키드마크가 목적지 없이 아스팔트 위를 배회했다.

차오르는 숨을 몰아쉰 해수는 의지할 곳이 필요해 안전벨트를 꾹 움켜쥐었다. 손바닥에서 전해진 아릿한 통증이 점차 가슴으로 번졌다. 깜박, 점멸하는 어둠이 파도처럼 밀려오다 사라지길 반복했다. 모든 게 꿈결처럼 아득하게만 느껴졌다.

해수는 현실 감각을 모조리 잃어버린 사람처럼 중얼거렸다.

"보고 싶어."

끼익—!

순간, 귀를 찢는 굉음과 함께 차체가 흔들리며 끔찍한 충격이 순식간에 그녀를 덮쳤다.

쾅!

시야가 어지럽게 흔들렸다. 아무 소리도 들리지 않았고, 주파수가 어긋난 것 같은 긴 이명만이 까마득하게 멀어졌다.

우리, 어디서부터 잘못된 걸까.

왜 이렇게 가슴이 아픈 걸까.

미치도록, 못 견디게 보고 싶어.

차창 너머의 하늘은 심해처럼 깊고 아득했다. 순식간에 주변을 감싼 암흑 속, 초연하게 내리깐 속눈썹 아래로 뜨거운 눈물이 툭, 떨구어졌다.

"빠져나갈 수 있는 진입로에 차량 배치하고, 최대한 빨리 합류해서 현장 지원하도록 조치했습니다."

빠른 속도를 유지하면서 외곽 도로에 합류한 윤재가 현란하게 핸들을 조작하며 상기된 목소리로 덧붙였다.

"CCTV는 어떻게 할까요."

잿빛 아스팔트 건너, 원형의 불빛이 점차 짙어지고 밤이 깊어갔다.

한 방울씩 떨어지기 시작한 비는 추격에 아무런 방해도 되지 않았지만, 지석은 숨을 들이쉬고 다시 내쉬는 방법을 잊은 사람처럼 걱정스레 미간을 굳혔다.

"통제해."

뒷좌석에 머리를 기댄 지석은 천천히 짙은 숨을 토해내며 밤하늘을 내다보았다. 검은 하늘이 비치는 창 위로 싸늘히 식어가는 제 눈을 마주하자 절로 비웃음이 나왔다.

미친 새끼.

결국, 자초한 일이었다.

해수를 지키기 위한 일이라고 단언했지만, 결국 제 곁에 두기 위한 욕심일 뿐이었다. 그녀를 위험으로부터 보호하겠다고 자신했지만, 되려 위험에 빠트린 꼴이 되고 말았다. 이해할 수 없는 건, 그렇게 생각하면서도 그녀를 다시 제 손에 넣어야 한다는 생각이 앞선다는 사실이었다. 평생을 불안감에 떨며 살아야 한다 해도 상관없었다. 이미 망가져버린 자신이 망가진 사랑을 하는 건 당연한 일이었다.

"내가 데리러 갈게."

불쑥 읊조린 말이 목을 뜨겁게 했다. 한번 의식하기 시작하자 걷잡을 수 없을 만큼 보고 싶어졌다. 두 팔 가득 끌어안고, 뺨에 얼굴을 파묻고, 열렬히 입을 맞추고 싶었다.

한계 속도까지 내달린 차는 유성우처럼 아득한 밤을 가로질렀다. 그녀에게만 보이는 유약한 표정을 거둔 그는 다시 무표정한 얼굴로 정면을 보았다. 그때, 달리는 차들을 제치느라 땀으로 흠뻑 젖은 윤재가 인상을 쓰며 소리쳤다.

"대표님! 전방입니다!"

시선이 그곳에 도달한 지는 이미 오래였다. 건성으로 고개를 끄덕인 지석이 사납게 미간을 좁히며 상황을 주시했다.

끼익—.

소란한 기척이 아스팔트 위에 낭자했다. 액션 영화의 추격 장면과도 같은 광경이 눈앞에 펼쳐졌다.

혀를 차며 신경질적으로 머리카락을 헝클던 지석이 잠시 손을 멈추고 그대로 눈을 감았다.

지금의 기분 같아서는 이도현을 보자마자 주먹부터 날아갈 게 뻔했다. 하지만 해수는 누구보다 생명을 소중히 여기는 사람이었다. 그런 여자 앞에서 무력을 휘두르는 모습을 보일 수는 없었다.

속이 부글부글 끓었다. 도무지 이성을 통제할 수 있을 것 같지 않았다. 지석은 빌어먹을 평정심을 되찾기 위해 호흡을 길게 삼키고, 짙게 내뱉기를 반복했다. 그때, 이도현의 차량에 조금 더 접근한 윤재가 굳은 얼굴로 혀를 차더니 잔뜩 무거워진 목소리로 물었다.

"어떻게 할까요?"

잠시 생각에 잠겨 있던 지석이 입꼬리를 천천히 휘어 올리며 대답했다.

"뭘 어떻게 해. 앞질러."

지석은 순간 짧은 전율을 느꼈다. 여러 대의 차량과 엎치락

뒤치락 차체를 부딪쳐가며 추격전을 벌이던 광경을 마주한 그는 손끝으로 눈썹 위를 문지르다 섬뜩하게 웃으며 명령을 수정했다.

"들이받아."

"……예?"

윤재가 잘못 들은 게 분명하다는 듯한 얼굴로 되물었다. 그러다 이해가 안 간다는 표정으로 지석을 설득시키려 했다.

"위험합니다. 형수님께서 타고 계시지 않습니까."

"그럼 계속 꽁무니만 쫓아? 알아서 멈춰줄 때까지 느긋하게 따라갈까?"

틀린 말은 아니었다. 더군다나 이대로 가다가 다른 차와 사고라도 나게 된다면 수습하기 어려울지도 몰랐다. 윤재가 진지하게 고민하자 지석이 굳은 얼굴로 혀를 차며 윽박질렀다.

"안 죽어. 앞질러서 가로막아."

사위에서 포위하듯 둘러싸 속도를 점차 줄이고 자신의 차량이 앞에서 쿠션 역할을 한다면 큰 사고로 이어지지 않을 거란 판단이었다.

"예!"

명령 뒤의 동작은 일사불란하고 간결했다. 후미에서 접근한 경호 차량이 이도현의 차를 갓길로 몰아세우며 압박하는 사이, 단숨에 앞지른 지석의 차가 검정 세단을 가로막았다.

쿵!

지석이 앉은 쪽 문에 거세게 충돌한 차는 지리멸렬한 질주를 멈추었다. 다급하게 후진하려던 도현의 차는 뒤쫓던 차량에 후미를 들이받힌 후, 철창에 갇힌 모양새로 포위당했다. 전진도 후진도 할 수 없는, 벼랑 끝에 몰린 것과도 같은 아득함에 이르렀다.

도로 위에는 순식간에 정적이 내려앉았다. 노면을 마구잡이로 긁어내린 스키드마크 사이로 희뿌연 연기가 물안개처럼 피어올랐다.

Chapter 16

고백

딸깍, 쿵!

해수가 뿌연 연기 사이에서 눈을 뜬 건 둔탁한 소리의 울림 때문이었다. 무언가 세게 여닫는 소리 같기도 하고, 챙! 소름 끼치는 금속성 소리가 들리는 것 같기도 했다.

꿈인가? 잠시 정신을 잃었던 것 같은데. 대체 무슨 일이 벌어진 거지?

"해수야, 괜찮아?"

해수는 별안간 들려온 목소리를 향해 힘겹게 고개를 돌렸다. 부옇게 시야를 차단하는 매캐한 연기 사이로 두려움에 질린 도현의 얼굴이 보였다.

사고라도 난 걸까?

악몽 같은 현실에 또다시 절망으로 **빠져들던** 찰나, 손바닥을 파고드는 통증이 점점 또렷해졌다.

"아⋯⋯."

사고로 인해 파손된 유리의 잔해에 손바닥이 베인 듯했다.

44

침착하게 주위를 둘러보던 해수는 숨을 멈추고 잠시 고통을 몰아낸 후, 바닥에 굴러다니던 물티슈를 여러 장 뽑아 꾹, 쥐었다.

심장이 아프게 느껴질 만큼 거세게 뛰었다. 육체의 고통보다 큰 심리적인 불안감에 목덜미가 뻣뻣하게 경직되었다. 헛구역질이 나올 만큼 두려웠던 순간들이 떠올라 눈을 감고, 천천히 숨을 들이마신 후 힘겹게 내뱉기를 반복하던 때였다.

"저, 미친 새끼가 여길 어떻게 알고. 끝까지……."

밀려드는 압박감으로 인해 답답해진 목덜미를 쓸어내리던 도현이 분노에 차 중얼거렸다.

해수는 비틀린 감정을 드러내는 도현을 향해 고개를 돌렸다. 눈앞의 흐릿한 형체를 부정하듯 의문 가득한 시선으로 정면을 주시하던 도현은 그녀의 시선조차 느끼지 못할 만큼 긴장하고 있었다. 하얗다 못해 새파랗게 질린 도현을 바라보던 해수가 도현의 시선 끝, 그 소실점을 향하여 천천히 고개를 돌렸다.

"……."

눈을 가린 시커먼 암흑은 연기였다. 연기를 뚫고 드러난 것은 남자의 압도적인 자태였다. 주변의 공기까지 지배하듯 고아한 빛을 발하는 남자의 잔상이 지척에서 일렁거렸다.

"지석 씨?"

의식적으로 떠올리지 않으려 노력하던 이름이 혀끝에서 부드럽게 굴렀다. 동시에 눈물이 흘렀다. 이름을 부르고 나니 거짓말처럼 연기가 걷히고 거대한 실루엣이 점차 선명해졌다. 해수는 숨을 쉬는 것조차 잊은 채 그의 모습을 바라보았다. 지석은 타고난 위압감을 권력처럼 두른 채 야구 배트로 바닥을 툭툭 치며 두 사람이 탄 차를 물끄러미 노려보고 있었다.

"미쳤어. 다치면 어떡하려고."

지석이 탔던 것으로 추정되는 차의 뒷좌석 문은 그의 미간만큼이나 요란하게 구겨져 있었다. 하지만 그는 아무런 타격도 입지 않은 듯, 심지어 지친 기색조차 없이 멀쩡해 보였다. 야구 배트로 어깨를 툭툭 치는 모습은 무언가에 억눌린 듯 정제되어 있던 평소와는 달리 무질서하기 짝이 없었다.

옷차림도 마찬가지였다. 강박적으로 느껴질 만큼 반듯하던 슈트는 와락 구겨진 채였고, 늘 목 끝까지 채우던 셔츠는 두어 개쯤 풀어 헤쳐진 상태였다. 독보적인 체격과 위압감이 아니었다면 부도덕한 짓을 일삼는 뒷골목 깡패라 해도 납득이 갈 만한 모습이었다.

무슨 이야기를 나누는 걸까.

이윽고 곁으로 다가온 비서와 짧게 대화를 나눈 그가 고개를 끄덕이며 매끈한 손가락 위로 천천히 가죽 장갑을 끼우는 게 보였다. 얼핏 웃는 것처럼 보이던 그의 표정은 즐거워 보이기도, 화가 나 보이기도 한 다소 복잡한 얼굴이었다. 머지않아 시선의 끝에 닿아 있던 그가 느릿하게 걸어오는 것이 보였다. 해수는 흡, 하고 놀란 숨을 삼켰다.

한 걸음, 두 걸음. 얼마나 가까워졌을까. 그의 발걸음에 맞춰 심장이 거세게 뛰는 걸 느낀 해수가 한 손으로 가슴 언저리를 부여잡은 순간, 그와 짙게 눈이 마주쳤다. 쏟아지는 눈물 사이로 그가 들어왔다.

서서히 올라가던 그의 입꼬리가 멈칫 굳어가는 게 보였다. 느릿하게 움직이던 걸음을 멈춘 지석은 그녀에게서 눈을 떼지 않았다. 마치 눈앞의 여자가 다시 사라지기라도 할까 봐 겁을 내는 듯한 눈빛이었다.

해수는 참았던 숨을 길게 뱉었다. 그와 동시에 다시 움직이는, 느리지도 빠르지도 않은 남자의 걸음걸이에서 이유 모를 기품이 느껴졌다. 흐르는 눈물을 손바닥으로 쓸어내린 해수가 거리를 좁혀오는 남자와 시선을 계속 맞추던 때였다.

"응?"

그가 입술을 움직이며 무언가 말하기 시작했다. 목소리는 들리지 않았으나 정확하고 느린 발음이었다. 멀리서 해수의 얼굴을 더듬거리며 살피던 그가 얼핏 찡그리는 것이 보였다. 해수는 느릿하게 움직이는 그의 입술에 시선을 고정하고, 의미를 파악하기 위해 안간힘을 썼다.

'고개 돌려.' 남자는 그렇게 말하고 있는 듯했다. 혹여나 알아듣지 못했을까. 지석은 풀어 헤쳐진 재킷을, 머리 위에 뒤집어쓰는 시늉을 하며 재차 확인하듯 눈썹을 비뚜름하게 들어올렸다.

그의 손에 들린 위협적인 물체에 시선이 간 순간, 다급하게 고개를 끄덕인 해수가 안전벨트를 풀고 셔츠를 벗었다. 칼날처럼 매서운 바람이 훤하게 드러난 팔을 파고들었다.

"지옥까지 따라올 새끼네. 해수야, 너 지독한 놈한테 걸린 거 같다."

도현은 예고된 고난을 짐작한 듯 체념한 얼굴로 헛헛하게 웃었다. 그 표정을 마주한 동시에 들이닥칠 일을 예감한 해수가 얇디얇은 셔츠를 뒤집어쓴 채, 서둘러 고개를 돌렸다. 두려웠다. 하지만 그보다 더 큰 안정감이 뒤따랐다. 그가 보이니 신기하게 생각될 만큼 마음이 놓였다.

밀려드는 안도감에 가슴을 쓸어내린 해수는 고개를 돌리고 눈꺼풀을 아래로 끌어내렸다. 아득한 어둠이 눈앞으로 와르르 쏟아졌다. 깜빡, 점멸하는 빛조차 점차 멀어져가던 무렵이었다.

쾅─!

묵직한 타격음에 차체가 반으로 쪼개질 것처럼 흔들렸다. 천둥의 신이 하늘을 가르는 듯한 소리가 고막을 매섭게 때렸다. 동그랗게 몸을 말고 숨죽인 그녀가 양손으로 귀를 막은 채 눈만 살짝 꺼내 운전석 쪽으로 시선을 향했다.

"헉!"

지석이 운전석 창문을 향해 사정없이 야구 배트를 휘두르고 있는 모습이 보였다. 귀를 틀어막은 손이 하얗게 질릴 정도로 힘이 들어갔다. 해수의 눈동자가 경악에 물들어 크게 부풀었다.

차라리 내리고 싶었으나 조수석 문이 갓길에 처박히는 바람에 이러지도 저러지도 못하는 신세였다. 문이 열리지도 않았을뿐더러 틈이 지나치게 좁아 내릴 수 있을 것 같지도 않았다.

당황한 해수가 식은땀을 흘리는 사이, 화를 이기지 못한 도현이 핸들을 마구 내리치며 욕설을 내뱉었다.

"야, 이 미친 새끼야!"

이도현의 욕설에 동의한다는 듯 고개를 끄덕인 지석이 피식, 웃으며 한 번 더 유리창을 향해 야구 배트를 휘둘렀다. 자비 없는 타격음이 음습한 대기에 선연히 울려 퍼졌다.

쾅―!

팟―, 청량한 파열음과 함께, 산산이 조각난 유리 파편이 허공에 흩날렸다. 몹시도 신난 듯한 웃음소리가 균열이 생긴 창문을 뚫고 섬뜩하게 새어 들어왔다.

"안녕?"

양손으로 창틀을 짚은 지석이 눈썹을 올려 웃으며 인사했다. 뭐라 대답할 틈도 없었다. 남은 유리를 찢어내다시피 뜯어낸 지석은 일말의 망설임조차 없이 이도현의 하관을 한 손으로 움켜잡았다.

어느덧 달이 기울고, 서늘한 기운이 거리를 감돌았다. 길게 뻗은 눈매 속 새까만 눈동자 역시 냉랭한 빛을 띠었다. 빤히 도현을 보는 눈빛이 점점 어두워지고 있었다.

"컥! 크흡! 크헉! 이거, 놔!"

여기서 조금만 더 힘을 주면 턱뼈가 으스러질 것 같았다. 얼굴을 일그러뜨린 채 그의 악력을 고스란히 받아내던 도현은 유리창의 잔해처럼 제 턱이 뜯어져나가는 듯한 환시에 소리 지르며 몸부림쳤다.

한참 도현을 바라보던 지석이 입매를 비틀어 웃으며 시선을 뗐다. 슬슬 웃으며 먼 곳을 보던 지석이 멈칫 굳었던 눈빛을 사납게 바꾸었다.

"오랜만에 배트를 휘둘렀더니 요령이 없네. 손목 나갈 뻔했어, 본새 안 나게."

"정신 나간 새끼."

"이 밤중에 여행이라도 가는 중이었나? 좋은 데 있으면 나도 좀 데리고 가지. 사모님만 모시고 가네. 섭섭하게."

골똘히 생각에 잠긴 채 인상을 찌푸리던 지석이 주먹으로 너덜너덜해진 문짝을 툭툭 치며 빙글빙글 웃었다.

"열어줄 때까지 기다렸어야 되는 건데, 내가 좀 급했어. 우리 자기 얼굴 본 지가 너무 오래됐거든. 수리비는 나중에 청구하고."

"헛소리 그만하고, 해수 이제 놔줘!"

"뭐, 해수?"

피곤한 듯 목을 뒤로 젖히던 지석이 주먹의 마디를 으드득 꺾으며 혀로 아랫입술을 느리게 쓸었다. 위압적으로 가로지르는 눈빛에 도현이 마른침을 꿀꺽 삼켰다.

"아무리 나이가 같아도 그렇지. 사모님 존함을 네 멋대로 부르면 쓰나. 버르장머리 없이."

"닥쳐, 이 미친 새끼야!"

"그래, 알아. 그것도 맞는 말이긴 한데. 윗사람 욕을 면전에 대놓고 하면 쓰나. 사내 위계질서가 아주 개판이네."

달각―.

말이 끝나기도 전에 기다란 팔이 쑥 들어와 단번에 잠금장치를 풀고 문짝을 뜯어낼 기세로 벌컥 열어젖혔다. 지석은 일말의 인내심조차 남지 않은 듯한 얼굴로 도현의 멱살을 잡아 바닥으로 내팽개쳤다. 평정심은 어그러진 지 오래였다. 도를 넘어선 태도에 결국은 폭발한 것이었다.

"살기 싫으면 말을 하지 그랬어. 신속 정확하게 보내줄 수 있는데."

둘의 시선이 서로를 향해 매섭게 달려들었다. 바닥으로 나뒹구는 도현을 보며 입매를 일그러뜨리던 지석은 저도 모르게 웃음을 터뜨렸다.

"네가 욕심낼 여자 아니라는 거 알지 않나? 멍청한 건지, 그냥 생각이 없는 건지, 알 수가 없네."

극렬하게 솟구치는 분노를 추스른 도현이 옷을 탁, 털며 용수철처럼 몸을 일으켰다.

"그건 너도 마찬가지야. 이 새끼야."

금방이라도 덤벼들 듯 눈을 부라리던 도현이 돌연, 사고로 인해 아수라장이 된 주변을 느리게 훑으며 입매를 비틀었다.

"네가 해수를 위해서 뭘 할 수 있지? 옆에 두고 감시하는 거? 그게 정말 해수를 위한 일이라고 생각해?"

지석은 살며시 미간을 모았다. 조금도 물러서지 않는 태도가 미심쩍었다. 기척을 죽이며 접근하던 평소와 달리, 도현은 건방질 정도로 과격했다.

느리게 고개를 저으며 도현이 말을 이었다.

"아니, 너도 똑같아. 네 욕심이 해수를 망가뜨리고 말 거야. 윤해수는 결국, 네 곁에서 말라가고 병들어갈 테니까."

금방이라도 휘두를 것처럼 배트를 만지작거리던 지석이 그를 느긋하게 내려다보며 잠시 생각하다 입술을 뗐다.

"그래. 걱정은 고마운데, 도덕적이지도 않은 새끼가 도덕적이지 않은 짓 좀 했다고 뭐가 달라질까?"

"뭐?"

도현은 마른침을 삼켰다. 비릿한 맛이 입 안에 번졌다. 지석이 그의 떨떠름한 기색을 읽고는 대수롭지 않게 내뱉었다.

"그리고 지금 남 걱정이나 할 때가 아닌 것 같은데."

전혀 서두르지 않는 지석의 느긋한 태도에 외려 긴장감이 엄습했다. 숨조차 제대로 쉴 수 없을 만큼 커다란 공포가 모래사장을 뒤덮는 파도처럼 순식간에 밀려들었다.

낮게 숨을 골라낸 지석이 배트로 무심히 이도현의 어깨를 툭툭 두드리며 중얼거렸다.

"궁금하지 않나? 내가 널 어떻게 처리할지."

지석은 둘의 반응을 지켜보며 해수에게 어떤 시련이 있었을지 대충 짐작했다. 따라서 아무리 제 큰형의 최측근이라 해도 호락호락하게 넘어갈 생각은 없었다.

"영감이나 네 대가리가 안다 해도 상관은 없지만, 이건 내선에서 조용히 끝내기로 하지. 골치 아파지는 건 질색이라."

지석이 턱짓하자 대기하던 경호원이 달려와 양쪽에서 도현을 포박했다. 허공을 보며 한숨을 쉬던 지석이 지시를 내리기 위해 몸을 돌리던 때였다.

"저기……."

찰나의 틈을 파고든 목소리가 그의 이성을 깨웠다. 나직하고 고요한 목소리를 흘려낸 해수가 천천히 고개를 들었다. 그녀가 머리카락을 쓸어 넘기자, 가느다란 손가락 사이로 부드러운 머리카락이 햇살처럼 쏟아졌다. 해수는 물기 고인 눈으로 천천히 고개를 저었다.

"……."

짧게 닿은 시선이 이내 빗겨나갔다. 씁쓸하게 웃으며 고개 숙이는 지석을 해수가 바라보았다. 애틋한 시선이 허공에서 부드럽게 그를 어루만졌다.

쿵!

지독한 열패감에 눈이 먼 그는 애절하게 바라보는 해수의 눈빛을 읽어내지 못한 채 운전석 문을 힘주어 닫았다.

"가지 마……."

나지막하게 중얼거린 해수가 다시 한번 용기 내어 그를 부르려던 찰나, 문이 벌컥 열리며 윤재가 운전석으로 몸을 구겨 넣었다.

"형수님, 괜찮으십니까? 어디 다치신 데는 없고요? 하마터면 큰일 날 뻔했습니다."

열은 미소로 대답을 대신 한 해수는 목을 길게 빼고 주위를 살폈다. 지석은 이미 시야 밖으로 사라진 후였다.

"이제 걱정하실 것 없습니다. 안심하셔도 됩니다."

갓길에 처박힌 차를 앞쪽으로 조금 이동한 윤재가 조명등을 켜고 해수의 얼굴을 살폈다. 갑작스레 밝아진 시야에 설핏 구겨진 이마 위로, 무언가에 찍힌 듯한 상처가 보였다.

"어! 이마에 피! 손에도!"

소스라치게 놀라는 윤재를 해수가 의아한 눈으로 바라보았다. 해수는 핏물이 밴 물티슈로 이마를 꾹 누르며 대수롭지 않게 대답했다.

"아, 깊은 상처는 아닌 것 같아요. 걱정하지 마세요."

진짜 아픈 건 이까짓 상처 따위가 아닌데.

해수는 확실히 깨달았다. 처음엔 의심한 적도 있었으나 지석은 분명 자신을 아꼈다. 병실에서 맞닥뜨린 그날, 어쩌면 아주 오래전 처음 만난 그 순간부터.

그렇다면 자신은 어떠한가. 지석이 없는 내내 해수는 제대로 잠들지 못했다. 문득 느껴지는 빈자리가 너무도 컸다. 그럴 때면 그의 온기가 남은 듯한 자리를 파고들어 베개에 얼굴을 파묻으며 그리움을 달래기도 했다.

윤재가 다시 차에서 내린 후, 해수는 한동안 현실감을 되찾지 못하며 좌석에 머리를 기댄 채 멍하니 눈을 감았다. 긴장이 풀린 탓일까. 두 번 다시 겪고 싶지 않은, 끔찍했던 상황이 다시금 떠올랐다. 가슴을 옥죄는 갑갑함과 오한이 불시에 들이닥쳤다.

"욱!"

해수는 이례적인 추위가 차곡차곡 적재된 바깥으로 뛰쳐나
갔다. 급하게 주저앉은 해수가 가슴을 두드리며 헛구역질을
했다. 어지럽고 메스꺼웠다. 차디찬 초가을 밤의 공기에 몸이
덜덜 떨렸다.

도로 너머의 불빛이 까마득하게 멀었다. 희미하게 번져가는
야경을 바라보던 해수는 창백한 낯빛으로 소름 돋는 팔을 문
질렀다.

"엉망이네."

털썩, 젖은 바닥에 주저앉은 해수는 액정이 박살 난 핸드폰
과 지혈이 덜 된 손을 번갈아가며 들여다보았다.

"내가 따라가지만 않았어도……."

어떻게든 뿌리치고 소리 질렀어야 했나. 모든 게 자신의 탓
인 것만 같단 생각이 들자 절로 한숨이 샜다. 가슴이 꽉 막혀
숨이 잘 쉬어지지 않았다. 가드레일에 등을 기대앉은 해수는
옅게 숨을 내쉬며 제 앞에 나타난 지석의 얼굴을 떠올렸다. 심
장이 통제되지 않을 만큼 두근거렸다, 아니 아팠다. 원인이 분
명한 통각이었다.

"빨리 와……."

벌그름한 눈가를 쓸어낸 해수가 달달 떨리는 손으로 손목
에 감긴 고무줄을 벗겨냈다. 헝클어진 머리카락을 가까스로
묶어낸 해수는 흙탕물에 젖은 바짓단을 바라보다 무릎을 세

우고 다시 고개를 파묻었다. 바짝 긴장했던 세포가 제자리를 되찾으며 그녀의 몸을 감싼 온기를 죄다 앗아갔다.

"보고 싶어."

힘없이 갓길에 기대앉은 해수는 천천히 눈을 감고 그의 이름을 되뇌었다. 핏기가 모조리 사라진 얼굴은 생명이 꺼진 시체라 해도 전혀 이상할 게 없어 보였다.

부드럽게 흩어지는 머리카락을 신경질적으로 헝클어낸 지석이 자책하며 다시 돌아왔을 때, 난장판이 된 현장은 거의 다 수습된 상태였다. 지석은 눈을 감고 가드레일에 기대앉은 그녀를 발견하곤 문득 걸음을 멈추었다. 허옇게 말라붙은 몸에는 언젠가 그녀가 말했던 것처럼, 한 조각의 영혼마저도 찾아볼 수 없었다.

내가 뭘 어떻게 해줘야 하나. 넌 도대체 무슨 생각을 하는 걸까.

다른 이들의 생각, 시선. 그딴 걸 궁금해하며 살아본 적이 없으니 답도 알 수 없었다. 다른 이의 눈에는 뻔히 보이는 답임에도 그는 해수의 마음을 의심하고 또 확인하려 했다.

꽉 쥐면 바스러질 것처럼 메마른 여자에게서 시선을 거둔 그는, 참았던 한숨을 길게 내쉬며 제 손을 바라보았다. 검붉은 피가 맺힌 가죽 장갑에서 비릿한 내음이 번졌다.

낮게 읊조린 욕설은 자조적이었다.

"하, 깡패 새끼가 따로 없네."

지석은 손에 쥐고 있던 배트를 한 번 바라보더니 바닥에 툭 내던지고, 허공을 향해 하얀 입김을 내보냈다.

알고 있다. 그녀가 우주라면 저는 심해 속을 파고드는 하찮은 존재일 뿐이라는 걸. 저와 같은 무뢰한이 평생을 가도, 어떠한 형태로든 절대 뒤섞일 수 없는 관계라는 것도.

대체 어디서 시작된 자신감이었을까. 그걸 알면서도 해수가 제게 정을 붙이고, 더 나아가 사랑하게 되리라 쉽게 자신했던 이유는 뭔가.

지석은 안주머니에서 담배를 꺼내 물었다. 금세 눅눅해지는 담배에 불을 붙이려다 한숨을 쉬며 다시 주머니에 쑤셔 넣곤 갓길에 털썩 주저앉았다.

다섯 걸음 정도일까. 해수와 딱 그만큼의 거리를 둔 채였다. 가깝지도 멀지도 않은, 애매한 거리였다. 마치 죽어도 메워질 수 없는 둘 사이의 간극처럼.

여전히 눈을 감은 해수는 사색이 된 채 숨은 제대로 쉬고 있는지 아닌지, 그조차도 알 수 없었다. 저러다 숨 막혀 죽는 건 아닌가, 불안해진 지석이 머뭇거리다 말을 붙였다.

"다친 데는?"

대답은 돌아오지 않았다. 지석의 눈은 감출 수 없는 감정들로 너울졌다. 눈빛에도 온도가 있다면 그는 해수를 활활 태워 버리고도 남았을 거였다.

"음……. 나는 꽤 힘들었는데."

익숙한 멸시에도 아무렇지 않게 피식 웃은 그가 가드레일에
등을 기대며 말을 이었다.

"눈을 감아도, 떠도, 네가 보여서 죽겠더라고. 잠도 제대로
못 잤어, 일주일 내내."

횡, 갑작스레 몰아친 바람이 두 사람 사이에 소용돌이를 일
으키며 잠시 머물렀다. 뺨을 스치는 날카로움에 지석이 걱정
스레 미간을 좁혔다.

"네가 어딜 가든 내가 찾아낼 거라고 했잖아. 약속 지켰어.
해수야, 나는……."

나는 네가 필요해.

온기를 갈구하는 시선이 해를 좇는 해바라기처럼 해수를 향
했다. 아득한 어둠 속에서도 해수는 밤하늘에 홀로 뜬 별처럼
빛이 났다. 간헐적으로 내쉬는 깊은 숨소리, 그 작은 울림 한
조각이라도 듣기 위해 지석은 귀를 기울이고 숨을 죽였다.

"알아. 내가 이기적인 놈이라는 거."

다시 정면을 향한 시야에 어지럽게 돌아다니는 사람들, 사
고를 수습하느라 정신이 없는 윤재와 번뜩이는 사이렌이 보였
다. 어지러웠다. 역겨웠다. 상황이, 무엇보다 저 자신이.

욕심이 지나쳤던 걸까. 해수가 제게 위로받고, 언젠가는 그
녀가 초연해지길 원했다. 제 곁에서 안온한 행복만을 느끼며
웃을 수 있기를. 보고 있음에도 사그라들까 아쉬워 손조차 뻗
지 못한 채 허우적거렸던 밤들이 아련하게 흩어졌다.

"나도 알아. 쓰레기는 쓰레기통에서 살아야 한다는 거. 그래도…… 그냥 네가 좀 주워가주길 바랐어."

"……."

"빈말 좋아하는 거 알면서. 그래도 잘 다녀왔냐, 한마디만 해주지."

등신 새끼. 꼴 좋네.

어떤 상황에서도 거칠 것 없던 남자의 어깨가, 고작 떨어지는 빗방울 하나에 맥없이 축 늘어졌다. 보이지 않는 손길이 발목을 움켜쥐고는 넌 그녀에게 닿을 자격이 없다는 듯 비웃는 것만 같았다.

아스라이 물안개가 피어오른 노면은 언뜻 꿈결 같았다.

뺨을 타고 흘러내리는 눈물을 손등으로 훔쳐낸 해수가 무릎 위에 덮인 셔츠 아래로 손을 집어넣고 꼼지락거렸다. 그렇게 하지 않으면 금세 꽁꽁 얼어붙을 것만 같은 추위였다.

눈꺼풀 하나 꼼짝하기 힘든, 아주 길고 긴 하루일 뿐이다. 평소와 다를 건 없었다. 그러니 특별히 힘들어할 이유도 없는데, 이상하게도 자꾸만 목구멍에서 뜨거운 것이 울컥울컥 밀려 올라왔다.

"하아."

미묘한 기류의 변화에 해수는 감았던 눈을 살며시 떴다. 지석이었다. 해수는 하얗게 부서지는 그의 입김을 가만히 바라보았다. 들고 있던 배트를 바닥으로 툭 내던지는 모습, 가죽 장갑을 벗어 던지는 사소한 손짓 하나에도 아팠다. 날카로운 얼음에 찔린 것처럼 시린 마음 한편이 미치도록 아릿했다.

당신은 지금 어떤 생각을 하고 있을까.

차마 그에게 다가갈 용기가 나지 않았던 해수는 무거운 마음을 애써 다독이며, 그저 눈동자 안에 또렷이 담긴 그의 옆얼굴만을 직시했다.

나 왜 이래?

모르는 척 자문했지만, 답은 이미 알고 있다. 알면서도 잔잔한 수평을 유지하기 위해, 하루하루 고된 삶에 충실하기 위해, 지친 마음이 높은 파고에 휩쓸리는 걸 막기 위해 외면하고 증발시키려던 감정이었다.

그때 차가운 비 한 방울이 얼굴 위로 툭 떨어지더니 금세 뺨을 타고 턱 끝까지 흘렀다. 해수는 금방이라도 끊어질 듯 야트막한 한숨을 뱉으며 하늘을 올려다보았다. 눈에 고여 있던 눈물이 손등 위로 뚝, 한 방울 떨어졌다.

어두운 하늘에 실선을 그리던 비와 소슬한 바람이 뺨을 스쳤다. 숨을 마시고 다시 내쉴 때마다 날카로운 통증이 가슴을 쿡쿡 찔러댔다. 해수는 한 덩어리로 뭉쳐진 통증의 원인을 명확히 알고 있었다.

"그래도 잘 다녀왔냐, 한마디만 해주지."

낮은 목소리가 거침없이 파고든 건, 목구멍 밖으로 뛰쳐나오려는 감정의 정체가 갈망이라는 걸 인지한 그때였다. 웅―, 먹먹한 이명 사이를 비집고 들어온 목소리는 까만 밤처럼 고요하고 깊고 아늑했다. 목소리를 따라 시선이 향하려던 순간, 저벅저벅 느리게 다가오는 기척이 느껴졌다. 비에 젖은 재킷이 그녀의 머리 위로 조심스럽게 내려앉았다. 상체를 뒤덮은 재킷에서 묵직하고 포근한 향이 은은하게 풍겨왔다.

해수는 그저 말없이 발치만 내려다보았다. 맞닿은 구둣발이 주저하듯 멈칫거리다 이내 방향을 바꿔 돌아서는 게 보였다.

투둑―.

그때 뺨 위로 비가 한 방울 더 떨어졌다.

쏴아아―.

실금에 지나지 않던 비가, 소나기처럼 퍼붓기 시작했다.

복잡한 얼굴로 물끄러미 바닥을 응시하던 해수가 고개를 들었을 때, 그녀의 눈가는 알 수 없는 감정으로 붉게 흐려져 있었다. 비를 막아주던 재킷을 떨리는 손으로 그러쥔 해수가 마침내 고개를 돌려 들릴 듯 말 듯한 목소리로 그를 불렀다.

"지석 씨……."

기다렸다는 듯 고개를 돌린 그와 짙게 눈이 마주쳤다. 서로를 향한 눈빛은 의심조차 할 수 없는 감정들로 일렁였다. 비에 온기를 빼앗기듯 자신도 모르는 사이 시선을, 마지막 자존심처럼 붙들고 있던 마음을, 끝내 모든 것을 다 빼앗겼다.

"……가지 마."

더는 주저하고 싶지 않았다.

해수는 깊고 그윽한 눈빛으로 자신을 바라보는 남자를 무언가에 홀린 듯한 목소리로 붙잡았다.

쏟아지는 빗소리, 여기저기서 고함치는 소리, 지나가는 차들의 클랙슨 소리…….

사방에서 들려오던 소음은 이미 소거된 지 오래였다. 그와 단둘이 이 세상에 남겨진 듯한 고립감이 들었다. 더는 두려움이 아닌 안온함으로만 가득 찬 공간이었다. 그가 곁에 없어 내내 불안했던 마음들도 언제 그랬냐는 듯 사그라드는 걸 느꼈다.

정적에 휩싸인 것도 모르고서 말없이 서로를 보았다.

적막한 가로등 아래, 황금빛으로 일렁이는 웅덩이 앞에 선 그가 천천히 고개를 내린다. 한 손으로 얼굴을 감싼 채, 잠시 생각에 잠겨 있던 그가 한숨을 내쉬는 사이 해수가 천천히 입을 열었다.

"옆에 있어줘요……."

물끄러미 바라만 보던 해수가 마치 자신을 구해주길 바라는 사람처럼 애달프게 손을 뻗었다. 뻗은 손바닥 위로 빗방울이 흩어졌다.

소나기를 뚫은 그녀의 손짓은 감히 거스를 수 없는 중력과도 같았다. 닿을 듯 뻗어오는 손을 보면서 지석은 잠시 할 말을 잊은 채로 숨을 멈추었다.

"듣고 싶은 말이라는 게."

해수의 목소리가 눅눅한 비 냄새를 파고들었다. 그녀의 앞에 다가선 그가 숨을 한 번 깊게 들이쉬고 내뱉으며 무릎을 꿇었다. 손을 뻗는 그를 향해 해수는 자연스럽게 다가가 안겼다. 그가 그녀의 어깨에 콧대를 문지르며 가느다란 허리를 손에 휘감았다.

"바보같이."

누굴 향한 말이었을까.

뺨 위로 소리 없는 빗물이 흘러내렸다. 무너져 내리듯 커다란 품에 함락된 해수는 그의 머리를 감싸 안고 머리카락을 쓰다듬었다. 흐느끼는 해수를 끌어안은 커다란 손이 가느다란 허리의 능선 위를 느리고 끈적하게 배회했다. 고요한 거리에는 세차게 쏟아지는 빗소리만 들렸다.

투둑투둑.

굵다란 장대비가 차체를 때리는 소리에 맞추어 심장이 요동쳤다. 현실임에 안도한 그의 실낱같은 웃음소리가 빗소리를 뚫고 귓가에 내려앉았다. 밀려드는 설움을 꾹 삼켜낸 해수가 피식, 짧은 웃음을 흘렸다.

"고작, '잘 다녀왔냐.' 그런 말뿐이에요?"

나도 보고 싶었다고. 다시는 못 볼까 봐 무서웠다고. 진심을 털어놓고 싶었지만, 머릿속이 새하얗게 바래진 듯 입이 잘 떨어지지 않았다. 부질없는 고집이었다. 여태껏 그래왔던 것처럼, 숨기고 외면하면 시간이 해결해줄 감정이라 생각했다. 쉽게 지워지지 않음에 당황하면서도 가능할 거라고 자신했다, 어리석게도.

그는 도대체 왜, 내게 예외로 남은 것인가.

"아무 말이면 어때. 날 저주하든 증오하든. 뭐든 상관없어. 네가 하는 말이라면."

가슴 어딘가가 녹슨 날붙이로 헤집어진 것처럼 욱신거린다. 눈꼬리에 봉긋한 눈물이 맺히기 무섭게 뺨을 타고 비와 함께 흘러내렸다. 해수의 두 뺨을 애틋하게 쓸어내리는 손길은 여전히 진심에 매몰된 채였다.

"늦어서 미안해. 다치게 해서 미안해. 혼자 둬서 미안해. 미안해."

하염없이 쏟아지는 빗소리로도 감추어지지 않는 먹먹함이 목구멍을 타고 올라와 입술을 가르고 기어이 터져 나왔다. 시원하게 터뜨려낸 적 없던 눈물이 그의 앞에선 늘 무방비로 흘러내렸다.

우린 서로에게 도대체 뭘까. 뭔데 이렇게 아프고, 이렇게 뜨거운 걸까.

"마음 달라고 안 해."

"……."

"네가 연락 안 받고 뻗대도 상관없어."

지석은 해수의 어깨에 입술을 누르며 다리를 쭉 폈다. 아무렇게나 주저앉은 그녀를 가볍게 안아 허벅지 위에 마주 앉힌 채 힘주어 끌어안았다.

숨이 막히도록 강하게 죄는 손길에 굳게 잠근 빗장이 스르륵 풀렸다. 해수는 지석의 목덜미를 끌어안은 채, 떨어지기 싫어 안달 난 사람처럼 매달렸다.

중력이 무너지고 완전히 깨진 것만 같은 강한 끌림이었다. 몸 한 귀퉁이, 어딘가가 이지러지며 그의 몸속으로 흡수되는 것만 같았다. 드디어 찾아낸 마지막 퍼즐 조각 하나를 끼운 것처럼, 품과 품 사이가 틈 하나 없이 맞물렸다.

"넌 아무것도 할 필요 없어. 내가 다 할게. 좋아한다는 말도, 보고 싶었다는 말도 두 번이든, 백 번이든 내가 다 할 테니까."

뭉개지듯 닿은 심장 소리에 귀 기울인 채 짧은 침묵이 이어졌다. 해수는 그의 목덜미에 얼굴을 묻은 채 눈을 감았고, 지석은 마구잡이로 일렁이는 충동을 누르며 숨을 골랐다.

"아무 데도 가지 마. 가만히 있어, 그냥 그 자리에."

큼지막한 손을 뻗은 그가 퉁퉁 부어오른 해수의 눈가를 조심스레 쓸어주었다. 유리 인형을 다루듯 부드러운 손길에, 온몸이 눅진하게 녹아내리는 것만 같았다.

해수는 인정해야 했다. 미성숙하고 아이 같은 건 그가 아니라 자신이었다는 걸. 내면의 결핍을 채워줄 사람 역시 그였음을 깨닫는 순간, 나사 하나가 빠져 텅 비어 있던 가슴속으로 무언가가 제자리를 찾은 듯한 충족감이 가득 밀려들었다.

"응."

해수의 짧은 대답에 긴 한숨이 돌아왔다. 긴 한숨 끝에 되찾은 시선은, 애달픔과 그리움, 애정 따위의 감정을 매달고 해수의 얼굴 위로 내려앉았다.

"보고 싶었어. 일이고 뭐고, 다 때려치워버리고 싶을 정도
로."

"……."

"왜 자꾸 울어. 내가 말했잖아. 자꾸 그런 눈으로 보면 내가
헷갈……."

"아니야."

단호한 음성 끝에 뱉은 호흡이 당황한 듯 떨렸다. 저도 모르
게 내뱉은 말을 갈무리하지 못하고 입술만 달싹이던 해수가
다시 굳게 입을 다물었다.

"아니라니……. 뭐가."

대답을 재촉하는 목소리가 어둡게 가라앉았다. 지석이 꽉
잠긴 목소리로 재차 독촉하려던 순간이었다. 달싹이던 붉은
입술이 조그맣게 열렸다.

"헷갈리는 거, 아니라고요."

먹먹한 하늘 아래, 쏟아지는 빗속에서 그늘진 지석의 눈이
위험하게 빛났다. 서늘한 냉기가 파고드는 때 이른 추위, 두
사람은 열대야 속을 거닐듯 아지랑이 같은 열기로 둘러싸인
채 서로의 입술만 응시했다.

"헷갈리는 게 아니면?"

떨리는 몸을 더욱 세게 끌어안은 지석이 해수의 관자놀이에
젖은 입술을 누르며 떨리는 목소리로 중얼거렸다. 낙인처럼 짓
이겨지는 감각에 놀란 해수가 잠시 숨을 멈추었다, 아니 숨 쉬
는 법을 잊은 사람처럼 온몸이 굳어버렸다.

누구도 침범하지 못하도록, 견고한 벽돌로 차곡차곡 쌓아 올린 성벽에 균열이 가는 걸 느꼈다, 아니 이미 허물어진 벽이 었다. 어떤 대답을 내놓건 결과는 별반 달라지지 않을 거라는 것도 알았다.

빗줄기가 불규칙한 궤적을 그리는 몽환적인 풍경 아래, 해수가 젖은 주먹을 말아쥐고 먹먹한 가슴을 느릿하게 문질렀다. 갑갑했다. 순간 제 속을 가득 메운 감정들을 터뜨려내고픈, 걷잡을 수 없는 충동이 일었다.

"……이미 알고 있잖아요."

"내가, 뭘."

"내 눈빛."

"그래. 네 눈빛."

"달다고 했어요. 그렇게 말했잖아요. '해수야, 네 눈빛이 달아.'라고."

버티고 버틴 끝에 내뱉은 대답이 아슬아슬하게 닿은 틈 사이로 파고들자, 가지런히 인내를 모아가던 그가 숨을 몰아쉬며 가슴을 크게 들썩였다. 비에 젖은 셔츠 사이로 탄탄하게 짜인 근육들이 근사하게 드러났다.

목을 죄고 차오르는 말들을 꿀꺽 삼키며 잠시 주저하던 해수가 가까스로 웃음 섞인 목소리를 내뱉었다. 자조에 가까운 읊조림이었다.

"그런데, 내가 지금 이런 말을 해도 되는 건지……. 사실은 잘 모르겠어요. 좀 뻔뻔한 거 같다고 해야 하나."

결국, 해수가 남은 대답을 포기하고 무기력하게 고개를 떨구었다. 커다란 손이 엉망으로 묶인 머리를 쓸어 넘기더니, 해수의 얼굴 위로 내려앉는 빗줄기를 차단하는 동시에 다른 손으로 조심스레 턱을 들어 올렸다.

"뭘 몰라. 내가 그렇게 알아달라고 티를 냈는데, 왜 아직도 몰라."

그가 다정한 어조로 물었다. 만약 자신이 아는 문제라면 친절하게 풀어주기라도 하겠다는 듯이.

나른한 시선이 엉키고, 코끝에 스치듯 닿는 숨결이 뜨거웠다.

"뻔뻔하다 못해 파렴치하게 굴어도 좋아. 뭐든 나한테 해도 돼. 넌, 그래도 돼. 네 발밑에 다 물어다 준다고 했잖아. 넌 그냥 날 이용하기만 해도 돼. 그게 어렵나?"

잠시 깊은 생각에 잠긴 얼굴로 그를 바라보던 해수가 질끈 깨물었던 입술을 풀고 고개를 끄덕이며 입을 열었다. 한숨 섞인 고백에는 그녀의 진심이 고스란히 담겨 있었다.

"뭘 자꾸 이용하래. 나 그렇게 필요한 것도 없는데……."

"……."

"그래요. 솔직히, 보고 싶었어요……. 손도 잡고 싶었고, 안기고 싶은 날도 있었어."

지석은 한동안 말문이 막힌 채로 아무런 말도 하지 못했다. 시야가 흐려지고 모든 게 멈추었다. 멍하니, 사고가 마비된 듯 아무런 생각도 들지 않았다. 둔기로 후두부를 얻어맞은 것처럼 얼얼한 충격이 전신을 감쌌다.

그저, 제가 주는 사랑을 가만히 받아만 줘도 감격에 겨울 지경인데 저 예쁜 입술에서 나오는 말이 현실인지, 꿈인지 도무지 분간이 가지 않아 지석은 보기 드물게 혼탁해진 눈빛으로 해수를 바라보았다.

방금 했던 말의 뜻을 곱씹는 중인 듯, 해수는 잠시 말이 없었다. 괴로워 보이기도, 후련해 보이기도 한 얼굴이었다.

지석은 그녀의 뺨을 엄지로 쓸어내리며, 커다란 손끝에 닿은 뒤통수를 조심스레 끌어당겼다. 숨이 닿을 것만 같은 거리에서 멈춘 그가 파리해진 입술을 바라보며 천천히 호흡을 가다듬었다.

눈앞이 흐려질 만큼 굵은 비가 사선으로 꽂히고 있었다. 해수는 극심한 편두통에 시달리는 사람처럼 눈을 질끈 감은 채 고개를 저었다.

"그런데, 내가 욕심내면 안 될 사람 같았어."

"네가 안 될 게 뭐가 있어."

일말의 망설임도 없는 대답이었다. 사납게 대답한 그는 그저 거친 숨만 몰아쉬며 도톰한 입술이 다가오길 기다리고 또 인내했다.

마침내 온 신경이 그녀를 갈망하고 사고회로가 타버리다 못해 터질 것만 같은 순간, 천천히 입술 사이를 혀끝으로 쓸어내리던 해수가 툭, 힘없이 이마를 기대왔다.

뚝뚝.

하염없이 떨어지던 빗물이 머리카락을 타고 이마를 지나, 속눈썹에 맺히기 무섭게 서로의 뺨 위로 흘러내렸다. 밤이 깊어질수록 기온은 점차 낮아졌다. 하얀 입김을 뿜으며 해수가 바르르 입술을 떨었다.

"지석 씨. 난, 누군가를 잃는 고통을 또다시 겪고 싶지 않았어요. 그래서 좋아하지 않으려고 했는데."

이럴 땐 무슨 말을 해야 하나.

그렇게 말하는 해수는 너무도 고단해 금방이라도 쓰러질 것처럼 보였다. 그는 재촉하지 않았다. 다만 침묵을 지키며 공유되는 숨결을 삼켜낼 뿐.

"그런데, 그게, 내 마음대로 안 됐어요. 왜 이러는 건지. 수백 번 고민해봐도 답이 안 나와. 이해가 안 돼."

지석은 아무런 말도 하지 못하고, 그저 턱 근육에 힘을 주어 떨림을 숨겨냈다. 옅게 미소짓던 해수가 지그시 눈을 깜박이며 덧붙였다.

"내 인생에서 가장 이상하고, 어려운 사람이야. 도저히 못 풀겠어."

"풀긴 뭘 풀어. 나처럼 쉬운 새끼가 어디 있다고. 그냥 네 마음대로 가지고 놀아. 영 아니면 갖다 버리면 돼. 뭘 어렵게 생각해."

머릿속에선 폭풍우가 휘몰아치는데 입가에 스치는 해수의 숨결은 따뜻했다. 지석은 생각나는 대로 지껄이며 그녀의 붉은 입술을 엄지로 덧그렸다.

"힘들게 안 할게. 내가 뭐같이 굴면 두들겨 패. 네가 갑자기 이상하게 변해서 정신 나간 사람같이 굴어도, 내가 먼저 널 버리는 일은 없을 테니까. 응?"

느릿한 손길에는 애정이 넘쳐흘렀지만, 손끝에 묻어나는 건 분명한 슬픔과 괴로움이었다. 머지않아 해수의 턱 끝에 닿은 손이 힘을 잃고 툭, 아래로 떨구어졌다.

낙하하는 손을 가만히 응시하던 해수는 참았던 숨을 토해내며 커다란 손등 위로 제 손을 덮듯이 감싸 쥐었다.

"그런 말 하지 마. 지석 씨가 그렇게 말하면 울고 싶어져. 본인을 함부로 대하는 것 같아서, 그게 날 슬프게 만들어요."

지석의 손을 가져다, 제 가슴에 조심스레 갖다 댄 해수가 조용히 말을 이었다.

"여기가 너무 아파. 병명 같은 건 몰라. 그냥 지석 씨가 원인이야. 원인은 도려내야 마땅한데, 그러기 싫어요."

해수는 완벽히 백기를 들었다.

이토록 후련할 것을 알았다면 미련하게 버티는 짓 따위 하지 않았을 텐데.

그렇게 생각하며 차갑게 얼어붙은 지석의 뺨을 해수는 조심스럽게 어루만졌다. 그의 얼굴을 쓰다듬던 손이 반듯한 입술 위로 내려앉았다.

시간은 멈춘 듯 느리게 흘렀다. 지석은 제 입술을 부드럽게 어루만지는 해수의 손끝을 살짝 머금었다.

촉, 더운 숨결까지 공유되던 입술이 맞닿은 건 예정된 순서였다. 다른 날과는 결이 다른 긴장감으로 심장이 빠르게 뛰었다. 부드럽게 뭉개진 입술 위로 깃털처럼 가벼운 키스가 쉴 새 없이 오고 갔다.

젖은 입술을 맞댄 채 옅게 웃던 해수가 차마 입 밖에 내기 힘들었던 말을, 닿은 입술 사이로 고요하게 흘려냈다.

"좋아해요."

적막 속에 들이닥친 한줄기 섬광과도 같은 목소리가 가슴 속에서 격렬한 파장을 불러일으켰다.

멍하니 굳은 지석을 바라보던 해수는 슬쩍 상체를 기울여 그의 어깨에 뺨을 기댔다. 노곤해진 몸을 완전히 묻고서 묘하게 풀린 목소리로 중얼거렸다.

"뭐가 됐든, 이제 깊이 생각 안 할래. 지금은 그냥 좋아. 그게 전부예요."

어둠 속에서도 일렁이는 눈빛은 적도의 태양처럼 뜨거웠다. 지석은 제가 내뿜는 열기로 인해 바스러질까 봐 두려웠던 해수의 허리를 감싸고 이마에 입술을 눌렀다. 맞닿은 내내 심장이 터질 것처럼 난폭하게 뛰었다.

"그래서, 날 좋아한다는 거지?"

지석은 대답 대신 고개를 끄덕이던 해수의 뺨을 낚아채듯 감싸 쥐었다.

"……내가 끔찍한 게 아니라?"

시선이 맞닿자 해수가 입을 열었다.

"그런 말 하지 말아요. 그럴 리 없다는 거 알잖아."

이마, 눈가, 콧등, 뺨 위로 키스하듯 입술을 내리던 지석이 고개를 비스듬히 기울인 채로 거리를 좁혔다. 해수가 긴 속눈썹을 내리깔고는 미소 지었다. 지석은 완벽하게 입술이 맞물리도록 해수를 당겨 안으며 뜨거운 숨으로 답을 새겼다.

"나도. 나도 좋아해⋯⋯."

해수는 미세하게 떨리는 목소리에 전율을 느끼며 그의 목덜미를 힘주어 끌어안았다.

꿈이라면 영원히 깨고 싶지 않은 순간이었다.

Chapter 19

미칠 것 같고, 깊고, 버거운 것

느리게 갈라지는 응급실 자동문의 속도에 답답함을 느낀 서연이, 좁은 틈을 기어이 비집어 잰걸음으로 들어오며 두리번거렸다.

"야! 윤해수!"

침대에 걸터앉은 해수가 놀라 휘둥그레진 눈으로 고개를 돌렸다. 상처를 봉합한 후, 거즈로 덮어 마무리하던 참이었다. 해수는 아무 일도 없었던 사람처럼 예의 그 차분한 목소리로 대꾸했다.

"당직이었어?"

사고를 수습한 후, 병원에 도착한 시간은 밤 11시 무렵이었다. 지석이 타이로 압박한 덕에 피는 완전히 멎었지만, 자잘하게 박힌 유리 파편을 제거해야 했고 간단한 봉합이 필요했다.

어이가 없단 듯 입을 떡 벌린 서연이 이마를 짚으며 망연한 시선을 건넸다.

"너 회식 자리에서 갑자기 사라졌었다며?"

얼마나 걱정을 했던 건지 목덜미까지 벌겋게 달아올라 있었다. 달리 설명할 말이 떠오르지 않아 멋쩍게 웃는 해수를 보며 서연이 미간을 바짝 좁혔다.

"지금 웃음이 나와? 그래 놓고 전화는 왜 그렇게 안 받아. 다들 얼마나 걱정한 줄 알아? 그것도 모자라 교통사고라니. 이게 지금 무슨 상황이야?"

해수 역시 이주혁을 통해 이미 전해 들은 이야기였다. 바람을 쐬러 나간 자신이 사라진 이후, 회식 자리는 한바탕 난리가 났다고. 시커멓게 차려입은 남자가 사색이 된 채 해수의 행방을 캐묻는 것도 모자라 내내 전화까지 받지 않았으니. 입이 열 개라도 할 말은 없었다.

목덜미를 감싼 해수는 피로에 반쯤 걸쳐진 눈꺼풀을 꾹꾹 눌렀다.

"그게, 사정이 좀 있었어. 핸드폰이 박살 났거든. 말하자면 길어."

샐쭉 올라간 눈꼬리가 해수의 이마에 난 상처를 힐긋 보고선 서서히 누그러졌다.

"몸은 좀 어때?"

"괜찮아. 아무렇지도 않아."

"그건 네가 판단하는 게 아니야. 군소리 말고 할 수 있는 검사는 다 해. 알았어?"

구구절절 설명하기엔 이미 너무도 지쳐 있었다. 느리게 눈을 깜빡이던 해수는 애써 밝게 웃으며, 심각해 보이는 서연의 미간을 꾹 눌렀다.

"서연아, 치프 쌤이 진료 보셨고 괜찮다는 소견도 주셨어. 걱정하는 마음은 알겠는데 과잉 진료는 사양할게."

"그건 네 생각이고."

전혀 말이 통하지 않았다.

이동식 침대에 실려 들어오지 않은 걸 다행으로 여겨야 하나.

지나치게 걱정을 끼쳤단 생각에 해수가 자신도 모르게 푹, 한숨을 내쉴 때였다.

"접촉 사고였지만, 앞뒤로 들이받았으니 충격이 꽤 있을 겁니다. 정밀 검사가 필요하다면 그렇게 해야죠."

지석이 응급실 안으로 들어서며 말했다. 침대 커튼을 밀고 들어오는 그에게서 은은한 커피 향이 묻어났다.

함께 들어온 윤재는 당직 중인 의사, 간호사는 물론 몇몇 보호자들에게도 음료를 권하고 있었다. 얼떨결에 커피잔을 받아 든 서연이 의아하게 눈을 뜨고서 지석을 바라보았다.

"앞뒤요? 그럼 가해자는요? 다른 부상자들은 어느 병원으로 이송됐어요?"

지석은 나른하게 웃으며 눈썹을 치켜들었다.

"다른 부상자는 없습니다. 가해자는 접니다."

응급실 안을 가득 메운 사람들의 시선이 일제히 그에게로 쏠렸다. 당황하는 기색조차 없이 명료하게 대답하는 지석을 빤히 쳐다보던 서연은 이마를 찡그리며 부연 설명을 요구했다.

"네? 대표님이 들이받았다고요?"

"네."

"……왜요? 이유가 대체 뭔데요?"

"음, 빨리 보고 싶어서?"

그는 설명할 마음이 전혀 없었고, 서연 역시 질문을 멈출 생각이 없어 보였다. 빙그레 웃는 지석을, 서연은 미친놈 보듯 보며 의미 없는 문답을 이어갔다.

상황을 정리해야 할 의무가 생긴 해수는 손가락 끝으로 눈꺼풀을 문지르며 끔찍했던 기억을 잠시 떠올렸다.

— 넌 죽어서도 그 새끼 못 만나. 내가 너 지옥까지 끌고 갈 거라.

무엇이 그토록 도현을 분노케 만든 걸까. 그가 착각할 만한 여지를 주었나 생각을 되돌려보았지만, 아무리 곱씹어봐도 해수는 이해가 가지 않았다.

생각은 꼬리에 꼬리를 물고 이어졌다. 피습 사건. 우연에 우연을 거듭하며 자신의 주위를 맴돌던 이도현. 사이가 좋아 보이지 않던 형제 사이. 그 형제의 비서인 이도현. 지석에 대한 적대심을 가감 없이 드러내며 경고하던 이도현. 뭔가 이어질 듯 말 듯 애매한 가정들이 한곳으로 모여들었다.

지석을 습격하도록 사주한 것이 가족의 짓이라면, 그렇다면 이도현이 자신에게 접근해온 이유는 무엇인가.

이유 없이 심장이 싸해지고, 뺨 위에 돋아난 소름이 전신으로 번져갔다. 순식간에 기분이 착 가라앉아서 해수는 눈을 꾹 감고 생각을 지워냈다. 그의 가족을 의심하다니. 모든 게 섣부르고 위험한 추측일 뿐이었다.

관자놀이에 우묵하게 고인 피로를 손끝으로 뭉개낸 해수가 차게 식은 손으로 얼굴을 쓸었다. 일단은 시원하게 씻고 싶었다. 불쾌함에 절은 몸이 천근같이 무겁게만 느껴질 때, 지석이 침대에 걸터앉으며 그녀의 등을 감쌌다.

"루이보스. 푹 자야 하니까 오늘은 커피 말고 이거 마셔. 많이 놀랐을 텐데."

언쟁 아닌 언쟁을 끝낸 그가 서연을 향해 짧게 웃어 보인 후, 차분한 향기가 감도는 컵을 해수의 손에 쥐어주었다. 해수는 병원 커피숍 로고가 새겨진 컵 가까이 코를 가져다 댔다.

"음, 향기 좋다. 고마워요. 잘 마실게요."

"뜨거우니까 조심하고."

고개를 끄덕이는 해수의 입가로 따스한 미소가 번졌다. 전과는 다른 눈빛을 주고받는 둘을 가만히 지켜보던 서연이 눈을 가늘게 뜨며 장난스레 입을 실룩거렸다.

"와, 나도 몸에 좋은 거 잘 마실 수 있는데. 너무 차별하시는 거 아닙니까?"

Rrrr—.

날카로운 벨 소리가 울린 건 그때였다. 서연의 말에 웃음을 터뜨린 그가 금세 표정을 굳히고 핸드폰의 발신인을 확인했다. 옆에 앉은 해수의 등을 토닥이며 지석은 몸을 일으켰다.

"통화 좀 하고 올게."

지석이 응급실 밖으로 성큼성큼 사라지는 걸 확인한 서연이 탐색하듯 해수의 안색을 살피며 물었다.

"나 궁금하면 잠 못 자는 거 알지? 보고 싶어서 들이받았다는 게 무슨 소리야. 그것만 말해줘. 응? 응?"

"그게, 사실…… 이도현이 찾아왔었어."

"뭐?"

마지못한 해수의 대답에 주위를 휘, 둘러본 서연이 몸을 낮추고 은밀한 목소리로 되물었다.

"그럼 너 구하려다가 사고 난 거?"

고개를 끄덕이며 컵을 입으로 가져가는 해수의 얼굴엔 일말의 감정조차 남아 있지 않았다. 한발 늦게 끓어오르는 분노는 오롯이 서연의 몫이었다.

"미친 거 아니야? 어쩐지, 어딘가 모르게 인상이 싸하더라니. 이유가 대체 뭐래?"

"글쎄. 나도 모르지."

평화로워 보이기까지 한 해수의 느긋한 말투에, 되레 발끈한 서연이 요란하게 눈을 치켜떴다.

"글쎄는 무슨 글쎄! 네가 모르면 누가 알아. 또 그러지 말라는 법 없잖아. 접근 금지, 뭐 그런 거 요청해야 하는 거 아니야?"

누가 들을까 조심스럽던 목소리가 점차 볼륨을 키워갔다. 야단났다며 서연이 호들갑을 떨 때마다 해수는 골이 댕댕 울리는 것만 같은 기분에 휩싸였다.

"지석 씨가 알아서 잘 처리할 거야. 아마."

기억이 쏟아지자 다시금 두통이 밀려들었다. 해수는 아주 천천히 두 눈을 깜빡였다. 감은 눈앞으로 어둠이 밀려오다 다시 밝아지길 반복했다.

차곡차곡 쌓여가는 피로감을 느낀 해수는 이내 침대 위로 젖은 몸을 축 늘어뜨렸다.

길고 긴 하루를 정리하고 집으로 돌아왔을 때, 시간은 어느덧 이른 새벽을 향해 달리고 있었다.

거실은 고요했다. 둘은 소파에 앉아 빈틈없이 끌어안은 채 같은 곳을 바라보았다. 유리창에 달라붙은 빗방울이 점차 사그라드는 도시의 불빛을 머금어 울긋불긋한 빛을 냈다. 소강상태에 접어든 빗줄기는 점차 가늘어졌다. 미약하게나마 들리던 숨소리가 비로 인한 소음이 사라진 자리를 메웠다.

"지석 씨."

"응."

평소와 다른 밤이었다.

이불에 감싸인 해수를 뒤에서 폭 끌어안은 지석이 그녀의 어깨에 입술을 누르며 대답했다. 늦은 밤이라 그런 건지, 워낙 많은 일이 있어 고단했던 탓인지, 해수의 목소리는 묘하게 풀어져 있었다.

"미안해요. 괜히 나 때문에."

"뭐가."

"그냥, 전부 다요."

그는 해수를 조금도 탓하지 않았다. 오늘의 사고가 그녀의 잘못이 아님을 너무도 잘 알고 있었기 때문이었다.

"뭘 그렇게 잘못했는데."

그럼에도 집요하게 캐묻는 이유는 웅얼거리는 발음이 귀여우면서도 자신을 유혹하는 건가 싶을 만큼 야하게 들려온 탓이었다.

지석의 의도를 전혀 눈치채지 못한 해수는 손가락까지 접어가며 자신의 잘못을 하나하나 꼽아갔다.

"음, 혼자 있었던 거, 겁도 없이 다른 사람 따라간 거, 여러 사람 걱정하게 만든 거."

"많이 잘못했네. 얼른 사과해."

지석은 해수의 손바닥에 감긴 붕대를 매만지며 입술을 비집고 나오려는 웃음을 꾹 참았다. 귀를 바짝 접은 강아지처럼 측은한 표정을 한 해수가 한숨을 푹 쉬며 입을 비죽거렸다.

"아까 했는데……"

"화가 풀릴 때까지 해야지."

"계속 안 풀리면요?"

"그래도 해야지. 매일매일, 평생, 영원히."

바닥을 찍고 있던 해수의 시선이 정면을 향했다. 웃음을 참는 남자의 얼굴이 유리창에 어렴풋이 비쳤다. 그제야 장난이었다는 걸 눈치챈 해수가 고개를 뒤로 돌리며 싱긋 웃었다. 반달처럼 휘어지는 눈매가 여전히 예뻤다. 눈을 뗄 수 없을 만큼 빛나는 얼굴을 보니 영원히 곁에 두고, 자신만을 바라보게 만들고 싶다는 욕망이 걷잡을 수 없이 커졌다.

"해수야."

지석은 바람 빠지는 웃음을 터뜨리며 그녀의 어깨를 감싸쥐었다. 해수의 어깨 위로 한숨 같은 숨이 옅게 깔렸다. 가녀린 어깨에 뺨을 기댄 그가 말했다.

"네가 미안하다는 말을 할 정도로 잘못한 거 없어."

"그래도……."

칠흑처럼 어두운 머리카락이 턱 아래를 살짝살짝 간지럽혔다. 지석의 가슴에 등을 기댄 해수는 그의 부드러운 머리카락을 매만지며 한숨을 쉬었다. 그는 여전히 다정한 사람이었다. 당장 오늘 일만 해도 그랬다.

이도현과 함께 있었던 이유가 무엇인지, 둘 사이에 어떤 일이 있었는지 따위의 질문들은 실수로라도 입에 올리지 않았다. 충분히 오해할 법한 상황이었음에도 그에게선 질책의 말 한마디도 없었다. 다만 해수의 몸 상태를 확인하고, 그녀가 무사하다는 사실에 안도할 뿐이었다.

음, 하고 잠시 뜸을 들이던 그가 해수의 몸을 자신 쪽으로 돌려 제 무릎 위에 앉게 했다. 마주 앉은 자세에 부끄러워진 그녀가 버둥거렸지만, 늘 그렇듯 벗어날 수는 없었다. 해수의 눈언저리에 입을 맞춘 지석이 진지한 얼굴로 그녀의 머리카락을 귓바퀴에 걸어주며 말했다.

"내가 조금 더 신경을 썼어야 했어. 생각 같아선 내가 계속 붙어있고 싶은데, 그럴 순 없으니까. 네가 불편하지 않을 정도로만 경호 인원을 늘릴게."

"아니, 그러란 뜻은 아니었어요. 다만……."

해수의 도톰한 아랫입술이 질끈 깨물렸다.

"다만?"

되묻던 그가 순식간에 입술을 부딪쳐 왔다. 흐릿하게 뜬 시야에 들어온 지석의 눈동자가 짙었다. 놀라 멀어지려는 해수의 뒤통수를 남자의 커다란 손이 끌어당겼다.

입꼬리를 문지르던 입술이 다시 한번 아랫입술을 빨고 혀를 집어넣었다. 조각상 같은 얼굴 가운데 우뚝 솟은 콧대가 그녀의 얼굴에 비벼졌다. 해수는 고개를 틀며 파고드는 남자의 입술을 열렬히 받아들였다.

얼마간 숨을 나눠 가진 후, 달게 달라붙은 입술이 천천히 떨어져나갔다. 뒤섞였던 타액이 가늘게 이어지다 사라지고, 지석이 그녀의 손에 깍지를 끼는 동안에도 해수의 눈은 어둡게 가라앉아 있었다.

"음, 이건 그냥 추측일 뿐인데……."

흐트러진 숨을 고르며 생각에 잠겨 있던 해수가 눈썹을 까닥거렸다.

"이도현이 뭔가를 알고 있는 것 같았어요."

"그 자식이 알다니, 뭘?"

되묻는 목소리가 싸늘하다고 느껴진 건 착각이었을까. 위협적으로 다물리는 남자의 턱을 유심히 바라보던 해수가 별일 아닐 거라는 듯 픽 웃으며 가볍게 고개를 저었다.

"나도 몰라요. 그냥 느낌이 그랬어."

매섭게 뻗어있던 눈매가 안도한 사람처럼 차츰 누그러졌다. 미소가 사라진 뺨을 다시 팽팽히 당긴 지석이 깍지 낀 손에 입을 맞추며 해수의 귀와 목덜미 사이에 입술을 묻었다.

"다시는 이런 일 생기지 않도록 할게. 그 자식이 무슨 말을 했건, 너도 오늘 일은 잊어. 걱정할 것도, 더 깊이 생각할 것도 없다는 뜻이야. 내 말 이해해?"

달래듯 속삭이는 목소리에 해수는 한참을 머뭇거리다가 견고하게 맞잡은 손에 힘을 주며 고개를 크게 끄덕였다.

"그럴게요."

극한의 공포에 내몰렸던 종전이 무색하게, 더는 앞으로 일어날 일들이 두렵지 않았다. 시련은 어디에나 있기 마련이고, 어떠한 고난이 들이닥친다 해도 그가 절대 이 손을 놓지 않을 거라는 믿음이 있었으니까.

비로소 진심으로 웃을 수 있었던 해수는 더는 견디기 어려울 만큼 당신을 그리워했노라고, 더는 날 혼자 두지 말아달라고 애원하는 대신, 맑게 웃으며 속삭였다.

"나, 안아줄 수 있어요?"

낮은 조도의 조명만 켜진 거실에는 어둠과 빛이 적절히 섞여들어 그 경계가 모호했다. 그녀를 배려하고픈 마음과 마구 헤집어놓고픈 마음 사이에서 갈등하는 그를 알고 있다는 듯, 해수는 지석의 손을 이끌어 제 가슴을 어루만지게 했다.

"안기고 싶어요. 더 깊이 생각할 수 없도록."

흔들리는 시선으로 해수를 바라보던 지석이 그녀의 허리를 껴안았다. 고개를 떨구며 해수의 어깨에 제 이마를 붙인다.

"하아. 너는 대체……"

상처받은 커다란 짐승이 품 안으로 파고드는 것만 같았다. 힘없이 안겨 있던 해수는 그를 욕심껏 안았다.

뜨거웠다. 당신이 열망하는 게 영원히 나였으면 좋겠어. 내가 그렇듯이.

활활 타오르는 불덩이를 안는 것처럼 고통스러워 해수는 두 눈을 꼭 감았다.

지석이 해수의 턱을 잡고 눈을 맞추며 말했다.

"눈 감지 마."

"싫어. 부끄러워요."

지석은 고개 젓는 해수를 바라보며 피식 웃었다.

"나는 네가 날 원하는 날이 올 거라고 생각해본 적이 없어."

"혹시, 싫은 거면……"

"그럴 리가."

시선이 서로의 눈에 오래도록 머물렀다. 밤바다처럼 아늑한 눈동자에 침몰하듯 마주하자, 해수는 시공간이 까마득하게 무너지고 깨지는 듯한 기분에 휩싸였다. 켜켜이 쌓인 시선에 영혼까지 모조리 잠식되어 심연으로 끌려 들어가는 기분이었다. 그냥 이대로 함께 가라앉는 것도 나쁘진 않을 것 같았다.

머뭇머뭇 어색하게 그의 입술을 더듬던 해수가 조심스레 몸을 기울였다. 숨이 닿을 듯 가까웠다. 지석의 목울대가 느리게 솟았다가 아래로 뚝, 떨어지는 게 보였다. 눈을 가늘게 접은 해수가 다시 용기 내어 고개를 틀었다. 옅게 숨을 들이마시며 먼저 입술을 포갰다. 부드럽게 아랫입술을 머금고서 지석의 목에 팔을 둘렀다.

지석이 열띤 눈으로 해수를 바라보며 깊이, 어지럽게 입술을 물었다.

숨이 뒤섞이고 뜨거운 혀가 뒤엉킬 때마다 해수는 아뜩해지는 발끝에 힘을 주었다. 마른 입술이 서서히 젖어가며 부드러워졌다. 끓는 듯한 신음을 다디단 타액과 함께 삼키며 지석이 말했다.

"보고 싶어 미치는 줄 알았는데."

"으음."

"이렇게 같이 있으니까 더 미칠 것 같아."

지석은 달래듯 해수의 뺨에 입술을 부드럽게 문지르고는 하얀 목덜미에 입술을 눌렀다.

해수는 숨이 가빠 허우적거리며 그에게 매달렸다. 머리 위로 김이 피어오르는 게 아닐까 착각이 들 만큼, 가파르게 차오르는 열이 정수리까지 솟구쳤다.

"나도."

예고된 쾌락 앞에 달뜬 해수가 힘겹게 숨을 몰아쉬며 짤막하게 대답했다. 어지러웠다. 숨도 부족했지만 단단하게 뭉친 열이 폭발할 듯 온몸을 채운 탓에 눈앞이 흐릿해졌다.

"나도 그래요."

해수는 문득 그에게 자신의 마음을 표현하고 싶어졌다. 하지만 적절한 말을 떠올리기도 전에, 숨이 막혀 벌린 입술 사이로 매끄러운 혀가 침범해왔다. 해수는 고개를 가로저었다. 이대로 시간을 흘려보내면 다시는 말해줄 수 없을 것 같단 생각이 들어서였다. 그런 마음도 모른 채 그는 피식 웃었다.

"거짓말."

지석이 한숨처럼 웃으며 덧붙였다.

"상관없어. 뭐면 어때. 내가 널 원하면 그만인 거지."

언젠가는 원하지 않는 날이 올지도 모른다는 뜻일까.

해수는 애타는 눈으로 그를 바라보았다. 맞닿은 심장이, 마찰되는 육체가 세상에 둘밖에 남지 않은 것처럼 빠르게 요동치고 있었다.

해수는 가냘픈 신음을 흘리며, 제 가슴을 베어 무는 지석의 머리를 애원하듯 끌어안았다. 그의 거친 숨소리가 오감을 자극해 예민해진 그녀는 뱃속에서 끓어오르는 충동과 열기를 주체하지 못하고 자신도 모르게 허리를 들썩였다. 뜨거워진 하체가 닿는 순간, 기분 좋은 소름이 피부 구석구석에 스며들기 시작했다.

"제발……."

숨이 넘어갈 듯 짧은 숨이 터져 나오고 그렇게 정신이 아득해지는 순간, 지석이 해수의 허리를 붙잡아 들고 단숨에 몸을 밀어 넣었다.

"아아."

두 사람은 동시에 탄식 같은 신음을 뱉어냈다. 몸 어딘가에서 무언가 끝도 없이 무너져 내리는 듯한 기분이 들었다. 텅 비어 공허해진 안쪽이 빈틈없이 채워진 것 같기도 했다.

이러다 심장이 조각조각 흩어지겠다 싶을 정도로 극렬한 자극이 온몸을 관통했다. 위아래로 방만하게 흔들리던 해수는 마치 화가 나 그르렁거리는 커다란 동물을 어르듯 그를 꽉 끌어안았다.

"아아, 제발 그만…… 아니, 천천히."

쿵, 쿵, 그는 정신이 아득해질 만큼 깊숙이 밀려들다 나가기를 반복했다. 은은하게 흩어지는 달빛이 아름다운 남자의 나신을 비추었다. 해수는 몸을 웅크린 채 고삐 풀린 경주마처럼 내달리는 그에게서 눈조차 뗄 수 없었다.

"안 돼. 아직이야……."

빠듯하게 조이는 압박감에 지석의 미간에 서서히 균열이 갔다. 그가 거칠게 숨을 들이쉬더니 해수와 눈을 맞춘 채, 다급히 허리를 올렸다. 아아, 해수는 이성을 잃고 흐느끼며 그의 어깨 위에 이마를 묻었다. 지석은 아랑곳하지 않고 꿰뚫을 듯 깊숙이 더 안으로 파고들었다.

내달리는 소름의 끝이 보였다. 심장이 터질 듯 뛰고 머릿속이 하얘졌다. 까마득한 절벽을 앞두고 해수는 거칠게 신음하는 남자의 팔뚝을 그러쥐었다.

그때였다. 아래를 빠듯하게 메운 남자가 그녀의 몸을 터질 듯 끌어안고서 안에서 한 번 더 크게 부푸는 게 느껴졌다. 벗어나기 위해 발끝으로 소파를 밀고, 태산처럼 버티는 몸을 마구 때려봐도 그는 꿈쩍하지 않았다.

"아아, 어떡해……."

몸이 반으로 갈라지는 듯한 충격이었다. 믿을 수 없었다. 들불처럼 번지는 열락에 발작하듯 허리를 뒤틀던 해수가 발끝을 동그랗게 말며 고개를 뒤로 꺾었다. 해수는 말로 표현하지 못할 환락에 겨워 몸서리쳤다.

"내가 아프게 했어? 그만할까?"

그가 물었지만, 감전된 사람처럼 온몸이 경직되어 대답할 여유조차 없었다. 턱 끝을 깨물려 괴로움으로 점철된 미간을 와락 구긴 해수가 고개를 저었다.

"아니. 그게 아니라. 너무, 너무……."

"너무, 어땠는데?"

누군가와 몸을 섞는다는 건 원래 이런 건가. 다들 이렇게 미칠 것 같고, 이렇게 깊고, 이렇게 버거운 걸까.

끝내 대답하지 못하고 밭은 숨만 내쉬는 그녀와 시선을 맞추던 그는 여린 살결 위에 입술을 묻고 수차례 입을 맞추었다. 잘게 부서진 입맞춤이 닿는 곳마다 야릇한 흔적을 새겼다. 눈앞이 어릿해질 정도로 황홀한 감각에 지석이 숨을 가다듬고 말했다.

"나도 어쩔 수 없었어. 매일 이렇게 널 안고."

커다란 손이 해수의 양 뺨을 감싸 쥐었다. 엄지가 입술 끝을 꾹 누르나 싶더니, 한숨을 쉬듯 앓는 소리를 내고서 꽉 깨물린 해수의 아랫입술에 제 입술을 겹쳤다. 겹친 입술 사이로 뜨거운 숨을 불어넣으며, 헐떡이는 그녀를 번쩍 들어 올렸다.

"울리고 싶었거든. 미안해."

해수의 등이 부드러운 소파에 푹 파묻혔다. 전신에 그가 쏟아졌다. 다시 움직이기 시작한 남자가 속도를 더해갈수록 찌걱대는 가죽의 마찰음이 점차 볼륨을 키워갔다.

"아, 아아!"

수차례 절정에 달해 한계에 몰린 몸을 그는 계속해서 두드리고 몰아붙였다. 바들바들 경련하는 그녀를 구기듯 끌어안은 지석이 입술을 겹쳐오며 식지 않은 몸을 더 깊이 밀어 넣었다. 닿을 수 없는 곳까지 더 파고들기 위해 안달하며 허리를 뒤틀고 세게 쳐올렸다.

"하지 마. 너무, 너무 깊어……."

활짝 벌어진 입술 사이로 끊어지는 듯한 흐느낌이 흘러들었다. 해수는 호흡을 제대로 고르지도 못해 헐떡이면서도 야릇한 감각을 견뎌내기 위해 손톱으로 소파를 긁으며 몸부림쳤다. 밀어내고픈 마음과 더 깊이 밀착하고픈 마음이 거세게 충돌했다. 해수는 끝내 더, 더, 닿고 싶어 허벅지를 세게 조이며 빠져나가려는 그를 다급히 붙들었다.

"아아!"

순간, 몸 안쪽에서 무언가가 팡—, 하고 터지는 듯한 느낌이 들었다. 감은 눈앞에 섬광이 터지듯 새하얀 빛이 착란처럼 번져갔다. 우주에 떠가는 한 톨 먼지가 된 것처럼 공허해짐과 동시에 온몸이 나락과도 같은 곳으로 떨어졌다. 만족감에 겨운 눈물이 의지와는 상관없이 흘렀다.

"해수야."

붉게 달아오른 눈 아래를 쓸어내리며, 지석이 한 번 더 그녀를 불렀다. 해수가 감았던 눈을 뜨자, 올곧은 눈으로 그녀를 바라보던 지석이 천천히 입술을 내렸다.

해수는 마지막 남은 힘으로 두 팔을 벌려, 다가오는 그를 필사적으로 끌어안았다.

이런 기분은 처음이었다. 서로의 불완전한 세계가 완전히 교차하며 결핍된 내면을 세밀하게 채워주는 듯한 이 기분은, 말로 설명하기 어려웠다.

몸뿐 아니라 마음까지 하나로 연결되는 것만 같은 충족감이라니. 그래서 우리는 이토록 서로를 갈망하고 원해왔던 걸까.

"난, 우리가 같은 마음이었으면 좋겠어요."

해수가 떨리는 목소리로 중얼거렸다. 그의 입술이 닿았다. 덮치듯이 겹쳐오는 입술이 바르르 떨렸다. 어쩐지 입술 사이로 스며드는 숨결이 불규칙하게 느껴졌다.

아련하게 새어 들어온 달빛이 남자의 흐릿해진 눈동자에 비쳤다. 다시 비바람이 치기 시작했는지 아득히 멀리서부터 바람 소리가 들려왔지만 두렵지 않았다. 더는 춥지도, 외롭지도 않을 테니까.

문득, 해수는 빗속에 주저앉아, 자신을 바라보던 남자와 눈이 마주친 그 순간을 떠올렸다. 그를 다시 볼 수 있다는 사실에 미친 듯이 술렁거리고 목이 메던 그 순간을, 죽기 전까지 잊을 수 없을 것 같은 그 순간을, 고작 좋아한다는 말로 대신할 수 있는 걸까. 해수는 알 수 없었다.

필터만 남은 담배꽁초가 바닥으로 툭 떨어졌다. 꽁초를 발로 비벼 끈 채홍석은 옆에 놓인 잔에 얼음을 채우고 술을 부었다. 호박색 액체가 반쯤 채워졌다. 술을 단숨에 들이켠 채홍석이 바득바득 이를 갈며 죽은 듯이 널브러진 남자의 머리통을 툭툭 찼다.

"네가 그렇게 꼴리는 대로 날뛰면 내가 동생 앞에서 꼴이 뭐가 되냐. 쪽팔리게."

사방으로 날아드는 분진에 목구멍이 뻑뻑했다. 기분 나쁜 시멘트 냄새며 습기 가득한 밑바닥 냄새에 불쾌함을 감출 수가 없었다. 무엇보다 주제 모르고 날뛰는 버러지 새끼 때문에 제 꼴이 우습게 된 것에 그는 몹시 광분했다.

"깨워."

채홍석의 지시가 떨어지기 무섭게 양동이 가득 든 구정물이 정신을 잃은 도현의 얼굴 위로 쏟아졌다. 건물 안에 모여든 장정들 사이로 기묘한 긴장감이 내려앉았다.

"크헉!"

도현은 익사 직전에 건져진 사람처럼 숨을 몰아쉬었다. 감정이란 감정은 죄다 빠져나간 사람처럼 텅 빈 얼굴로 눈꺼풀을 들어 올렸을 땐, 이미 어스름하게 하늘이 밝아오는 시간이었다. 어떻게 여기까지 끌려온 건지 기억조차 나지 않았다.

두 손을 등 뒤로 결박당한 그는 차가운 콘크리트 바닥에 엎드린 채 누워 있었다. 흐릿한 시야 사이로 보이는 골프 네트와 바다 경관으로 미루어보아, 얼마 전 작업에 착수한 강릉의 개발 부지인 것으로 보였다.

홍삼 스틱을 입에 물고서 스윙 연습을 하던 채홍석이 슬슬 웃으며 도현을 아래위로 훑어보았다.

"반반하게 생겨서 계집애 마음 하나쯤은 쉽게 후려잡을 줄 알았더니."

말이 좋아 대표고, 부회장이지 채홍석이 일을 처리하는 방식은 여전히 조폭의 그것과 다르지 않았다. 쉼 없이 이권을 다투는 일에 열을 올리고, 사람을 해치는 일도 서슴지 않는.

하이에나처럼 비열한 눈빛이 은색 안경테 너머로 희번덕거렸다.

"너 지석이랑 거래했어?"

거래라니.

도현이 신음하고는 체념한 듯 낮게 웃음을 흘렸다.

골프채를 바닥에 내팽개친 채홍석은 피곤한 듯 인상 쓰며 쪼그리고 앉아, 입을 꾹 다문 도현의 머리채를 잡아 올렸다. 벌어진 입에서 새어 나온 피가 콘크리트 바닥에 쌓인 분진 위로 후드득, 떨어졌다.

"너, 그것들이랑 내통했냐고 묻잖아. 자료 죄다 넘기고 그쪽으로 갈아타려는 수작 아니냐고."

채홍석의 말에 잠시 할 말을 잃었던 도현은 "그것도 좋은 방법인 것 같네요."라고 중얼거리며 미친 사람처럼 웃었다.

처음 해수를 꼬드겨 증거를 빼돌리라는 명령을 받았을 때는 별생각이 없었다. 한 번쯤 보고 싶었던 얼굴이었고, 채홍석 역시 아는 얼굴이니 접근하기도 쉽겠다며 자신을 믿었다. 하지만 함께하는 시간이 거듭될수록 자꾸만 본분을 잊어갔다. 그게 좀 지나쳤던 모양이었다. 이제는 자신이 작전 중인지, 진짜 해수의 마음을 얻으려는 건지 헷갈리기 시작했다.

이내 미간을 굳힌 도현이 바싹 마른 입술을 축이며 말문을 열었다.

"내통? 그 아무것도 모르는 불쌍한 여자랑?"

입 안이 터져 발음이 다 뭉개졌다. 당연히 이렇게 끝날 줄 알고 있었다. 알고도 그딴 짓을 한 자신을 한심해하며 도현은 알아듣지도 못할 말을 이었다.

"내통했죠. 내가 한 짓 다 알게 될까 봐 불안해하면서도 미친 새끼처럼 질척거리는 거 보면 모르시겠습니까."

히스테릭하게 낯을 구긴 채홍석이 이제 막 불을 붙인 담배를 바닥에 던지며 널브러진 도현의 머리를 구둣발로 지그시 눌렀다. 당장이라도 죽일 듯 노려보며 살벌한 음성을 흘렸다.

"허튼짓하지 말고 당분간 조용히 지내. 조용해지면 기어들어 오든지, 아니면 알아서 뒈지든지."

몸을 일으킨 채홍석이 저릿해진 뒷골을 누르며 의아한 듯 미간을 좁혔다.

"그런데, 채지석 그 새끼가 왜 나한테 널 넘긴 건지 당최 이해가 안 간다는 말이지. 그냥 담가버리든가 경찰에 넘기든가 하지 않고."

하여간 귀여운 구석이라곤 없는 밑바닥 새끼.

그렇지 않아도 지석이 여기저기 들쑤시고 다니는 게 영 마땅찮았다.

그 새끼가 설마 후계자 자리를 넘보는 건가.

그렇지 않고서야 자신의 뒤를 미친놈처럼 캔 것도 모자라 윤성태의 딸까지 끼고도는 이유를 속 시원하게 설명할 방법이 없었다.

"뭐 해. 얼른 안 치우고."

"예!"

쿵, 쿵, 채홍석이 계단을 내려간 후, 결박된 손이 풀렸다. 서서히 쏟아지는 볕에 눈이 감겼다. 심장이 아프게 뛰고, 어지럽고, 추웠다. 피를 너무 많이 흘린 탓일 것이다. 몸을 돌려 누운 도현은 한 손을 들어 눈을 가리며 피식 미친놈처럼 웃었다.

"이제 너도 알아야지. 네 언니가 어떻게 당했는지."

이내 스산한 목소리가 허공을 갈랐다.

억울했다. 자신만 당할 순 없었다. 해수에게 끝내 나쁜 놈으로 남아야 한다면 적어도 진실만큼은 밝히고 싶었다.

상체를 일으킨 도현은 코에서 흘러나오는 피를 닦아내며 쓸데없는 감정들을 가감 없이 털어냈다.

Chapter 18

겨울의 시작

커피머신에서 갓 추출된 원두 향이, 소고기를 잔뜩 넣고 끓인 미역국 냄새와 어우러져 기분 좋은 아침의 시작을 알린다.

지석이 아침 운동을 마치고 집으로 돌아왔을 땐 7시가 가까워진 시간이었다. 젖은 머리가 채 마르기도 전, 그의 발길이 가장 먼저 닿은 곳은 근래 들어 출입이 잦아진 주방이었다.

탁, 탁—.

취사가 다 되어감을 알리는 전자음이 투박한 손의 서투른 칼질 사이로 요란하게 흘러들었다.

"음……."

핸드폰을 밝혀 시간을 확인한 지석은 인터넷 창을 열어 계란찜을 검색했다. 미간까지 굽혀가며 착실하게 들여다보다가 영문 모를 얼굴로 중얼거렸다.

"알 끈 제거? 새우젓? 그런 게 있나. 몰라. 그냥 해."

툭 불거진 힘줄로 뒤덮인 전완근이 달걀을 휘젓는 경건하고도 막중한 임무를 수행하느라 바쁜 와중에 장홍댁이 만들어두고 간 미역국이 보글보글 끓어 넘치고 있었다.

치이익—.

새우젓 대신 소금으로 대충 간을 맞춘 달걀이 포슬포슬한 쩜으로 화려하게 다시 태어나는 순간, 밥솥에서 희뿌연 증기가 배출되기 시작했다. 해수를 깨워야 할 시간이었다.

드레스 룸에 발을 들여 더플백을 아무렇게나 던져둔 그는 후드가 달린 잿빛 트레이닝복 차림이었다. 팔을 교차해 거추장스러운 상의를 벗어 던지고, 어깨를 비틀어 셔츠를 입었다. 단추는 잠그지 않은 채 바짝 마른 머리부터 매만졌다.

일렬로 늘어선 슈트를 대충 훑어가던 손이 한곳에 멈추었다. 군더더기 없는 손짓으로 은은한 체크가 들어간 브라운 슈트와 같은 톤의 타이를 골랐다. 지난주였나, 해수가 어울린다며 극찬을 했던 디자인이었다. 평일에 입기엔 조금 화려한 디자인이었지만 아무래도 상관없었다.

시계를 차고 재킷을 입은 뒤 드레스 룸에서 나온 지석은 입꼬리를 당겨 느긋하게 미소 지으며 침실 문 손잡이를 돌렸다.

열린 문틈 사이로 허리께까지 이불을 덮은 아름다운 여체가 보였다. 커다란 유리창이 햇살을 잔뜩 머금은 채 해수를 비추었다.

짧디짧은 가을을 지나 어느덧 11월의 중순을 향해 가는 겨울의 초입이었다.

그에게 있어 겨울은 상실의 계절이었다. 당연히 좋을 리 없었다. 엄마를 잃은 계절도, 채두식에게 인생을 송두리째 빼앗긴 계절도 온통 시리기만 한 겨울이었기 때문이었다. 하지만 춥다고 응얼대며 밤마다 따뜻한 품을 찾아 몸을 붙이는 여자를 보면, 계절이 모조리 사라져 영원히 겨울만 남게 된다 해도 좋을 것 같다는 생각이 들었다.

"예쁘게도 자네."

지석은 일정하게 쌔근거리는 숨소리를 들으며 그녀에게로 다가갔다. 잠든 얼굴이 아이처럼 평화로웠다. 살그머니 뽀뽀를 해도 깨지 않는 게 새삼스레 귀여웠다.

해수와 영원히 함께 아침을 맞고 싶었다. 늘 정돈된 모습만 보여주고 싶어 새벽부터 일어나 스스로 가다듬곤 했지만, 엉망으로 뻗친 머리를 보여줘도 아무렇지 않을 만큼 익숙해지고 싶었다. 그녀의 각막에 자신을 새기고 또 새기고 싶었다.

이렇듯 많은 밤을 함께하고, 별것 아닌 일상을 공유하면서도 그는 여전히 불안했다. 꽉 움켜쥔 손 사이로 모래처럼 빠져나가진 않을까. 어느 날 문득 연기처럼 사라져버리진 않을까. 문을 열고 그녀가 잠든 걸 확인하기 전까지는 늘 속이 뜨겁고 초조했다. 언제까지 이런 마음으로 살아야 하나. 아마도 사는 동안, 어쩌면 숨이 끊어지는 날까지겠지.

등신 새끼처럼 자조하듯 웃으면서도 간신히 운동으로 억눌러놓은 흥분에 불이 붙는 듯했다. 불현듯 치미는 갈증을 내리누른 지석이 잔머리가 붙은 관자놀이에 입 맞추며 속삭였다.

"해수야."

"……으응."

여전히 눈을 감은 채 해수가 미간을 찡그렸다. 곧 감은 눈이 사근사근 접히며 사랑스러운 미소가 얼굴 전체에 번져갔다. 그 눈웃음 한 번에 전전긍긍했던 마음이 삽시간에 녹아내렸다. 주변이 환해지는 것 같은 기분과 함께 허벅지에 닿은 분신이 빠듯하게 욕망을 키워가는 걸 느꼈다.

"이만 일어나야지."

지석은 양팔 사이에 해수를 가두며 무릎으로 침대에 올라섰다. 무게를 견디지 못한 매트리스가 출렁거리며 희미하게 꿈틀대는 그녀의 정신을 마저 깨웠다.

"나 졸려."

어렴풋이 정신은 깨어 있었으나, 몸이 하루의 시작을 열렬히 거부하고 있는 듯 잔뜩 갈라져 있는 목소리였다. 아무렇게나 손을 뻗어 지석의 얼굴을 더듬거리던 해수가 배시시 웃으며 웅얼거렸다.

"10분만."

지석은 제 코끝에 닿은 손을 끌어다 키스하듯 얇고 아프지 않게 물었다.

내리깔려 있던 해수의 눈꺼풀이 미약하게 들렸다.

"으응……. 하지 마."

봄바람처럼 가볍게 스치는 미소가 가슴속에 온기를 지폈다. 미소에 화답하듯 쪽, 뺨 위로 눌린 그의 입술 역시 귀여운 아기를 보듬듯 안온함으로 가득했다. 꽃잎처럼 흐드러진 해수의 머리카락을 쓸어 넘기며 지석이 채근했다.

"아침 먹어야지. 계란찜 먹고 싶다며."

"먹기 싫어졌어. 더 잘래. 같이 자요."

해수가 고개를 저었다. 그녀를 쓰다듬는 손길은 흉터가 남은 거친 모양과는 달리 다정했다. 잘게 조각난 입맞춤이 잠을 이기지 못한 해수의 얼굴 위를 쉴 새 없이 간지럽혔다. 보드라운 뺨을 감싸듯 어루만지며 그가 해수의 눈꺼풀에 입술을 누른 채 속삭였다.

"그렇게 말하면, 오해하고 싶어지는데……."

수마에 잠식되어 허우적대는 그녀를 좀 더 자게 내버려둘 수도 있었다. 하지만 지석은 마치 한계에 다다른 사람처럼 해수의 뺨과 귓불을 연신 쓰다듬으며 앓는 소리를 냈다.

"눈 떠봐. 보고 싶어. 너 오늘 당직이잖아. 나 퇴근하면 집에 없을 거 아냐. 지금 안 보면 이틀이나 못 봐. 나 죽는 꼴……."

보고 싶어? 이어지는 말은 목덜미를 감싸 안고 살포시 끌어내리는 힘으로 인해 맞닿은 입술 사이로 삼켜졌다. 기꺼이 내린 입술을 머금은 해수가 그제야 햇살 같은 웃음을 터뜨리며 눈꺼풀을 활짝 들어 올렸다. 남자의 눈 속에 비친 제 모습을 물끄러미 보며 작게 숨을 삼켰다.

"옷 예쁜 거 입었네. 우리 땡땡이칠까요?"

느리게 깜빡이던 눈을 손바닥으로 꾹 누른 그녀가 농담이라 말하듯 웃곤 두 팔을 만세 하듯 쭉 뻗어 피곤함을 마저 떨쳐냈다. 거추장스러운 이불을 끌어 내린 지석이 그녀의 가슴에 가볍게 입을 맞추었다. 아프지 않을 만큼 머금고 맛보며 말했다.

"난 언제든 환영이야."

"간지러워……. 자꾸 자극하지 마요."

"자극한 게 누군데."

"아, 농담이에요. 농담."

해수가 맑게 웃음을 터뜨리며 몸을 비틀었다. 농담이라고 말했지만, 반은 진심이었다. 종일 살을 맞대고 게으르게 뒹굴고픈 마음은 그녀 역시 마찬가지였으니까.

지석이 그녀의 연약한 귀와 목덜미 사이에 입술을 묻고 혀로 핥으며 속삭였다.

"나도 골프나 치러 다니고 보고만 받고 그랬으면 좋겠는데, 이건 뭐, 하나부터 열까지 손 안 가는 데가 없어. 확 다 갈아 엎어버릴까."

진심 어린 푸념을 듣던 해수는 자신도 모르게 한숨 같은 탄성을 터뜨렸다. 삶의 무게와 피곤이 덕지덕지 묻은 어깨를 감싸 안고서 맞닿은 심장 박동을 느끼며 달래듯 그를 토닥였다.

"그러다 회사 망하면 어떡해. 백수 남편은 좀 부담스러운데."

이를 세워 목덜미를 살짝 깨문 지석이 순간 푸스스, 맥없는 웃음을 터뜨렸다.

서로의 웃음소리가 맞닿은 가슴을 둥둥 울렸다.

"먹여 살려줘. 많이 안 먹고, 뭐든 열심히 할 테니까. 응?"

눈을 가늘게 뜬 해수가 은근한 웃음기를 머금고서 짓궂은 목소리로 물었다.

"음, 뭘 그렇게 열심히 할 건데요?"

지석의 얼굴에서 웃음기가 걷혔다. 그와 동시에 눈앞이 어
둑해지더니 곧 까만 그림자와 함께 그의 상체가 해수의 코앞
으로 기울어졌다. 언제 들어도 근사한 목소리가 해수의 숨에
섞여들었다.

"내가 제일 잘하는 거."

아득하게 입술이 빨려 들어갔다.

"하아."

단번에 숨이 뜨거워졌다. 깊이 닿고 싶어 안달 난 사람처럼
해수가 손을 뻗어 그의 재킷을 다급히 벗겨냈다. 단단해진 몸
이 다리 사이를 파고들고, 두꺼운 허벅지를 감싼 슈트의 질감
이 그녀의 허벅지를 매끄럽게 스쳤다. 서로의 팔다리가 뱀처
럼 성글게 뒤엉키며 순식간에 달아오르려던 찰나였다.

똑, 똑—.

"좋은 아침입니다!"

요란하게 침실 문을 두드리는 소리와 함께, 활기찬 아침을
알리는 우레와도 같은 목소리가 문밖에서 들려왔다.

"대표님, 아직 주무십니까? 오늘 일정이 바쁘니 서두르라고
하셨잖습니까!"

쩌렁쩌렁한 목소리로 인사하며 문 앞을 어슬렁거리는 기척
에도 지석은 전혀 개의치 않았다. 아무것도 들리지 않는 사람
처럼 목덜미를 잘근잘근 깨물며 집요하게 몸을 겹쳐왔다.

어떡해. 설마 들은 건 아니겠지.

해수는 황급히 이불을 끌어 올렸다. 한껏 긴장한 그녀가 돌덩이처럼 딱딱하게 굳은 채 속삭였다.

"실장님, 실장님……."

"다른 남자를 왜 그렇게 달콤한 목소리로 불러대. 그것도 내 귀에다 대고."

"그만해요. 실장님이 들어오면……."

당혹감을 견디지 못한 해수는 그의 어깨를 움켜쥐며 속 입술을 깨물었다. 그는 놀라 붉어진 해수의 뺨을 감싼 채로 탁한 음성을 흘렸다.

"괜찮아. 내 허락 없인 안 들어와. 자기 할 일 하면서 기다릴 테니까 긴장하지 마."

"어떻게 그래요."

옷을 차려입은 본인은 괜찮을지 몰라도 헐벗은 그녀는 아니었다. 타인과 한 공간에 있다는 사실만으로도 수치스러웠다. 도무지 태연하게 굴 수 없었던 해수는 가늘게 찌푸린 눈으로 지석을 빤히 쳐다보며 상체를 일으켰다. 지석은 일그러뜨린 눈썹 앞머리를 검지로 슬쩍 긁어내리며 바닥에 널브러진 해수의 잠옷을 주워 들었다.

"이리 와."

지석은 해수를 안아 제 무릎 위에 앉히며 아쉬운 듯 혀를 찼다. 물론 윤재가 느닷없이 들이닥친 건 처음 있는 일도, 새삼스러울 일도 아니었다.

적게는 일주일에 한 번, 많게는 일주일 내내, 미처 처리하지 못한 서류를 전달하거나 자신의 취향에 맞게 드레스 룸을 채워두는 일 역시 윤재의 몫이었기 때문이었다.

혼자 사는 것도 아닌데 너무 안일했나. 진작 비밀번호를 바꿨어야 했는데.

문밖을 향해 못마땅한 시선을 내던진 지석은 인상을 확 구기며 어쩔 수 없다는 듯 한숨을 푹 내쉬었다.

"저 새끼는 가만히 보면 일부러 저러는 거 같단 말이지."

해수의 머리 위로 부드러운 면 소재의 원피스가 쑥 들어오더니 단번에 팔이 꿰이고, 그의 품에 안겨 허공에 획 들려졌다. 눈 깜빡할 틈도 없이 벌어진 일이었다. 해수는 그의 옷자락을 움켜쥐며 고개를 저었다.

"남들한테 이런 모습까지 보이고 싶지 않아요."

지석이 몸을 틀어 문 쪽으로 발을 떼며 '그래서?'라고 말하는 듯한 눈빛을 건넸다.

"이건 나도 양보 못 해. 넌 출근하는 순간부터 종일 뛰어다녀야 할 거 아냐. 이렇게라도 해줘야 내 마음이 편해져."

"아니, 너무 멋대로……."

불만을 쏟아내는 목소리를 못 들은 척, 그가 열린 문틈으로 재빨리 걸음을 뗐다. 해수가 새치름하게 눈을 떴다.

"내려줘요. 실장님이 보면 뭐라고 생각하겠어요."

"내가 알 게 뭐야."

지석이 피식, 매끄럽게 웃었다. 내 집에서 내 여자 안고 다니겠다는데 다른 사람 눈치를 봐야 하나, 생각하며 미간을 조금 찡그린 채 고개를 비스듬히 들어 해수와 시선을 맞추었다.

"뭐, 좋아 죽겠나 보다 생각하겠지. 사실이기도 하고."

해수의 입술이 황당하다는 듯 벌어졌다. 입꼬리를 비딱하게 올리며 멋대로 구는 남자를 향해 싱긋 웃었다. 길게 뻗은 눈매가 반달처럼 휘어지는 순간이 너무도 근사했다. 해수는 핏대가 바짝 올라선 목덜미를 감싸 안으며 그가 이끄는 대로 몸을 맡겼다.

서둘러 씻은 뒤 냉장고로 향한 해수는 유리컵 가득 물을 채웠다. 머리가 지끈해질 정도로 차가운 물을 마시면서 어두운 드레스 룸 안으로 들어섰다.

나가는 순간까지 떨어지고 싶지 않다, 말하던 지석의 눈빛과 목소리를 떠올리며 벽 한 면을 가득 메운 잿빛 커튼을 걷었다. 커튼 너머로 어른거리던 빛이 불시에 쏟아져 들어왔다. 나풀대는 먼지가 빛 사이로 표표히 떠돌았다. 가구가 별로 없어 춥게만 느껴지던 실내가 금세 따뜻한 빛으로 물들어갔다.

진열대 위에 컵을 놓아둔 해수는 거울에 비친 자신의 얼굴을 한참이나 들여다보았다. 입을 꾹 다물고 있음에도 웃고 있는 것처럼 느껴졌다. 행복한 건지 화가 난 건지 알 수 없어 감정의 파고를 좀처럼 드러내지 않던 예전 모습은 이제 어디서도 찾아볼 수 없었다.

옷장 문을 활짝 여는데 경고음처럼 밋밋하고 개성 없는 벨소리가 울렸다. 여전히 제 것 같지 않은 물건들이 열을 지어 걸려 있는 것을 보면서 해수는 통화 버튼을 꾹 눌렀다.

7시 40분. 출근한 지 20분도 채 지나지 않은 지석의 목소리가 들려왔다.

"네, 무슨 일이에요?"

[생각해보니까 내가 뭘 놔두고 왔더라고.]

"응? 뭔데요. 중요한 거면 출근하는 길에 가져다줄게요."

옷걸이 위를 더듬어가던 손이 우뚝 멈추었다. 뭘 놔두고 간 걸까. 비서를 보내지 않고 전화를 걸어온 걸 보면 꽤 긴박한 일일 텐데 서재로 가봐야 하나, 생각하면서 해수는 드레스 룸의 손잡이를 잡았다.

[널 놔두고 왔잖아. 보고 싶어서 한번 걸어봤어. 목소리라도 들으면 좀 나아질까 해서.]

"아……."

해수는 바로 대답하지 못했다. 나지막한 목소리에 귀가 간지러웠던 탓인지 귓불이 금세 발그레해졌다. 자신 역시 그를 그리워하고 있었다는 걸 인지하자 한발 늦게 입이 벌어졌다.

"잘했어요."

뭐가 그렇게 당황스러웠던 걸까. 이유 없이 멍해진 탓에 해수는 진공관처럼 먹먹한 목소리로 대답을 했다. 마음에 들지 않는 대답이었는지, 수화기 너머에서 짧은 콧바람 소리가 넘어왔다. 해수는 어렵지 않게 남자의 얼굴을 그렸다. 눈은 감고 있겠지. 왼손으로 미간을 긁으면서 뒷좌석에 머리를 기대고 있을까. 새삼스럽게 떠오르는 모습에 가슴이 욱신거리는데, 그가 웃으며 말했다.

[내일 데리러 갈게. 먹고 싶은 거 있으면 생각해놔.]

"바쁘지 않아요?"

해수는 다시 뒤를 돌아 옷장 앞에 섰다. 습관처럼 청바지를 꺼내 들다가 H라인 스커트 위로 손을 뻗었다. 일을 하면서 입기엔 불편할 테니 여벌 옷도 챙기면서 대답을 정정했다.

"아니, 바빠도 와야 해요. 바쁘다는 핑계로 약속 취소하지 말고요. 나 혼자 두지도 말고 미리 와서 기다려줘요. 꼭."

고작 이 말을 하는데 쨍하니 머리가 시리고 숨이 찼다. 환하게 웃고 있을 얼굴이 선연했다. 길게 뻗은 눈매가 햇살을 가르며 가슴을 비집고 들어왔다. 종일 생각날 것만 같은 미소였다.

전화를 끊은 해수는 핸드폰을 진열장 위에 두고 서랍을 열었다. 사각형으로 커팅된 귀걸이를 끼고 지석이 선물했던 시계를 꺼냈다. 햇빛에 반사된 다이아몬드가 유리 진열장 위로 물결 같은 빛을 냈다.

그러는 사이 10분이 흘렀다. 마지막으로 트렌치코트를 팔에 걸친 해수는 핸드폰의 문서 뷰어를 켜고 주간 회의 자료를 확인하면서 드레스 룸을 나섰다.

평화롭다면 평화로운 일상이었지만 일각 마음이 조급한 건 사실이었다.

통상적으로 레지던트 4년 차 시작과 함께 논문을 준비하는 경우가 대부분이었지만, 해수는 이미 지난여름부터 논문 작성에 박차를 가해왔다.

준비가 빨랐던 이유는 간단했다. 해수는 늘 동기들보다 자신이 모든 면에서 부족하다고 여겨왔기 때문이었다. 물론 첫 논문인 만큼 시간에 얽매이지 않고 심혈을 기울이고 싶은 마음도 컸다.

더구나 학업에 열중할 수 있는 상황도 아니지 않은가. 서두른다 해도 과연 동기들과 속도를 맞출 수 있을지 의문이었다.

"시험공부도 해야 하고, 논문 준비도 본격적으로 해야 하고, 매일 회의에 애들도 챙겨야 하고. 정신없겠네."

작게 한숨을 내쉰 해수가 뻐근해진 목을 쓸어내리며 복도를 지나 현관으로 향하던 때였다. 추위에 얼어붙은 손을 비비며 현관으로 들어서던 장홍댁과 마주쳤다. 몸을 물러 길을 터주며 해수는 고개 숙여 인사를 했다.

"어서 오세요, 여사님."

"출근하시려고요? 밖에 추운데, 더 따뜻하게 입고 가시지."

"전 괜찮아요. 걱정해주셔서 감사합니다."

해수는 웃으면서 대답을 했다. 나붓한 얼굴 위로 곱게 주름진 눈가를 접은 장홍댁이 해수의 팔을 쓸며 정답게 말했다.

"올해는 유난히 춥네. 오늘은 꼭 눈이 올 것 같은 날씨더라고요. 커피 내려드릴 테니까 들고 출근해요, 시간 괜찮으면."

조금이라도 더 말을 붙이고 싶어 하는 기색이라 매몰차게 거절할 수 없었다. 해수는 미소를 지으면서 소매를 걷어 시간을 확인했다. 다행히 30분 정도 여유가 있었다.

"네, 괜찮아요."

"식사는? 반찬이 입에 맞는지 모르겠네요. 나이가 드니 자꾸 입맛이 변해서, 간이 짠 건지 싱거운 건지 당최 알 수가 없다니까."

얇은 패딩 점퍼를 벗어 식탁 의자에 걸쳐둔 장홍댁이 싱크대에서 손을 씻으며 푸념했다. 해수는 핸드 타월을 건네며 대답을 했다.

"늘 맛있어요. 언니가 해주던 밥이 생각날 만큼요."

"앉아 있어요. 커피 내려줄 테니까. 그나저나 언니가 밥을 해줬어? 엄마는?"

장홍댁이 눈을 크게 뜨며 냉장고를 열어 손질된 과일이 들어 있는 통을 꺼냈다.

해수는 조심스럽게 의자를 꺼내 앉았다.

"엄마가 일찍 돌아가셨거든요. 그래서 저는 언니가 해줬던 반찬들이 늘 그리워요."

아플 때면 더욱 그랬다. 별것도 아닌 계란죽이 이렇게 그리워질 줄은 미처 몰랐었다. 아무렇지 않은 척 해수는 눈을 질끈 감았다가 떴다.

장홍댁이 눈썹을 축 늘어뜨리며 해수를 보았다.

"아이고, 세상에. 언니도 어렸을 텐데 동생 밥해 먹이느라 고생깨나 했겠네. 언니는 몇 살인데요?"

"저보다 10살 많아요. 언니가 고생 엄청 많이 했어요, 저 키
우느라."

장홍댁은 과일이 소복하게 담긴 접시를 식탁 위에 놓으며 해
수와 마주 앉았다. 포크에 사과를 쿡 찍어 건네며 말했다.

"언니 한 번 데리고 와요. 맛있는 거 많이 해줄 테니까."

아직은 언니가 세상에 없다는 말을 아무렇지 않게 내뱉을
용기가 나지 않았다. 괜스레 콧등이 시큰해진 해수는 사과를
베어 먹으며 고개를 끄덕였다.

윙—.

예열이 끝난 기계에서 커피가 추출되기 시작했다. 엉덩이를
가볍게 뗀 장홍댁이 텀블러를 꺼내며 말을 이었다.

"이따 장 보러 갈 건데. 먹고 싶은 거 있으면 말해요. 그리
고 혹시 빨랫거리 챙기지 못한 거 있으면 내놔주시고요."

"음, 칼칼한 국물이 먹고 싶어요. 추워져서 그런가 봐요."

"칼칼한 국물이라. 뭐가 좋으려나."

핸드폰을 열어 칼칼한 찌개를 치고 검색하던 장홍댁이 추출
된 커피를 텀블러에 담아 해수에게 건네며 다정한 목소리로
물었다.

"다른 거는요?"

텀블러를 건네받으며 수행 기사에게 메시지를 보내려던 해
수가 생각난 게 있다는 듯 눈썹을 밀어 올렸다.

"저 빨아야 할 물건이 하나 있긴 한데, 부탁드려도 될까요?"

"그럼요. 빨래 바구니에 넣어두세요."

장홍댁이 살갑게 웃었다. '죄송해요.'라는 말을 덧붙이려던 해수는 입을 꾹 다물고 드레스 룸에 들어섰다. 먼지 쌓인 곰인형을 꺼내 바구니 속에 집어넣고 주방을 지나치며 큰 소리로 인사를 했다.

"다녀오겠습니다."

전면 유리창 너머로 겨울의 향기가 너울지고 있었다. 따스한 볕이 넓은 창을 투과해 서늘한 실내에 온기를 더했다.

평온했다. 해수는 잠이 올 것 같은 기분을 느끼며 현관을 나섰다.

평일 오후의 병원 커피숍은 한적했다.

겹치고 퇴적된 피로가 늦은 오후의 그림자처럼 길게 따라붙었다. 고단함을 이기지 못해 눈을 잠시 감고 서 있던 해수는 이내 커피숍 안으로 들어가 따뜻한 커피 두 잔을 주문하고 고개를 돌렸다.

— 해수야. 지금 로비 커피숍인데. 바쁘지 않으면 잠깐 내려
  올 수 있겠니? 기다리마.

외래 업무를 모두 마치고 주별 보고서 작성을 막 끝낸 해수에게 걸려온 전화였다. 분류도 채 시작하지 않은 연구 자료로 어질러진 책상 위에 엎드려 있던 해수는 저녁 식사도 거르고 1층으로 내려왔다.

오후 8시가 지난 시간, 주문한 커피를 기다리며 두리번거리던 해수는 커피숍 한쪽 구석에 앉아 의학 잡지를 읽고 있던 아버지를 발견했다. 상견례 이후 처음 보는 아버지는 여전히 수척한 얼굴이었다. 그간 아버지와 만날 생각조차 하지 못했다. 여유가 없었다. 제 마음 하나 건사하지 못해 절절매던 지난날을 떠올린 해수가 무겁게 가라앉은 숨을 내쉬었다.

특별한 이유 없이 찾아오실 분이 아닌데.

해수는 그런 생각을 하면서 창문 너머 앙상하게 야위어가는 나뭇가지를 바라보았다. 저마다 이야기를 나누는 사람들의 목소리, 커피머신에서 들려오는 소음, 스산하게 불어오는 바람 소리에 멍하니 귀 기울이던 해수는 경직된 얼굴로 저릿해진 손끝을 말아 쥐었다.

남자와의 관계가 정립되던 그날의 기억이 불현듯 머릿속에 벼락처럼 내리꽂혔다.

― 윤해수는 앞으로 3년간, 채지석의 아내로서 맡은 바 의무를 다할 것이며.

행복에 겨워 잠시 잊고 있던 사실을 상기시켜주듯 아버지의 존재는 단숨에 그녀를 벼랑 끝으로 몰았다. 지석이 제게 주고자 하는 감정이 그게 전부가 아님을 모르지는 않았다. 그가 퍼다 나르는 애정에 매몰된 채 매일 허덕이기 바쁘면서도 문득, 그날의 기억은 돌진하는 파도처럼 해수를 덮쳐왔다.

"바쁜데 불러낸 건 아닌지 모르겠구나."

해수는 코앞에서 들려오는 아버지의 목소리에 퍼뜩 숨을 들이켰다. 해수가 들고 온 머그잔에서 고소한 원두 향이 몽글몽글 피어올랐다. 희끗희끗한 머리카락 아래, 옅게 메이크업한 아버지가 다소 상기된 얼굴로 어색하게 미소를 짓고 있었다.

"녹화 다녀오셨나 봐요."

해수는 굳은 얼굴을 부드럽게 펴면서 미소를 지었다.

올해로 벌써 20년째였다. 아버지는 범죄 시사 프로그램의 패널로 오랜 기간 출연해오며 자신의 입지를 공고히 다져왔다. 그 유명세를 확인해주듯 두 명의 타과 인턴이 쭈뼛거리며 사인을 요청해왔다.

짧은 소란이 스친 테이블을 사이에 두고 아버지와 마주 앉은 해수는 대치와도 같은 침묵을 묵묵히 인내했다.

아버지와 오붓하게 대화를 나눈 게 언제였는지, 이제는 기억조차 희미했다. 그도 그럴 것이 가정을 돌볼 줄 모르는 아버지였고, 살갑지 않은 딸이었다. 어우러지는 조합이 아니었을뿐더러 언니가 사고를 당한 이후로는 물과 기름처럼 분리된 채 살아왔으니 두 사람 사이의 벽이 높아진 건 당연한 일이었다.

"그간 어떻게 지내셨어요? 아, 방송은 잘 보고 있어요. 그런데 왜 이렇게 야위셨어요. 혹시 어디 불편하신 데라도……."

둔중한 침묵을 깬 것은, 덩달아 위축된 해수였다. 별수 없었다. 억지로라도 말을 붙이지 않으면 이 침묵이 영원할 것 같았으니까.

아버지는 여전히 빙빙 헛도는 말을 내뱉지 못하고 애꿎은 커피만 마셔댔다. 야위어 뼈마디가 툭 불거진 손은 커다란 머

114

그잔의 손잡이를 잡는 것조차 힘에 겨워 보였다.

엄습하는 불안감에 휩싸인 해수가 한순간 가슴이 들썩일 정도로 크게 숨을 들이마실 때, 안심하라는 듯이 슬쩍 웃은 아버지가 입을 열었다.

"결혼 준비는 잘되어가고 있는지 궁금해서 와봤다. 채 대표랑 사이는 어떤지, 살갑게 대해주는지, 병원 생활은 어떤지, 밥은 잘 먹는지……."

윤성태는 늘 불안함에 떨었다. 고착된 두려움은 오래된 불면으로 이어졌고, 결국 수면제와 안정제가 없이는 일상생활이 불가능한 지경에 이르렀다.

해수가 조금이라도 알게 된 사실이 있진 않을까, 누군가가 딸을 해하지는 않을까, 더 나아가 지난날 본인의 허물이 낱낱이 드러나진 않을까. 늘 애가 탔다.

또다시 이기적인 민낯을 내보이는 자신을 향해 윤성태는 구역질과도 같은 한숨을 토해내며 애써 웃었다.

"보기엔 이래도 잘 먹고 건강하니, 내 걱정은 하지 않아도 된다."

딸에게 말 한마디 건네는 것조차 신중한 아버지가 대체 무슨 배짱으로 그렇게 큰 빚을 만들어 낸 것인가. 새삼스레 의문스러웠던 해수는 잠시 할 말을 잊은 채로 미간을 모았다가 빠르게 표정을 지웠다.

"두말하면 입 아플 정도로 잘해주고, 손 하나 까딱 못 하게 해요. 집안일, 밥 걱정, 뭐 그런 거 안 해도 되고. 논문 작업도

순탄하게 진행되는 중이고요."

"그것참, 다행이구나."

커피를 한 모금 마신 아버지가 안도하듯 짧게 웃었다. 아버지가 무엇을 걱정하는 건지 해수가 모를 리 없었지만, 딱히 설명할 길도 없었다. 두 사람이 어떤 과정을 거쳐 여기까지 오게 되었는지 구구절절 설명하기엔 겪어온 일들이 너무도 복잡했으니까.

"이거."

그때 어색하게 손끝만 만지작거리며 골몰하던 해수의 커피잔 앞으로 무언가가 툭, 소리를 내며 떨어졌다.

"잘 가지고 있거라. 나중에 쓰일 날이 올 테니."

테이블 위에 놓인 물건의 정체에 해수의 눈이 가늘어졌다.

금요일에서 토요일로 넘어가는 새벽은 응급실이 가장 바쁜 날 중 하나였다.

웬일로 한산하나 싶더니, 늦은 밤 들어온 TA(Traffic Accident : 교통사고) 환자를 시작으로 밤새 응급실은 아수라장이었다. 쉴 없이 밀려오는 응급 환자로 인해 자동문은 내내 활짝 열린 채 고정되어 있었다.

해수는 두 눈을 질끈 감은 채 앞머리를 걷어 넘기며 샤워기를 껐다.

잠시 눈을 붙인 시간을 제외하면 꼬박 30시간을 일한 셈이다. 샤워를 마치고 탈의실로 나와 옷을 갈아입는 와중에도 눈이 꾸벅 감기고 하품이 절로 쏟아졌다.

— 이건 해인이 앞으로 나온 보험금이다.

뽀얗게 인 수증기 속에서 불쑥 아버지의 목소리가 튀어나왔다. 눈코 뜰 새 없이 바빠 미처 떠올릴 틈조차 없던 일이었다.

해수는 가방을 뒤적여 통장 두 개를 꺼냈다. 일, 십, 백……. 5억. 통장에 찍힌 액수는 자신의 상상을 초월하는 금액이었다. 0이 몇 개인지 몇 번을 세어도 변하는 건 없었다.

언니의 목숨과 바꾼 돈이라니. 해수는 세상이 하루아침에 조각났던, 그날의 막막함을 다시금 되새겼다. 밭은 숨조차 쉴 수 없이 조여드는 가슴을 문지르고 또 문지르며 누가 볼세라 통장을 덮었다.

— 그리고, 이건 너 어릴 때 엄마가 조금씩 모아둔 돈이다. 잘 가지고 있거라.

'막내 결혼 자금'이라고 적힌, 낡아 귀퉁이가 다 해져버린 통장을 보는데 예고도 없이 눈물이 뚝 떨어졌다. 해수는 얼른 손등으로 눈물을 훔쳐냈다. 그리고 로비에서 기다리고 있을 남자를 떠올리면서 창밖으로 고개를 돌렸다.

오후 6시, 어슴푸레한 하늘빛에 한참 시선을 두던 해수는 뒤늦게 정신을 깨웠다. 통장을 가방 깊숙한 곳에 밀어 넣고 오랜만에 신는 하이힐에 어색함을 느끼면서 탈의실을 나섰다.

"해수 쌤, 신랑 만나러 가는구나?"

평소에 즐겨 입지 않던 옷차림 탓인지, 엘리베이터 앞에서 만난 수간호사가 눈을 크게 뜨면서 물어보았다. 해수는 괜스레 치마를 끌어 내리며 쑥스러운 듯 웃었다.

"아, 네."

"원체 예쁘지만 꾸미니까 너무 예쁘다. 어디 좋은 데 가?"

먹고 싶은 거 생각해두라고 했었는데…….

뒤늦게 그의 말이 떠올라서 해수는 한발 늦게 대답을 했다.

"아니요. 그냥 밥 먹으러요. 그럼 월요일에 뵐게요."

"그래요. 고생했어. 조심히 들어가요."

인사를 건네는 수간호사에게 웃어 보인 뒤 해수는 때마침 도착한 엘리베이터에 올라탔다. 로비 버튼을 누르려다 3층에 불을 밝혔다.

3층부터 로비까지는 개방감이 좋은 원형 구조였다. 오랜 기다림에 지칠 외래 환자들을 위해 탁 트인 시야라도 제공해주자는 병원 측의 배려였다. 정각마다 천장에서 쏟아져 내리는 워터커튼과 음악 분수쇼가 나름의 자랑거리이긴 했으나 해수는 한 번도 제대로 본 적이 없었다.

유리 난간에 몸을 기대어 로비를 내려다보자 조그마한 원형 분수대 앞에 서 있는 지석의 뒷모습이 보였다.

"찾았다."

언제부터 저기에 있었던 걸까. 분수대 중앙에 장식된 조각상을 물끄러미 바라보고 있는 남자는 이상하게 현실감이 없었다. 해수는 난간 밖으로 손을 내밀려다 도로 주먹을 말아쥐었

118

다. 형언하기 힘든 감정들이 휘몰아쳐 가슴에 잔잔한 열기를 피웠다. 어쩐지 꿈을 꾸고 있는 것 같기도 했다. 손이라도 닿으면 신기루처럼 아스라이 사라져버릴 것만 같은 남자였다.

해수는 꿈이라면 아주 오랫동안 깨지 않았으면 좋겠다는 생각을 하며 걸음을 재촉했다. 그가 보고 싶었다. 오늘은 특별히 더 예뻐 보이고 싶은 날이었다.

그리 크지 않은 발소리인데도 지석은 단번에 기척을 느꼈다. 미칠 듯이 보고 싶어 뒤를 돌아볼까 생각하다가 모르는 척 등 뒤로 온 신경을 쏟았다. 점점 가까워지는지, 장난기 가득한 숨소리가 지척에서 들려왔다. 얼른 다가오길 기다리는 그 짧은 시간이 영원처럼 길었다.

"지석 씨."

어깨 위로 해수가 얼굴을 깊이 묻으며 허리를 끌어안았다. 뜨거운 입김과 포근한 비누 향이 목덜미를 부드럽게 쓸었다.

"진짜 빨리 왔네. 보고 싶었어요."

저녁이라 조명의 조도가 낮게 조절된 로비는 안개가 낀 것처럼 흐릿했다. 그 불빛보다 더 희미한 목소리가 귓불을 간지럽혔다.

"아, 냄새 좋다." 하고 덧붙이는 목소리가 너무 예뻐서, 등에 맞닿는 온기가 너무도 따스해서, 순간 가슴이 쑤시듯이 아파왔다. 지석은 제 가슴 언저리로 뻗어오는 손을 잡아 짧게 입 맞추며 말했다.

"네가 그랬는데, 나는 어땠을 거 같아?"

"음, 어땠는데요?"

해수가 허리를 감싼 팔에 힘을 주며 더 몸을 붙여왔다. 지석은 제게 기대듯 의지해오는 팔을 다정하게 쓰다듬었다.

"끔찍했어. 몸은 완벽히 잠들었는데 시간이 갈수록 정신은 또렷해져. 분명 의식의 끝까지 둥둥 떠가는 기분인데, 사소한 소리까지 다 들리고 밤새 머릿속엔 너만 굴러다니는 기분. 그게 어떤 건지 알아?"

"알죠. 당연히."

"심지어 밤새 네가 보이질 않으니 화가 나 미칠 것 같았어."

"그것도 알아요."

해수가 웃으며 대답하자 작은 파동이 지석의 가슴을 관통했다. 어깨부터 시작된 진동이 왼쪽 가슴을 간지럽혀 그는 소리 없이 입꼬리를 올리며 되물었다.

"네가 그걸 어떻게 알아?"

지석은 몸을 돌리며 해수의 손을 잡아당겨 숨이 막힐 듯 틈 없이 끌어안았다. 트렌치코트를 열어 숨기듯 품에 넣고서 해수의 미간에 팬 홈이 서서히 사라질 때까지 원 없이 눈을 맞추었다.

"비밀이에요. 말 안 해줘야지."

콧등을 찡긋거리며 대답하는 얼굴엔 장난기가 가득했다. 아이처럼 천진하게 구는 모습이 안쓰러우면서도 더는 견디기 어려울 만큼 사랑스러워 지석은 가만히 입술을 내렸다.

짓눌리듯 달라붙은 입술이 부드럽고 따뜻했다. 새어 나오는 숨결이 너무도 달콤해 가슴이 뻐근하게 조여왔다. 머리끝까지 소름이 밀려 올라오고, 온몸이 간지러운 기분이 들었다.

"여기서 이러면 안 돼요."

홀린 듯 이끌려가던 해수가 그의 어깨를 붙잡으며 얼굴을 붉혔다. 촉촉하게 젖은 눈이 지석을 향해 있었다.

주위엔 아무도 없었지만 난처하겠지, 직장이니까.

지석은 그렇게 생각하면서 몸을 조금 떼어내고 해수를 발끝까지 짧게 훑어보았다.

"예쁘게 입었네."

몸의 굴곡이 그대로 드러나는 H라인 스커트, 그 아래 곧게 뻗은 종아리와 한 손으로도 부러뜨릴 수 있을 것 같은 발목까지 내려갔던 시선이 곧장 위로 향했다. 말갛게 웃는 낯을 마주한 지석은 자신도 모르게 마른침을 삼켰다.

깊게 가라앉은 목소리가 해수의 머리 위로 흩어졌다.

"보고 싶은 걸 얼마나 참았는데, 고작 뽀뽀 한 번으로 내빼려고?"

"내빼긴 누가 내빼요. 나도 꾹 참고 있는 건데."

웃음 섞인 목소리에 지석이 가슴 언저리로 고개를 내렸다. 그냥 해본 말인가 싶었던 것도 잠시, 잿빛 슈트의 헤링본 패턴을 따라 매만지는 손끝이 살짝 떨리는 것만으로도 그녀의 마음이 진심이라는 걸 알 수 있었다.

　지석은 해수의 손을 그러쥐며 이마를 맞댔다. 누구 것인지 분간할 수 없을 정도로 숨이 섞일 때까지 마주 보다가 한쪽 팔을 빼낸 트렌치코트로 해수의 어깨를 감싸며 걸음을 뗐다. 그를 따라 걷기 시작한 해수가 부끄러운 듯 말을 돌렸다.

　"배고프다. 얼른 밥 먹으러 가요."

　"먹고 싶은 거 생각해봤어?"

　답이 없자 지석이 해수를 내려다보았다. 졸린 눈을 연신 문지르면서 고개를 저은 그녀는 지석의 손가락 사이사이를 벌려 제 가느다란 손을 꾹꾹 밀어 넣고 있었다.

　"고기 먹을까? 아니면 회? 한정식이나 중식도 좋고."

　"점심은 뭐 먹었어요?"

　"넌?"

　"초밥이요. 그래서 회는 별로. 지석 씨는요?"

　"내가 뭘 먹었으면 어때. 난 윤해수가 먹고 싶다는 거면 뭐든 좋지."

　병원 밖으로 나서자 어느덧 붉은 해가 수평선 너머로 뉘엿뉘엿 지고 있었다. 어스름한 빛이 흩어지는 하늘을 바라보던 해수가 발끝을 세워 그의 귓가에 속닥거렸다.

　"음, 사실 나는요."

　땅거미가 두 사람을 뒤덮었다.

　"그냥, 같이 있기만 해도 좋을 거 같아요."

　대답이 마음에 들었는지 낮게 웃음을 터뜨린 지석이 해수의 손을 덮듯이 꽉 붙들었다. 내내 간지럽던 심장이 두근두근, 손바닥 위에서 뛰고 있는 것처럼 느껴졌다.

"나도 그래."

해수가 그의 어깨에 고개를 기댄 채로 웃었다.

여자의 부드러운 머리카락이 초겨울의 소슬바람에 일렁거렸다.

팟─.

가로등이 여자의 뺨 위에 빛을 흩뿌려, 해수는 꼭 웃으면서 눈물을 흘리는 것처럼 보였다. 가만가만 그녀의 뺨을 매만지던 지석이 해수의 메마른 눈을 입술로 덮었다.

Chapter 19

불안의 전조

지석은 더 묻지 않고 차를 몰았다. 곧장 호텔로 향할 거라는 예상과 달리, 40분가량 달려 서울 외곽으로 향한 차는 어느 한적한 골목에 세워졌다.

"여기가 어디예요?"

"나도 비밀이야."

먼저 내린 지석이 문을 열어주었다. 두리번거리며 내리는 해수의 어깨에 자신의 옷을 두르며 잡은 손에 깍지를 꼈다.

이미 가려는 곳을 정해놓았던 걸까. 지석은 해수의 손을 잡고 천천히 걸었다. 급한 성미를 드러내듯 큰 보폭을 줄인 것으로도 모자라 간간이 기다려가며 그녀와 발을 맞추었다. 그 사소한 배려에도 해수는 여지없이 두근거렸다.

남자를 따라간 곳은 화려하지는 않으나 적당히 혼잡한 동네의 식당가였다. 주말의 골목은 저마다 몰려든 사람들로 북적이고 있었다.

그렇게 손을 잡고 얼마나 걸었을까. 그는 다소 낡고 오래되어 보이는 식당의 미닫이문을 열고 고개를 살짝 숙이며 안으로 들어섰다.

끼익―.

철판을 긁는 듯한 소음과 함께 문이 열리자마자, 손님들의 눈이 그에게로 쏠렸다. 해수는 개의치 않고 내부를 훑었다. 오감을 자극하는 기름 냄새와 해산물 특유의 향이 외관과는 달리 제법 깔끔한 식당 내부를 가득 메웠다.

녹두 빈대떡 …… 12,000원

소고기 육전 …… 18,000원

동래파전 …… 10,000원

.
.
.

벽에 붙은 메뉴를 훑은 해수는 반사적으로 고인 침을 삼키며 남자의 손에 이끌려 카운터를 지나쳤다. 머지않아 가게 주인으로 보이는 여인이 화통한 목소리로 둘을 반겼다.

"어서 오……. 어마? 이게 누구야? 사장님 아니야? 어마! 대체 이게 얼마 만이야!"

주인의 상기된 얼굴뿐 아니라 목소리와 손짓을 통해 전해지는 반가운 기색으로 보아 꽤 안면이 깊은 식당인 듯 보였다. 아니나 다를까, 지석이 살갑게 인사를 하며 친근함을 내비쳤다.

"잘 지내셨어요, 사장님."

손에 든 쟁반까지 내팽개친 주인은 직접 앞장서서 그들을 안내했다. 지석이 다른 이와 정답게 대화를 나누는 모습이 낯설었던 해수는 영문도 모른 채 그의 곁을 졸졸 따라가 제일 안쪽 방으로 들어섰다.

"어쩌 이리 오랜만에 오셨대. 그새 더 훤칠해진 것 좀 봐."

온돌 바닥이 너무 차갑지는 않은지 손으로 더듬어 확인한 주인이, 해수를 흘깃거리며 호기심 어린 목소리로 넌지시 물었다.

"애인?"

"아내 될 사람입니다."

"어마, 어마! 허구한 날 그 시커먼 직원이랑 둘이 다녔잖어. 우리 사장님 장가나 제대로 들까 싶더니만 어디서 이리 선녀 같은 색시를 얻었대?"

그는 대답 대신 입꼬리를 늘여 행복에 겨운 사람처럼 환히 웃었다. 붉은색 립스틱을 꼼꼼히 바른 주인이 그를 따라 웃으며 너스레를 떨었다.

"그렇게 좋아? 아주 입이 찢어지네. 찢어져. 그래요. 그럼, 늘 드시던 거로 드릴까?"

"예. 막걸리도 주시고요."

126

"말해 뭐 해. 맛있게 맨들어 가지고 올게요. 조금만 기다리서. 어유, 세상에. 곱다 고와."

신기한 생명체를 보듯 해수의 팔을 살짝 건드린 주인은 폭주하는 기관차처럼 호탕하게 웃으며 방을 나섰다.

드르륵—.

문이 신명 난 소리를 내며 닫혔다. 투명한 손이 뇌를 한 번쿡 찌르고 나간 것처럼 귀가 먹먹하고 정신이 하나도 없었다. 그 활기찬 기운에 해수는 괜스레 기분이 좋아졌다.

"와아, 되게 성격이 좋으신 분 같아요."

무심코, 이유 없이 활짝 웃음이 터졌다. 축 처지는 눈꼬리를 보며 함께 웃던 남자가 손을 뻗어 그녀의 앞에 놓인 잔에 미지근한 보리차를 따라주며 말했다.

"24살, 처음 사업 시작할 때 얻었던 사무실이 이 근처였어."

24살의 그는 어떤 모습이었을지 잘 상상이 가지 않았지만, 마냥 호강하고 산 것만은 아닌 듯 보였다.

어린 나이부터 돈을 벌기 시작했구나. 얼마나 고되고 힘들었을까.

해수가 그렇게 생각하고 있을 때, 물수건으로 손을 닦은 지석이 수저를 가지런히 놓으며 담담한 음성으로 말을 이었다.

"그땐 돈 되는 일이라면 뭐든 했지. 돈을 벌어야 한다. 성공해야 한다. 그런 생각들로만 가득했으니까."

"뭔가 계획이 있었나 봐요. 성공해서 하고 싶은 거라든지."

그는 곧바로 대답하지 않았다. 그렇게 짧은 정적 끝에, 그가 조용히 침묵을 깼다.

"……아니, 딱히 그런 건 없었는데."

지석의 느린 대답에 고갤 들자 곧장 눈이 마주쳤다. 그는 마침내 자신의 계획이 무엇인지 알아챘다는 듯, 깨달음을 얻은 눈으로 해수를 바라보고 있었다.

"너랑 이렇게 되려고 그랬나, 싶기도 하고."

중얼거리며 씁쓸하게 웃는 얼굴을 바라보던 해수는 아주 잠시간, 그를 안아서 달래주고 싶다는 생각을 했다. 마음을 다해 쓰다듬고 어루만져 지치고 고된 내면을 다독여주고 싶었다. 하지만 자신에게 그럴 자격이 있나. 잠시 머뭇거리던 해수는 피로에 지친 눈을 깜박이며 긴 숨을 내쉬었다. 남자의 말에 숨겨진 함의를 생각해보다가 가방 안으로 손을 뻗었다.

"이거……."

짧은 침묵이 시간 속을 유영했다. 긴 고민 끝에 해수는 가방 깊숙한 곳에 숨겨놓은 것을 꺼냈다.

해수가 내민 물건을 보자마자 지석의 미간이 영문을 모르겠다는 듯 일그러졌다. 가늘게 휘는 시선을 애써 갈무리하며 그가 부드러운 목소리로 물었다.

"이게 뭐지?"

"……통장이요."

곧장 흥분해서 쏘아붙일 것만 같았던 지석은 돌연 한숨을 내쉬며 입가를 매만졌다. 가타부타 말을 잇는 대신 다만 올곧게 시선을 내리깐 해수의 얼굴을 직시할 뿐이었다. 해수가 무슨 생각을 하는 건지 들어나 보겠다는 듯한 시선이었지만, 천천히 그녀를 훑고 있는 남자의 눈은 한눈에 보기에도 몹시 불안한 상태였다.

좀처럼 감정을 드러내지 않는 제 연인의 낯선 모습에 해수는 자신이 뭔가 실수한 게 있는지 생각하며 입을 열었다.

"어제, 아버지가 다녀가셨어요."

묘한 정적이 둘 사이를 감돌았다. 공연히 어색해진 기류를 바꾸어보려던 해수의 노력은 되레 그를 나락으로 처박았다.

"왜, 무슨 일로?"

그가 불안함을 짓눌러 감추며 묻자, 해수는 평소와 다른 남자의 행동이 어쩐지 이상하다 느끼면서도 대수롭지 않게 말을 이었다.

"그냥. 이것저것 궁금해서 오셨대요. 별 얘기도 아니었어요. 사실 그런 거 물어볼 줄 모르는 분이셨는데, 많이 외로우셨나 봐. 왜…… 남자들도 나이 들면 감수성 예민해진다잖아요."

그렇게 말하곤 싱긋 웃는 해수의 얼굴엔 아버지에 대한 애증이 고스란히 남아 있었다. 지석은 또다시 몰아치는 자괴감에, 답답한 한숨을 내쉬었다. 이유를 알 수 없는 두근거림과 함께 심장이 아래로 추락하는 기분을 느끼며 지석이 물었다.

"그래서, 통장을 아버지가 주신 거고?"

말끝에 내뱉은 호흡이, 해수가 고개를 끄덕임과 동시에 들썩였다. 윤성태가 해수에게 돈을 준 이유가 과연 무엇일까. 원인이 분명한 의구심과 죄책감이 복잡하게 똬리를 틀었다.

그녀에게서 사랑을 얻게 되면 마음속 깊이 혈관처럼 뿌리박힌 쐐기가 뽑힐 줄 알았는데, 오히려 그 반대였다. 그 알량한 감정이 한낱 꿈처럼 사라져버리진 않을까 두려워질수록, 윤해인의 죽음에 대한 진실은 점점 더 깊숙이 함구되었다.

이제는 솔직히 털어놓고, 기만으로 시작된 관계를 바로잡아야 할 때였다. 하지만 겨우 얻어낸 마음 한 조각마저 잃게 될까, 개새끼처럼 앓고 또 후회하는 날들이 반복됐다. 또한, 시기가 좋지 않았다. 공연히 해수를 위험에 노출 시키는 것보다 이리저리 벌여놓은 일들을 마무리하고 그녀를 납득시켜도 늦지 않을 거라고, 그는 단순하게 핑계를 대고 묵과해왔다.

드르륵―.

"들어갑니다."

정신이 번쩍 들었다. 상념에서 겨우 빠져나온 지석이 커다란 쟁반을 들고 들어오는 가게 주인을 향해 시선을 추어올렸다. 테이블 옆에 무릎 꿇고 앉은 주인은 흑단처럼 까만 블라우스를 입어 더욱 창백해 보이는 해수를 바라보며 물었다.

"우리 사장님이 육전 좋아하셔서 넉넉히 담았는데, 우리 사모님은 뭘 좋아하셔?"

홀로 들기에도 벅차 보이는 쟁반에서 커다란 접시 하나가 내려왔다. 전이 종류별로 빼곡히 채워진 접시를 신기하게 바라보던 해수가 웃으며 대답을 했다.

"뭐든 다 잘 먹어요. 너무 맛있어 보여요."

접시와 찬이 놓인 테이블 중앙으로 김이 펄펄 나는 냄비 하

130

나가 놓였다. 막걸리와 잔까지 세팅한 주인은 예의 그 걸걸한 목소리로 호탕하게도 웃었다.

"예쁜 사람들은 말도 이렇게 예쁘게 한다니까는. 그리고 이건 백합 조개탕인데, 느끼하다 싶을 때 한 술 딱 뜨면 매콤하니 좋아. 그럼 맛나게들 잡숴요."

해수는 앉은 채로 고개를 숙였고, 한차례 사람이 지나간 자리에는 또다시 적막이 감돌았다.

멍하니 테이블 위를 바라보던 해수가 먼저 젓가락을 들었다. 뭘 집을까 고민할 틈도 없이 술병을 먼저 든 남자가 그녀의 잔에 막걸리를 가득 채웠다. 제 잔은 비운 채였다.

"운전 때문에요?"

해수와 눈이 마주치자 지석이 고개를 끄덕였다.

"너한테 실수할까 걱정도 되고, 여러모로."

말을 마친 지석은 덧붙이는 말 없이 젓가락을 들어 식사를 시작했다. 젓가락이 오가는 과정은 남자와도 닮아 군더더기 없이 깔끔했다.

숟가락을 들어 조개탕을 깔끔하게 떠먹는 남자를 보며 해수는 홀짝 잔을 비웠다. 실수할 일이 뭐가 있을까 생각하는 동안 지석이 말없이 다시 잔을 채워주었다. 해수는 옆으로 멀찍이 밀려난 통장을 바라보며 육전을 크게 베어 물었다. 꼭꼭 씹어 삼키고서 씁쓸한 듯 웃으며 말문을 열었다.

"유골이 한 줌이었어요. 말 그대로 한 줌."

어둑하게 가라앉은 지석의 눈동자가 뿌리째 흔들렸다. 해수는 지금 윤해인에 관한 이야기를 하려는 것이었다. 불안하게 뛰던 가슴에 거친 파문이 일었다. 그가 대화의 주제를 돌리기 위해 머리를 굴릴 틈도 없이 창밖을 멍하니 바라보던 해수가 말을 이었다.

"40톤짜리 트럭 아래로 차가 빨려 들어갔거든요."

술잔을 비운 해수는 울적함을 지우기 위해 잠깐 말을 끊고, 자신을 멍하니 바라보는 남자를 향해 덤덤히 미소를 지었다. 굳이 아픈 표정을 짓지 않아도 내면의 슬픔이 고스란히 전해졌다.

"그나마 성한 곳을 모으고 또 모아서, 그렇게 태운 게 한 줌이었어요."

해수는 목이 메는지 잠시 뜸을 들였다. 해인의 죽음을 스스로 입에 올린 건 처음이었다. 가슴 한구석에 죄책감과 그리움을 쌓아두면서도 끝내 그녀의 죽음을 인정하고 싶지 않아 외면해온 마음이었다. 한없이 무거운 마음을 털어놓기 주저된다는 듯 메마른 눈을 깜박이며 감정을 수습한 해수가 다시 입을 열었다.

"솔직히 말하면, 그 부분만 메스로 도려내버린 것처럼 기억이 가물가물해요. 겨우 3년 전 일인데…… 언니가 죽던 날 내가 뭘 하고 있었는지, 무슨 옷을 입었었는지, 날씨는 어땠는지, 뭐 그런 거 말이에요."

지석은 대답 대신 넥타이를 헐겁게 틀어 내리면서도 해수에게서 시선을 떼지 않았다. 눈이 마주칠 때마다 서로의 시선이 점점 오래 맞붙었다.

공기는 흐르지 않고 한곳에 응축됐다. 무겁게 가라앉은 공기만큼이나 어두운 남자의 얼굴엔 왠지 모를 묘한 기색이 흘렀다. 어딘가 모르게 슬퍼 보이기도, 화가 난 것처럼 보이기도 했다.

기류에 휩쓸렸던 해수가 별안간 움찔했다. 반 뼘쯤 열린 창문 너머로 옛 가요가 흘러든 탓이었다. 괜히 우울한 이야기를 꺼낸 것 같았다. 해수는 잔을 들어 테이블 위에 있는 빈 잔을 툭 밀었다.

"재미없다. 혼자 주절거리는 거."

"미안."

"뭐가요?"

"그냥, 이것저것."

해수는 쓸쓸하게 웃어 보이곤 잔을 기울였다. 식도가 새까맣게 타들어가는 듯한 기분을 느끼며 빳빳한 통장을 쓰다듬었다.

"여기엔 우리 언니의 생명의 대가가 들어 있어요. 물론 아버지가 빌린 돈에 훨씬 미치지 못하는 금액이지만, 이 돈을 의미 있게 쓰고 싶어요. 아버지도 그런 의미에서 주신 것 같고요."

지석은 빈 잔만 매만지며 흐린 눈으로 힘겹게 초점을 잡았다. 헛웃음조차 나오지 않았다. 흐트러진 머리칼을 쓸어넘기며 평온을 가장하는 손끝이 묘한 긴장감에 떨렸다.

해수가 손을 뻗었다. 경직돼 차게 식은 지석의 손을 꼭 잡아 통장을 쥐어주며 화사하게 웃는다.

"지석 씨, 나는……."

찰나와도 같은 침묵이 흘렀다. 지석은 눈을 감고 긴 숨을 내쉬며 형벌처럼 이어질 말을 기다렸다. 해수가 그를 바라보며 미소 지었다.

"우리 사이에 아무런 조건도 남지 않았으면 좋겠어요."

해수는 창밖을 내다보며 홀가분한 숨을 내쉬었다.

행복했다. 더는 쓸쓸하지 않을 거라 믿었다. 이번만큼은 의심할 여지 없이.

기다란 욕조 위로 희뿌연 수증기가 물안개처럼 피어올랐다. 희붐한 새벽녘과도 같은 아늑함 속, 작은 바람 소리가 났다. 해수가 옅게 숨을 들이켜는 소리였다.

"머리 아프다더니, 이제 괜찮아?"

낮게 갈라진 목소리가 동굴처럼 어둑한 욕실을 울렸다. 해수가 나른해진 목소리로 대답하며 그의 품을 파고들었다.

"응, 이제 괜찮아. 약 안 먹어도 될 것 같아요."

커다란 손이 해수의 젖은 머리카락을 쓸었다. 자연스레 팔을 벌린 그에게 안겨 단단한 허벅지 위에 자리 잡은 해수가 소록소록 눈을 깜박이며 널따란 어깨에 뺨을 기댔다.

지석은 이 순간이 가장 행복했다. 세상에 의지할 곳은 오로지 자신밖에 없는 사람처럼 해수가 긴장을 풀고 제게 기대오는 이 순간이. 해수의 예민한 콧대 위로 젖은 머리카락이 춤을 췄다. 지석의 부드러운 입술이 오밀조밀한 얼굴 곳곳을 누볐다. 그가 나지막이 속삭였다.

"거봐. 너한테는 내가 약이지."

눈도 못 뜬 채로 샐쭉하게 웃던 해수가 수면 위에서 손가락을 모아 툭, 튕긴다. 머스크 향을 품은 몽글한 거품이 포물선을 그리며 남자의 코끝으로 날아갔다.

"치, 갖다 붙이긴."

장난스러운 웃음소리가 끊이질 않는다. 도망가는 손가락을 붙잡아 아프지 않게 깨문 그가 공기에 닿아 차게 식은 해수의 어깨 위로 거품을 끼얹으며 부드럽게 등을 토닥였다.

"내일 회사로 나와. 같이 갈 데가 있어."

주말도 없이 출근하는 남자를 안쓰러워하며 해수가 심각하게 미간을 굽혔다.

"일요일인데 출근해요?"

"가지 말까?"

"그게 아니라, 요즘 너무 바쁜 거 같아서……. 그런데 어딜 가게요?"

"드레스 고르러. 어디서 누가 입었던 디자인이 새로 들어왔다는데 내가 뭘 알아야 말이지."

해수는 입을 동그랗게 벌렸다. 내가 정말 이 남자와 결혼을 하는구나. 이유 모를 묘한 기분에 사로잡혔지만 잠시였다. 이

제 더는 다른 생각에 골몰할 이유도 없었다.

"졸리면 자. 침대로 옮겨줄 테니까."

급하게 들어오느라 미처 풀지 못한 시계를 욕조 밖으로 툭, 내던진 그가 얼굴을 쓸어 올리며 깊게 숨을 들이켰다. 부드러운 입술이 고개 저으며 안겨오는 해수의 귀에 닿았다. 그가 상냥하게 웃었다.

"왜. 잠이 잘 안 와? 자장가 불러줄까?"

"노래도 못하면서……."

웅얼거리는 목소리가 귀여워 근사한 눈꼬리가 부드럽게 휘어졌다. 마치 100m 달리기를 전력 질주한 사람처럼 그 역시도 연이은 정사에 노곤해져 언뜻 잠결에 들었다. 살결이 닿아만 있어도 행복했다.

얼마간의 시간이 흘렀다. 밤하늘의 색이 더 짙어졌을 무렵, 손톱만큼 열린 창문 틈으로 서늘한 공기가 들어왔다. 맑은 공기를 들이마시려는 듯 숨을 몰아쉰 해수가 어미 새처럼 자신을 품는 남자를 향해 고개를 들었다.

"무슨 생각해요?"

남자는 눈을 감은 채로 조금 웃었다.

"내가 왜 너를 사랑할 수밖에 없는지 생각하고 있었어."

해수는 숨을 멈춘 채로 지석의 흩어진 머리카락을 바라보았다. 검은 물이 뚝뚝 흐를 것만 같은 머리카락이 뺨을 자꾸 간지럽혔다. 지석은 해수가 더는 간지러움을 참을 수 없게 되기 전, 머리카락을 쓸어 올렸다.

"너 말고는 세상에 좋은 게 하나도 없어. 네가 있어서 더는 외롭지가 않아."

왜일까. 그의 목소리가 너무도 애달프게 들려와 가슴이 욱신거렸다. 해수는 가슴이 크게 들썩이도록 숨을 몰아쉬며 달래듯 그의 뺨을 부드럽게 어루만졌다.

"나도 마찬가지예요."

"네가 늘 좋은 것만 생각하고 살았으면 좋겠어."

"응."

"내가 그렇게 만들어줄게."

지석은 해수와 마주 보았다. 다정한 눈으로 오래도록 눈에 새기듯 해수를 바라보다가 반짝이는 눈에 번갈아가며 입을 맞추었다. 자장가 같은 목소리에 애정이 듬뿍 묻어났다.

"적당히, 네가 견딜 수 있을 만큼만 사랑할 테니까. 겁먹지마. 넌 그대로도 충분히 완벽하니까 변하려고 애쓰지 말고."

지석의 커다란 손이 해수의 머리를 다정히 쓰다듬었다. 고개를 끄덕인 해수는 욕조 가장자리에 팔을 걸친 지석의 어깨 너머를 물끄러미 바라보았다. 수증기로 인해 자욱한 안개가 깔린 듯 시야가 흐렸다. 넓은 창밖으로 어둠에 잠식된 도시가 드문드문 빛을 발했다. 열사에 매몰된 것과도 같은 열기가 순식간에 온몸을 휘감았다. 해수는 손가락으로 그의 입술을 덧그리며 잠기운 가득한 목소리로 속삭였다.

"그럴게요. 대신…… 나한테 숨기지 않기로 해요. 뭐든."

지석은 불안하게 뛰고 있는 심장 소리를 해수가 들을까 걱정하며 고개를 끄덕였다. 안심한 듯 웃는 그녀의 손바닥에 입을 맞췄다. 맞닿아 짓눌린 살결이 부드럽고 뜨거웠다.

"날, 믿어줄 수 있겠어?"

"그럼요."

"어떠한 상황이 와도?"

"좋아하는 사람도 못 믿으면 누굴 믿어."

해수가 맑게 웃으며 고개를 끄덕이자, 만족스럽게 웃던 남자의 입술이 해수의 입술에 가볍게 닿았다. 그러다 고개를 틀어 입술을 깊이 물었다. 단단하게 혀를 얽고 숨을 나눴다. 거칠어지는 숨소리와 함께 격렬한 입맞춤이 끝없이 이어졌다.

맞닿은 입술 사이로 여러 가지 색의 감정들이 뒤엉켰다.

사랑, 행복, 기쁨, 환희 따위의 것들.

무언가를 심각하게 고민하기엔 이미 너무도 멀리 와버렸다는 생각이 들었다.

지석은 제 가슴에 기대어 금방이라도 잠들 것처럼 늘어진 해수의 뺨을 부드럽게 어루만졌다. 지나치게 평온한 얼굴이었다. 시궁창에 구르고 있는 저와는 마치 다른 세상에 사는 것처럼.

해수는 창을 두드리는 빗소리에 눈을 떴다.

밖은 여전히 어둑했다. 습기에 눅눅해진 공기가 눈꺼풀을 무겁게 내리눌렀다. 온몸이 축축 늘어져 다시 잠으로 빠져들고 싶은 날씨였다.

옆자리는 이미 비어 있었다. 흐릿한 시야 사이로 검은 구름에 휩싸인 남산타워가 보였다. 해수는 그가 누웠던 자리로 굴러가 베개를 끌어안고 얼굴을 묻었다. 배에서 꼬르륵 소리가 났지만, 딱히 무언갈 먹고 싶은 생각은 없었다.

어젯밤, 손가락 끝이 쪼글쪼글해진 걸 보며 지석과 함께 웃었던 게 기억났다. 맞닿은 온기가 좋아 조금만 더 있다 나가려고 생각했는데, 욕조에서 그대로 잠이 들었나 보다.

"안녕, 잘 잤어?"

문득 들려온 목소리에 놀란 해수가 고개를 들었다. 타이의 매듭을 조이며 건너편 룸에서 나오는 지석이 보였다. 뚜벅뚜벅. 바닥 전체를 울리는 묵직한 구두 소리와 함께 시원한 스킨 향이 성큼 밀려왔다.

"아직 안 갔어요?"

해수는 제게 다가오는 남자를 허상처럼 바라보았다. 웅얼거리는 목소리에 잠이 잔뜩 묻어 있었다.

지석은 그게 인사냐, 타박하며 침대에 털썩 걸터앉았다. 해수를 온몸으로 감싸듯 안고서 입술을 포개며 덧붙였다.

"12시쯤 사람 보낼 테니까 더 자. 집에 갈 필요 없이 아침은 라운지에서 먹고."

조금 더 자다가 바로 점심을 먹는 게 좋지 않을까.

귀찮다는 대답 대신 다만 고개를 끄덕이며 해수는 부스스

몸을 일으켰다. 근사하게 웃는 남자의 품으로 파고들며 중얼
거렸다.

"혼자 있기 싫은데……."

몸을 덮은 시트가 흘러내렸다. 드러난 가슴을 시트로 가리
며 해수가 충동적으로 물었다.

"꼭 가야 해요?"

알고 있다, 유치한 욕심이라는 것을. 알면서도 그에게 아이
처럼 기대고 어리광 부리고 싶은 충동이 불쑥 일었다. 어느 누
가 자신에게 이토록 열렬한 관심과 사랑을 보여줄까. 눈물 나
도록 벅차면서도 한편으론 이 행복이 영원하지 않을 거란 막
연한 두려움이 그녀의 발목을 붙들었다.

"가지 말까?"

그는 붉게 달아오른 해수의 귓불을 느리게 문지르다가 귀엽
게 헝클어진 머리카락을 쓰다듬으며 유혹하듯 속삭였다.

"나가서 쇼핑도 하고, 우산 쓰고 좀 걸어도 좋겠고."

그래도 될까. 망설임에 잠시 머뭇거리던 해수가 이내 웃으며
남자의 목울대를, 정확히는 그곳에 남은 흉터를 매만졌다.

조금 더 예쁘게 봉합했어야 했는데.

손끝에 닿은 아릿한 기분에 해수는 작게 숨을 삼켰다.

"그냥 해본 소리였어요. 바쁜 일이니까 일요일에도 나가려
는 거잖아."

더 못나게 굴지 말자. 몇 시간만 버티면 볼 수 있을 테니까.

평소답지 않은 제 모습에 당황한 해수는 바르작대며 그의

품에서 빠져나가려 했다.

"그냥 해본 소리는 또 뭐야. 그냥 하면 하는 거지."

그가 나지막이 중얼거리더니 픽 웃는다. 그러다 잠에서 막 깨 여전히 붉은 해수의 눈가를 엄지로 쓸었다. 당기면 당기는 대로 기다렸다는 듯 품으로 파고드는 게 예쁘다고 생각하며 체온과도 같은 온도의 목소리로 말했다.

"아무리 바쁜 일이라도 너보다 중요할 순 없어."

"투정 한번 부려본 거예요."

"네가 가지 말라면 안 가."

지석이 열이 오른 이마를 꾹 맞붙이며 타이 매듭을 끌어내렸다.

웃는 얼굴이 지나치게 눈부셨다. 순간 눈가에 열이 오르고 가슴이 뜨겁게 벅차올랐다.

해수는 고개를 크게 끄덕이며 주저 없이 그의 뺨을 감쌌다. 소중한 것을 대하듯, 남자의 이마, 콧등, 뺨, 입술 위로 낙인 같은 키스를 퍼부었다.

"종일 같이 있고 싶어요. 헤어지기 싫어."

해수의 커다란 눈동자가 떨렸다. 그녀는 벅찬 감정을 감추지 않고 지석의 허벅지에 올라앉아 뜨거운 입술에 제 것을 비비며 그의 목을 꼭 끌어안았다.

좋아서 미칠 것 같았다. 자꾸만 갈증이 나서 다시는 보지 못할 사람처럼 그에게 매달렸다.

"사람 돌아버리게⋯⋯."

다급히 단추를 풀어 내리던 지석이 해수의 눈꺼풀에 입을 맞추고 코끝을 물었다. 입술을 더듬어 키스했다. 부드럽게 해수의 입술을 비비고 입을 열었다. 혀를 물어 빨아올리다가 고개를 틀어 입술을 꽉 포개고 빈틈없이 서로의 숨을 앗았다.

세상에 오직 둘만 있는 것처럼 달아오르던 순간 단조로운 벨 소리가 적막을 깼다. 들썩이는 가슴이 맞닿은 채로 마뜩잖게 미간을 좁힌 지석이 안주머니에 넣어둔 핸드폰을 꺼냈다. 창밖으로 집어 던져버리고픈 충동이 일었지만 실낱같은 이성이 그를 붙들었다.

"예, 회장님."

앨런이었다. 그는 핸드폰과 함께 떨어진 만년필을 습관처럼 획획 돌리며 반쯤 누운 상체를 세웠다.

[세림물류 인수 승인 났어. 광저우에서 잠깐 봐야겠는데.]

차분한 앨런의 목소리 너머로 비행기 탑승을 알리는 공항 안내음이 흘렀다.

젠장, 약속 못 지키겠네.

지석은 피곤한 눈을 꾹 감았다가 떴다. 잔뜩 흐트러진 채 괜찮다고 말하듯 자신을 다독이는 윤해수가 눈앞에 있었다. 시간을 확인한 지석은 짜증이 옅게 밴 목소리로 대답했다.

"예, 오후에 뵙죠."

산만하게 회전하던 만년필이 손가락 사이를 빠져나간 것도 그때였다. 클립에 박힌 다이아몬드가 힘없이 툭, 분리되어 바닥을 굴렀다.

"더우십니까? 아니면 어디 불편하신 데라도……."

창문이 내려가는 소리에 수행 기사가 차 내부 온도를 미세하게 조절하며 말했다.

"그런 건 아니고, 조금 갑갑해서요."

해수는 깊숙이 숨을 마시며 창밖을 보았다. 비 오는 주말의 서울 시내는 막히는 정도가 아니라 정체되어 꿈쩍도 하질 않았다.

창문을 내리자 빗방울과 뒤섞여 눅눅해진 공기가 일시에 밀려들었다. 끝도 없이 이어지는 차량의 행렬만큼이나 꽉 막힌 속이 조금쯤 뚫리는 기분이 들었다. 창문에 닿아 갈라지는 빗물을 손끝으로 쫓던 해수는 방금 도착한 메시지를 확인했다.

나 준비 끝. 얼마나 걸려?

자리를 비운 지석 대신 드레스 숍에 동행하기로 한 서연이었다. 안목으로 보나, 냉철한 판단력으로 보나, 드레스 고르는데는 서연이 한 수 위일 거라 위안 삼으며 해수는 액정을 두드렸다.

30분쯤? 도착하면 전화할게.

바삐 돌아서던 남자의 뒷모습이 떠올라 문득 서글퍼진 해수는 전송 버튼을 누르면서 운전석을 향해 말을 건넸다.

"기사님, 혹시……."

기껏해야 스물너덧 살이나 먹었을까 싶은 수행 기사가 지루한 듯 핸들을 두드리다 화들짝 놀라며 몸을 돌렸다. 해수는 긴장감을 주기 위한 질문이 아니라는 뉘앙스를 담아 부드럽게 웃었다.

"중국엔 무슨 일로 가신 건지, 아시나요?"

최근 들어 지석은 새벽녘에 출근하여 밤늦게 퇴근하는 일이 잦았다. 물론 겉으로는 평소와 다를 바 없었으나, 해수는 피로에 반쯤 걸쳐진 듯한 그의 눈빛이나 목소리가 자아내는 기류에서 알 수 없는 긴장감이 증폭했음을 어렴풋이 눈치챘다.

그는 좀처럼 속 깊은 이야기를 터놓지 않았다. 말하기 곤란하겠지. 완전한 가족이 된 것도 아니고, 회사 일에도 엄연히 보안 레벨이라는 게 있을 테니까. 타고난 성격이라 생각하면서도 서운한 마음이 드는 건 어쩔 수 없는 일이었다.

해수가 밀려드는 착잡함을 지우기 위해 시선을 내렸을 때, 쩝 하는 소리를 내며 수행 기사가 문득 입을 뗐다.

"출장 가실 땐 김 실장님만 동행하십니다. 그래서 자세히 알 순 없지만……."

경청하고 있다는 뜻으로 해수가 짧게 끄덕이자 수행 기사가 비장한 콧바람을 훅 내쉬며 말했다.

"조만간 피바람이 불 거란 소문이 돌고 있습니다."

알 수 없는 두려움이 순식간에 주변의 공기를 에워쌌다. 법과 바깥의 영역, 그 시커먼 경계선에 선 남자를 떠올린 해수는 기대 있던 상체를 세우며 경악스레 눈을 떴다.

"피바람이요?"

짧은 어휘력을 자책하며 수행 기사가 머리를 긁적였다.

"아, 그게 피 터지게 싸운다는 의미는 아니고요. 경계를 기울여야 하는, 그러니까 신경을 곤두세울 만한 일이 일어날지도 모른다는…… 대충 그런 뜻입니다."

해수는 삽시간에 막막해지는 가슴을 쓸어내리며 머리를 짚었다. 창문을 조금 더 열고 수축하는 폐로 선선한 공기를 불어 넣는 동안 수행 기사가 넋두리하듯 말을 이었다.

"아시다시피 대표님께서 워낙 의지할 데 없는 분이었지 않습니까. 입지를 다지기까지 이리저리 고생 많이 하신 거로 알고 있습니다."

그를 대하는 가족들의 태도를 통해 일견 예상했던 일이었으나 타인의 입을 통해 들으니 불안의 덩어리가 걷잡을 수 없이 커졌다. 그런 해수의 긴장감을 눈치채지 못한 듯, 상사에 대한 존경으로 한껏 고취된 수행 기사의 목소리가 높아졌다.

"그래놓곤 그룹 홍보용으로 이용하질 않나. 회장님 개인 비서처럼 불러대질 않나. 무슨 ATM기도 아니고, 말이 좋아 아들이지 거의 반노예……."

곤란하게 일그러진 수행 기사의 얼굴이 '입이 방정이다.'라고 말하고 있었다. 그는 그 말을 마지막으로 지퍼를 잠근 것처럼 입을 꾹 닫아버렸다.

해수 역시 더 깊이 캐묻지 않았다. 다만 우두커니 앉아 천장을 두드리는 빗소리를 들으며 답답한 숨만 흘릴 뿐이었다.

"하아."

로딩이 끝나지 않은 컴퓨터처럼 멍하니 멈추었던 해수의 머리가 다시 돌아가기 시작한 건, 뒤집어둔 핸드폰이 별안간 울리기 시작했을 때였다. 흘러내린 머리카락을 쓸어 넘긴 해수가 저릿한 주먹을 꾹 쥐었다 편 뒤 통화 버튼을 눌렀다. 장홍댁이었다.

"안녕하세요, 여사님."

[아유, 혹시 많이 바쁘신가요.]

"쉬는 날이라 괜찮습니다. 일요일인데 어쩐 일이세요?"

평온하기만 한 장홍댁의 목소리가 오히려 근심의 싹을 틔웠다. 특별한 이유 없이 불쑥 전화를 걸어올 사람은 아니라는 생각 때문이었다.

[다른 건 아니고, 빨아달라고 부탁하신 인형 말인데요.]

"아, 네."

역시 괜한 기우였던 걸까.

해수는 저도 모르게 안도의 숨을 내쉬며 흘러가는 풍경을 향해 고개를 돌렸다. 인도에 줄지어 선 은행나무의 잎들이 바람결에 흩날리고 있었다.

[아, 저, 그게······.]

뭔가 개운치 않은 추임새를 넣으며 장홍댁이 말을 이었다.

[인형 안에 이상한 게 들어 있어서 빼뒀는데 혹시 확인하셨

나 해서요.]

창문을 닫으려던 손이 한순간 멈추었다. 해수의 입가에 걸려 있던 평온함이 서서히 지워졌다. 묘하게 두근거리는 기분에 그녀는 일그러지려는 입술을 문지르며 되물었다.

"이상한 거요?"

[아직 못 보셨구나. 세제에 담가두려고 손으로 주무르는데 뭔가 묵직한 게 잡히더라고요. 그래서 뜯어봤더니…….]

쿵, 쿵, 창밖에서 새어 들어온 리드미컬한 음악에 맞춰 심장이 빠르게 뛰었다. 애써 침착함을 유지하려 했지만, 목소리가 형편없이 가라앉았다. 해수는 목청을 가다듬으며 요동치는 가슴을 쓸었다.

"네, 말씀하세요."

[핸드폰이 들어있더라고요. 아무리 생각해도 이상해서…….]

핸드폰이라니. 언니의 물건일지 모른다는 확신 어린 추측 하나만으로도 불안의 이유는 충분했다.

해수는 빠르게 눈을 깜빡이며 고개를 돌렸다. 둘 곳 없이 떨리던 긴 속눈썹이 빗방울 맺힌 차창에 언뜻 비쳤다.

일요일 오전의 공항은 혼잡했다.

지석은 차에서 내리자마자 해수에게 전화를 걸었다. 여행객들이 만들어낸 소음으로 인해 귀가 먹먹해질 지경이었지만 개의치 않았다. 수화기 너머에서 들려오는 해수의 목소리에 지석은 안도한 듯 웃었다.

"그냥 출장이라니까, 걱정할 게 뭐가 있어. 그렇게 걱정되면 자주 연락 좀 해주던지."

런웨이를 활보하듯 프리미엄 체크인 라운지를 향해 성큼 걸음을 내디딘 그는 등장만으로도 타인의 이목을 집중시켰다. 멀리서만 봐도 존재감이 확실한 체격인 데다, 본인 역시 주목에 익숙한 듯 당당한 분위기를 끌어내는 데 거리낌이 없었다. 예민해 보이는 눈매를 다정하게 접어 누가 봐도 사랑에 빠진 남자의 얼굴을 한 지석은 자칫 딱딱해 보이기 쉬운 더블브레스트 재킷과도 이질감 없이 잘 어우러졌다.

"일 마무리 짓는 대로 돌아올 거야. 언제라고는 약속 못 하지만 최대한 빨리 올게."

사람들이 빼곡하게 늘어선 출국장 입구를 지나쳐 한갓진 체크인 구역으로 들어선 지석이 문득 이맛살을 찌푸리며 걸음을 늦추었다.

족히 10센티는 넘어 보이는 아찔한 높이의 킬힐을 신고도 자세의 흐트러짐 하나 없는 한소라가 출입 통제 입구 앞을 막아선 공항 보안 요원과 대치 중이었다.

그렇지 않아도 조금씩 어긋나는 계획에 피로감이 쌓이던 중이었는데 난데없는 불청객이라니. 설명이 부족했었나, 그렇다면 한 번쯤은 정확히 짚고 넘어가야 할 문제라고 생각하며 마뜩잖은 숨을 내쉬었다.

"응. 그래. 기다리지 말고 먼저 자."

웃으며 통화를 마무리한 그가, 언제 그랬냐는 듯 주머니에 손을 찔러 넣고 권태로운 표정으로 한소라 앞에 멈추어 섰다.

"오빠. 나한테 대체 왜 이러는 거야?"

어이가 없단 듯 코웃음 친 지석이 소매를 걷어 왼쪽 손목을 힐끔 바라본다. 우아하게 매달려있던 금장 시계의 각진 몸체가 찰랑거렸다.

습관적으로 지석을 향해 손을 뻗던 한소라는 무언의 압박에 손끝을 움찔거리며 말을 이어갔다.

"윤해수, 그 여자가 대체 뭔데 이래?"

그제야 지석의 시선이 그녀의 얼굴에 닿았다. 급격한 경사를 그리는 눈썹이 남자의 심기가 거북함을 여실히 나타낸다. 턱에 근육이 잡힐 만큼 이를 악문 지석이 한소라의 눈을 응시한 채 말했다.

"네깟 게 왜 그딴 소릴 지껄이는 걸까."

서늘한 눈빛이 표창처럼 날아가 한소라의 가슴에 쿡 박혔다. 지금껏 지석이 자신을 욕망하는 여자들 앞에서 어떠한 태도를 보여왔나. 일말의 감정조차 내비치는 법 없이 늘 느긋하던 남자가 이토록 동요하는 모습은 처음이었다.

얼굴이 시뻘게진 한소라가 지석의 어깨에 손을 올렸다.

"그 여자 말이야. 엄마도 없고 언니도 죽은 지 얼마 안 됐다며. 불쌍해서 그래? 아니면, 책임감이라도 느끼는 거야?"

이 이야기를 꺼낸 것은 다분히 충동적이었다. 순간, 내리까는 남자의 눈빛이 소름 끼치도록 고압적이었다. 한소라는 등골이 오싹해지는 기분에 두려움을 느끼고 어깨를 떨었다.

"내게 무례하게 굴었던 건 무시하면 그만이니 이해를 하지. 하지만 내 여자를 건드리는 짓은 용납 못 해."

지석은 넥타이의 매듭을 뜯어내듯 제게 닿은 손을 쳐냈다. 가느다란 굽에 의지한 여자의 몸이 휘청거렸다. 한소라의 손에 들린 오버사이즈의 클러치가 형태를 잃고 구겨졌다. 그녀는 모멸감에 떨리는 입술을 꽉 깨물었다.

"좋아. 내가 양보할게. 결혼은 그 여자랑 해. 대신—."

더 들을 필요 없다는 듯 지석은 그녀의 말을 끊었다.

"두 번 말 안 해. 나도 듣는 귀가 있고, 배우들 사생활에 대한 정보쯤은 파악하고 있어. 영화 홍보에 차질이 생길까 쉬쉬하고 있을 뿐이지."

무표정한 얼굴로 상체를 낮춘 지석이 그녀의 귓가에 이어 말했다.

"그나마 가진 거라도 지키고 싶다면, 수습하지 못할 일은 벌이지 않는 게 좋아."

협박이었다. 분노와 두려움으로 뒤섞인 한소라의 눈꺼풀이 파르르 떨렸다.

두고 봐. 짓밟아줄 테니까.

한소라가 주먹을 쥐며 부들거리는 사이, 다시 상체를 일으킨 지석이 수행원들을 향해 눈짓했다.

지석은 그녀와의 관계에 달리 의미를 부여하지 않았다. 자신이 무시하고 밀어낼수록 잔꾀를 부리거나 거짓 기사를 유포하는 것에 넌더리가 나, '저러다 말겠지.' 하고 방관했던 것도 사실이었다. 하지만 단순하게만 생각해온 만남이 스캔들 기사로 엮여 고스란히 쌓였다. 표현한 적은 없었지만, 해수가 신경 쓰지 않을 리 없었다. 결과가 이렇듯 조금의 여지도 주지 말았어야 했다. 더는 그 어떤 오해도 만들고 싶지 않았다.

지석은 악을 쓰며 끌려나가는 한소라에게서 시선을 거두고 라운지를 향해 돌아섰다.

Chapter 20

서로의 체온이 간절한 밤

높은 천장 한가운데에 드리워진 별자리 모양의 유니크한 조명이 피팅룸 단상에 올라선 해수를 밝혔다. 길게 늘어뜨린 드레스 자락을 능숙하게 정리한 디자이너가 기도하듯 두 손을 맞잡고 감격 어린 표정으로 다가왔다.

"스칼렛 왓슨 아시죠? 그 배우가 결혼할 때 입었던 드레스예요. 소화하기 힘든 디자인이라 웬만해선 권하지 않는 건데, 목에서 허리까지 이어지는 곡선이 너무 아름다우셔서 찰떡같이 어울리시네요. 신부님께서 보시기엔 어떠세요?"

손가락에 감길 듯 보드라운 실크 커튼을 젖힌 해수는 갑작스레 들이친 불빛에 잠시 눈매를 찡그렸다. 그러다 이내 제 모습을 거울에 비추며 부끄러운 듯 얼굴을 붉혔다.

"드레스는 정말 예쁜데 저랑은 좀, 안 어울리는 것 같기도 해요."

해수는 자신을 둘러싼 모든 것이 낯설었다. 아무런 조건 없는 사이가 되었다고는 하나 그가 베푸는 물질적 풍요를 태연하게 받아들일 만큼 해수는 낯이 두꺼운 여자가 아니었다.

베일을 들고 이것저것 부산스레 대보던 디자이너가 해수의 대답에 탄식을 흘렸다.

"그럴 리가요. 키도 크시고 전체적인 선이 워낙 여리여리하셔서 너무 잘 어울리세요. 아마 어색해서 그렇게 느끼시는 걸 거예요."

해수는 짧은 숨을 몰아쉬었다. 허리와 가슴을 너무 조인 탓인지 개미처럼 머리, 가슴, 배로 몸이 뚝뚝 썰려나갈 것만 같았다. 이렇게 꽉꽉 조여대는데 목에서 허리까지 이어지는 곡선이 예쁘지 않을 수가 있나? 그렇게 생각하던 해수가 몸을 돌려 서연을 바라보았다.

"서연아, 네가 보기엔 어때?"

남편의 시선으로 봐주겠다던 서연은 다리를 쩍 벌린 채 보라색 벨벳 소파에 드러눕다시피 앉아있었다. 이어 능글맞은 시선으로 해수를 훑어 내리곤 건성으로 엄지를 치켜들며 '예쁘네.' 하고 영혼 없는 목소리로 대답했다. 세상에 어떤 간 큰 남편이 저런다는 건지. 해수가 어이없는 한숨을 쉬었다.

"야아, 장난치지 말고 잘 좀 봐봐."

"아, 농담 아니야. 겁나 이뻐. 그런데 하나만 입어보곤 모르지. 몇 가지 더 입어봐. 이 언니가 채 서방에 빙의해서 매의 눈으로 봐줄 테니까."

드레스를 입어보는 과정은 상상처럼 마냥 설레는 것만은 아니었다. 절로 입이 벌어지며 하품이 나오는 지경에 이르러서야 말도 안 되게 고달픈 여정이 끝났다.

이마에 식은땀이 맺히고 다리가 후들거려 금방이라도 쓰러질 것 같던 해수가 종아리를 꾹꾹 주무르며 토로했다.

"으으, 아무리 입어봐도 모르겠다."

이것저것 입어보는 과정이 지나치게 고단했던 탓인지, 가방에 든 핸드폰이 내내 신경 쓰였던 탓인지, 유독 집중하기가 어려웠다. 커피를 두어 모금 마신 해수는 테이블 위에 잔을 내려놓곤 골똘히 생각에 잠겼다.

불과 몇 시간 전.

장홍댁과의 통화가 끝난 직후, 해수는 곧장 차를 돌려 집으로 향했다. 장홍댁의 말처럼 화장대에 덩그러니 놓여 있던, 뒷면에 사과 로고가 그려진 빨간색 핸드폰은 언니의 것이 분명했다. 하지만 전원이 켜지질 않았다. 배터리가 방전된 게 원인인 듯했지만, 물에 살짝 담긴 탓일지도 몰랐다.

스마트폰 데이터 복구	🔍

핸드폰을 두드려 열심히 검색했지만, 업체들도 일요일이라 문을 닫은 탓에 지금으로선 할 수 있는 게 아무것도 없었다.

인형 안에 핸드폰을 숨겨둔 이유가 뭘까. 답이 보이지 않는 답을 찾기 위해 눈을 감은 지 1분이나 흘렀을까. 무게를 더해 가는 상념에 짓눌리기 직전 해수를 현실로 이끈 것은, 예상치 못한 서연의 외침이었다.

"야! 해수야! 이 기사 뭐야?"

"응? 무슨 기사?"

만세 하듯 팔을 위로 쭉 뻗어 기지개를 켠 해수가 티슈를 한 장 뽑았다. 건조해져 갈라진 입술을 문지르며 서연을 바라보았다.

"와, 이게 뭐지? 너 놀라지 마."

핸드폰의 인터넷 창을 열어 휙휙 넘기던 서연이 화면을 돌려 해수에게 보여주었다. 뭔데 저러는 걸까. 의아하게 뜬 시선이 포털 사이트 메인을 장식한 기사로 곧장 꽂혀 들었다.

'곧 결혼' 예비 신랑, 한소라와 방콕에 이어 중국까지
'위험한 밀애' 충격!

자극적인 타이틀 아래, 공항의 체크인 카운터 입구를 나서는 두 사람의 모습과 방콕에서 함께 찍힌 사진이 대문짝만하게 실려 있었다.

세림물류 본사에서 열린 인수 회의에 참석했던 지석은 늦은 오후, 무인 유통 시스템을 연구 중인 물류 공장으로 향했다.

앨런과 함께 연구실과 물류 시스템 곳곳을 돌아보았다. 시작은 채민석을 견제하기 위한 것이었으나, 그는 이 기업에서

여러 방면의 가능성을 엿보았다. 예감이 좋았다. 그를 대신하여 이번 일을 진행한 앨런 역시 만족스러운 눈치였다.

대회의실에서 배달 로봇 연구 진척에 대한 브리핑을 들으며 서류를 유심히 검토하고 있을 때였다.

"대표님, 이것 좀 보셔야겠습니다."

잠시 전화를 받으러 나갔던 윤재가 사색이 되어 돌아왔다. 지석은 눈을 내리떴다. 한소라와의 스캔들 기사가 포털 사이트 메인을 떠들썩하게 장식하고 있었다. 성명서인지 나발인지 별 거지 같은 걸 발표한 한소라의 팬들이 해수가 근무하는 병원 홈페이지로 쳐들어가 인신공격을 퍼부었다는 사실까지.

"씨발."

자신도 모르게 탄식 같은 욕이 샜다. 그는 굳은 얼굴로 양해를 구한 뒤 복도로 나갔다. 해수에게 전화를 걸며 기다란 복도 끝, 꽉 닫힌 들창을 힘주어 열었다.

[여보세요.]

해수의 목소리가 들려오던 순간 탁한 바람이 세게 불어왔다. 지석은 눈을 감았다. 바람에 옷깃이 펄럭이고 머리카락이 흩날렸다. 그러다 문득 스스로가 웃겨서 픽 웃었다.

목소리를 들었다고 손바닥 뒤집듯 이렇게 기분이 좋아지나.

[지금 웃음이 나와? 뭘 잘했다고.]

가시처럼 뾰족하게 찔러오는 목소리마저도 예뻤다. 지석은 가볍게 웃으며 고개를 뒤로 젖혔다.

"미안, 목소리 들으니까 돌 것 같아서."

종일 시달렸던 몸에 활기가 돌기 시작했다. 아래가 정직하게 반응하는 동시에 못 견디게 보고 싶어졌다. 미친놈. 지석은 길게 한숨을 쉬며 벽에 기댔다. 제정신이 아닌 게 분명하단 생각을 하며 재빨리 덧붙였다.

"곤란하게 만들어서 미안해. 이번 일은 투자금을 회수하든, 그 여자를 덜어내고 다시 촬영하든, 책임지고 다 정리할 테니까 너무 신경 쓰지 마."

수화기 너머로 작은 한숨 소리가 들렸다. 단단히 화가 나 할 말을 잃은 듯했다.

[아니, 그러란 뜻은 아니었어요.]

지금 기분 같아선 다 뒤엎어버려도 속이 풀릴 것 같지 않았다. 하지만 착하디착한 이 여자는 자신의 잘못이 아닌 상황에서조차 죄책감을 느낄 게 뻔했다.

"그럼 네가 원하는 게 뭔지 생각해봐. 원톱 주연도 아니니마음 쓸 거 없어. 이 일은 전적으로 내 잘못이니까 화 풀릴 때까지 화내. 두들겨 패든지. 참지 말고. 응?"

일단 해명 기사부터 내야겠다는 생각하며 고개를 돌렸다. 광활한 대지 위, 붉게 타오르는 노을을 바라보며 대답했다.

"그리고 네가 생각하는 그런 일 없어. 나한테 여자는 너 하나야. 어릴 때부터 지금까지. 앞으로도 영원히 쭉."

듣기 좋은 변명이라고 생각하는 걸까. 수화기 너머가 조용했다. 사고 치는 남자들이 으레 그러하듯 입에 발린 개소리라고 생각할지도 몰랐다. 물론 상관없었다. 다만 진심을 전할 방

법이 없어 답답했다. 말로는 부족했다. 당장 몸이 닿고 숨을
섞어야 했다.

[아무것도 아닌데…….]

한 박자 늦게 대답하는 목소리가 평소보다 낮았다. 심상치
않은 반응이라 생각하며 벽에 기대 있던 상체를 세우는데 해
수가 떨리는 음성으로 말을 이어갔다.

[영화 주인공은 왜 줬어요? 제작 발표회 날 두 사람 함께 있
는 모습 봤을 때, 내 기분이 어땠는지 알아요?]

"그건……."

자신의 선택이 아니었다. 해수가 관심 있는 감독이라는 말
에 혹해서 이것저것 따져보지도 않고 투자를 결정한 거였으
니, 누가 주인공을 하건 제겐 관심 밖의 일이었다. 엔딩 크레
딧에 자신의 이름이 들어가는 영화를 윤해수가 보는 것. 그게
제가 바라는 전부였으니까.

무어라 변명을 해야 하는데 우습게도 뺨이 팽팽하게 당겨져
아무 말도 이어갈 수가 없었다. 그냥 픽, 헛웃음만 나왔다.

눈치 없는 입꼬리가 열없이 들썩이던 무렵, 해수가 낮은 한
숨을 쉬면서 어이가 없단 듯 웃었다.

[그래놓고선 세상에 여자는 나 하나뿐이라고. 영원히 그럴
거라고 말하면 나는…….]

나는, 나는, 되뇌며 말끝을 흐리던 해수의 목소리가 나직한
한숨과 뒤섞여 지석의 귓속으로 쏟아졌다.

[그냥 믿을 수밖에 없어. 왜냐면.]

어여쁜 목소리를 곱씹듯 눈을 감고 있던 지석은 안도한 듯
뜨거운 웃음을 흘리며 눈을 떴다. 홧홧 달아오르는 눈자위를
비비며 되물었다.

"왜?"

[나 속상하게 만든 벌이야. 대답은 나중에 들어요.]

어느덧 노을이 지고 창밖엔 어둠이 내려앉았다. 하늘에 닿
아 있던 지석의 눈매가 달처럼 휘어졌다. 머리가 뜨겁고 가슴
이 터질 것 같았다. 질투하는 윤해수를 당장 안고 싶었다.

느긋하고 감미로운 리듬의 음악이 폐쇄된 공간을 가득 채웠
다. 돔 형태의 천장 가득, 알알이 세공된 조명을 타고 내려온
빛이 중앙에 놓인 대리석 테이블에 반사되어 어두운 톤으로
인테리어된 펍의 몽환적인 분위기를 더했다.

"그래서, 뭐래?"

격앙된 서연의 목소리가 귀를 울렸다. 해수는 목이 긴 잔을
빙글 돌리다가 테두리에 묻은 소금을 혀로 살짝 핥으며 미간
을 찌푸렸다.

"뭐라고 하긴. '미안하다. 이유 불문하고 내 탓이다. 책임지
고 해결할 테니 걱정하지 말아라.' 그러지. 뭐."

시무룩한 목소리로 답하자 고개를 끄덕인 서연이 해수의 입
안으로 감자튀김을 넣어주며 격려하듯 등을 팡팡 두드렸다.

"병원 일은?"

서연의 질문에 해수는 한숨을 푹 쉬었다. 음료수인지 술인지 헷갈릴 정도로 달콤한 칵테일의 두 번째 잔을 깔끔하게 비우자, 스캔들 기사 아래 달린 댓글들이 불현듯 머릿속을 어지럽혔다.

한소라 카메라 너무 의식하는 거 아님?
파파라치 각도가 아닌데?
내놓고 나 찍으세요, 하는 거 티 남.

유명하지 않나요? 한소라 혼자 짝사랑하는 거
이 바닥에선 알 만한 사람 다 알아요.

곧 결혼할 남자가 여지를 주는 것 자체가 죄악이죠.

까놓고 말해서, 저 정도면 남자도 즐기는 거. ㅋㅋ

"하아."

감정을 익숙하게 숨기고 괜찮은 척하는 건 해수가 가장 잘하는 일이었다. 하지만 언제부턴가 아무렇지 않은 척, 별일 아닌 척, 그게 잘 안 됐다.

오늘 일만 해도 그렇다. 보고 싶은 것만 보려고 노력했지만,

160

너무도 쉽게 휩쓸렸다. 게다가 한소라의 팬들이 병원 게시판에 몰려와 연이어 항의 글을 올리는 통에 일시적으로 홈페이지까지 셧다운한 상태였다.

뭘까, 이 상황은 대체.

"그 사람이 설명이야 하겠지만 윗선에 한 소리 들을 각오는 해야겠지. 이게 어디 보통 일이어야 말이지."

억울한 듯 "내 잘못은 아니지만."이라고 중얼거리던 해수를 본 서연이 한 손으로 턱을 괸 채 한쪽 눈썹을 비쭉 올렸다.

"그래. 이미 벌어진 일은 어쩔 수 없는 거니까. 그래서 네 기분은 어때?"

"내가 로봇도 아니고, 감정이 있는 사람인데 어떻게 신경을 안 쓸 수 있겠어. 기분이……."

"기분이?"

괜찮을 리가 없었다.

앞에 놓인 세 번째 마가리타 잔의 테두리를 만지작거리던 해수가 땅이 꺼질 듯이 한숨을 푹, 쉬었다.

"……이거 되게 기분 안 좋은 일이더라."

"뭐가?"

"내가 좋아하는 사람이, 다른 사람과 함께 있는 걸 본다는 거 말이야."

"이건 또 무슨 헛소리야. 그걸 이제 알았어?"

침묵이 깊었다. 삽시간에 바닥을 치는 기분에, 김빠진 웃음을 흘리며 해수는 느리게 눈을 깜빡였다.

"지석 씨가 너무 좋아서 꿈을 꾸는 것처럼 행복한데, 내 기분이 그 사람으로 인해 흔들리는 건 불안해. 분명 나도 진심이고, 그 사람도 진심인데 너무 깊이 빠져들면 안 될 것 같은 기분. 뭔지 알아?"

솔직한 해수의 대답이 마음에 든다는 듯, 고개를 끄덕이던 서연이 눈썹을 축 늘어뜨리며 혀를 찼다.

"너, 대표님 이름으로 약 처방 받아갔던 날 기억나?"

해수가 고개를 끄덕였다. 서연이 희미하게 웃었다.

"그날 약 받으러 온 네 몰골이 어땠는지 알아? 난 어레스트(심정지) 환자라도 생긴 줄 알았어."

"그럼 사람이 아프다는데 의사가 느긋하게 걸어? 환자의 아픔에 진심으로 공감하라고 귀에 못이 박이도록 들었잖아."

"아니. 고작 체한 환자한테 그럴 일이냐고. 매일같이 찢어지고 터진 상처도 아무렇지 않게 보는 네가 할 말은 아닌 것 같은데?"

용기 내어 닿고 싶으면서도 동시에 달아나고 싶던 그날. 사리 분별 안 될 만큼 정신을 놓고 키스 아닌 키스를 나누면서도 결국, 그와 이렇게 되리라곤 예상하지 못했다.

옛 기억을 떠올리다 보니, 어김없이 또 그가 생각났다.

얄미운데 보고 싶어. 그래서 더 짜증나.

속 깊은 곳에서부터 올라오는 이 감정을 딱히 한마디로 정의하기 어려웠다. 해수가 굳어 있던 낯을 허물고 피식 바람 빠진 웃음을 흘렸다.

"그런가."

"그래. 이 바보야. 겁먹은 강아지처럼 자꾸 뒷걸음질 치지 말고 표현해. 그리고 네가 모르는 것 같은데 우린 그걸 보통 사랑이라고 불러."

급하게 마셔서인지, 컨디션이 좋지 않은 탓인지 술기운이 평소보다 빨리 돌았다. 참고 있던 숨을 몰아쉰 해수는 텅 빈 잔을 감싸 쥐고 고개를 숙였다. 뒤늦은 깨달음에 귓바퀴가 불탈 것 같이 뜨겁게 달아올랐다.

WS Investment 채지석 대표가 영화배우 한소라와의 열애설을 강하게 부인했다. (중략) 지나친 억측으로 인한 추가 기사나 악성 댓글에 대해서는 강력하게 대응할 것으로 밝혔다.

정확히 1시간 후 해명 기사가 떴다. 더불어 다른 각도에서 찍은, 누가 보아도 연인 관계로 보기엔 무리가 있는 사진 여러 장도 함께 공개되었다.

어지러운 머리를 감싼 해수는 기사의 아래에 달린 댓글을 훑어보며 쿵, 쿵, 음악 소리가 공명하는 잿빛 계단을 올랐다.

밖엔 여전히 비가 부슬부슬 흩날리고 있었다. 투명한 유리 문을 밀자 눅눅한 비 냄새가 훅 끼쳤다.

첫눈 온다더니, 순 거짓말이라며 구시렁대던 서연이 차에 올라탔다. 서연을 집까지 데려다주는 내내 도란도란 대화가 끝도 없이 이어졌다.

"사랑싸움 적당히 하고 일찍 자. 비 그치니까 더 춥네. 그럼 조심히 가고, 내일 봐."

코트 깃을 여미며 오들오들 팔을 쓸던 서연이 아파트 입구로 쏙 사라지고도, 해수는 몇 번이나 핸드폰을 들었다 다시 내리길 반복했다.

목소리라도 듣고 싶은데. 전화를 걸어도 될까.

할 말이 많았다. 기분이 괜찮아졌다고도 말해야 했고, 경황이 없어 잊고 있던 언니의 핸드폰에 대해서도 말해야 했다. 망설이는 그녀를 독려하듯 매서운 밤바람이 불어왔다. 살을 에는 초겨울의 바람에 머리카락이 정처 없이 흩날렸다.

불현듯 또렷해진 정신을 다잡고 발신 버튼을 누르려는데 전화가 왔다. 저항 없이 뻗어간 손이 허공에서 멈추었다. 모르는 번호였다. 해수는 요란하게 진동하는 핸드폰을 힘주어 그러쥐었다. 날 선 진동이 손바닥을 날카롭게 파고들었다. 예감이 좋지 않았다.

"대체 누구지……."

받을 때까지 멈추지 않을 것처럼 집요하게 울려대는 진동에, 머뭇거리던 해수가 마침내 통화 버튼을 꾹 눌렀다.

[윤해수 씨?]

화가 난 듯 날카롭게 고막을 자극하는 목소리엔 분노가 잔뜩 서려 있었다. 직감이고 뭐고 떠오르는 사람은 오직 하나, 타이밍을 잘못 잡아도 한참 잘못 잡은 한소라였다.

순간적으로 말문이 막힌 해수가 짧게 숨을 삼켰다. 이마 위로 달라붙는 머리칼을 떼어낼 생각조차 하지 못한 채, 초조함에 입술을 내리 물었다.

[내 목소리 안 들려요?]

달콤한 술로 적셔진 입 안으로 난데없이 독주가 밀려 들어온 기분이었다. 꽉 쥔 주먹을 느슨하게 푼 해수는 누가 들을세라 목소리를 낮추며 한 손으로 입을 감쌌다.

"잘 들려요. 말씀하세요."

용기 있게 운을 떼고서 마른침을 삼킨 뒤 침착하게 녹음 버튼을 눌렀다. 일을 더 크게 만들고 싶진 않았지만, 여자의 행동은 묵과하기 어려울 만큼 다분히 악의적이라는 판단이 들었기 때문이었다.

해수의 건조한 반응을 전혀 예상하지 못했는지 한소라의 목소리엔 의아함마저 묻어났다.

[일단 좀 만나죠. 꿀릴 거 없으면 피할 이유 없잖아?]

"피할 이유는 없지만, 시간 낭비할 이유도 없지 않나요?"

[따지고 싶어서 부들거리고 있을 줄 알았더니 의외로 덤덤하네. 김빠지게.]

자신의 뜻대로 되어가지 않는 상황에 되레 초조해진 듯, 느긋하던 한소라의 태도가 일변했다.

[내연녀 꼬리표가 좀 거슬리긴 하지만, 그 정도는 감수할게

요. 나름대로 재미있을 것 같기도 하고. 구질구질한 본처 딱지보다는 내연녀가 좀 더 나을 거 같긴 하네.]

해수는 주먹을 꽉 그러쥐었다. 뺨이라도 얻어맞은 것처럼 얼굴이 삽시간에 달아올랐다. 일반적인 사고와는 거리가 먼 여자가 분명했다. 제가 지금 무슨 말을 들은 건지 황당해진 해수가 크게 심호흡하고는 입을 열었다.

"제가 이진언 감독님의 팬이라, 이번 영화도 기대하고 있었거든요."

[아, 그러셨구나. 하필 또 남편 애인이 주인공이라 많이 괴로우셨을 텐데, 본처께서 마음이 넓어 다행이라고 해야 하나?]

더는 듣고 있을 이유가 없었다. 해수는 지독한 말을 뱉어내는 여자의 태도에 끝내 실소 비슷한 웃음을 터뜨렸다.

"그래서 망설였어요."

[뭐라는 거야?]

"이건 어디까지나 내 개인적인 감정이니까, 다른 사람까지 피해 보면 안 되는 거잖아요."

한소라는 적막 속에 갇힌 듯이 침묵했다. 확연히 달라진 여자의 목소리를 들으며 무언가 잘못되고 있다는 걸 깨달은 것처럼.

차분하던 해수의 얼굴에서 웃음기가 걷혔다.

"그나마 한소라 씨가 원톱이 아닌 걸 다행으로 생각하겠습니다."

[너 지금 나 협박하니? 이 미친—!]

뚜—.

 해수는 그대로 전화를 끊어버렸다. 곱씹을수록 기가 막혀서 자꾸만 헛웃음이 나왔다. 자신만만하게 내질렀지만 사실마음은 후련치 않았다. 제가 흘린 말이 혹여 지석을 곤란하게만들지는 않을까 걱정이 되어서였다. 하지만 그게 다였다. 해수는 지석을 누구보다 믿었고, 한소라가 하는 말 따위에 조금도 흔들리지 않았다.

 핸드폰을 밝힌 해수는 익숙해진 남자의 이름을 누르고 한소라와의 통화 녹음 파일을 전송한 후 하늘을 물끄러미 올려보았다. 피로감이 쏟아졌다. 부슬부슬 비가 떨어지는 하늘이시커먼 입을 쩍 벌리고 있었다.

 그 시각, 지석은 한국으로 돌아오기 위해 비행기에 오르던중이었다.

 며칠 더 체류하며 남은 일정을 소화해야 했으나 난데없는스캔들에 휘말려 좀처럼 일에 집중하기 어려웠다. 해결해야할 일의 우선순위가 변동되었기에 앨런에게 뒷일을 부탁하고귀국을 앞당겼다. 물론 가장 큰 이유는 해수의 몸 깊은 구석구석까지 온통 자신으로 채우고 싶다는 자신의 정신 나간 욕구 때문이었다.

 밀린 메일을 체크하고 핸드폰의 전원을 끄려던 찰나, 손안에서 가벼운 진동이 느껴졌다. 차게 식은 손가락 마디를 만지작거리던 지석은 메시지를 확인했다. 각막에 새겨진 듯 익숙한 이름이 자신을 반겼다.

바쁠 텐데 미안해요. 확인하고 연락 줘요.

단정한 메시지 아래, 녹음 파일이 첨부되어 있었다. 해명 기사를 보고 화가 풀린 건가. 피식 웃으며 핸드폰을 귀에 댄 지석의 미간이 바스락 좁혀졌다.

"이것 참."

모진 말을 쏟아내는 한소라의 목소리가 들려오자, 지석은 손가락으로 가만가만 핸드폰을 두드리다가 창턱에 팔을 걸치고서 미간을 문질렀다.

"안타깝게 됐네."

전혀 안타깝지 않은 얼굴로 픽, 헛웃음을 삼킨 지석은 타원형의 창문 너머로 시선을 두었다.

오후 7시. 어둠이 짙게 깔린 활주로의 붉은 등이 점멸했다.

멍청한 인간. 가만히 숨죽이고 있었다면 그나마 가진 걸 정리할 시간은 벌게 해주었을 텐데.

그간 수집해온 한소라와 관련된 정보를 떠올린 지석의 새카만 눈동자가 낮게 가라앉았다.

예정대로라면 영화가 개봉한 이후, 해외 판권 수출까지 마무리 짓고 터뜨리려던 파일이었다. 단호하게 경고를 했음에도 해수에게 접근했다는 건 결코 가벼이 여길 문제가 아니었다.

168

더는 자비를 베풀어줄 이유가 없었다. 오늘 하루 해수가 느꼈을 수치심과 모멸감만은 그대로 돌려줄 작정이었다.

"피곤하면 눈 좀 붙이시죠."

서늘한 바람을 몰고 들어온 윤재가 인수 관련 서류와 태블릿을 건네며 말했다. 윤재의 어깨에 싸라기 같은 눈송이가 묻어 있었다. 첫눈이 예보되었다더니, 슬슬 시작될 모양이었다.

지석은 고개만 까닥이며 좌석을 편히 조절해 몸을 기댔다. 파일을 펼치는 얼굴엔 오후부터 줄곧 이어진 불쾌한 기색이 짙게 어려 있었다.

윤재가 한층 깊어진 노여움의 원천에 대해 유추하기도 전에 지석이 팔걸이를 펜으로 톡톡 두드리며 입을 열었다.

"보고해."

낮은 조도의 조명 탓인지 얼굴 위로 드리워진 음영이 무자비했다. 차분함을 유지하려는 상사의 모습이 되레 그의 불안을 증폭시켰다.

"10분 전에 댁으로 출발하셨습니다."

"그리고."

"기사 반응은 예상대로 호의적입니다."

"한소라 자료 취합해둔 거, 언론에 제보해. 성가신 일부터 처리하지."

어색하고 무거운 침묵이 잠시 이어졌다. 아무리 화가 나도 그렇지 이건 너무 급작스러운 결정이었다. 눈을 크게 뜬 윤재가 제 귀를 의심하며 허겁지겁 되물었다.

"예? 그걸 지금 말씀입니까?"

제작 단계부터 기대감을 불러일으킨 이진언 감독의 신작은 해외 유수 영화제의 잇따른 초청은 물론, OTT 플랫폼과 극장 동시 개봉을 확정 지으며 순조롭게 진행되는 중이었다. 이런 시기에 주연배우를 날리겠다는 건, 윤재의 귀에는 자폭하겠다는 말처럼 들려왔기에 쉬이 납득하기 어려웠다. 다른 투자자들을 설득하는 일도 쉽지 않을 거였다.

"대표님. 신중하셔야 합니다. 화가 나도 공과 사는……."

마뜩잖게 치켜뜬 눈으로 윤재를 잠시 바라보던 그가 들릴 듯 말 듯 한숨을 쉬며 파일을 향해 시선을 내렸다.

"해수에게 접근 시도했어. 녹음 파일도 있고 증거도 충분하니 반박하기 어려울 거야. 궁지에 몰리면 어떤 일을 벌일지 모르니 썩은 뿌리는 갈아엎어버리는 게 좋겠지."

"접근이요?"

믿을 수 없다는 듯 되묻는 윤재를 보며 지석이 말을 이어갔다.

"방해 요소가 있으면 어떻게든 정리하고, 이익 나는 쪽으로 끌고 가는 게 내 일이야. 지금은 이게 최선이라 판단한 거고."

그가 원하는 것을 얻어내지 못한 적이 있던가. 바닥을 치는 종목이라 하더라도 그가 손을 대는 순간 그 가치가 천정부지로 뛰었다. 따라서 투자에 관한 그의 안목에 이의를 두는 이는 없었다.

자신도 모르게 고개를 끄덕이며 수긍한 윤재는 그제야 평정

170

심을 되찾고, 지석이 말한 '취합해둔 자료'에 대해 떠올렸다.

2개월 전, 한 남자 아이돌 그룹 멤버의 학교 폭력 사건이 커다란 이슈로 대두된 이후, 연예계는 잇따라 불거지는 학폭 논란으로 인해 몸살을 앓는 중이었다.

그 여파에 의해 줄줄이 거론된 연예인 중에는 한소라도 포함되어 있었다. 물론 거대 기획사의 발 빠른 대처로 인해 그녀의 논란은 거짓 폭로로 치부되어 흐지부지 덮였지만, 영화사나 투자자로선 결코 좌시할 수만은 없는 문제였다.

오늘 터뜨린 스캔들 기사 역시, 논란을 덮기 위한 연막 기사일 가능성이 농후하다는 것이 지석의 판단이었다.

골치 아픈 상황을 인지한 윤재가 손뼉 치듯 손바닥을 맞잡으며 눈치 빠르게 자신이 취해야 할 대비책 마련에 나섰다.

"하긴, 논란 있는 배우를 걷어내고 재촬영까지 감행한 좋은 선례로 남게 될지도 모르는 일이죠. 일단 경호 인력부터 보충하겠습니다. 제작사 미팅도 당장 잡을까요?"

지석은 피곤함에 절은 듯한 눈꺼풀을 꾹 누르며 성가시단 듯 손을 공중에 내저었다.

"오늘은 좀 쉬고."

"예, 알겠습니다."

기내에는 곧 있을 비행기 이륙을 알리는 안내 방송이 흘러나오고 있었다. 동시에 실내등이 어둡게 내려앉았다.

좌석에 기댄 지석은 사진첩을 열었다. 서연이 전송한 사진을 들여다보며 씩 웃는다. 새하얀 드레스를 입고 환하게 웃는 해수의 얼굴이 말로 표현하기 어려울 만큼 예뻤다.

선선하다 못해 서늘하기까지 한 기내 공기와는 상관없이 가슴이 뜨겁게 달아오르더니 힘차게 뛰어대기 시작했다. 미치도록 보고 싶었다. 해수의 체온이 너무도 간절한 밤이었다.

소파에 웅크리고 앉아 비가 추적추적 내리는 걸 바라보던 해수는 어딘가 나사가 빠진 사람처럼 멍한 얼굴로 리모컨을 들었다. TV를 켜고 의미 없이 채널을 돌리다가 아프리카 초원의 탁 트인 배경에서 멈췄다. 벽을 가득 메운 대형 스크린에서 눈부신 햇살이 쏟아져 내렸다.

[코끼리가 서로 몸을 맞대고 자는 것은 그들만의 유대감을 형성하기 위한 하나의 방법입니다.]

당겨 안은 무릎에 턱을 괸 해수는 소리 없이 싱겁게 한 번 웃었다.

아기 코끼리 두 마리가 커다란 몸을 서로 깊숙이 맞댄 채 잠을 청하는 모습이 귀여웠다. 곧 화면이 바뀌고 귓가에 속삭이듯 잔잔한 내레이션이 이어졌다.

[코끼리는 가족에 대한 유대감이 높습니다. 지능도 뛰어나기 때문에 눈앞에서 가족이 죽으면 무리 전체가 한동안 깊은 슬픔에 휩싸이기도 하죠.]

해수는 TV를 껐다. 거실엔 다시 어둠이 내려앉았다. 동요하

는 마음을 가라앉히기 위해 노트북을 열었지만, 아무것도 할
수 없었다.

— 해수야, 먹고 싶은 거 없어? 퇴근하면서 사 갈게.

— 쉬는 날 무슨 공부야. 언니랑 바람이나 쐬러 가자.

— 세상에 의지할 사람은 우리 둘뿐이야. 잊지 마, 해수야.
　아무도 믿어선 안 돼.

불현듯 목이 메더니, 닦아낼 틈도 없이 눈물이 흘렀다. 가슴
이 너무 아파서 숨을 쉬기 어려웠다.

해수는 크게 심호흡을 했다.

조금 전까지만 해도 이렇지 않았는데. 불안감이 사고를 흩
뜨렸다. 온갖 상념들이 머리를 어지럽히고 감정이 널뛰었다.

아무것도 아닐 거야. 아무것도…….

생각하며 무릎에 얼굴을 묻었다. 머리가 깨질 듯 아팠다. 인
상을 잔뜩 쓴 채 눈을 세게 감았다가 떴다. 불안하게 요동치
는 정신을 다잡으려 애썼다.

녹음 파일을 확인한 남자에게선 아무런 연락도 없었다.

많이 바쁜 거겠지.

그가 돌아오면 언니의 핸드폰에 대해 의논해야겠다는 생각
을 하며 해수는 소파에 지친 몸을 뉘었다.

　해수는 적막을 깨우는 소음에 눈을 떴다. 빗소리인가 싶어

다시 눈을 감으려는데 머지않아 물소리가 뚝 그쳤다.

"협의가 잘되기만을 바랄 뿐입니다. 예. 내일 뵙죠."

욕실 문 너머 지석이 누군가와 통화를 하고 있었다. 시간을
확인하기 위해 핸드폰을 집어 들었던 해수가 부스스 상체를
일으켰다.

잠결에 들려온 그의 목소리만으로도 고단했던 일과를 보상
받는 듯했다. 한꺼번에 들이닥쳤던 긴장과 피로도 언제 그랬
냐는 듯 씻겨나간 후였다.

잠시 후, 샤워를 마친 지석이 젖은 머리를 한 채 밖으로 나
왔다. 장골에 걸쳐진 수건 한 장 위, 크고 작은 흉터로 가득한
몸에는 세밀하게 짜인 근육이 자리했다. 물을 뚝뚝 흘리며 성
큼 거리를 좁힌 남자가 환하게 웃었다.

"일어났어? 깨울까 말까 미친 듯이 고민했는데."

"깨우지 그랬어요."

"그러려고 했어."

커다란 몸이 해수를 감싸고 그대로 번쩍 안아 올렸다. 동시
에 익숙한 체온이 입술을 덮었다. 해수의 고개가 뒤로 꺾일
정도로 격렬하게 밀어붙이며 거듭 아랫입술을 물었다.

"보고 싶어서 돌아버리는 줄 알았거든."

"이러고 싶어서 온 거 같은데."

내쉬는 호흡이 거칠었다. 해수를 바라보던 그의 눈에 불이
붙었다. 어느 때보다 맹목적이고 폭발적으로.

"그것도 맞는 말이고."

부드러운 입술이 포개져 뭉개지고 뜨거운 혀가 잇새를 비집고 침범했다. 독한 술에 취한 듯 정신을 차릴 수가 없었다. 서로가 없이는 호흡할 수 없는 사람처럼 정신없이 숨을 뺏고 내주었다.

　잠시 호흡을 고르기 위해 고개를 뒤로 젖힌 해수가 다독이듯 그의 머리를 안아주었다.

　"으음, 머리부터 좀 말려요."

　"하다 보면 마르겠지."

　"오늘은 좀 쉬어요. 종일 피곤했을 텐데."

　"무슨 그런 섭섭한 소릴 해."

　욕망으로 번들거리는 눈빛과 탁한 목소리가 쏟아졌다. 지석이 해수의 턱선을 따라 촘촘히 입을 맞췄다. 뒤로 젖혀 하얗게 드러난 목덜미를 길게 핥아 올렸다.

　"하아."

　심장이 격렬하게 맥동했다. 해수는 가만 눈을 감고 저릿한 감각을 느꼈다. 지석의 젖은 머리에서 떨어진 물방울이 해수의 빗장뼈에 맺혔다가 매끄럽게 흘러내렸다.

　"나도 보고 싶었어요."

　다시 입술이 거세게 맞물렸다. 탐욕스럽게 혀를 감아올리고 입술을 빨던 그가 연약한 귀와 목덜미 사이에 입술을 묻고 달콤하게 속삭였다.

　"그럼 이제 말해봐. 왜 날 믿을 수밖에 없었는지, 나 때문에 속상했던 이유가 뭔지."

"알면서 왜 물어요."

"내가 뭘 아는데."

어느덧 침실로 향한 지석이 커다란 침대에 해수의 몸을 뉘며 키득 웃었다. 네글리제를 끌어 올리고 그대로 입술을 내려 재촉하듯 가슴을 깨물었다. 혀를 내밀어 아무렇게나 핥았다.

"흐읏……"

신음을 터뜨린 해수는 조심스럽게 그의 머리카락 사이로 손을 밀어 넣었다. 아직 채 마르지 않은 머리카락이 손등을 간지럽혔다. 해수가 입술을 달싹였다.

"내가 먼저 좋아했어, 지석 씨 처음 본 순간부터."

사랑하는 이의 체온이, 향기가 손끝에 닿았다. 손에서 시작된 욱신거림은 삽시에 발끝까지 전이된다. 저릿한 전율에 덜컥 울고 싶은 충동에 휩싸였다.

"그래서 질투했어요. 오빠라고 부르는 것도 듣기 싫었고, 당신 몸에 손대는 것도 보기 싫었어."

어떤 일에도 흔들리지 않을 것 같던 지석의 눈동자가 거세게 요동쳤다. 질투라니. 그 어떤 사랑의 밀어보다 달콤한 목소리에 귓바퀴가 끈적하게 녹아내릴 것만 같았다. 그는 대답하는 대신 다만 눈을 감고 뺨을 붉힌 해수의 뺨을 사랑스럽게 어루만졌다. 그녀가 희미하게 웃었다.

"그러니까 그런 거, 앞으로 내가 알게 하지 마."

남자의 무게가 몸에 더해졌지만 이런 압박감조차도 마음을 안정시켰다. 밭은 숨을 내쉬던 해수가 마침내 쐐기를 박으며 지석의 인내를 무너뜨렸다.

"지석 씨가 다른 여자랑 같이 있는 거 보고 싶지 않아. 이해하기도 싫어. 나밖에 없다고 해도…… 싫어요. 진짜 화나."

화난다는 말에 되레 갈증이 치밀었다. 마침내 해수의 허리가 크게 휘고 크고 뜨거운 손이 더는 참기 어렵단 듯 아래로 파고들었다.

동시에 다급하게 벗겨진 네글리제와 속옷이 침대 아래로 떨어졌다. 어느덧 초점이 사라진 남자의 눈에 거듭 불이 붙었다.

"질투도 이렇게 예쁘게 하면 어쩌라는 거지."

"하아, 못됐어. 놀리지 마."

"놀리는 거 아니야. 진짜 예뻐서 그래. 그리고, 내가 먼저 좋아했어."

부드럽게 쥔 가슴에 입술을 포개고 혀를 굴리자 해수의 창백한 피부에 윤기가 돌고 홍조가 일었다. 크고 동그란 눈에 달빛이 비쳐 광채가 돌았다. 그게 또 미치도록 예뻐서 돌아버릴 것 같았다.

"그러니까 이해하지 마. 나도 이해 안 해. 너 이렇게 예쁜 거 다른 새끼가 알게 하지 마. 평생 나만 보게 해. 응?"

그녀를 가볍게 안아 몸을 맞춘 지석이 여린 살을 가르고 서서히 진입했다. 빈틈없이 맞물린 몸이 녹아내릴 듯 뜨거웠다. 머리가 폭발할 것 같은 쾌락에 온몸이 전율했다.

"아, 아……."

아찔해지는 감각에 억눌린 신음이 절로 흘렀다. 묵직하고 뜨거운 열기에 머리가 아득해졌다. 해수는 고개를 뒤로 젖히며 시트를 구겨 쥐었다. 수없이 몸을 섞고 받아들여도 시작은 늘 버거웠다.

"하아, 아아, 지석 씨, 아!"

해수는 남자의 어깨에 입술을 묻고 흐느꼈다. 필사적으로 그를 끌어안고 한계에 달한 제 몸을 맡겼다. 애타게 이름을 부르자 단단하게 결속된 지석의 욕망이 그녀의 안에서 더 크게 부풀었다.

팽팽했던 침실의 공기가 순간 터질 듯 달아올랐다. 코끝과 이마가 스치고, 허공으로 뜨거운 시선이 오갔다.

"사랑해."

이대로 녹아 하나가 되어도 좋을 것 같단 생각을 하며 지석이 나직하게 고백했다. 겹겹이 숨을 포갠 입술 사이로 따뜻한 호흡이 전해졌다.

"아, 이거 너무 어렵다."

해수는 양손에 넥타이를 하나씩 들고 지석의 가슴 위로 대 보았다. 그러고는 어려운 수학 문제를 풀 듯 입술을 쭉 내밀고 고개를 갸우뚱거렸다.

"그냥 지석 씨가 고르면 안 돼? 나 이런 거 진짜 못 해. 입어 봤어야 알지."

솔직히 말하자면, 뭘 갖다 대도 근사했다. 안 어울리는 걸 찾아내는 게 더 빠를 듯했다. 게다가 오늘 입을 정장까지 골라달라니. 바쁜 아침부터 왜 이런 시련을 주는지 모르겠다.

"아무거나 줘. 팬티만 던져줘도 그냥 입고 갈 테니까."

실없이 웃던 지석은 해수를 꼭 끌어안고 장난하듯 좌우로 몸을 흔들었다. 해수의 손에 들린 빨간색, 파란색 넥타이가 깃발처럼 나풀거렸다.

"아으, 그만해. 어지러워. 자기가 얼마나 큰 줄도 모르고 덤벼드는 대형 견 같아."

해수는 환하게 웃었다. 아침부터 지석은 시도 때도 없이 몸을 치댔다. 함께 밥을 먹으면서도 틈만 나면 손을 잡고 제 얼굴을 만져달라고 했다. 열이 나는 것 같다는 거짓말을 하고, 아랫배가 아프다고 헛소리도 했다.

"해수야."

"응. 골랐어? 빨간 휴지? 파란 휴지?"

지석이 셔츠를 팔에 꿰며 피식 웃었다. 넥타이 든 손을 번갈아가며 흔드는 게 귀엽다고 생각하며 해수에게 입을 맞췄다.

"난 너 없으면 못 살아."

"갑자기 왜 그런 말을 해요. 무섭게."

"무섭긴 뭐가 무서워. 너는?"

그렇게 묻는 남자의 표정이 사뭇 진지했다. 해수는 그런 지석을 한참 올려보다가 어깨를 짚고 키스했다. 도톰한 아랫입술을 머금고 쪽, 소리 나게 빨았다. 가만 지석의 눈을 바라보며 그녀는 웃었다.

"나도 지석 씨 없으면 못 살아."

"진짜?"

"응. 진짜."

"무슨 일이 있어도 내 옆에 꼭 붙어 있어."

"알았어. 고목 나무에 매미처럼 찰싹 붙어서 절대 떨어지지 않을게."

해수는 지석의 허리를 안았다. 지석이 해수의 이마에 제 이마를 갖다 댔다. 코끝에 입을 맞추고 근사하게 웃었다.

"오늘도 늦을 거야. 회의가 많이 길어질 예정이라."

"피곤해서 어떡해. 시간 나면 수액이라도 한 대 맞으러 와. 건강 검진도 좀 하고."

"그럴게. 일 끝나면 어디 조용한 데 여행이라도 가자."

열렬히 고개를 끄덕인 해수는 손을 뻗어 그의 얼굴을 가슴에 새겨 넣듯 오랫동안 어루만졌다.

"마치고 뭐 할 거야?"

그녀와 마찬가지로 해수의 얼굴을 쓰다듬던 지석이 물었다. 해수는 심각한 표정으로 언니의 핸드폰에 대해 말하려다가 고개를 저었다.

아무 일도 아닐 텐데. 바쁘다는 사람 붙잡고 괜한 근심거리까지 더해주고 싶지 않았다.

커다란 손이 그런 마음을 안심시키듯 등을 쓸었다.

"피곤하면 마사지도 받고, 쇼핑도 해. 인상은 쓰지 말고."

180

"걱정 마요. 나 애 아니거든?"

"애 맞거든요?"

장난스레 해수의 말투를 흉내 낸 지석은 그녀의 주름진 미간을 손가락으로 쓱 펴주며 웃었다. 결국, 해수가 골라 온 건 잿빛 쓰리피스 슈트와 같은 톤의 타이였다. 지석이 고개를 숙이자 해수는 지석의 목에 넥타이를 걸었다.

"잘 고르네. 내가 제일 좋아하는 색이야."

내가 뭘 골라 와도 저렇게 말했겠지.

해수는 타이를 메는 남자의 손을 바라보며 베스트의 버튼을 잠가주고 재킷의 깃을 매만졌다.

"조심히 가요."

"너도 조심히 가. 적당히 요령도 좀 부리고."

"그럴게."

"뽀뽀."

상체를 구부린 지석이 먼저 입술을 내밀었고, 해수는 가만 지석을 쳐다보다가 손을 뻗었다.

지석은 해수의 손바닥에 제 볼을 갖다 댔다. 손을 겹쳐 잡은 채 다정한 눈으로 쪽, 소리 나게 입을 맞췄다. 맞닿은 얼굴에 슬며시 미소가 떠올랐다.

chapter 21

드러나는 진실

아침 7시부터 소집된 회의는 장장 3시간 동안이나 이어졌다. 세림물류 인수 건은 순풍에 돛 단 기세로 빠르게 진행되었다. 더불어 채민석을 쳐내기 위한 일이 순차적으로 스텝을 밟고 있었다.

하품을 삼키며 진저리치는 임원들을 바라보던 지석이 구겨진 미간을 문지르며 입을 열었다.

"핵심은 물산이 위기를 벗어날 기회를 잃었다는 겁니다. 자극적이고 민감한 사안이니 보안에 신경 써주시고."

WS물산은 인수를 화두로 거짓 정보를 흘려내며 주가를 조작해왔다. 인수를 타진하는 과정에서 밝혀낸 홍콩 마피아 자금 관련 의혹과 더불어 마카오에서 저지른 불법들이 머지않아 언론에 공개될 예정이었다.

"회장님이나 물산 쪽에서 우리를 걸고넘어진다면, 언론이 불리하게 형성될 가능성도 배제할 수는 없습니다."

충분히 가능성 있는 이야기였다. 사회적으로 적잖은 파장을

182

몰고 올 것은 물론, 자칫하면 형제 사이의 불화가 기정사실로 비추어질 만한 사건이었다.

"승계권 때문에 벌어진 비극이라는 식의 기사라도 난다면, 빌런은 당연히 우리 쪽이 될 게 뻔하니까요."

"그간 다져온 이미지로 따지자면 채민석보다야 우리 쪽이 훨씬 우세합니다."

"저쪽은 어떻게 대응할까요."

책상에 걸터앉아 오가는 이야기를 가만히 듣고 있던 지석이 답답함을 느끼며 깊게 한숨을 쉬었다.

"분명 선 그을 겁니다. 대선이 코앞인 데다가 회장님이 목매는 건실한 이미지, 검은돈으로부터 완전히 벗어난 청렴한 이미지에 반하는 내용일 테니까요."

조직 출신의 기업인이 일군 회사라 할지라도 채두식이 만들어둔 WS그룹의 이미지는 제법 호감에 가까웠다.

지석을 앞세워 건실한 사업가의 이미지를 그려냄으로써, 변변찮은 두 아들의 난봉꾼 같은 이미지는 자연스레 사람들의 관심 밖으로 밀려났다. 입양된 아들을 친아들보다 아끼며 전폭적인 지원을 아끼지 않는 헌신적 이미지와 결손 가정 아이들을 지원하는 것은 물론, 독거노인들을 위한 자선 행사와 보육원, 그리고 무료 급식소 운영까지.

돈과 권력으로도 결코 만들어낼 수 없는 이미지들이 재산처럼 쌓여왔다. 오랜 염원인 정계 진출까지 앞둔 채두식은 더는 거칠 것이 없었다.

의구심 어린 눈빛으로 지석을 바라보던 박 이사가 고개를 절레절레 흔들었다.

"아무리 그래도 제 자식인데요."

그런 재능을 물려받지 못한 채민석은 무능하고 안일했다. 게다가 채두식은 마약이나 도박, 마피아 따위와 엮이는 걸 극도로 경계했다. 설령 친아들이라 할지라도 조직에 해가 될지 모르는 일을 벌인 것을 채두식은 용서하지 않을 게 분명했다.

"글쎄요."

지석은 짧게 웃었다. 대의를 위해서라면, 자식 하나쯤은 장기판 위의 졸(卒)처럼 우습게 버리는 것이 바로 이곳의 생태가 아니던가. '졸'보다도 못한 처지라는 생각에 씁쓸해하기도 잠시, 정적을 깨트린 홍보팀 팀장이 스케줄러를 펼쳐 들며 피곤한 눈을 비볐다.

"방어 기사 준비할까요?"

"직접적인 언급은 피하되 물산 쪽 자금 유동에 힘을 실어줬었다는 뉘앙스만 적당히 실어주십시오. 우리도 떼인 돈이 있는데, 승계권에 눈먼 빌런 취급까지 받으면 억울하지."

몸을 일으킨 지석이 창가로 걸어가며 생수병을 열었다. 회색 빌딩 사이로 희끄무레하게 몰려오는 눈구름이 보였다.

영화 제작사와의 회의가 바로 이어질 예정이었다. 머리가 아팠다. 일이 복잡해지면 곤란한데, 쓸데없는 일이 중간에 끼어서 걸리적거렸다.

해수는 지금쯤 발에 불이 나도록 뛰어다니고 있겠지.

어김없이 또 그녀를 떠올린다. 더없이 행복했지만 떨어져 있으면 불안했다. 심장에 해로울 정도로 사랑스러운 몸을 끌어안고, 자신을 향해 활짝 웃는 걸 봐야 피로가 풀리고 마음이 놓일 것 같았다.

미쳐가는 게 분명했지만 상관없었다. 미치도록 좋았으니까.

하지만 이 중요한 시기에 통제력을 상실해선 곤란했다. 지석은 잠시 하늘을 말없이 응시하다 본래의 빈틈없고 서늘한 표정으로 돌아섰다.

의국 회의가 늦게 끝나는 바람에 해수는 밤 9시가 다 되어서야 신도림에 도착했다. 8시 30분에 문을 닫는다던 핸드폰 복구 업체는 고맙게도 그녀의 편의를 봐주었다.

출근 시간만 해도 사람들로 북적이던 건물은 불이 꺼져 을씨년스러웠다. 동작이 멈춘 에스컬레이터를 뛰어 올라간 해수는 드문드문 켜진 조명을 등대 삼아 복도를 걸었다.

17번과 27번 기둥 사이, 해수는 차오르는 숨을 고르고서 문을 밀었다. 상점 안 TV에서는 연예계 뉴스가 한창이었다.

[한소라 씨를 둘러싼 논란은 지난 10월, 한 온라인 커뮤니티에 한소라 씨로부터 학교 폭력을 당했다는 장문의 글이 게재되면서부터 시작되었는데요…….]

딸랑, 머리 위에서 풍경이 울렸다. 녹색 고무 매트가 깔린 낡은 철제 책상 위에서 외장 하드를 분해하던 남자가 "세상 말세다, 말세야."라고 중얼거리며 고개를 번쩍 들었다.

"어? 생각보다 일찍 오셨네요."

벽에 장식된 때 이른 꼬마전구가 알록달록 귀여운 빛을 발했다. '고객의 정보 보호 최우선'이라 적힌 전광판에 시선을 빼앗겼던 해수가 고개 숙여 인사했다.

"아, 네. 기다려주셔서 감사합니다."

"저도 마침 일이 남아서요. 일단 거기 앉으세요."

드르륵, 의자를 끌며 엉거주춤 일어선 남자가 뒤편에 놓인 캐비닛 맨 아래 칸을 열었다. '윤해수'라고 적힌 서류 봉투를 들고 와 소파 테이블 위에 올려놓고 커피믹스 2잔과 함께 해수의 맞은편에 털썩 앉는다.

"어, 작업은 간단했습니다. 침수된 건 맞지만 고객님께서 추가 액션 없이 그대로 들고 와주신 덕분에요."

감기에 걸린 건지 코를 훌쩍이던 남자가 서류 봉투 안에 든 비닐 팩을 열고 핸드폰을 꺼냈다. 능숙하게 비밀번호를 누르며 설명을 이어갔다.

"보통 드라이어로 말리니 어쩌니, 하면서 메인보드가 나가는 경우가 많거든요. 그런 경우엔 시간이 배로 걸립니다. 물론 100% 복구된다는 보장도 없고요."

그 말은 언니의 핸드폰이 완벽하게 복구되었다는 뜻이겠지. 환하게 밝혀진 배경화면을 보며 해수는 가슴을 쓸었다.

"직접 확인해보시겠어요?"

훌쩍이며 코끝을 쓱 문지른 남자가 핸드폰을 내밀었다. 해수는 낡은 핸드폰을 받았다. 사진첩이 실행되어 있었다.

"그 사진 폴더를 제외하고는 깔끔하게 삭제된 상태였습니다. 메시지도요. 혹시 복구가 덜 된 건가, 오해하실까 봐."

"아아."

"그럼 살펴보세요. 전 마무리해야 할 일이 있어서."

"네. 감사합니다."

큼, 하고 목청을 가다듬으며 일어선 남자가 작업 책상으로 돌아갔다. 해수는 액정을 천천히 넘기며 사진을 훑었다.

"음······."

폴더 안엔 부검하기 전 사체와 부검 과정을 나열한 사진들이 전부였다. 평범하진 않았지만 특별할 것도 없었다. 법의관이었던 언니가 충분히 가지고 있을 법한 사진이었고, 그 사진 속 인물이 누구인지도 우선은 알 수 없었으니까.

미간의 골이 깊어진 사이, 어느덧 마지막 사진에 도달했다. 사진 속 인물에 관한 정보가 담긴 부검 감정서였다. 고인의 이름은 온가은, 사인은 명백한 타살. 사체의 사진을 쭉 보아온 해수가 보기에도 타살임이 명확했다.

사진 속 여자는 누구일까? 그리고 사실이 기재된 부검 감정서를 새삼스럽게 저장해둔 이유는? 이걸 인형 안에 숨겨둔 이유는 또 무엇일까? 머리가 터질 것 같았다.

아버지가 인형을 그냥 버렸다면 존재조차 모른 채 사라져버렸을 자료였다. 그렇다면 중요하지 않은 것일까? 입술을 잘근

잘근 씹다가 해수는 고개를 세차게 흔들었다. 언니는 의미 없는 기행을 저지를 만큼 장난기 많은 사람이 아니었다.

생각할수록 오리무중이었다. 가만 앉아 머리를 쥐어짠다고 해결될 일이 아니라는 생각에 해수는 몸을 일으켰다.

"확인했습니다. 고생하셨어요."

잔금을 치른 해수는 남자의 인사를 받으며 가게를 나왔다. 딸랑, 풍경 소리를 들으며 통화 목록을 열었다. 스크롤을 빠르게 내리던 손가락이 허공에서 굳었다.

"어……?"

어디선가 본 듯한 번호가 눈앞을 스쳤다. 해수는 자신의 핸드폰을 열어 차단 목록을 뒤졌다. 식은땀이 흐르고 머리를 한 대 얻어맞은 것처럼 일순 눈앞이 캄캄해졌다.

……말도 안 돼.

언니의 통화 목록 가장 위에 기록된 건, 다름 아닌 이도현의 번호였다. 에스컬레이터에 털썩 주저앉은 해수는 손바닥으로 얼굴을 감싼 채, 복잡한 머리를 벽에 기대며 눈을 감았다.

짐작조차 할 수 없는 현실 앞에서 딱 하나 확실한 건, 언니가 죽기 직전 마지막으로 통화한 사람이 이도현이라는 사실뿐. 그렇다면 이도현과 언니가 연락을 주고받아야 했던 이유는 무엇이었을까. 생각할수록 이해가 되지 않았다. 두 사람 사이엔 그 어떤 연결고리도 없으며, 있을 이유도 없었다.

"자, 침착하자. 침착하게 생각하자."

해수는 붉어진 눈가를 손바닥으로 쓸며 핸드폰을 들었다.

덜덜 떨리는 손으로 인터넷 창을 열고 부검 감정서에 기재된
이름을 검색했다.

배우 故 온가은(33) 부검 결과, 국과수 "타살 흔적 없어"

핸드폰을 쥔 해수의 눈동자가 정신없이 요동쳤다. 심장의 가
쁜 박동 소리가 커다란 북소리처럼 고막을 채우고, 소름 끼치
는 공포로 당장 머리가 터져버릴 것만 같았다. 인터넷에 기록
된 그녀의 사인이 언니가 남긴 정보와 달랐기 때문이었다.

"……자살이라고?"

모 기업의 부회장과 불륜을 저지르다 자신의 처지를 비관하
여 자살했다는 기사가 여기저기에 산재해 있었다.

해수는 차게 식어 경련하는 손끝으로 힘겹게 핸드폰을 두드
렸다. 빠르게 스크롤을 내리며 기사를 읽어가는 동안에도 진
실은 아득히 멀리 있었다.

해수는 상기된 얼굴을 손등으로 꾹꾹 누르며, 잠시 생각에
잠겼다. 하지만 이내 지그시 눈을 감으며 고개를 저었다. 모든
게 완벽하지 않은 추론이었다. 혼자 고민하는 건 불안감만 증
식시킬 뿐이라고 되뇌던 해수는 천천히 눈을 뜨고 힘겹게 몸
을 일으켰다.

건물 밖엔 오늘만큼은 내리지 않길 바랐던 첫눈이 쏟아지
고 있었다. 해수에게 있어 눈이란, 설움과 비애의 집약체였다.
엄마가 돌아가시던 그날도, 언니가 죽던 그 날도, 싸라기 같은

눈이 흩날렸다.

"하아."

먼지에 짓이겨진 잿빛 눈밭을 마주한 순간, 폐부로 들이치는 개운함과 가슴을 짓누르는 박탈감이 각기 다른 무게감으로 쏟아졌다. 이제 무엇을 해야 할까. 이도현을 만나야 하는 걸까. 그렇다면 그는, 과연 제게 진실을 말해줄까. 목적지를 잃은 해수가 순간 균형을 잃고 넘어질 듯 위태롭게 휘청거렸다.

"이도현, 혼자 만나는 건 위험해."

찬바람 이는 보도블록 턱에 힘없이 주저앉은 해수가 천천히 숨을 고르며 중얼거릴 때였다.

"괜찮으십니까? 무슨 일이라도?"

해수는 목소리가 들리는 쪽으로 고개를 돌렸다. 허둥지둥 달려온 수행 기사가 다급히 그녀의 몸을 일으켰다.

"아, 그게. 잘 모르겠어요. 생각할 시간이 조금 필요해서."

"일단 차에 타서 생각하시죠. 폭설 주의보 내렸습니다. 감기라도 걸리시면 저 죽습니다."

달각, 문이 열렸다. 목적지도 없이 뒷좌석에 올라탄 해수는 이유 없이 두근거리는 심장을 부여잡고 핸드폰을 노려보았다.

"많이 안 좋으신 것 같은데. 일단 대표님 회사로 갈까요? 혼자 계시면 안 될 것 같습니다."

숨 막힐 듯한 정적에 익숙한 수행 기사가 제 나름대로 판단하며 차내 온도를 높였다.

수 초간 침묵하던 해수가 그러는 게 좋겠다고 답하려던 순

190

간, 기사 아래 기록된 온가은의 사인을 최종 감정한 법의학자의 이름이 시야에 또렷이 들어왔다.

"……아니요. 본가로 가주세요."

이제 감이 잡혔다. 누굴 먼저 만나야 할지.

어둠을 가르고 달린 차가 어느덧 혜화동 한옥촌에 다다랐다. 정신을 차린 해수는 고고한 숫을대문 앞에 멈추어 서서 무겁게 심호흡을 했다.

초인종을 누르자 머지않아 문이 열렸다. 정원을 가로질러 대청마루 앞에 버티고 선 해수를, 윤성태는 다소 의아한 기색으로 맞이했다.

"이 밤에 어쩐 일로…… 아니, 그것보다 어서 들어오거라. 날이 차다."

독주라도 삼킨 듯 얼굴을 일그러뜨리며 윤성태를 따라 들어간 해수는 대답 대신 핸드폰을 테이블 위에 내려두었다. 그녀의 손을 따라 시선을 내린 윤성태는 화면에 띄워진 기사를 바라보며 무슨 생각인지 알 수 없는 표정을 했다.

> 윤성태 박사 역시 법의학적으로 자살이라 판단하며 수사관들의 의견에 힘을 실었다.

3년 전 기사였다. 핸드폰이 올려진 원목 테이블을 사이에 두고 해수와 마주 앉은 윤성태가 고개를 떨구었다. 기사 위로 길게 그림자가 드리워졌다.

"아버지는 알고 계셨던 거죠? 언니가…… 사고로 죽은 게 아니라는 거."

말갛고 창백한 얼굴은 고요했다. 거센 파도 한 번 겪은 적 없는 바다처럼 잠잠했지만, 내면은 아버지에 대한 배신감으로 소용돌이치고 있었다.

"무슨 말을 하는 건지 모르겠구나."

묵묵부답으로 일관하던 윤성태는 증거가 없으면 끝내 입을 열지 않겠단 기세로 눈을 감았다. 어쩌다 기사를 보게 된 해수가 지레짐작 넘겨짚는 거라 여긴 듯했다.

"이거 언니가 맡았던 사건이잖아요."

해수는 헛웃음을 지으며 이를 악물었다. 손바닥으로 어지러운 이마를 짚은 뒤, 가볍게 고개를 끄덕이며 가방에서 해인의 핸드폰을 꺼냈다. 달그락, 소리에 눈을 뜬 아버지의 얼굴이 일그러지는 걸 보며 핸드폰에 저장된 녹음 파일을 재생했다. 혼자 들으며 울고 또 울었던 언니의 목소리가 다시 들려왔다.

[해수야. 바쁘더라도 밥 잘 챙겨 먹어. 아프지 말고. 응? 그리고, 늘 미안했어. 널 많이 보듬어주지 못하고, 이해해주지 못해서.]

해수는 얼굴을 구겼다. 울음을 참기 위해 아랫입술을 세게 깨물었다.

[아버지, 나 아버지 단 한 번도 원망한 적 없어. 그런데 우리 여기서 끊어요. 그 집안이랑 악연은 여기까지만 가져요. 부탁할게요…….]

눈을 휘둥그레 뜬 윤성태가 어깨를 떨며 입을 틀어막았다.

담담하게 편지처럼 읽어 내려간 녹음 파일은 마치 본인의 죽음을 예견한 듯 초연했다. 또한, 메모장에는 모든 증거가 남겨진 외장 하드의 위치와 혹시 유실될까 싶어 이중으로 파일을 저장해둔 클라우드 서비스의 아이디는 물론 비밀번호까지 상세하게 기록되어 있었다.

그렇기에 해수는 따져 물어야 했다. 언니가 타살로 감정한 사건이, 어째서 아버지의 손에 의해 자살로 마무리가 된 것인지. 언니를 죽음으로 몰고 간 이가 누구인지.

윤성태가 고개를 위로 젖혔다. 통한에 젖은 눈으로 해수를 바라보면서 얼굴을 적신 물기를 마구 문질러 닦았다.

"해수야. 넌 아무것도 못 본 거다. 아무것도 못 들은 거야."

그녀의 속마음을 읽은 듯 일갈하는 아버지의 목소리는 침착하다 못해 단호했다. 숨이 턱 막혔다. 해수는 주먹으로 답답한 명치를 때리며 속으로 울분을 삼켰다.

"설명부터 해주셔야죠. 언니에게 무슨 일이 벌어졌던 건지. 내가 왜 보고도 못 본 척, 진실을 외면해야 하는 건지!"

인자함에 가려진 아버지의 속내를 낱낱이 파헤치듯 해수의 눈동자에 곧은 심지가 섰다.

"네가 관여할 바가 아니다."

그렇게 말하는 아버지와 눈이 맞닥뜨리자 소름이 끼쳤다. 언니의 장례식장에서 진저리나게 마주했던 눈빛이었다. 무심하고, 사막처럼 건조하며, 바싹 마른 건초처럼 메말라 비틀어져 텅 비어버린 눈.

해수는 거북한 기색을 드러냈다. 떨리는 손을 숨기기 위해 손바닥에 손톱이 박히도록 꽉 쥐며 시선을 내렸다.

"알겠습니다. 아버지가 정 그러길 바라신다면 제 방식대로 알아낼 수밖에요."

제 곁엔 지석이 있었다. 그는 분명 자신의 편에 서서 진상을 밝힐 수 있도록 도와줄 것이었다. 외장 하드와 부검 감정서. 이것만 있으면 3년 전 사건을 수면으로 올릴 수 있을 것이라고 해수는 믿어 의심치 않았다. 다만 해수는 아버지에게 직접 사건의 진실을 듣고 이 모든 불안감이 종식되길 바랐다. 하지만 안타깝게도 현실은 그렇지 못했다.

아버지가 저렇게 나오는 이유를 알 수 없어 머리가 복잡했다. 덜덜 떨리는 턱을 힘주어 짓누른 해수가 가방 안으로 핸드폰을 쓸어 넣고서 단호하게 몸을 일으키려던 때였다.

"이 일은 네가 생각하는 것보다 훨씬 위험하고 복잡한 일이야. 넌 지금처럼 하는 일 열심히 하고, 행복하게 지내면 된다."

윤성태가 바들바들 떨리는 손으로 해수의 손을 붙들었다. 행복하라 말하는 얼굴이 무간지옥을 본 듯 처참하게 일그러졌다. 해수는 시선을 돌렸다.

"저 지금 이해가 하나도 안 돼서 머리가 터져버릴 것 같아요. 그러니까, 제발 아버지가 좀 도와주세요. 저한테도 하나하나, 차근차근, 설명 좀 해주세요. 네?"

앙상한 손등을 바라보는데 목이 홧홧하게 부풀었다. 순간 현기증이 일어 힘없이 주저앉은 해수는 눈앞이 흐려져 눈을 비비고 물을 마셨다.

윤성태가 다시 한번 맞잡은 손에 힘을 주었다.

"이렇게 부탁하마. 한 번만 모르는 척 넘어가. 이 일은 내가 알아서 해결할 테니."

"언니는 타살이라는 감정서를 남기고 죽었는데, 자살이라고 최종 감정한 사람이 아버지래요. 그런데 나더러 지금, 아버지를 믿으라고 말씀하시는 거예요?"

해수는 싸늘하게 얼굴을 굳힌 채 숨을 크게 들이켰다. 무릎 위로 반듯하게 올려진 손이 소리 없이 구겨졌다. 이마에 송골송골 맺힌 땀이 뺨을 타고 눈물처럼 흘렀다.

화가 났다. 딸의 목숨과 바꿔가며 아버지가 지키고자 했던 건 대체 무엇이었을까.

"아버지가 그랬어요? 설마……."

순간 정지 버튼을 누른 것처럼 숨이 멈추었다. 감정이 북받쳐 울먹이던 해수가 결국 서럽게 울음을 터뜨렸다. 눈물과 타액으로 얼룩진 창백한 얼굴이 금세 엉망으로 흐트러졌다.

"……흐읍. 아빠. 아빠가 그럴 리 없잖아요. 혹, 아버지가 그러면 안 되는 거잖아!"

해수는 끝내 윤성태의 앙상한 손을 부여잡은 채, 천천히 무룡을 꿇었다. 빌고 사정하는 한이 있더라도 알아내야 했다. 설령 그것이 감당하기 버거운 일이라 할지라도 흔들리는 심지를 바로 세우기 위해, 해수는 뭐든 알아내고 나락에 처박힌 진실을 건져 올려야 했다.

바들바들 떨리던 손은 바닥을 제대로 짚지도 못한 채 아버지의 손 주위를 하염없이 더듬으며 맴돌았다.

"흐으, 잘못했어요, 아빠. 소리 질러서 미안해. 못된 소리 한 거 용서해주세요. 저…… 흑, 가만히 있을게요. 아빠 말대로 모르는 척할 테니까, 언니한테 무슨 일이 일어난 건지……. 그것만 제발 알려주세요. 제발요."

더 묻지 않을게요.

"부검 감정서가 조작된 이유가 뭔지. 혹, 언니가 왜 그렇게 비참하게 죽어야 했는지. 그것만요. 네?"

꾹 참고 있었던 눈물이 방류하는 댐처럼 속수무책으로 터져 흘렀다. 원망과 분노는 언니에 대한 그리움과 애틋함으로 변한 지 오래였다. 모든 걸 짊어져야 했던 언니의 인생이 안쓰러웠다. 전문의 시험에 합격하면 함께 유럽 일주를 하자던 언니가 너무도 보고 싶었다.

바닥에 엎드려 우는 해수를 바라보던 윤성태 역시 목놓아 울었다. 고개를 떨군 채 깡마른 어깨를 초라하게 떨었다.

"……해수야, 미안하다. 내가 죄인이다."

숨기는 것만이 능사는 아니라는 걸 깨달았던 걸까. 감정을 수습한 윤성태는 파도에 휩쓸려가는 모래성을 바라보듯, 회한

과 후회로 얼룩진 눈동자를 잘게 떨며 천천히 입을 열었다.

채두식은 윤성태의 아내가 운영하던 '나리 보육원'의 오랜 후원자였다. 추악하고도 질긴 악연은 거기서부터 시작이었다.

불륜을 세상에 알리겠다며 협박하던 무명 배우를 살인한 채홍석과 아들의 죄를 덮으려던 채두식. 사망 진단서와 시체 검안서도 없이 부검이 이루어졌으며 이 사실을 묵과하지 못한 채, 검찰로 향하던 해인에게 들이닥친 계획된 사고. 증거 인멸을 위해 최종 부검 감정서마저 조작되었다는 것과, 그것에 본인이 연관되어 있다는 담담한 고백이 주름진 목소리를 통해 여과 없이 전해졌다.

"해인이를 국과수로 데리고 온 것은 내 욕심이었지만, 내심 사건 조작을 거부하는 해인이가 기특하기도 했다. 내가 끊어 내지 못한 걸 해인이가 해낼지도 모른다는 막연한 기대라고 해야 할까."

뒤늦은 후회와 부질없는 고백이 이어졌다.

"이도현 그치는 채홍석의 그림자 같은 자였지. 네게 접근을 한 이유도 이 증거를 빼내기 위해서였을 거다."

전신의 피가 거꾸로 솟구치는 것 같았다. 돌덩이처럼 굳어버린 해수는 충격받은 사람처럼 잠시 말이 없었다. 언니를 그렇게 만든 인간을 잠시나마 친구로 생각했었다니, 그 충격은 이루 말할 수가 없었다.

"트레일러트럭 기사 가족을 죽인 것 역시, 그자가 벌인 짓이다. 물론 명령을 내린 자는 따로 있었겠지만."

그런데 내가 아버지께 이도현에 대해 말한 적이 있었던가. 아버지는 그걸 어떻게 아신 걸까.

사고 회로가 탁, 소리를 내며 끊어졌다. 이야기를 듣는 내내 숨이 죄어오는 목덜미를 억세게 움켜쥐던 해수는 순간 고장 난 것처럼 멈추었다.

……설마.

손바닥이 축축해지고 식은땀이 배었다. 발끝부터 올라오는 서늘함에 온몸이 굳어갔다. 해수는 삐걱거리는 고개를 움직여 아버지를 바라보았다.

"그걸, 어떻게 아셨어요? 이도현이 제게 접근했었다는 사실이요."

오한이 들고 소름이 끼쳤다. 아무리 생각해도 이도현과 자신에 대해 아는 사람은 단 한 사람뿐이었다.

"……그 사람도 이 사건과 연관되어 있나요?"

제발 아니라고 말해주세요.

해수는 안쓰러울 정도로 동요했다. 초점 없는 눈동자가 현실을 부정하듯 빠르게 깜박거렸고, 바닥으로 떨어지는 심장을 잡으려는 듯 옷깃을 움켜쥔 손이 애처롭게 떨리고 있었다.

그녀는 일련의 상황이 담긴 카테고리 안에 지석을 포함시키지 않았다. 심지어 채두식 일가의 만행에 관해 듣는 동안에도, 그는 이 사건과는 아득히 멀리 동떨어진 채였다.

해수의 고운 미간에 균열이 가고, 고아한 얼굴이 복잡하게 변해갔다. 그 사이 윤성태의 가라앉은 눈동자가 창백하게 굳은 해수의 얼굴로 향했다.

"걱정하지 않아도 된다. 지석이와는 관계없는 일이야."

"그런데 아버지께서 이도현과 저에 대해 어떻게 알고 계신 거예요?"

무언가 잘못되었음을 직감한 목소리가 형편없이 떨렸다.

"해수야, 지석이는 단지 네가 이 사건에 대해 알게 될까 걱정했을 뿐이야."

안심하라는 듯 달래는 말투에, 해수는 텅 빈 눈빛으로 고개를 저었다.

그랬구나, 다 알고 있었던 거였어.

— 우선, 이 계약의 갑은 윤해수야. 누가 봐도 이익을 많이 취하는 쪽이 갑이 되는 거. 당연한 일 아닌가?

— 두 번 다시 없을 기회라고 생각하고 최선을 다해 날 이용해. 내가 너한테 반쯤 눈 돌아 있을 때.

말 같지도 않은 계약.

— 날 거둬주신 양아버지의 은혜에 대한 보답이지. 똑똑하고, 스스로의 힘으로 무언갈 이루어낸 사람이 집안에 들어오길 원해서.

납득하기 어려웠던 이유.

그가 언니의 죽음을 묵과해왔단 사실을 알게 된 순간, 꽉 차 있던 가슴속에서 무언가가 소란스레 빠져나가는 듯한 허탈감이 가득 밀려들었다.

해수는 지그시 눈을 감았다. 쓴웃음이 성대를 타고 명치에 고였다. 비로소 드러난 진실이 눈앞에 있었다.

"……거짓 빚을 만들어 거짓 관계를 만들어냈던 거군요."

유례없는 폭설이었다.

라디오에서는 연신 현재 상황에 관한 뉴스가 진중한 목소리로 흘러나왔다. 수십 년 만의 한파에 도시가 마비되었다는 패널의 목소리가 호들갑스레 이어졌다. 아수라장이 된 도로 위는 사고 차량으로 정체되어 있었고, 불과 몇 시간 만에 발이 푹푹 빠질 정도로 쏟아지는 눈발에 와이퍼가 바삐 움직였다.

"전 여기서부터 걸어갈게요."

해수는 본가에서 나와 차에 올라탄 후, 줄곧 닫고 있던 입을 열었다. 눈길 사고로 인한 환자가 많아 병원에서 대기해야 한다는 말을 덧붙였다.

룸미러를 통해 그녀를 유심히 관찰하던 수행 기사의 눈매가 가늘어졌다. 오늘따라 해수는 유독 감정 변화가 심했다. 본가로 가는 길엔 이어폰으로 무언가를 들으며 울더니, 지금은 또 밀랍 인형처럼 굳어 아무 감정도 없는 사람 같았다.

"차 세워두고 같이 가시죠. 병원 로비에서 기다리겠습니다. 지난번 사건 이후로 대표님 걱정이 많으십니다. 또 그런 일이 생겼다가는……."

"……병원 사람들 보는 눈 때문에 조금 난처해서요. 죄송해요. 이해하시죠?"

수행 기사는 병원 로비에서 그녀를 기다릴 때마다, 경계 어린 눈빛으로 지나가던 의료진들을 떠올렸다. 하지만 입장이 곤란한 건 본인 역시 마찬가지였다.

지난번 납치 사건 이후, 그는 지석으로부터 한마디의 질책도 받지 않았지만 비슷한 일이 또 생긴다면 그땐 무사하지 못할 거란 생각이 들어서였다.

간담이 서늘해진 수행 기사는 진저리치며 입술만 달싹이다 겨우 입을 뗐다.

"그럼 일단 먼저 가시고, 저는 차에서 대기하겠습니다. 지상 주차장에서요."

"그 사람한테는 비밀로 해주세요. 그렇지 않아도 피곤할 텐데, 이런 일로 신경 쓰게 하고 싶지 않아서요."

수행 기사는 와이퍼 너머 도로 사정을 살폈다. 8차선 도로를 건너면 여자가 근무하는 병원이 코앞이었다. 걸어서 5분도 걸리지 않을 거리였다.

설마하니 별일이야 있을까.

고개 돌린 남자는 축 처져 비쩍 마른 여자의 어깨를 흘깃 바라보다 결국, 고개를 끄덕였다.

같은 시각, 우렁우렁 고성이 오가는 대회의실.

"채 대표! 이런 식으로 폭탄을 던져버리면 어떻게 하자는 말입니까!"

한소라의 소속사 대표가 들고 있던 계약서를 바닥으로 내팽개치며 목에 핏대를 세웠다.

"사회적 물의는 계약 기한 동안 벌어진 일에 대해서만 책임지게 되어 있어요! 게다가 무려 5년 전 일입니다! 고작 이런 일로 일방적 계약 해지라니! 이게 말이 된다고 생각합니까? 예?"

그러자 제작사 대표가 골치 아프다는 듯 주먹으로 테이블 위를 탕탕, 때리며 눈알을 부라렸다.

"장난하나. 어이, 김 대표. 모든 정황, 근거 명확하고 증언하겠다는 피해자가 줄을, 줄을 아주 원 없이 섰어요. 영화관이 무슨 어린애들 장난이야? 사태 파악이 그렇게 안 돼? 지금 다 같이 죽자는 거야, 뭐야!"

이야기는 돌고 돌아 결국 제자리였다. 정오 무렵 시작된 회의는 서로의 이해관계를 좁히지 못한 채 늦은 시각까지 계속 이어졌다.

그러거나 말거나 한 귀로 흘려버리며 이메일 회신과 같은 자잘한 업무를 처리하던 지석은 무료한 시선 안에 펼쳐진 촌극을 관망하며 미간을 문질렀다. 인수 문제도 그렇거니와 쉴 틈 없이 몰아붙이는 업무에 파묻혀 피로감이 가시질 않았다.

어쩌겠나. 자초한 일인 것을.

담배를 꺼내 불을 붙이려던 그가 픽, 웃으며 의자 등받이에 몸을 기대자 근육질 몸을 감싼 잿빛 슈트가 팽팽하게 당겨졌다. 지석은 시선을 돌려, 한쪽으로 밀어둔 핸드폰을 밝혔다. 배경화면으로 설정해둔 해수의 얼굴이 자신을 반겼다.

골치 아픈 환자는 없었을까, 여기저기 바쁘게 다니느라 식사를 거른 건 아닐까, 한 번쯤은 너도 나를 생각해줄까.

바쁜 일이 정리되고 나면 가까운 나라에 여행이라도 다녀올 생각이었다. 어디가 좋을까. 시간을 길게 빼기 곤란할 테니 가까우면서도 휴양지 느낌이 물씬 풍기는 곳으로 가는 게 좋을 것 같았다.

지석은 괜스레 목을 휘돌리며 미지근해진 커피를 들이켰다.

얼마나 좋아할까. 에메랄드빛 바다를 바라보며 사랑스럽게 웃는 해수의 얼굴을 상상하는 것만으로도 어깨에 매달린 피로감이 싹 가시는 것 같았다.

파도에 휩쓸려 발 사이로 빠져나가는 모래처럼 아스라이 사라져버릴 듯한 기분도 사라진 지 오래였다.

모든 걸 주어도 아깝지 않았다. 예쁘다는 말로 다 담을 수 없을 만큼 사랑스러운 얼굴을 한시바삐 보고, 만지고 싶었다. 그러기 위해선 이 거지 같은 회의가 얼른 끝나야 하는데, 최대 투자자라는 이유로 본의 아니게 감금된 신세였다.

쨍그랑—!

난데없는 굉음에 지석은 꼭 감았던 눈을 떴다. 회의장은 아수라장이었다. 한소라의 소속사 대표가 책상 위에 올라가 재킷을 벗어 던지며 난동을 부리고 있었다. 계약금은 물론 위약금까지 토해내야 하는 상황을 받아들이지 못하는 듯 보였다.

입에 담지 못할 욕설이 오가고, 갈기갈기 찢긴 서류가 눈처럼 흩날리고 있었다. 깨진 유리컵이 바닥에 나뒹굴었다.

싹 가신 줄 알았던 피로가 급격히 밀려왔다. 깊게 한숨 쉰 지석이 천천히 얼굴을 쓸어내리며 대회의실을 둘러볼 때였다.

쿠당탕—!

회의실 문이 요란하게 열리며 윤재가 상기된 낯으로 뛰어 들어왔다. 까슬해진 턱을 문지르던 지석은 느긋하게 눈동자를 움직였다. 지척으로 다가온 윤재가 거친 숨을 가다듬으며 허리를 숙여 귓가에 속삭였다.

"윤성태, 전화입니다."

좋지 않은 예감이 들었다. 단박에 구겨진 얼굴을 쓸어내린 지석은 들릴 듯 말 듯, 낮게 욕설을 중얼거리며 자리를 박차고 일어났다.

엘리베이터에서 내려 다급하게 로비를 가로지르던 지석은 목을 졸라매듯 강박적으로 넥타이를 가지런히 고쳐 맸다. 그러다가 목을 옥죈 셔츠의 단추를 변덕스럽게 풀어 헤치며 허리에 손을 올리고, 천천히 숨을 골랐다.

— 우리 해수가 다 알았어……. 자네가 잡아주게. 지금 많이
  힘들 텐데, 부탁 좀 하네.

혼란에 빠진 듯 도통 알아들을 수 없던 윤성태의 목소리가

귓가에 맴돌았다. 지석은 우주에 홀로 떠가는 먼지가 된 것처럼 공허해져 아무것도 할 수 없었다.

― 나도 지석 씨 없으면 못 살아.

상냥하고 고요한 목소리가 선명했다. 식은땀이 흐르고 순간 현기증이 인 지석은 당장 오늘 아침까지만 해도 좋았던 기억들을 헤집으며 벽을 짚었다. 눈을 감고 목소리를 떠올리자 다음으로는 고운 얼굴이, 부드러운 감촉이, 온기가 차례대로 그려지다 결국에는 그녀의 모든 것이 떠올랐다.

[연결이 되지 않아 음성 사서함으로 연결…….]

몇 번이고 전화를 걸었지만, 수화기 너머에선 같은 말만 반복되었다.

지금 무슨 생각을 하는 거야. 나 없이는 못 살겠다며. 그러니 전화 좀 받아. 제발.

모든 것이 하루아침에 신기루처럼 사라져버릴지도 모른다는 원초적 공포는 끝끝내 서늘한 날붙이가 되어 목구멍을 할퀴었다. 용암이라도 삼킨 듯 몸속에서 커다란 불이 역류했다.

뭘 어떻게, 얼마나 알게 된 것인지 그딴 건 궁금하지 않았다. 다만 그는 확인하고 싶을 뿐이었다.

나는 너를, 너는 나를 여전히 사랑함을.

우리의 관계에는 아무런 변화도 생기지 않았음을.

불과 몇 시간 전만 해도 보고 싶다며 사랑스러운 메시지를 보내던 여자였다. 단지 지금은 약간 화가 났을 뿐이고, 자신은 그녀를 달래주면 그만일 것이다. 그는 스스로 다독이며 낭패감으로 얼굴을 일그러뜨렸다.

느릿느릿 떠오르는 생각과는 별개로 밖으로 향하는 걸음은 점차 빨라졌다. 성큼성큼 자비 없는 보폭에 맞춰 흐트러진 머리카락이 날카롭게 절삭된 감정을 드러내듯 서늘한 기류를 동반한 채 흩날렸다.

"젠장."

회사 앞 도로는 그사이 내린 폭설로 새하얗게 뒤덮인 지 오래였다. 주차장처럼 정체된 차량이 즐비했다. 비상 깜빡이를 켠 차량으로 도롯가에 대기하고 있었으나 지금으로선 이동 자체가 불가능해 보였다.

머뭇거리는 시간조차 사치였다. 지석은 지체하지 않고 몸을 돌렸다. 지하 주차장으로 향하는 발걸음에 속도를 가하다 급기야 달리기 시작했다. 엘리베이터를 기다리지 못하고 곧장 비상계단을 뛰어 내려갔다.

그녀에겐 아무 일도 없을 거라고. 단지 좀 놀란 것뿐이니 마음을 추스르다 집으로 돌아올 거라고. 차분히 기다리다 그녀를 만나면 설명하면 되니 이렇게 서두를 필요가 없다고 스스로 이해시키려 했지만 마음대로 될 리 없었다.

"본가에서 나온 즉시 병원으로 가셨다고 합니다. 차가 너무 막혀 걸어가셨다고 하니, 멀리 가시진 못했을 겁니다."

로비를 서성거리며 수행 기사로부터 걸려온 전화를 받던 윤재가 다급히 그의 뒤를 따랐다.

알겠다는 듯 고개를 짧게 끄덕인 지석은, 뻐걱대는 목을 억세게 움켜잡으며 핸드폰을 열었다.

어디로 갔을까. 병원으로 가지 않았을 것은 분명한데…….

보이지 않는 상황보다 자신의 감을 더 믿는 지석은 위치 추적 앱을 실행하여 그녀의 위치를 확인했다. 윤재의 말대로 병원 근처였다. 그는 안도의 웃음을 흘리며 말했다.

"퇴근해."

"……예?"

"내가 데리러 갈 테니까."

이런 상황을 예상하지 못해서, 놀라게 만들어서 미안하다고 사과해야 했다. 모든 걸 다 해결할 테니 조금만 참아달라고 빌어야 했다. 자신은 단지 위험한 상황에 그녀를 노출시키고 싶지 않았을 뿐이다. 그건 어린 딸을 걱정한 우연희 원장과의 약속을 지키기 위한 것도, 소중한 사람을 잃은 그녀를 향한 같잖은 연민도 아니었다.

그렇다면, 왜?

거짓말까지 해가며 널 지키고자 했던 이유는 뭐라고 설명해야 할까. 너를 사랑해서 그랬다는 뻔한 말에 넘어가줄까. 하지만 그게 사실인데.

잠시 생각에 잠겨 있던 지석이 얼굴을 쓸어내리며 갑갑한 숨을 몰아쉬었다. 사위가 꽉 막힌 철옹성에 둘러싸인 것만 같아 도무지 길을 알 수가 없었다.

지석은 오토바이가 늘어선 개인 주차 구역으로 향했다.

긴장한 듯 얼굴을 굳힌 윤재가 뒤따르며 걱정스레 미간을 좁혔다.

"대표님, 직접 운전하시는 건 위험합니다. 일단 수색하도록 지시했으니 기다리시는 게."

"두 번 말하게 하지 마."

지석이 고개를 삐딱하게 기울이며 말을 끊었다. 바득거리며 맞물린 어금니의 턱 근육이 사납게 도드라졌다.

머리에서 김이 나는 건 아닐까 싶을 정도로 전신이 화끈거려 견딜 수가 없었다.

지석은 긴장한 듯 귀까지 시뻘게진 윤재에게 재킷마저 벗어 건네고 시동을 걸었다. 이윽고 천지가 개벽하는 듯한 배기음이 귀를 때렸다.

지석은 그녀가 있는 곳으로 무작정 출발하기 전, 메시지부터 보냈다.

> 보고 싶어. 해수야, 전화 좀 받아. 제발.

> 기다릴 테니까 전화해.

그녀에게 벌벌 기는 건 어렵지 않았다. 이 관계의 약자는 처음부터, 언제나, 영원히 자신일 테니까. 그러니 개새끼처럼 해수의 발밑에서 기고, 져주고, 오라면 오고 꺼지라면 꺼지는 것이 맞다.

끼익—.

제게 변명할 기회조차 주지 않고 사라져버린 그녀에게 미약

한 분노를 느끼던 지석은 그렇게 자신을 납득시키며 사납게
핸들을 돌렸다.

오토바이는 잽싸게 주차장을 빠져나갔다. 질척한 바닥이 빠
른 속도로 구르는 타이어에 무참히 짓눌렸다. 후미등을 뚫고
나온 핏빛 궤적이 눈 덮인 거리를 붉게 물들였다.

Chapter 22

소실점

시간은 어느덧 자정에 가까웠다. 눈보라 치듯 사나운 눈발이 해수를 단번에 휘감았다. 이런저런 생각에 잠겨 걷다 보니 병원 뒤편 공원에 발길이 닿아 있었다.

시간이 흐를수록 한층 매서워진 바람이 뺨을 스쳤다. 머리카락조차 얼어 뻣뻣해졌다. 어깨를 웅크리고 손으로 온기를 불어넣어도, 노출된 뺨은 조금씩 얼어붙었다.

병원에서 호출이 왔다는 건 거짓말이었다. 잘못을 추궁당할 기사에게 잠시 미안한 마음이 들었지만 그런 것까지 신경 쓸 여력이 없었다. 생각할 시간이 필요했다. 아무렇지 않게 그와 마주치고, 평소처럼 행동할 자신이 없었다.

"……하아."

뿌얀 입김이 눈앞에서 조각조각 바스러졌다. 상아색 캐시미어 코트 사이로 살을 저미는 듯한 한기가 매섭게 파고들었다.

어깨와 머리에 묻은 눈을 대충 털어낸 해수는 발끝에 차이는 돌부리를 툭툭 건드리며 느릿하게 걸었다. 정처 없이 어디

론가 걸어가는 내내 핸드폰 벨 소리가 배경 음악처럼 울렸다.

굳이 확인하지 않아도 이토록 집요하게 전화할 사람은 한 사람뿐이었다. 공원을 벗어난 해수는 눈앞에 보이는 버스 정류장의 전광판을 확인하며 가방에서 핸드폰을 꺼내 메시지를 확인했다.

폭설에도 여전히 야간 버스가 운행 중인 모양인지, 5분 후 버스가 도착한다는 안내 문구가 떴다. 그녀는 낮게 한숨을 쉬며 버스 정류장 벤치에 툭, 걸터앉아 얼어붙은 손을 주물렀다.

하얗게 얼어붙은 세상, 그 고요함에 질식할 것만 같았다. 누구도 밟지 않은 뽀얀 눈이 낯설게만 느껴져, 해수는 초점 없는 시선을 바닥으로 떨구었다.

생각을 이어나가려 했지만, 추위에 얼어붙은 머리는 아무것도 떠올리지 못했다. 모르겠다. 옳고 그름을 판단하는 신경세포가 끊어져 멍청이가 된 것 같았다.

"그만해. 제발 그만 좀."

해수는 다독이듯 양손으로 핸드폰을 꼭 쥐었다. 얼음송곳처럼 손바닥을 파고드는 날카로운 감각에 가슴이 시렸다.

거짓말을 하면서까지 자신을 잡아두고자 했던 그의 마음은 무엇이었을까. 이도현처럼 자신에게 접근해 증거를 빼내고 입을 막으려는 행동이었을까. 그것도 아니라면……

멍하니 고개 숙인 그녀의 눈동자가 망망대해를 떠도는 부표처럼 길을 잃고 방황했다. 꽉 깨문 입술에서 피가 난 건지, 비릿한 맛이 났다. 촘촘히 드리워진 속눈썹을 적시던 물기가 빠르게 고여 아래로 굴러떨어졌다.

　그와 영원히 함께하고 싶었다. 두려운 순간에는 손을 맞잡고 차가운 밤에는 품에 안으며, 그가 주는 안정감 속에서 빠져나오고 싶지 않았다.

　이런 식으로 회피하는 건 옳은 해결 방법이 아니었다. 적어도 제게 보인 그의 행동만은 거짓이 아닐 거라 믿고 싶었다. 아직 그에게 해줘야 할 말도, 듣고 싶은 말도 너무나 많았다.

　꽃송이 같은 눈이 버스 정류장 지붕 끝에서 녹아 그녀의 속눈썹 위로 뚝뚝 떨어졌다. 눈을 몇 번 깜빡이자 금세 뺨을 지나 턱 끝에 고였다.

　멀리서 버스 한 대가 다가오고 있었다. 해수가 고개를 들자 잠시 고요했던 핸드폰이 요란하게 울려대기 시작했다. 가방에 손을 넣어 카드를 꺼내려던 그녀는 천천히 숨을 고르며 전화를 받았다. 거친 숨소리가 수화기를 타고 흘렀다.

　[거기서 한 발짝도 움직이지 마.]

　"……내가 어디에 있는 줄 알고."

　해수는 관자놀이에 핏대가 서도록 눈을 꾹 감았다. 한숨 비슷한 것이 지석의 입에서 짧게 끊어져 나왔다.

　[말했잖아. 네가 어디에 있든 찾아낼 거라고.]

　"……그냥 좀 내버려둬."

　[내버려둘 거야. 아무 짓도 안 해.]

　"기다리겠다며."

　[기다리겠다고 했지, 찾지 않겠다고 한 적 없어.]

"······지석 씨."

[아무 말도 하지 마.]

그가 그렇게 말하지 않아도, 이미 경직된 턱이 덜덜 떨려 아무런 말도 이어갈 수 없었다. 입술만 달싹이던 그녀는 제 앞에서 멈춰 선 버스를 가만히 바라보았다.

미련하다고 욕해도 어쩔 수 없었다. 그가 제게 한 짓을 알면서도 아무렇지 않게 그의 품에 안길 수 있을 것만 같았다.

거친 숨소리가 정적을 몰아내고 그 자리를 차지했다. 그가 숨을 몰아쉴 때마다 뜨겁고 탁한 숨결이 귀를 간지럽혔다.

끼익—.

타이어가 물기 어린 바닥에 짓쳐지는 듯한 소음이 들려왔다. 이유 모를 불안이 엄습했다. 핸드폰에서 들려온 소리인지, 눈앞에서 나는 소리인지 알 수 없었다. 소름 끼치고 날카로운 소리에 미친 듯이 뛰는 심장을 겨우 붙잡은 해수는 고개를 떨군 채 눈만 깜박거렸다.

잠시 멈춰 있던 버스가 눅눅한 엔진 소리를 내며 출발했다.

쾅!

난데없는 굉음에 해수는 고개를 번쩍 들었다. 등줄기에 바늘이 수십 개 꽂힌 것처럼 몸이 굳었다. 놀라 크게 뜬 시야에 오토바이 한 대가 아무렇게나 쓰러져 있는 것이 보였다.

그때였다. 먼발치의 구두가 가까워진다, 싶더니 커다란 그림자가 주위를 완전히 뒤덮으며 멍하니 앉아 있던 그녀를 와락 끌어안았다.

"……!"

들고 있던 핸드폰이 바닥으로 툭, 떨어졌다. 제 몸을 으스러 뜨릴 기세로 당겨 안은 남자의 품에서는, 제 몸에도 이미 배어 버린 익숙한 향기가 났다.

눈을 질끈 감은 해수는 자신을 잡아채는 남자의 품으로 빨 려 들어갔다. 커다란 손에 허리가 붙들린 채, 공중으로 몸이 붕 떴다. 사지에 힘이 빠져 몸이 자꾸만 아래로 미끄러졌다.

지석은 해수의 마른 팔을 제 목에 감아 그녀가 넘어지지 않 도록 단단히 고정했다.

"날 그렇게 못 믿어?"

자신을 안은 이의 어깨는 여전히 넓고 단단했으나 가늘게 떨리고 있었다. 금방이라도 함께 바닥으로 나동그라질 것처럼 위태로웠다. 해수는 서늘하게 젖은 그의 어깨에 지친 이마를 기댔다.

"전화는 대체 왜 안 받아. 내가, 내가 다 설명하면 되잖아!"

절규하는 듯한 목소리가 해수의 머리 위로 쏟아졌다.

"변명이든, 이유든, 뭐든…… 좀 들어주면 안 돼? 이렇게 사 라져버리면 안 되는 거잖아!"

그의 목에서 끓는 듯한 쇳소리가 났다. 해수가 아무 저항도 하지 않자 지석은 힘없이 축 처진 고개를 그녀의 어깨 위로 파 묻었다. 가슴을 크게 들썩이며 숨을 골랐다.

"……해수야, 첫눈이야. 첫눈을 사랑하는 사람과 함께 맞으 면, 그 사랑이 이루어진다잖아. 그러니까 제발."

지석은 제대로 숨조차 쉬지 못하면서도 많이 놀랐을 해수를 끌어안고 천천히 그녀의 등을 쓸어내렸다. 깊은 한숨을 쉬며 애원했다.

"제발, 나 좀 안아줘. 응? 해수야, 나 좀 살려줘라. 나 숨도 못 쉬겠어."

정류장 지붕 끝에 맺혀 있던 물이 후드득 떨어져 두 사람의 어깨를 적셨다.

해수는 제게 기대오는 남자를 텅 빈 눈으로 바라보았다. 지석은 온몸으로 자신의 진심을 표현했지만, 커다란 슬픔에 매몰된 그녀의 감정은 쉽게 격앙되었다.

"왜 말 안 했어? 내가 뭐든 숨기지 말아달라 부탁했잖아. 지석 씨야말로 날 못 믿었던 거 아냐? 변명이든, 이유든, 뭐든 처음부터 말했어야지!"

퓨즈가 나간 것처럼 머릿속이 깜깜해졌다.

제 삶을 송두리째 뒤흔들고 결국 가장 소중하게 변해버린 관계가 거짓에서 시작되었음을 알게 된 순간, 되레 빠르게 요동치던 심장이 싸늘하게 가라앉는듯했다.

해수의 이마 위로 제 이마를 맞붙인 그가, 밀려드는 답답함에 가슴을 크게 들썩이며 숨을 골랐다. 사납던 눈동자에 점점 슬픔이 번졌다.

"지금 네 마음이 어떨지 내가 몰라? 필요한 게 뭐든, 내가 해결해준다는데, 왜 혼자 힘들어해. 왜!"

낮게 한숨을 내쉰 그가 최대한 말투를 누그러뜨리며 다시 입을 열었다.

"화내서 미안해. 그러니까 고집부리지 말고 집에 가자. 감기 걸리기 전에."

"안 가."

"안 가면? 네가 버텨도 우리 사이엔 변하는 거 없어."

오토바이가 미끄러질 때 다친 건지 지석의 손등에 사선으로 길게 긁힌 상처가 있었다. 상처를 향해 손을 뻗던 해수는 울 것 같은 얼굴로 주먹을 쥐며 고개를 저었다.

"부탁인데, 제발 좀 가주면 안 될까요?"

"어, 안 돼. 힘들어도 내 앞에서 힘들어해. 울어도 내 앞에서만 울어."

"나도 생각을 정리할 시간이……."

아랫입술을 묘하게 비튼 그녀가 질끈 깨물었던 입술을 풀며 중얼거렸다. 울컥, 목이 메어서 말을 끝맺지도 못했다.

늘 묵직하게 자리를 지키던 지석은 답답한지 발로 바닥을 찼다. 해수를 어쩌지 못해 허리에 손을 짚은 채 제자리를 맴돌며 머리를 헝클었다.

"뭘 정리해. 이 상태로 무슨 생각을 어떻게 정리하겠다는 거야?"

"……이도현, 그리고 당신 가족들."

벼락같은 침묵이 내리꽂혔다. 차가운 공기가 쉴 새 없이 드나들어 폐가 얼어붙는 것만 같았다.

덩달아 얼어붙은 심장 소리가 점차 고요해지고 질식할 것

216

같은 적막이 내려앉았을 무렵, 어디선가 불어온 매서운 바람이 두 사람 사이에 흐르던 침묵의 기류마저 휩쓸고 지나갔다.

예상한 대답이라는 듯, 헛웃음을 지은 지석이 고개를 크게 끄덕이며 여상하게 물었다.

"그 인간들은 왜. 만나기라도 하게?"

마치 무모한 행동이라는 걸 상기시켜주는 듯한 말투에 울컥한 해수가 목소리 톤을 다소 높였다.

"안 될 이유 있어요? 증거도 있고, 증인도 있어. 두 사람, 아니 언니의 죽음에 얽힌 사람들, 내가 전부 가만두지 않을 거예요. 평생 후회하며 살게 만들어줄 거라고!"

결국 참다못한 해수가 소리치며 울부짖었다.

지석은 어깨를 들썩이며 숨을 몰아쉬는 해수의 팔을 쓸어내리다가, 바들바들 떨리는 손을 최대한 부드럽게 어루만졌다.

"……그래. 가만히 두지 않을게. 후회하게 만들어줄 테니까. 내가 다 해결해줄 테니까. 그러니까……."

핏줄이 툭 불거져 투박한 손끝이, 앙상한 손등을 덧그리듯 매만졌다. 작은 손을 그러모아 입을 맞추고 입김을 불어넣었다. 어떻게든 그녀에게 따뜻한 온기를 전해주고자 애썼다.

"지금은 쉬는 게 좋겠어. 일단 머리부터 식히고, 천천히 생각하자. 너 이러다가 쓰러질까 봐. 나는 그게 제일 걱정이야."

잇새를 가른 선득한 입김이 서늘한 공기 사이로 아스라이 흩어졌다. 지석은 흩어지는 숨을 따라 바닥으로 뚝, 떨어진 해수의 얼굴을 애달프게 훑었다.

"당신도 똑같아. 알면서, 다 알고 있었으면서 왜 나한테 말 안 했어? 아니······. 나한테 말해줄 생각이 있긴 했어?"

남자의 손을 뿌리친 해수는 천천히 시선을 내렸다. 멋대로 흐트러져 나풀거리는 넥타이 아래, 슈트 팬츠 밖으로 대충 삐져나온 셔츠가 긴박하게 뛰쳐나온 상황을 여실히 드러내고 있었다. 대답 없는 그를 물끄러미 바라보던 해수가 가까스로 입술을 달싹이다 확인하듯 다시 한번 물었다.

"설마, 증거가 발견되지 않았다면 끝까지 비밀로 할 생각이었던 거예요?"

"아마도."

지석이 곧장 받아쳤다. 태연하게 사실을 대답한 지석은 발밑이 아득해지는 기분을 느끼며 두 눈을 질끈 감았다가 떴다.

영원한 비밀은 없다. 그 불변의 법칙을 외면한 자의 말로가, 이토록 비참하고 참담한 것이라는 걸 알았더라면. 하지만 처음으로 다시 돌아간다 해도, 결과는 마찬가지일 것이다. 따라서 죽는 날까지 외면하고만 싶었던 현실을 이제는 받아들일 시간이었다.

그런 와중에도 견뎌내기 힘들었던 것은, 엉망으로 구겨진 제 셔츠 끝자락을 두 손으로 움켜쥔 채 안간힘으로 울음을 참는 해수의 얼굴을 마주한 순간이었다. 매정하게 뿌리치면서도, 혹여 자신이 춥진 않을까 걱정하는 듯한 눈빛에 가슴이 미어지는 것만 같았다.

"······왜?"

무슨 말을 해야 할지 몰라 망설이는 듯하던 해수가 입을 열었다. 한참 만에야 그가 대답했다.

"왜냐고? 이유가 필요해?"

왜, 왜일까……. 뭐라고 답해야 할까. 나는 무엇이 그토록 두려워 네게 진실을 숨겨온 것일까.

막다른 길에 몰린 지석은 그저 막막했다. 불안정한 그녀를 달래주고 오해를 풀어야 한다는 걸 머리로는 알아도 돌덩이처럼 굳은 혀는 좀처럼 움직이지 않았다.

바닥이 보이지 않는 침묵이 발밑에 고였다. 스스로 답을 얻길 포기한 지석은 손을 뻗어 벌겋게 부어오른 해수의 눈가를 안타깝게 어루만지며 참담한 심정으로 입을 뗐다.

"가능하다면, 그렇게 할 수만 있다면, 영원히 네가 모르고 살길 바랐으니까."

때마침 불어온 시린 바람에, 색소가 연한 옅은 갈색빛 머리카락이 바람에 흩날렸다. 손에 쥔 걸 모두 빼앗긴 아이처럼 허망해진 눈동자가 지석에게로 향했다.

"지금 그거, 무슨 뜻으로 하는 말이야?"

"말 그대로야. 네게 말해야 할 이유가 없었어."

"……어떻게 그런 식으로 말할 수가 있어?"

지석의 예상대로 사실을 알게 된 그녀는 이성을 잃었고, 자신의 보호 밖으로 나간다면 어떤 무모하고 위험한 일을 벌일지 알 수 없었다.

해수가 증거를 가지고 있다는 걸 채두식이나 채홍석이 알게 된다면, 그 악랄한 인간들이 그녀에게 어떤 위해를 가할지는 불 보듯 뻔한 일이었다.

거기까지 생각이 미치자 조급해졌다. 지석은 해수의 얼굴 위로 흩날리던 고운 머리카락을 쓸어 넘기며 창백한 뺨을 감싸 쥔 채 고개를 숙였다. 서로의 입김이 뒤섞일 정도로 가까워졌을 때, 지석은 조금 더 고개를 숙여 이마를 맞댔다.

"내 말 잘 들어. 지금 얼마나 혼란스러울지 알아. 하지만 이성적으로 생각해. 증거를 가지고 여기저기 들쑤셔봤자, 아무도 귀담아들어주지 않아. 오히려 너와 아버지만 위험해질 뿐이지."

갑작스레 가까워지는 얼굴에 당황한 해수는 조금도 수긍할 수 없다는 얼굴로 한 걸음 물러섰지만, 그것이 현실이란 것을 알았다. 증거를 쥐고 있던 언니조차 속수무책으로 당하지 않았던가. 그 사실을 떠올리노라면 언니의 죽음에 조금도 의문을 가지지 않았던 과거의 자신에게 화가 나 미칠 것만 같았다.

등 뒤로 버스 정류장의 기둥이 버티고 있어 해수가 걸음을 멈추자, 지석이 그만큼 더 거리를 좁혔다.

"그깟 증거, 빼돌리거나 조작이라고 매도해버리면 그만이야. 말도 안 되는 일이라고 생각해? 그걸 가능하게 만드는 게 돈이고 권력이라는 거, 너도 이미 알고 있잖아."

권력, 돈……. 느릿하게 단어를 곱씹던 해수의 입술이 불쾌함을 가득 머금은 채 일그러졌다.

"그래서…… 나더러 어쩌라는 거야. 다른 사람도 아니고 가족이 그런 끔찍한 일을 당했어. 그런데도 그 사람들이 무섭고 겁이 나니까, 그냥 손 놓고 바보처럼 가만히 있어야 해?"

지석은 지친 한숨을 내쉬며 와락 덮치듯 해수를 향해 몸을 기울였다. 커다란 몸이 해수의 마른 어깨에 기댔다. 손을 뻗어 경직된 해수의 등을 연신 쓸었다.

"그런 말이 아니잖아. 더럽고 위험한 일은 내가 하겠단 뜻이야. 그러니까 네가 알게 됐다 하더라도 달라지는 건 아무것도 없어. 내가 다 알아서……."

울먹이던 해수가 감정을 추스르지 못하고 지석의 어깨에 주먹을 힘주어 내렸다.

"이미 알고 있었잖아. 내가 얼마나 언니한테 의지하며 살아왔는지, 그런 언니가 죽은 이후로 내가 얼마나 불행하게 살아왔는지. 그런데도 진실을 함구해온 주제에……."

찢겨 너덜거리는 마음의 틈으로 시린 바람이 마구 들이쳤다. 해수의 입술에서 애달픈 숨이 터졌다. 짧은 흐느낌과도 같은 소리였다.

"……울지 마."

지석의 입술이 해수의 귀에 닿았다. 머리를 감싸며 키스하듯 귀의 표면 여기저기에 입을 맞추고, 한숨 같은 목소리를 낮게 흘려 넣었다.

"내가 왜 그래야 했는지, 아버지가 왜 진실을 말할 수 없었던 건지 정말 모르겠어?"

"……."

"너만은 지키고 싶었던 거였어. 그들이 네 목숨을 빌미로 협박했으니까, 아버지로선 달리 방법이 없었을 거야. 나 역시 마찬가지였고."

설움에 휩싸인 해수의 눈동자가 파르르 흔들렸다.

"정말 그게 날 위한 일이었을까……."

현실을 마주하기 버거웠던 해수가 막힌 숨을 몰아쉬었다. 처절하게 타들어가는 음성으로 두서없는 원망을 이어갔다.

"자그마치 3년이야. 그 끔찍한 시간을…… 죽은 것도, 산 것도 아닌 사람처럼 텅 빈 채로 살아왔어. 그러다 우연처럼 병원에 실려 온 당신을 만나게 됐고. 사랑하지 않으려 애썼지만 결국 이렇게 사랑하게 됐는데……."

지석은 충격받은 사람처럼 할 말을 잃은 채 빤히 그녀를 바라보았다. 해수가 느릿하게 입술을 뗐다.

"방법이 틀렸어. 당신이 날 정말 사랑했다면 이딴 식으로 숨겨선 안 됐어."

"알아. 하지만 네가 혹시 다치진 않을까 늘 두려웠어. 네가 이렇게 마음 아파할 게 뻔한데 어떻게 진실을 말해. 이렇게 울게 뻔한데……."

그가 잠시 말을 멈춘 채 부어오른 눈가로 향해 있던 시선을 내렸다. 그리고 의지하듯 여전히 자신의 옷자락을 그러쥔 해수의 손을 찬찬히 살폈다. 상아색 코트의 소매 아래 드러난 앙상한 손목이 바람에 흔들리는 사시나무처럼 덜덜 떨리고 있었다. 지석은 마치 위무하듯, 마른 손목 안쪽을 느릿하게 쓰

222

다듬으며 말을 이었다.

"넌 그냥, 내 곁에서 예쁜 것만 보고, 하고 싶은 것만 하고, 그렇게 살았으면 했어. 처음부터 그랬어, 널 지키기로 마음먹은 그날부터. 그래서 마음이 급했어. 인정해. 내가 잘못했어."

"미안한데, 나 이제…… 지석 씨가 하는 말 못 믿겠어."

건드리면 바스러질 것처럼, 메마른 목소리가 힘없이 흘러나왔다.

"심장이 뚝뚝 썰려나가는 기분이야. 언니가 죽은 그날로 돌아간 것처럼. 그렇지 않아도 미워하던 아버지였는데, 감당할 수 없는 빚까지 내가 짊어지게 됐다는 사실 때문에 차마 입에 담을 수 없을 만큼, 증오하고 원망했어……. 당신이 내민 그 결혼 계약서 때문에."

해수의 두 눈 가득 견뎌내기 힘든 슬픔이 차올랐다. 그녀의 참담한 마음을 모를 리 없었던 지석은, 대답하는 대신 묵묵히 가슴에서 이는 통증을 함께 감내했다.

"너무 아파. 아파서…… 기억을 모조리 칼로 도려내버리고 싶을 만큼, 괴로워 미칠 것 같아."

"……."

"어떻게…… 어떻게 나한테 이래."

투명한 눈물 한줄기가 그녀의 뺨을 타고 흘러내렸다.

"나는 진심을 줬는데, 왜 당신은 거짓을 말했어? 난 당신을 믿었는데, 왜 날 배신했어? 왜? 나한테 왜 그랬어……."

해수는 힘이 실리지도 않은 주먹을 간신히 들어 올려 그의 가슴을, 어깨를 마구 밀치고 때리기 시작했다. 후두둑, 떨어지는 눈물을 바라보던 지석의 얼굴이 참담함에 일그러졌다.

늘 해수를 위해서라는 변명을 내세워 스스로를 납득시키기에 급급했지만 이제 와 생각해보면 자신의 행동은 하나부터 열까지 이기적이고, 질 낮은 애정 결핍의 산물일 뿐이었다.

"나쁜 새끼…… 넌 나쁜 새끼야."

무게감조차 느껴지지 않는 주먹이 아무렇게나 휘둘러졌다. 뺨을 붉게 물들인 해수는 해소되지 않는 감정이 고통스러운지 금방이라도 쓰러질 사람처럼 연거푸 중얼거렸다. 애끓는 목소리가 바닥에 철썩 달라붙은 발을 떨어트렸다. 얼굴로 날아오는 주먹에도 아랑곳하지 않고 다가선 지석은 울부짖는 그녀를 붙들고 진정하란 듯 꽉 끌어안았다.

분노를 억누르지 못한 해수의 어깨가 힘겹게 들썩였다. 갇혀 있던 슬픔을 토해내며 눈물을 그렁그렁 매단 채 두 눈을 치켜떴다. 그대로 입 맞추고 싶은 마음을 간신히 짓뭉개고서 지석이 말했다.

"배신한 게 아니야. 널 속인 건…… 그건 어쩔 수 없었어. 그 집에서 내가 어떻게 살아왔는지, 어떤 취급을 받으면서 무슨 짓까지 해야 했는지, 왜 그런 삶을 선택하게 된 건지."

어떻게든 해수의 마음을 돌려야 했다. 그는 모자란 숨을 다급히 들이켜며 제게 기대 우는 해수의 어깨에 뺨을 맞대고 목덜미에 입술을 묻었다. 고개를 저으며 벗어나려 애쓰던 그녀가 물기 가득한 목소리로 중얼거렸다.

"이거 놔……."

"싫어. 놔주면 갈 거잖아."

터져 나오는 울음을 참는 듯한 서러운 흐느낌이 간간이 신음처럼 새어 나왔다. 그 연약한 울림이 애처로워 가슴이 저미듯 아파왔다. 그렇게 한참을 목놓아 울던 해수의 눈꺼풀이 서서히 열렸다. 언제 그랬냐는 듯 바르작거리던 움직임조차 멎고, 이내 지친 듯 미약한 음성이 흘렀다.

"여태까지의 문제는…… 나 사실, 아무렇지도 않았어. 우리둘 사이의 문제니까……. 그런 건, 우리 둘이 차근차근 풀어가면 되는 거니까."

한층 차분함을 되찾은 목소리가 희망의 불씨를 틔웠다. 곧죽어도 놓아주지 않을 것처럼 엉겨 붙은 지석이 해수의 관자놀이에 입술을 대고 가쁜 호흡을 터트렸다.

"지금도 다를 건 없어. 같이 풀어. 해수야, 내가 해결해줄게. 내가 다 풀어줄게. 응?"

어린아이 달래듯 부드러운 목소리에 해수는 손을 들어 지석의 뺨을 어루만지고 애틋하게 눈을 맞췄다.

차디찬 손바닥에 키스한 그는 커다란 눈에 눈물이 고이는걸 보며 조심스럽게 입술을 내렸다. 코끝이 비스듬히 교차해 틈 없이 포개지려던 순간, 숨을 크게 들이마신 해수가 지석의 뺨을 양손으로 붙들고 이마를 맞댔다.

표면만 두드리고 떨어진 입술이 근처를 배회했다. 거칠어진서로의 숨결이 얼어붙은 입술을 아슬아슬하게 스쳤다. 삽시간에 휩쓸린 자신을 책망하듯 고개를 내저은 그녀가 지석의 어깨를 밀치고 뒷걸음질을 쳐 가까워진 거리를 성큼 벌렸다.

"아니. 이건 내가 감당한다고 해서 해결될 문제가 아니에요. 내가 조금 참고 견딘다고 해서 아무렇지 않게 살아갈 수 있는 문제가 아닌 거잖아."

다시 한번 거대한 불안이 엄습했다. 무거운 바위가 가슴을 짓누르는 기분에 갑갑해진 지석은 바들바들 떨리는 손으로 셔츠의 단추를 뜯어내듯 풀었다.

"너한테 감당하라고 안 해. 참고 견딜 필요도 없어."

"누가 뭐라고 하든, 당신 아버지고 당신 가족이에요. 다 알고도 그런 집안 며느리로 들어갈 만큼 뻔뻔하지 못해요, 난."

지석의 얼굴이 점점 하얗게 질려갔다. 그녀의 말대로 비록 친부모는 아니었지만, 채두식 일가와 자신은 서류로 얽힌 엄연한 '가족'이었다.

한순간 사고가 마비된 듯 머리가 굳어 아무런 생각도 들지 않았다. 매섭게 불어오는 바람과 침묵만이 두 사람 사이의 거리를 기묘하게 메웠다.

"이러지 마, 해수야."

울먹임이 뒤섞인 목소리 사이에 슬픔이 짙게 깃들었다. 하지만 그녀는 그저 상실의 지옥에 발을 디딘 사람처럼 멍하니 눈만 끔벅거릴 뿐이었다. 어디서부터 잘못된 걸까. 왜 이런 상황을 예상하지 못한 것인가. 수많은 변수와 가능성을 철저히 계산하지 못한 제 탓이었다. 지석은 자신이 진즉 해결했어야 하는 문제라 생각하며 해수의 어깨를 쓸었다.

"헤어지자는 말은 하지 마. 네가 없는 세상은 상상하기도 싫어, 아니 이제 아무 의미도 없어."

꺼지기 직전의 불꽃처럼 옅은 기대를 그러쥐고서 그녀를 꽉 끌어안고 앙상한 등을 연신 쓰다듬었다.

"그러니까…… 날 믿고 조금만 기다려줘. 응?"

읽어낼 수 없는 감정이라곤 죄다 사라져 텅 빈 눈이 그에게로 향했다.

이건 꿈이다. 그것도 아주 끔찍한 악몽.

덜컥 겁이 난 그는 고개를 푹 숙인 채 메마른 얼굴을 아무렇게나 쓸었다.

지석은 끝까지 이기적인 생각만 하는 제게 환멸을 느끼면서도 미친 생각을 이어갔다.

이제 어떻게 해야 할까. 이대로 훌쩍 안고 가서 자신만 바라보고 살도록 만들어야 할까.

마음만 먹는다면 못할 것도 없었지만, 가느다랗게 잡고 있던 이성의 끈이 그런 말도 안 되는 행동을 가까스로 막았다.

해수는 쓰라린 통증이 어린 눈을 깜박였다. 빽빽하게 죄어오는 목구멍을 힘겹게 열어 적재된 원망을 토로했다.

"너무 힘들어. 지긋지긋해. 당신도, 당신 집안도…… 모두 다 무섭고, 감당하기 버거워. 그러니까 그만해."

너무도 지친 그녀에겐 더 이상 대화를 이어갈 힘도, 의지도, 목적도 없는 듯 보였다.

그 역시 더는 부정하지 않았다. 다만 서릿바람처럼 파고드는 침묵을 함께 인내하며 해수의 목도리와 코트 깃을 단단히 여며주었다. 그녀를 끌어안으려던 손이 목적지를 잃고 맥없이 미끄러졌다.

어디서부터 잘못된 걸까. 돌아갈 수만 있다면…… 17살, 절망의 수렁 속으로 내던져졌던 그날로 돌아가 모든 걸 끊어낼 수만 있다면…….

자신을 구원했던 여자의 뒷모습이 제 곁을 떠나 어둠 속으로 희미하게 사라져갔다. 그 소실점의 끝엔 지독한 상실감과 감당하기 힘든 고독만이 자리할 뿐이었다.

어떻게 집으로 돌아온 건지 기억이 나지 않았다.

감정이란 감정은 죄다 빠져나간 사람처럼 공허한 얼굴로 지석이 눈을 떴을 땐, 여전히 칠흑 같은 밤이었고 제 곁은 횅했다. 하루가 더 흐른 건지, 여전히 그날인 건지, 시간의 흐름조차 가늠하기 어려웠다.

"……하."

지석이 널브러진 몸을 일으키며 한숨을 내쉬었다. 차디찬 바닥엔 조각난 기억들과 술병이 나뒹굴었고, 누가 왔다 간 모양인지 다리 위로 길게 담요가 덮여 있었다.

"그냥 모른 척하고 좀 기다려주지……."

지석은 고개를 숙인 채 떨리는 몸을 제어하려 애썼다. 눈 내리는 길 너머 사라지던 뒷모습이 자꾸 떠올랐다. 누구보다 올곧게 살아온 그녀로서는 제 혈육이 그런 일을 당했다는 사실에 큰 충격을 받는 게 당연했다. 다만 해수를 이해시키지 못하고, 끝내 잡지 못했던 자신에게 화가 나 견딜 수 없었다.

"이기적인 새끼."

외마디 욕이 흘렀다. 심장이 아프게 뛰었다. 불시에 삭풍이 들이닥친 것처럼 어지럽고, 추웠다. 그렇게 미친놈처럼 혼잣말하며 피식거리는 와중에도 해수가 미치게 보고 싶었다.

"그냥 주저앉혀버릴 걸 그랬지. 무슨 수를 써서라도."

그런데 그게 맘대로 되지 않았다. 해수 앞에 서면 한없이 나약해졌다. 진심으로 사랑하고 아껴서 함부로 만지는 것조차 닳을까 아까웠다. 하물며 자신이 지긋지긋하다는 여자를 어떻게 강제로 잡을까.

비틀거리며 침실로 향한 지석은 곤죽이 된 몸을 침대에 뉘었다. 낮게 한숨을 쉬며 가만히 눈을 감았다. 해수의 베개에 얼굴을 묻으며, 숨을 깊게 들이쉰 후 다시 눈을 떴다. 마치 이 지독한 꿈에서 깨어나, 다시 그녀가 제 곁에 누워 있길 바라는 사람처럼.

"……내가 어떻게 해야 할까."

네가 없으면 나는 정말로 살아가야 할 이유가 없는데.

지석이 굳어 있던 낯으로 픽 웃었다. 오만했다. 모든 걸 알게 되더라도 그녀가 자신을 떠나게 될 일은 없을 거라고 감히 자신했었다.

　― 으응, 가지 마. 오늘 나랑 놀자.

　새벽에 일어나 침대를 벗어나려는 제 팔을 붙들고, 기어이 다시 눕혀놓던 손길. 차가운 밤, 제 품속으로 그녀가 파고들던 순간들이 꿈처럼 아득하게 느껴졌다.

　보고 싶어 숨조차 쉬기 어려웠다.

　베개를 붙든 손에 억센 힘이 들어갔다. 매트리스 위를 쓰다듬던 지석은 상체를 일으켜 핸드폰을 들었다. 매정하고 모질어도 좋으니 목소리라도 들으면 어떻게든 하루는 버틸 수 있지 않을까.

　"제발, 좀 받아. 제발 좀."

　그녀의 이름을 속으로 수십 번 되뇌었다. 신호음이 떨어지는 동시에 세차게 뛰기 시작한 심장이 금방이라도 터질 듯 부풀어 오르기 시작했다. 그렇게, 5번…… 10번. 신호음이 쌓일수록 심장이 조금씩 썰려나갔다. 끝내 친절한 안내 음과 함께 핸드폰의 화면이 어두워졌다.

　겨우겨우 버티고 살아온 여자를 울게 만들고 벼랑 끝으로 몰아버린 것이, 결국 자신이라는 생각에 속이 쓰려 사납게 이가 갈렸다.

　― 누가 뭐라고 하든, 당신 아버지고 당신 가족이에요. 다 알고도 그런 집안 며느리로 들어갈 만큼 뻔뻔하지 못해요, 난.

　침대 아래로 다리를 내린 그는 상체를 숙여 무릎 위에 팔꿈치를 괸 채, 마른세수하듯 얼굴을 쓸었다. 시간이 정지한 것처럼 생각이 느릿하게 이어졌다.

나는 이제 어떻게 해야 할까.

방법을 모른다면, 처음으로 되돌리면 그만이다.

제 것이 아닌 것은 버리면 되고, 가지고 싶은 것은 다시 취하면 되지 않나.

절망에 가라앉아 있던 남자의 눈이 송곳니를 드러내는 맹수처럼 서슬 퍼렇게 빛났다.

전면 창을 뚫고 들어오는 햇살과 티끌 하나 없는 창공, 호텔 라운지를 연상케 하는 의국은 늘 그렇듯 활기찼다.

"몸은 좀 괜찮냐? 내친김에 좀 더 쉬지. 해 바뀌면 더 바빠질 텐데."

기지개를 쭉 켜며 다가온 이주혁이 해수의 맞은편에 자리를 잡고 도시락을 열었다.

"많이 좋아졌어요."

서연의 집에서 잠시 신세를 지게 된 해수는 며칠을 꼬박 앓았다. 열이 펄펄 끓고 눈을 뜰 수조차 없어 먹지도, 마시지도 못했다. 겪어본 적 없는 슬픔과 고통으로 점철된 날들이었다. 그렇게 삶을 일시에 놓아버린 사람처럼 맥없이 앓는 사이, 일주일이 훌쩍 흘렀다.

이주혁이 혀를 찼다.

"좋아지기는. 어쨌든 몸 추스르는 게 우선이야. 많이 먹어."

"그런데 웬 도시락이에요?"

해수는 호사스러운 도시락 위로 의아한 시선을 내렸다. 구내식당이 공사 중이란 건 알았지만 한눈에 봐도 비싸 보이는 도시락을 병원 측에서 제공한다는 게 미심쩍었던 까닭이었다.

"몰라, 인마. 주는 대로 먹어."

연신 깨작거리는 해수의 눈치를 살피던 이주혁이 어색한 침묵을 깨기 위해 텔레비전을 켰다. 뉴스 특보가 한창이었다.

[WS그룹의 대외적 이미지에 가려진 검은돈의 실체와 홍콩 마피아와의 연결고리에 귀추가 주목되는 가운데…….]

커다란 화면 위로 서울중앙지검 청사의 전경이 떠올랐다. 식사 중이던 동료들의 시선이 일제히 해수에게로 쏠렸다.

[지금 막 채지석 대표가 참고인 조사를 위해 도착했습니다. 일각에서는 이번 사건의 내부 고발자가…….]

해수는 숨 쉬는 것도 잊고 눈에 띄게 굳은 채 화면에 비친 지석의 얼굴을 빤히 응시했다.

피바람이 불지도 모른다던 게 이 일을 말하는 거였나.

제게 닿은 손을 힘없이 미끄러뜨리던 남자의 공허한 눈빛이 동시에 화면 위로 덧그려졌다.

"하."

심장을 칼로 도려내도 이보다 아프진 않을 텐데, 그를 향한 원망과 그리움이 일시에 밀려와 뱃속을 뒤집어댔다.

만나지 말았어야 했다. 이렇게 될 줄 알았다면 사랑하지나 말걸.

그렇게 생각하며 슬픔의 늪에 빠져들던 해수는 다급히 고개를 저었다.

자신의 삶은 꺼져가고 있을지언정 여전히 그녀가 살려야 할 환자들은 많았고 세상은 바쁘게 돌아갔다. 언젠가 추억은 빛이 바래기 마련이고, 세상이 무너진 듯 울며 잠에서 깨어나는 것도, 사는 게 지옥처럼 느껴지는 것도 잠시일 것이다.

정신 차려야 해. 다른 이가 구원해줄 것 같았던 삶은 한여름 밤의 꿈일 뿐이야.

다만 그가 건재하다는 사실이 그녀를 안도하게 했다. 자신의 삶에 있어 가장 행복했던 순간을 선사한 남자였다. 그의 세상이 뒤집히지 않았다면 자신은 아무래도 괜찮았다.

이렇듯 여전히 그는 채씨 일가에 속해 있었고 같은 하늘 아래, 같은 공기를 마시며 살아가고 있지 않은가. 가까이서 만질 순 없지만 이렇게 멀리서나마 지켜볼 수 있었다. 그걸로 충분했다. 불행이 느닷없이 찾아왔듯, 느닷없이 괜찮아지는 날도 오겠지. 그것만으로도 해수는 제 삶에 다시 의미를 두게 될 거라 믿어 의심치 않으며 숟가락을 꾹 쥐었다.

chapter 23

망각

지석은 무려 반나절 동안 물산에 흘러들어간 자금에 대해 참고인 조사를 받은 후 회사로 돌아왔다.

주가 조작과 각종 불법 자금 조달 의혹에 휩싸인 채민석은 마카오에서 귀국하자마자 긴급 체포되었고, 대선 캠프 합류가 무산된 채두식은 두문불출 중이었다.

긴급회의로 인해 널브러진 테이블을 정리하던 윤재가 짧은 통화 후 말문을 열었다.

"성북동 호출입니다. 냄새를 맡은 것 같습니다."

"해수는? 오늘부터 출근한다고 들었는데."

시간은 어느덧 자정을 알렸다. 깊게 가라앉은 눈동자가 잿빛 도시 아래 멍울 맺힌 어둠을 가만히 응시한다. 지석은 창밖으로 향해 있던 시선을 윤재에게로 돌리며 심상하게 말을 이었다.

"집을 구해줘도 싫다. 돈도 싫다. 나와 관련된 건 다 잘라내고 싶어 안달 난 사람처럼 구는데⋯⋯. 난 그게 다 거짓말이란

234

걸, 너무 잘 알 것 같아 미치겠고."

자신이 어떤 위험에 빠졌거나 말거나, 지석은 눈을 지그시 감고 의자에 깊숙이 몸을 묻었다.

잠시 난처한 기색을 내비치던 윤재가 보고를 이었다.

"채홍석은 필리핀에 체류 중인 것으로 확인됐습니다. 어떻게 처리할까요?"

"내버려둬. 하나하나 잃어가는 걸 직접 겪어보는 것도 나쁘진 않겠지."

성가시다는 듯 지석이 뻐근해진 눈 위로 팔을 올렸다. 툭, 힘이 빠진 팔의 무게가 달아오르는 눈동자를 억지로 짓눌렀다. 감은 눈꺼풀 아래, 울먹이던 해수의 얼굴이 물안개처럼 부옇게 번져가는 걸 애써 외면하며 자리에서 일어섰다.

벽 한 면을 가득 메운 비밀 금고로 향한 지석은 손짓으로 윤재를 불러 실링 왁스로 봉인된 서류 뭉치 두 묶음을 건네주었다. 봉인된 봉투는 총 3개. 지석은 남은 종이 뭉치를 꺼내 책상 위로 내던졌다. 퉁, 둔탁한 울림이 고막을 때렸다.

책상 위에 흩어진 서류를 바라보던 윤재가 한데 가지런히 정리하며, 꽤 심각한 표정으로 파일 안을 훑어보았다. 예상했던 대로 채씨 일가의 악행이 총망라된 파일이었다. 제 앞으로 재차 날아오는 서류를 망연히 바라보던 윤재가 진저리치며 입을 떡 벌렸다. 아무리 기밀이라지만, 제 손을 거치지 않고 모든 증거를 주도면밀하게 모아왔다는 게 그저 놀라울 따름이었다.

금고의 문을 닫은 지석이 책상으로 다가오며 말했다.

"하나는 따로 보관하고, 나머지 한 부는 채민석 사건 담당 검사한테 전달해. 이것들도 같이."

책상 아래에서 브리프 케이스를 꺼낸 지석이 서랍 안쪽 비밀 장소에 보관하고 있던 녹음기와 윤성태로부터 전해 받은 외장 하드를 꺼내 윤재에게 건넸다.

자살로 종결된 여배우의 부검 감정 결과가 조작된 것이며, 사망 당시 그녀의 몸에서 발견된 지문과 모든 정황이 채홍석을 가리키고 있다는 증거. 그리고 윤해인의 살해에 가담한 트레일러트럭 기사의 증언과 납치 장면이 담긴 증거품까지 하나도 빠짐없이 서류 봉투에 담겼다. 이를 지켜보던 지석이 덤덤한 투로 말했다.

"이도현부터 만나봐. 동영상도 확보했고, 이제 와 채홍석에게 충성할 이유도 없으니 대화가 통하겠지."

이제 남은 건 증언 확보였다. 좀 지친 듯 웃던 지석이 브리프 케이스에 남은 서류 한 부를 챙겨 넣었다. 채두식을 만나러 갈 시간이었다.

윤재가 걱정스러운 눈으로 물었다.

"혼자 들어가서도 괜찮을까요."

"글쎄."

윤재가 억지로 마른침을 삼키며 불안한 눈동자를 굴리는 동안, 지석은 여느 때와 다름없는 손짓으로 재킷을 걸쳐 입는다. 코발트블루 색의 타이 위에 매끄러운 디자인의 타이 클립까지. 오늘따라 유달리 예의를 갖춘 차림새였다. 지석이 씩 웃으며 몸을 돌렸다.

"내가 시작한 일이니 내가 마무리 지어야지."

채두식의 뒤를 캐기 시작한 것은 20살 무렵부터였다. 힘들여 캘 것도 없이 스스로 구린내를 풍기고 다니는 인간이었다. 머리가 좋아 철저히 숨길 줄 아는 위인도 아니었고, 대대로 이어진 굳건한 연줄이 있는 것도 아니었다. 굳이 더러운 인간들을 들쑤셔서 제 손에 피를 묻힐 생각은 더더욱 없었다. 알아서 수렁으로 걸어 들어가 자승자박할 인간들이었기에.

하지만 이제는 생각이 달라졌다.

그들이 누려온 모든 것을 모조리 앗아버리리라.

제 손으로 이 개 같은 집구석을 처참하게 찢어발겨놓으면 조금이나마 해수의 마음이 풀릴 것 같다는 생각이 들었다. 그렇게 되면, 한 번쯤은 자신을 바라봐주지 않을까. 바닥에 눌어붙은 감정의 찌꺼기 한 조각이라도 다시 제게 내어줄 수 있지 않을까.

고작 그게 다였다. 이 미친 짓의 계기는.

주먹을 불끈 쥔 지석이 서늘하게 표정을 굳히며 브리프 케이스를 들고 가볍게 발을 뗐다.

당직을 마친 해수는 어둑한 새벽길을 걸어 서연의 집으로 향했다. 유독 고된 하루였던 데다가, 지난주부터 시작된 한파

마저 절정에 이르렀다. 세찬 바람에 코끝이 붉게 얼어붙었다. 어깨에 멘 에코백이 자꾸만 흘러내렸다. 목도리를 고쳐 두른 해수가 코트의 라펠 깃을 단단히 여미며 지친 다리에 힘을 주었다.

"……후우."

뿌연 입김이 공중에서 흩어졌다. 한숨이 새어나가 텅 비어버린 마음, 지독한 상실감이 어김없이 빈틈을 파고들었다.

가능하다면, 그렇게 할 수만 있다면, 영원히 네가 모르고 살길 바랐으니까.

― 싫어. 놔주면 갈 거잖아.

― 그러니까…… 날 믿고 조금만 기다려줘. 응?

고통에 몸부림치며 애원하던 목소리가 손끝에 닿을 듯한 그리움과 함께 느닷없이 들이닥쳤다. 머리가 지끈거렸다.

해수는 가시 같은 침을 억지로 삼키며 한 줌 끄집어낸 목소리를 밀어냈다. 얼마나 더 아파해야 할까.

"그렇게 정당한 이유 좀 붙여보려고 노력이라도 하지 그랬어. 없으면 만들어서라도……."

의미도 없이 중얼거리며 낮은 담벼락을 따라 기계적으로 걸음을 옮기다 보니 어느덧 서연의 아파트에 가까워졌다. 천천히 바닥만 보며 걷는데 낯익은 향기가 코끝을 스쳤다. 무심코 고개를 들어 올린 해수의 몸이 딱딱하게 굳었다. 아파트 주차장 앞 좁은 진입로를 막고 선 세단 한 대가 시야를 장악했다. 지석은 대각으로 위치한 가로등에 등을 반쯤 기대어 서 있었다.

어떻게 그가 여기 있는 걸까. 대체 어떻게 알고.

남자의 발끝에 닿은 해수의 시선은, 막으려 애써도 제멋대로 그의 얼굴을 향해 올라갔다.

그만.

멈추려던 걸음은 여전히 말을 듣지 않고 자꾸만 둘 사이의 거리를 좁혔다.

제발.

기어이 한 걸음 뒤로 물러선 해수가 그의 허리 위로 이어지지 못한 시선을 붙들며 그 자리에 우뚝 멈춰 섰다.

저도 모르게 안도의 한숨이 흘러 아랫입술을 깨무는데 지석이 그녀와 눈을 맞추기 위해 허리를 숙이며 못마땅한 투로 말을 걸어왔다.

"안녕? 아, 참고로 난 안녕 못 했어."

바람결에 실려 온 목소리를 어렴풋이 듣는 순간 짙은 낭패감이 등줄기를 타고 올라왔다. 와르르, 굳은 다짐이 무너지는 것 역시 한순간이었다.

"나도 안녕하려고 노력은 했어. 했는데, 잘 안 됐어. 될 리가 없지. 그래서 왔고."

존재만으로도 그녀를 혼란 속에 밀어 넣은 남자는 태연하다 못해 뻔뻔한 눈으로 팔을 들어 가까이 와보라는 듯 손짓했다. 마치 아무 일도 없었다는 듯. 문제될 것 없으니 편히 제게 안기라는 듯.

"이리 와. 춥다."

그는 변한 게 없었다. 자신을 향해 손 내미는 건 언제나 그였고, 그 관계를 이어나갈지 말지 결정하는 건 자신이었다.

해수는 어수선한 마음을 드러내지 않기 위해 애쓰며 고개를 저었다. 하지만 그에게로 향하는 시선까지 막아내기는 어려웠다. 무거운 눈꺼풀을 들어 올린 해수는 느릿느릿 남자의 수척해진 얼굴을 더듬어갔다.

허공에서 시선이 복잡하게 엉켰다. 이러지 않았으면 좋겠는데, 되뇌며 다독이는 마음과는 달리, 이성을 잃고 그에게 달려가 안겨버릴 것만 같아 두려웠다.

얼마나 시간이 흘렀을까.

그가 돌아갈 생각이 전혀 없음을 깨달은 해수는 결국 핸드폰을 꺼냈다. 대치하듯 마주 본 둘 사이에 세찬 바람 소리가 섞여들어 목소리가 잘 들리지 않았던 탓이었다.

사실 그의 목소리를 조금 더 가까이에서 듣고픈 갈망인지도 몰랐지만, 해수는 속내를 익숙하게 숨기며 담담하려고 노력했다. 그렇게 신호음이 채 닿기도 전, 지석이 기다렸다는 듯 전화를 받았다.

[한 번만 안아보고 갈게……. 나, 숨 좀 쉬자. 응?]

수화기를 통해 들려오는 목소리가 너무 지친 것 같아서 가슴이 아렸다. 쿵쾅대며 뛰던 심장이 어김없이 바닥을 굴렀다, 아니 떨어지다 못해 갈기갈기 찢기는 기분이었다. 아파 죽을 것 같았다. 다시는 안 볼 사람처럼 돌아서 놓고, 고작 목소리 하나에 흔들리는 꼴이라니.

잠시 침묵하던 해수가 매끄럽지 못한 숨을 억지로 내쉬며 목소리를 겨우 쥐어짜냈다.

"……제발 좀 가. 나 피곤해."

[나한테 할 말이 그런 것밖에 없어?]

"……."

[그거 알아?]

초조한 듯 줄곧 한자리를 서성거리던 지석이 허공을 보며 픽 웃었다. 금방이라도 눈물을 쏟아낼 것처럼 해수의 표정이 일그러졌다. 시선을 떨군 그가 짧게 한숨을 쉬었다.

[여전히 넌, 거짓말에 서툴러.]

"……나에 대해 뭘 안다고."

[어려운 일 아니잖아. 나한테 한 걸음 왔던 것처럼 눈 딱 감고 그냥 날 사랑한다, 한마디만 하면 돼.]

"이런다고 달라지는 거 없어요."

[뉴스 못 봤어? 달라졌어. 이미 많이. 네가 느끼지 못한다면 원하는 만큼 더 밟아줄 거고.]

해수는 지석과 눈을 마주 보았다. 뭐라 말로 표현하기 힘들 만큼의 감정이 눈동자 위로 넘쳐흘렀다.

그래, 차라리 눈을 감자. 감정을 숨기는 데 이보다 더 쉬운 방법은 없을 테니까.

한 박자 늦게 지석의 미간이 좁혀들었다. 혼란에 빠진 그녀를 이미 안다는 듯이 그가 속삭였다.

[그런 눈빛으로 모질게 말해봤자, 아무도 안 믿지.]

해수의 감은 눈 사이로 미처 감춰지지 못한 눈물 한 방울이 뺨을 타고 흘렀다.

[날 보는 네 눈빛은 아직 달아.]

손등으로 턱 끝에 고인 눈물을 훔쳐낸 해수가 머리카락을 쓸어 올리며 몸을 반쯤 틀어 담벼락에 기댔다.

"……달긴 뭐가 달아."

운동화 끝으로 콘크리트 바닥을 툭툭 차던 그녀는 끝내 무너지듯 주저앉으며 중얼거렸다.

"당신이 이러면 내가 너무 힘들어져."

해수는 무릎을 세워 얼굴을 파묻은 채, 조금쯤 망설이다 다시 입술을 뗐다.

"……그러니까 이제 오지 마. 나도 살고 싶어."

[그래.]

순순한 대답이 무색하게 그는 전화를 끊지도, 먼저 움직이지도 않았다.

횡, 불어오는 바람에 그간 참고 버텨온 노력이 죄다 날아가 버릴 것 같았다. 매정하게 돌아서면 그만이었지만 그럴 수가 없었다.

[해수야.]

허공을 응시하며 잠시 생각에 잠겼던 그가, 차가운 침묵을 깨며 그녀를 나직이 불렀다. 설움에 북받친 듯한 목소리가 그 뒤를 따랐다.

[처음부터 내 것이었던 건, 태어나 지금까지 단 하나도 없었

242

어. 이제 와 생각해보면, 무언가를 간절히 원해본 적조차 없었
던 것 같아. 그래서 욕심냈어. 굳이 변명 같은 걸 해보자면, 넌
내가 원했던 처음이자 유일한 사람이라……]

해수가 느리게 눈을 감았다 떴다. 입술은 달싹거리는데 말
이 나오질 않았다. 입꼬리가 꿈틀거리며 경련하고 있었다. 입
술을 가르는 건 짙은 한숨뿐이었다.

[내게도 쉴 곳이 필요했어. 모든 걸 다 잃고 바닥을 기어도.
실패해서 시궁창에 냅다 처박혀도. 다 괜찮다며 웃어줄 내 유
일한 안식처.]

예기치 않게 다시 차오르는 눈물에 해수는 시선을 내리깔며
단호한 목소리를 내기 위해 노력했다.

"……지석 씨가 뭘 하든 다 이해하고, 포용하고 따뜻하게 안
아줄 사람. 그런 사람 꼭 만나길 바랄게요. 진심으로."

[그게 너야.]

달래듯, 나직하게 전해져 오는 목소리…….

"아니야."

[사랑해.]

확신에 찬 목소리가 각자의 입을 통해 동시에 흘러나왔다.

서러운 한편으론 화가 치밀었다. 그는 잊기 위해 죽도록 애
쓰는 나를 이딴 식으로 다정하게 흔들어선 안 됐다. 아무 일
도 없었던 것처럼 그에게 사랑을 말하기엔 정리해야 할 것도,
밝혀야 할 것도 너무나 많았다. 그 사실을 누구보다 잘 아는
그가 자꾸만 마음을 혼란스럽게 만드는 이유를 헤아리기 어

려웠다, 아니 그 역시 이미 알고 있지만 이해할 마음의 여유가 없는 거겠지. 머리가 아는 사실을 마음으로 받아들이는 데는 시간이 걸리기 마련이니까.

"……당신 마음 편하려고 날 벼랑 끝에 몰지 마."

[어쩌겠어. 어떻게 하면 널 내 옆에 둘 수 있을지. 지금도 난, 그런 생각만 하는 미친놈인데. 네가 돌아올 때까지 계속 이럴 거고.]

비참하게 떠났을 언니를 생각하면, 여전히 목구멍이 꽉 막혀 숨조차 제대로 뱉기 어려웠다. 하지만 그의 말대로 섣불리 증거를 꺼내들기엔 제가 가진 힘이 너무도 미약했다.

더는 물러날 곳도, 전진할 곳도 없는 막막함.

해수는 한동안 그를 물끄러미 응시하다 고개를 돌렸다. 머릿속이 그 어느 때보다 복잡했다.

[한동안은 아마 오기 힘들 거야. 나 좀 보고 싶어 해줘. 기다려주면 더 좋고…….]

해수는 싹을 틔우려는 그에 대한 연민을 삼키며 천천히 고개를 끄덕였다. 그러곤 바다를 향해 고개를 떨구고 소리도 내지 못한 채 조용히 울었다.

[오늘은 이만 갈게. 잘자, 아프지 말고.]

그 말을 끝으로 전화가 끊어지고, 운전석을 향해 걷는 지석의 뒷모습이 보였다. 지친 듯 어깨를 늘어뜨린 모습을 보자 그리움이 물밀 듯 밀려왔다. 차곡차곡 쌓아온 원망도 조각난 지 오래였다. 숱하게 해온 다짐들은 그와 눈을 마주친 순간 모두

잿더미가 되어 흩어졌다.

"……지석 씨."

해수는 작은 목소리로 중얼거렸다. 주먹을 모으고 손톱이 살에 박힐 때까지 꽉 쥐었다. 다신 보지 못할까 두려웠다. 인간은 늘 교훈을 얻는 데 인색하다. 하지만 같은 실수를 반복하는 게 또 인간의 매력이 아니던가.

"가지 마."

자리를 박차고 달려간 해수가 그를 붙들었다. 지석은 못 박힌 듯 그 자리에 멈춰 선 채 아무런 대꾸도 하지 않았다.

"나 오늘 많이 힘들었어요. 실수를 좀 많이 했거든. 그런데…… 아무도 날, 혼내주질 않는 거야."

그가 한숨 같은 웃음을 터뜨렸다. 해수는 뜨거워진 눈을 감으며 말을 이었다.

"정신 차리라고. 너 지금 뭐 하는 짓이냐고……. 난 솔직히 누가 날 좀 혼내줬으면 했어. 왜 그렇게 생각했는지 알아요?"

아무것도 떠오르지 않았던 지석은 등을 돌린 채 그저 조용히 고개를 저었다.

해수가 들릴 듯 말 듯 쓸쓸한 목소리로 자답했다.

"울고 싶었거든. 그래서……."

예상치 못한 대답을 들은 지석이 뒤돌아보려 하자, 해수가 그의 팔을 가볍게 붙들었다. 그대로 있어달라 애원하듯 떨리는 손길을 외면할 수 없었던 지석은 그녀의 바람대로 그 자리를 굳건히 지켰다.

"……고마워요. 울게 해줘서. 그리고."

그가 까마득한 하늘을 올려다보며 낮게 한숨을 쉬었다. 해수가 울먹였다.

"미안해요. 정당한 이유 붙여가며 지석 씨를 믿어주지 못했던 거."

지석이 따뜻한 온기를 따라 시선을 내리자, 제 오른손을 만지작거리는 손이 눈에 들어왔다. 그는 뼈가 불거져 앙상한 손을 힘주어 잡았다. 얼음장 같은 온도에 눈시울이 시큰거렸다.

"그러니까, 내가 지석 씨한테 진짜 하고 싶은 말은……."

지석은 어쩐지 눈물이 나올 것만 같아 가만히 눈을 감았다.

"나 때문에…… 고작 나 하나 때문에, 지석 씨가 무언가를 포기하지 않았으면 좋겠어요. 얼마나 힘들게 쌓아온 것들인지 솔직히…… 몰라. 그래, 내가 뭘 알겠어. 하지만 적어도, 지석 씨가 나에게 오려면 어떤 대가를 치러야 하는지. 얼마나 많은 걸 포기해야 하는지……. 그 정도는 알아요."

끝내 울음을 터뜨린 해수가 그의 등을 쓸어내리며 이마를 기댔다. 등에서 미끄러져 내려온 손이 지석의 재킷 끝자락을 애처롭게 그러쥐었다.

이렇게 털어놓고 보내면 마음이 편해질 줄 알았는데……. 가까이 다가서고 나니 만지고 싶었고, 만지고 나니 목덜미를 끌어안고 키스하고 싶어졌다. 그에게서 한 발자국도 떨어질 수가 없었다. 마치 알 수 없는 강한 힘에 온몸이 꽉 붙들린 것처럼 손끝 하나 움직이기 힘들었다.

참담한 마음에 눈을 질끈 감았다 뜬 순간, 돌아본 남자와 시선이 마주쳤다. 해수는 붉어진 눈꺼풀을 내리깐 채 입술을 달싹였다. 커다란 손바닥이 등허리를 어루만졌다.

마지막으로 한 번만 안아보고 싶다는 생각이 들기 무섭게 입술이 닿았다.

"마음에도 없는 소리 하지 마."

그는 몸이 밀려나도록 입을 맞추며, 키스가 버겁지 않도록 허리를 꽉 안아주었다. 해수는 입을 벌려 지석이 내쉬는 숨을, 거칠게 얽혀오는 혀를 열렬히 빨아들였다. 허리를 붙들고 있던 손이 등을 훑고 올라와 목덜미를 덮듯이 감쌌다.

쪽, 소리를 내며 입술이 떨어지고 깊이 맞물리길 반복했다. 해수는 옅게 웃으며 그의 허리에 팔을 두르고 거칠어진 호흡으로 들썩이는 가슴에 뺨을 기댔다. 마음에도 없는 말을 다듬어 꺼냈다.

"지석 씨에 대한 내 마음……. 그딴 건 이제 다 상관없어. 우리 모르는 사람처럼 잘 지내왔잖아. 예전처럼 돌아가면 돼. 그뿐이야."

물론, 고개를 푹 숙인 그에게선 대답이 돌아오지 않았다.

"……이제 가. 절대 돌아보지 말고, 원하는 곳에 도달할 때까지 앞으로 곧장 가요."

해수는 끝내 위아래로 불규칙하게 들썩이는 남자의 어깨에 목도리를 둘러주곤 미련을 끊어내고 돌아섰다.

저벅저벅.

숨도 쉬지 않고 주차장을 가로질러 간 해수는 문짝에 금이 가 너덜거리는 아파트 입구에 다다랐다.

끼익—.

날카로운 타이어의 소음과 함께 붉은 후미등이 점멸하더니 머지않아 그의 차가 멀어지는 게 보였다.

"……하아."

그대로 주저앉을 뻔했다. 사지의 힘이 다 빠져 손가락 하나 움직이기 어려웠다. 덤덤한 척했지만, 심장이 페이스를 잃고 전력 질주한 사람처럼 내달리고 있었다.

내가 지금 무슨 짓을 한 거지? 대체 무슨 용기로, 무슨 생각으로.

해수는 여전히 아른거리는 그의 잔상을 되짚어가며 온기가 남은 입술을 더듬었다.

이게 무슨 거절이야, 고백이지. 차라리 가지 말라고 애원하지 그랬어.

바보 같았다. 스스로 한심하게 생각하는 와중에도, 기묘하게 파고드는 불안감이 숨통을 죄어왔다. 그의 어깨에 손을 올렸을 때, 확연히 전해진 흐느낌이 손끝에 남아 있었다. 그렇게 보냈으니 마음이 편할 리 없었다. 머리에 탁, 하고 켜지는 빨간 불을 의아하게 여긴 해수가 관자놀이를 문지르고 있을 때 진동이 요란하게 울렸다. 액정에 뜬 이름은 서연이었다.

[해수야! 조폭들 실려 와서 난리 났다! 얼른 와!]

무척 흥분한 듯한 서연은 버럭 소리부터 내지르곤 전화를

248

끊어버렸다.

꿀 먹은 벙어리가 된 해수는 바늘 같은 숨을 삼키며 비척거리는 발걸음을 돌렸다. 제 가슴속에서 그가 다시 살아나기 전에, 스멀스멀 번져가는 불씨를 악착같이 꺼트렸다.

[망각은 인간이 받은 가장 큰 축복이라는 말이 있죠. 지금 여러분은 어떠신가요. 잊고 싶은 기억을 안고 괴로워하고 계시진 않나요. 오늘의 마지막 곡입니다. 피아졸라의 망각…….]

라디오 DJ의 맺음말에 이어 애잔하고 구슬픈 선율이 고요한 공간을 울렸다. 바람에 실려 온 듯 희미하게 들리는 연주에 지석은 잠시 귀를 기울였다. 말라비틀어져 굳어가던 눈동자에 파르라니 이채가 어렸다.

— 내, 너에게 선택의 자유를 주마. 시시하게 살아갈 테냐.
   아니면 원하는 건 다 가질 수 있는 짐승 새끼로 한번 살
   아볼 테냐.

17년 전 그날, 습지를 유영하는 뱀처럼 기이한 눈빛을 번뜩이던 채두식의 비릿한 미소가 선명했다.

제 뜻대로 무엇 하나 이루어본 적 없는 어린 소년에게 선택지 따위는 없었다. 시키는 대로 하거나 혹은 죽거나. 어차피 둘 중 하나였으니까.

똑똑—.

"오셨습니까. 정원에서 기다리고 계십니다."

별안간 차창을 두드리는 소리에, 지석이 고개를 돌렸다. 상념에 잠겨 달리다보니 어느덧 차는 성북동 저택의 담벼락 아래 멈추어 있었다.

지석에게 인사한 관리인이 출입 통제 키패드를 조작하자 전방에서 덜컹, 차고의 문이 올라가는 육중한 소리가 들려왔다.

성인이 된 이후, 채두식으로부터 달아나기 위해 발버둥 쳤던 자신의 모습이 굉음에 묻혀 아스라이 흩어졌다. 딱 죽지 않을 만큼 이어진 폭력과 폭언의 잔재들, 끝내 무엇도 할 수 없던 무력감 속에 보내온 세월. 그곳이 무저갱인 줄 뻔히 알면서도 발을 디딘 천치가 바로 자신이었다.

이제는 지긋지긋했다.

지석은 분노 어린 눈을 빛내며 입매를 비틀었다. 그와 동시에, 연극의 막이 오르듯 내면에 억눌린 감정들이 무대 위로 제 존재감을 드러내기 시작했다.

묵직한 첼로 연주 소리가 점점 고조되었다. 지석은 비명과도 같은 처절한 클라이맥스에 맞춰 가볍게 액셀을 밟았다.

잊고 싶은 기억들을 안고 사는 건 저주였다. 처음 채두식과 마주친 순간이 뇌리에 각인된 것처럼 또렷했다.

— 원장님이 널 많이 칭찬하시던데. 실제로 보니 아주 쓸모
가 많아 보이는구나.

사람 좋은 인상을 하고서 값비싸 보이는 정장에 흙이 묻는 것도 아랑곳하지 않고 묘목을 심고 있었지만, 지석은 분명히

보았다. 대강 걷은 소매 사이로 언뜻 드러난 뱀의 날카로운 송곳니, 소름 끼치도록 정교하게 새겨진 뱀의 비늘과 갈라진 혀. 그리고 자신의 어깨를 툭툭, 두드리던 솥뚜껑 같은 손에 배어 있던 기분 나쁜 피비린내까지.

채두식이 보육원을 후원한 목적은 단 하나, 조직에 쓸 만한 인재를 스카우트하는 것에 있었다. 그룹 인재를 육성한다는 허울 좋은 명목으로 눈에 드는 아이들을 데려간 채두식은 제 목적에 맞게 그들을 훈련시키고 이용해왔다.

따지고 들자면 채두식에게도 지석은 특별한 아이였다. 일찌감치 정계에 큰 뜻을 품었던 채두식이 자신의 이미지 메이킹을 위해 사들인 후, 정성 들여 훈련시키고, 이용해온 귀하디귀한 막내아들.

"후."

묵직한 숨을 몰아쉰 지석이 제 자리에 주차한 뒤, 차고 안 계단을 지나 정원으로 향하는 문 앞에 섰다. 조금의 망설임도 없이 벨을 누르자 달칵, 기다렸다는 듯 좁은 문이 열렸다.

지석은 그 자리에 잠시 선 채, 얼굴에서 읽어낼 수 있는 감정을 모두 지워냈다. 절절하게 부풀어 오르는 사랑도, 화산처럼 맹렬하게 들끓는 분노도, 돌이킬 수 없는 과거와 지저분하게 늘어진 상념마저도. 견고하게 다듬어진 얼굴 외엔 아무것도 남기지 않아야 했다.

"늦었구나. 어서 들어오거라."

정원을 향해 한 발 내딛자마자 드러난 것은 아주 친숙하고도 경멸스러운 얼굴이었다.

퇴적된 빛 하나 없는 칠흑 같은 어둠 속. 불 꺼진 석등 옆 벤치에서 자신을 기다리던 채두식의 음습한 눈동자는 처음 만난 바로 그날처럼 기이한 빛을 발하고 있었다.

"예. 회장님."

벤치 양옆으로 드리워진 상록 소나무가 음산한 가지를 쭉쭉 뻗으며, 어둠 속으로 걸어오는 지석을 기꺼이 집어삼켰다.

"요즘 뭐가 그렇게 바빠서 코빼기도 안 비치는 게냐."

허리와 고개를 꼿꼿이 세운 지석이, 불쾌한 감정을 유감없이 드러내는 채두식을 내리뜬 눈으로 바라보며 부러 떠보듯 답했다.

"이미 알고 부르신 거잖습니까."

골프채 헤드를 마른 헝겊으로 쓱쓱 닦던 채두식이 눈동자만 슬쩍 들어 올려 지석을 바라보았다.

"똑똑한 놈이니 가르치지 않아도 알아서 밥그릇 잘 챙기고, 주제 파악 잘하고. 그게 네가 할 일이다. 그건 알고 있겠지."

"예. 알고 있습니다."

달빛을 향해 골프채를 치켜들고 이리저리 비추어 보던 채두식의 입가에 가소롭다는 듯한 비웃음이 떠올랐다.

"똥개 새끼는 아무리 꾸미고 염병 떨어봤자 복날 보신탕 거리밖에 안 된다."

"예. 그것도 알고 있습니다."

"그런데 왜 시건방을 떨어! 개새끼 데려다 사람처럼 살게끔

만들어줬으면 내 바짓가랑이나 붙잡고 감사합네, 하며 죽어
살아야지!"

아, 하고 입을 벌린 지석이 고개를 기울이며 턱을 어그러뜨
렸다. 들고 온 브리프 케이스를 뒤집어 서류 뭉치를 아무렇게
나 바닥으로 쏟아부었다.

어두운 밤이라 내용이 보이지 않았음에도 채두식의 얼굴은
시뻘겋게 달아올랐다.

"역시 내 아들답게 깡이 좋다. 이건 뭐 경고도 없고, 요령도
없이 그냥 냅다 들이받아버리니 이 아비가 미처 피할 겨를이
없구나."

팽팽한 노인의 얼굴 위, 형형한 눈빛은 뱀의 것처럼 차갑고
독한 빛을 띠고 있었다. 바닥에 흩어진 종이를 한 움큼 집어
들며 다가온 채두식이 훌쩍 솟은 지석의 어깨를 꾹 쥐고서 말
을 이었다.

"지석아. 토사구팽당하지 않으려면 어떻게 행동해야 하는
지, 내가 누누이 일러줬을 텐데, 그새 잊은 게냐?"

"감히 잊을 리가 있겠습니까."

"읊어봐라."

"죽을힘을 다해 도망치던지, 몸집을 숨기고 목소리마저 죽
인 채 살던지, 그것도 아니라면……."

크게 숨을 들이쉬며 눈을 감던 지석의 얼굴 위로 숨겨왔던
분노들이 폭발하듯 일렁였다.

"잡아먹으려는 인간의 목을 물어뜯어, 먼저 숨통을 끊어놓

아야 합니다.”

말이 끝남과 동시에 솥뚜껑처럼 투박한 채두식의 손바닥이 허공을 갈랐다.

“이 새끼가!”

퍽.

둔탁한 소음과 함께 지석의 입가에 피가 맺혔다. 표정 하나 변하지 않은 지석이 흐트러진 넥타이를 고쳐 매며 고개를 바로 했다.

“지금, 네가! 기어이 이 아비 숨통을 끊어놓겠다는 거냐? 이런 천하의 배은망덕한 새끼가 지금 여자한테 미쳐서……!”

퍽!

분을 못 이긴 채두식의 억센 주먹이 지석의 얼굴을 향해 다시 날아들었다.

삐―, 하는 이명과 함께, 입 안으로 비릿한 맛이 번졌다.

다 버리겠다고 다짐했다. 다 버리고 너에게 가겠다고.

머릿속에 새겨진 듯 죽어도 망각할 수 없는 기억이라면 칼날로 도려내버리면 그만이다.

지석은 혀끝으로 터진 입술의 상처를 훑어 올리며 눈 하나 깜빡하지 않은 채 대답했다.

“회장님께서 저를 잡아먹으려고 하셨던 모양입니다. 그렇게 생각하시는 걸 보니.”

“미쳐도 아주 단단히 미쳤구나. 네가 가진 것들 다 내가 만든 거다. 너는 그냥 빈껍데기일 뿐이야. 이제 다 왔다. 정신 차리고 네 자리로 돌아와."

정신 차려야 하는 건 자신이 아니었다.

터진 입 안에서 새어 나오는 피를 모아 뱉어낸 지석이 오른쪽 팔의 소맷부리로 입가를 훔치며 씩 웃었다.

"이번엔 제가 회장님께 여쭤보겠습니다. 제게 대체 왜 그러셨습니까."

그때였다. 채두식이 미리 대기시켜둔 듯한 대여섯 명의 장정이 우르르 몰려왔다. 자신의 뒤를 포위하듯 둘러싼 이들을 가소롭게 훑어본 지석이 고개를 꺾으며 아무렇게나 재킷을 벗어던졌다.

"그날, 왜 저를 없애려고 하셨던 건지. 지금 그걸 여쭤보고 있는 겁니다."

묘하게 떠보듯 질문한 지석은 대답 없이 헛웃음만 흘리는 채두식에게서 눈을 떼지 않은 채, 넥타이마저 풀어 던졌다.

두 사람의 속내가 어떻건 그건 각자의 사정일 뿐이라는 듯, 매섭게 불어오던 바람마저 잠시나마 잔잔해졌다. 그때 하늘을 가리던 구름이 걷히고 고고한 달빛이 정원을 비추자, 그제야 드러난 남자의 몸피는 정원에 장식된 조각상처럼 꽤 아름다운 자태를 연출했다.

생각을 정리한 채두식이 한참 만에 입을 열었다.

"너는 내가 이름을 붙여준 유일한 내 새끼였다. 대부분은 이름도 없이 지내다가 이름 없이 사라졌지. 그 시궁창 같은 곳에서 살아남은 놈이다, 너는."

지석이 고개를 바로 하고 그의 눈을 마주했다. 그 눈빛엔 조금도 위축된 기색이 없었다. 그 못지않게 상당한 기운을 내뿜던 채두식이 말을 이었다.

"네가 내 옆에서 보고 들은 게 너무 많아서 말이야. 그간 끌고 다니기 여간 어려운 게 아니었다."

제 버릇 개 못 준다고 했던가. 어엿한 기업의 총수가 되었음에도, 그에겐 앞뒤 재지 않고 불도저처럼 밀어붙이는 예전 버릇이 남아 있었다. 제 앞길을 막는 것에 대한 폭력엔 앞뒤가 없었고, 더 높은 곳으로 가기 위해선 살상도 마다하지 않았다.

"널 찌른 청부업자는 내가 직접 처리했는데, 어떻게 이야기가 새어나간 건지 모르겠구나."

청부업자는 조선족이었다. 범죄의 경중이 무겁다고 판단되어 본국으로 이송되던 도중 불의의 사고로 사망했다. 미심쩍은 부분이 많았으나 경찰은 문제 삼지 않았고, 지석 역시 경찰이 그렇게 나올 거라 예상했다. 채두식에게 이깟 사건을 무마하는 건 일도 아니었을 테니까.

"너도 그때 죽어줬으면 더 좋았을 텐데 말이다. 혹시 알아? 너의 숭고한 희생을 등에 업고 이 아버지가 금색 배지라도 달게 됐을지."

그래, 이렇게 나와줘야 재미있지.

지석은 대답할 가치도 없는 말 따위 애초에 귀담아듣지도 않았다는 듯이 코끝으로 웃고는 한 가지 질문을 더 내던졌다.

"윤해인은 대체 왜 죽이신 겁니까. 한 가정을 그렇게까지 박살 내야 했습니까."

"못난 놈. 지금 그깟 계집 하나 때문에 일을 이 지경으로 그르친 게냐."

"지쳤습니다. 이제 좀 쉬려고요."

요란하게 혀를 찬 채두식이 인상을 찡그리며 지석을 응시했다. 말 같지도 않은 농담을 들었다는 듯이 가볍게 웃었다.

"네가 기어이 내 손에 죽고 싶은가 보구나."

"저도 이제 행복하게 살아볼까 합니다."

"너같이 천하의 볼 것 없는 새끼가 행운도 없이 행복할 수 있을까."

미간을 찌푸리며 같잖다는 듯 지껄이는 채두식을 향해 지석이 입꼬리를 당겨 웃었다.

"그래서 잡으려는 겁니다, 제게 온 행운을."

"뭐?"

채두식의 눈이 가늘어졌다. 지석이 죽었으면 좋았을 거라 뇌까렸지만 사실 그럴 마음은 전혀 없었다. 아직 더 써먹을 수 있을지 모르니 놓치기에는 분명 아까운 패였다. 더군다나 작금의 상황을 무마시킬 수 있는 건, 일을 벌인 지석뿐이었다.

늙은 뱀은 조급한 기색을 감췄다. 그리고 더 부드럽게, 어르고 달래듯 지석의 어깨를 다독였다.

"그년이 널 어떻게 구워삶았길래 사내새끼가 이 지경이 돼."

헛웃음을 흘리며 쓰게 웃던 지석이 날것 그대로의 진심을 툭 토해냈다.

"그 사람은 이제 저 안 좋아합니다. 저 혼자 바닥을 기고 있는 겁니다. 저 혼자 눈이 돌아 있는 거고, 저 혼자 미쳐 있는 겁니다."

채두식이 목소리를 높였다.

"그래서! 그년이 다 끊어내고 오라던? 그것참 아주 영악한 년이구나."

차라리 다 끊어내고 오라는 말을 해줬다면 좋았을 텐데.

모든 게 흑백 필터를 씌워놓은 사진처럼 어둡게만 보였다. 암담해진 지석은 크게 한숨을 쉬었다.

"제가 너무 아끼는 사람입니다. 너무 아껴서…… 더럽고 역겨운 이 집안 때문에 아파하는 걸 보고 있기가 힘듭니다. 그래서 제 손으로 모든 걸 다 망가뜨릴 작정입니다."

획―.

더 이상의 대화는 없었다. 골프채가 공기를 가르며 날아왔다. 한쪽 눈썹을 추켜 올린 지석이 이를 가볍게 피하자, 포위하듯 둘러싼 장정들이 일제히 쇄도해 들어오기 시작했다.

지석은 사방에서 날아오는 주먹을 피해 몸을 숙이고, 성난 황소처럼 달려드는 장정들의 급소에 쉬지 않고 주먹을 꽂았다.

한시바삐 해수에게 달려가야 한다. 그리고 그녀에게 말을 해야 했다. 너에게 거짓을 말해서 미안했다고, 모든 걸 다 끊어냈으니 제발 날 용서해달라고.

오로지 그래야 한다는 생각이 머릿속을 가득 메우자 온몸의 피가 뜨겁게 솟구치고 몸과 마음이 한결 명쾌해졌다.

소란은 오래가지 않았다. 지석이 내지른 주먹에 마지막 남은 사내의 몸이 뒤로 크게 휘청이던 때였다. 기묘하게 일그러진 목소리가 불시에 귀를 때렸다.

"내 손으로 거둬들인 목숨, 내 손으로 직접 그 운명을 거두 어주마!"

불 꺼진 석등 안에서 채두식이 꺼내 든 흉기가 지석의 급소를 향해 날을 세웠다. 채두식의 번들거리던 눈동자에 서린 이채는 목적이 분명한 살기를 띠고 있었다. 이를 인지한 순간, 눈앞이 하얗게 번쩍이는 동시에 배가 걷어차인 듯한 격통에 숨이 막혀왔다.

— 절대 돌아보지 말고, 원하는 곳에 도달할 때까지 앞으로
  곧장 가요.

해수의 목소리가 연기처럼 아스라이 사라졌다. 그 목소리에 어린 슬픔과 떨림마저도.

기다려. 지금 가고 있어.

눈앞으로 불시에 빛 한 줄기가 들이닥쳤다. 정신이 흐릿해지는 걸 느낀 지석은 강렬한 눈부심을 오래도록 바라보다가 이내 눈을 감았다.

"야 이 돌팔이 새끼들아, 우리 형님한테 문제 생기면 여기

있는 놈들 다 뒤지는 거야!"

응급실의 자동문이 가볍게 열리자마자 들려오는 목소리에, 해수의 입에선 짧은 한숨이 새어 나왔다.

"검사니 뭐니 지랄 떨지 말고 빨리 꿰매기나 해!"

도심 한복판에서 벌어진 칼부림이었다. 의료진들은 저마다 환자를 응대하느라 여념이 없었다. 들큼한 피비린내와 역겨운 담배 냄새가 뒤섞인 채 사방을 에워싸고 있었다.

그러거나 말거나, 옷을 갈아입을 시간도 없이 달려온 해수는 옆구리를 감싸 쥔 채 나뒹구는 환자를 마주하러 바삐 걸음을 옮겼다.

"상처 확인부터 하겠습니다."

장갑을 손에 낀 해수는 열상의 깊이를 재기 위해 환자의 상처에 손가락을 쑥 집어넣었다.

"이년이 지금 돌았나. 뭐 하는 거야!"

터무니없는 폭언을 쏟아내던 덩치 하나가 격한 감정을 유감 없이 드러내자, 주위에 있던 보안요원들이 전부 몰려들어 응급실은 아수라장으로 변했다.

화가 치밀고 속이 뒤틀렸지만, 환자의 상처는 생각보다 깊지 않았다. 해수는 그것만으로도 다행이라 여기며 험악하게 얼굴을 일그러뜨린 덩치들을 향해 일갈했다.

"방해되니까 보호자 분들은 밖으로 다 나가주세요. 잘난 형님한테 문제 생기면 다 당신들 탓이야!"

마음을 굳게 먹고 내질렀지만, 내심 두려웠다. 덩치가 눈을

260

까뒤집고 달려들지는 않을까. 이러한 예상과는 달리, 쭈뼛거리던 조폭들이 우르르 응급실 밖으로 빠져나가기 시작했다. 그 덕에 소동은 금세 정리되었지만, 응급실이 정상적으로 돌아가는 데는 제법 오랜 시간이 걸렸다.

"넌 대체 어디서 그런 깡이 나오냐? 겁도 없이."

뻐근해진 어깨를 휘두르며 커피를 들이켜는 해수에게 이주혁이 신기하단 듯 다가와 물었다.

제법 한산해진 응급실을 둘러보던 해수가 대답 대신 피식 웃을 때였다.

"비켜주세요! 복부 자상 환자입니다!"

응급실 입구가 일순 소란스러워졌다. 평소와 다를 바 없는 사이렌 소리가 굉음처럼 들려와 내면의 불안을 부추겼다.

해수가 알 수 없는 기시감에 미간을 좁힌 사이, 응급실과 외부를 잇는 자동문이 열리고 세 사람의 구급 대원이 이송용 침대를 밀면서 들어왔다. 그리고 침대 옆을 따르는 건 다름 아닌 김윤재, 지석의 비서였다.

눈이 크게 벌어지고 쿵, 심장이 떨어졌다.

해수의 몸은 의지와 상관없이 이미 자리를 박차고 일어난 뒤였다.

"소생실로 옮겨요, 어서!"

쉴 없이 바닥을 구르는 이송용 침대 아래로 중력을 이기지 못한 진홍빛 핏물이 뚝뚝 흘렀다. 칼에 베여 넝마가 된 손이 시트 밖으로 늘어진 채 흔들리고 있었다. 남자의 상태는 예상보다 훨씬 심각했다. 멸균 거즈를 밀어 넣고 지혈대로 압박했음에도 상처가 깊은지 좀처럼 복부에서 흐르는 피가 멈추지 않았다.

때마침 수술을 끝내고 퇴근을 준비 중이던 황 교수가 다급한 발걸음으로 소생실의 문턱을 넘었다. 일반외과 의료진들이 일제히 그의 뒤를 따랐다.

"HR 178. 너무 높아. 어레스트(심정지) 올 수 있으니 처치하는 동안 다 대기해."

말도 안 돼.

심장이 떨려 차마 그를 마주할 용기가 나지 않았다. 떨리는 손을 맞잡으며 소생실 앞을 불안하게 서성거리던 해수는 그대로 바닥에 주저앉아 고개를 떨구었다.

"아아…… 어떡해."

두 손으로 얼굴을 가리고 흐르는 눈물을 간신히 막았다. 그렇게라도 하지 않으면 결국 버티지 못하고 무너져 내릴 것만 같아서.

아니야. 이런 때일수록 내가 정신을 똑바로 차려야 해.

알면서도 해수는 비명이 튀어나올 것 같아 손으로 입을 틀어막았다. 이토록 심장이 여러 갈래로 뜯어지는데, 아무것도 할 수 없는 현실이 서러워 미칠 것만 같았다.

"후우."

속으로만 고통스럽게 몸부림치던 해수는 숨이 막힐 것처럼 답답해져 주먹을 쥐어 가슴을 힘껏 두들겼다.

바이털 사인 모니터에서 들려오는 일정한 박자의 소음, 복도를 바삐 오가는 의료진들의 일사불란한 발소리, 의료 기구들이 부딪히며 내는 서늘한 소리가 해수의 불안을 증폭시켰다. 그때, 서둘러 지석의 상태를 살핀 황 교수가 심각한 얼굴로 해수를 불렀다.

"블리딩이 너무 심해. HP는 계속 뛰고, BP는 계속 떨어지는 걸 보니 헤모퍼리(복강 내 출혈) 상태인 것 같고. 일단 수술실에 들어가봐야 알겠지만……."

이어지는 소리가 늘어진 테이프를 튼 것처럼 느슨하게 들렸다. 홀로 진공상태에 빠져 세상의 흐름이 일시에 멈춰버린 것 같았다. 이런 일이 일어날지도 모른다는 우려는 늘 해왔지만, 현실이 될 거라곤 미처 상상하지 못했던 탓이었다, 아니 기회를 놓친 건 자신이었다. 어쩌면 그는 마지막 발걸음을 떼기 전, 제게 잡아주길 바라고 찾아왔던 건지도 몰랐다.

가지 말라고 할걸…….

한동안 오기 힘들 거라고 말할 때부터 마음이 이상하게 불안했는데, 왜 붙잡지 못했는지.

금방이라도 쓰러질 것처럼 휘청거린 해수가 새파랗게 질린 얼굴로 중얼거렸다.

"사, 살려주세요……. 교수님, 제발."

더듬거리는 손으로 입을 틀어막았음에도, 정적의 상태로 눈을 감은 그를 보자마자 울컥, 절망과 슬픔이 속에서 복받쳐 올랐다.

"해수야! 괜찮아? 정신 좀 차려봐."

걱정 가득한 눈으로 그녀의 안색을 살피던 서연이 무너져 내리는 해수를 다급하게 감싸 안았다. 그리고 해수의 등을 쓰다듬으며 위로했다.

"괜찮아, 괜찮을 거야."

"안 괜찮아. 교수님도 불안하다고 했어."

"그건 일반 사람들 얘기고. 너도 알잖아, 대표님이 얼마나 강인한 사람인지."

생각해보니 서연의 말에도 일리는 있었다. 지난봄, 이보다 더한 상처를 입고도 굳건히 일어나 저를 경악하게 만들었던 남자가 아니었던가.

겨우 마음을 추스른 해수를 마주 보며 서연이 덧붙였다.

"수술실 들어가기 전에 얼른 가서 인사하고 와. 수술 잘 받고, 건강하게 웃는 얼굴로 만나자고. 금방 훌훌 털고 일어날 테니까 울지 말고 기다리자. 응?"

서연에게 몸을 기댄 해수가 힘없이 고개를 끄덕이며 그를 향해 다가갔다.

"……지석 씨."

이름을 혀끝에 올리자마자 참아온 눈물이 걷잡을 수 없이 쏟아졌다. 선혈로 낭자한 얼굴과 마주한 순간 가슴이 너무 아

264

파 제대로 숨조차 쉬기 어려웠다. 해수는 자꾸만 뜨겁게 역류하는 것을 삼키며, 거즈로 둘둘 감긴 남자의 손바닥 위로 자신의 손을 겹쳐 잡았다.

"내가 가라고 해도, 가지 않겠다며."

넝마처럼 헤진 손은 여전히 듬직했지만, 평소와 달리 창백하고 서늘한 온도가 가슴까지 파고든 듯 시렸다. 해수는 크게 숨을 들이마셨다.

"그런데 여기서 왜 이러고 있어."

자잘하게 떨리는 시선을 위로 들어 올리자 가위로 절단된 셔츠 사이로 참혹하게 벌어진 상처가 고스란히 드러났다.

"대체 어쩌다……."

불과 몇 시간 전, 제게 입 맞추며 기다려달라 말하던 남자에게 무슨 일이 있었던 걸까. 이해가 가지 않았다.

해수는 붉게 달아오른 눈을 질끈 감으며 그의 귓가에 속삭였다.

"금방 오겠다며……. 영원히 내 곁에 있겠다고, 어디도 가지 않겠다고 약속했잖아."

제발, 나 혼자 두지 마.

나는 당신 말고는 이제 아무도 없어.

당신 없는 삶은 내게도 아무 의미 없어.

살아가는 것조차도, 이제 나는.

"뭐라고 말 좀 해봐. 응? 빈말이라도 좋으니까."

해수는 찰랑거리는 눈시울을 깜박이며 가만히 숨을 골랐다.

잠시 멍하니 그를 바라보다가 흐트러진 남자의 머리칼을, 뺨을, 손을 애틋하게 어루만졌다. 그러는 사이 남자와의 거리가 벌어졌다. 맞닿은 손끝이 서서히 멀어지고, 이송용 침대가 미끄러지듯 수술실 안으로 사라졌다.

쿵!

수술의 시작을 알리는 불이 켜지고, 육중한 철문이 둔탁한 소음을 내며 눈앞에서 닫혔다.

chapter 24

나는 네게, 너는 내게

간이 의자에 앉은 해수는 눈을 감고 누워 있는 남자를 묵묵히 바라보고 있었다. 그러다 미약하게 새어 들어오는 빛에 아침이 왔음을 깨닫고 창가로 걸어가 블라인드를 올렸다.

어두웠던 병실이 금세 환해지고 구름 한 점 없는 새파란 하늘이 드러났다.

연이틀 내린 눈으로 인해 하얗게 얼어붙은 거리를 바라보던 해수는, 다시 침대로 시선을 옮기며 힘겹게 미소 지었다.

"좋은 아침."

수술은 성공적으로 끝났다. 하지만 해수의 간절한 바람은 하늘에 닿지 못했다. 혈압을 회복하지 못한 그는 여전히 의식 불명인 상태였다.

지석의 몸을 닦아주기 위해 이불을 젖힌 해수는 옅게 한숨을 내쉬며 침대 끄트머리에 걸터앉았다.

"지석 씨, 나 너무 무서워……. 그런데 보호자가 나약해지면 환자가 돌아올 길을 잃는대. 그래서 울지 않으려고."

해수는 물에 적신 거즈로 남자의 얼굴을 부드럽게 쓸었다.

새근새근, 옅은 숨소리가 들렸다. 감정을 죽이며 살아가던 제게 살아갈 이유를 일깨워주었던 뜨거운 숨이 손끝에 스쳤다. 해수는 꽉 닫힌 남자의 눈꺼풀과 입술에 생명을 불어넣듯이 꾹 입을 맞췄다.

너무 지쳐서 잠시 쉬고 싶었던 걸까. 그래서 그렇게나 아등바등 버틴 채 살아오던 삶을 놓아 버리려는 걸까.

"보고 싶어……. 너무 보고 싶고, 안고 싶어서 어떻게 해야 할지를 모르겠어."

의연하던 표정이 어느새 어두워졌다. 맞물린 입꼬리가 아래로 축 처졌다. 해수는 긴 잠에 빠져든 남자의 품에 얼굴을 묻고 막힌 숨을 터뜨렸다.

"……잠은 좀 주무셨습니까."

익숙한 기척에 돌아본 그녀는 가까이 다가오는 윤재를 슬픔에 잠긴 낯으로 바라보다가 고개를 돌렸다. 의식하지 못한 사이 고였던 눈물을 밀어내고 밝은 목소리를 내기 위해 애썼다.

"바쁘실 텐데, 이만 들어가세요. 지석 씨 깨어나면 바로 연락 드릴게요."

기업 오너가의 살인 미수 사건으로 인해 밤새 언론이 떠들썩했다. 지금이야 실명이 거론되지 않고 있지만, 작은 단서만으로도 진상이 밝혀지는 건 시간문제일 거였다. 가뜩이나 채 씨 일가의 문제로 인해 회사 안팎으로 시끄러운 상황이었다. 게다가 대표까지 의식을 잃은 상태니 최대한 시간을 벌면서

향후 대책을 마련해야 했다.

그 책임을 고스란히 떠안은 탓에 밤새 한숨도 자지 못한 윤재가 까칠해진 낯을 문질렀다.

"형수님 식사도 못 하셨을 것 같고, 꼭 전해드려야 할 것도 있어서 말입니다."

충혈된 눈으로 잠시 천장을 응시하던 윤재는 그렇게 말하며 테이블에 보온 가방을 내려놓았다. 가방에서 새어 나온 고소한 냄새와 함께, 잠시 무거운 정적이 감돌았다.

지석이 수술실에 들어가 있던 시각, 해수에게 경찰이 찾아와 사건의 진상을 알렸다. 그를 해한 것이 다름 아닌 채두식이란 걸 알게 된 해수는 속으로 비명을 질렀다. 당장에라도 채두식을 찾아가 멱살을 흔들며 왜 그랬냐고 따져 묻고 싶었다. 영원히 불타는 지옥에나 떨어지라고 저주를 퍼붓고 싶었다.

이미 모든 걸 다 알고 있는데, 더 전해줄 것이 있다니. 내가 모르는 사실이 더 있다는 뜻인가.

영문을 모르겠다는 듯 해수가 눈을 두어 번 깜빡이다 한숨을 쉬었다.

"저도 사실 궁금한 게 있어요……."

그건 바로 채두식이 지석을 해하려 했던 이유였다. 물론 채두식이 인두겁을 뒤집어쓴 악마라는 사실은 알고 있었다. 수십 년 동안 그의 꼭두각시 노릇을 해온 아버지, 비참하게 세상을 떠난 언니를 생각하면 채두식은 찢어 죽여도 시원찮을 인간이었으니까.

하지만 지석은 자신의 처지에 대해 가타부타 이야기한 적이 없었다. 각종 인터뷰를 통해 양아버지에 대한 존경을 드러냈고, 채두식 역시 남다른 애정을 보였다. 심지어 지석은 언니의 사고에 대한 진실을 알면서도 함구해오지 않았던가.

따라서 해수는 그와 채두식의 관계에 대해선, 언론에 비치는 모습이 전부일 것으로 어림짐작해왔다, 아니 그렇게 믿고 싶었다. 비록 채두식이 악귀 같은 인간이라 할지라도 지석에게는 평범한 아버지일 거라 믿어 의심치 않았다. 비참했던 제 삶과는 별개로 가족 없이 살아왔던 그의 남은 인생만은 흠잡을 것 없이 풍족하고 완벽하길 바랐으니까.

그런데 대체 왜…….

그런 까닭에 진실과 맞닥뜨린 순간, 해수가 받은 충격은 이루 말로 표현하기 어려웠다.

"회장이라는 사람이 그렇게 아끼던 아들을 상대로 직접 흉기까지 휘두른 이유가, 대체 뭔가요?"

사실, 이유를 짐작하는 건 어렵지 않았다. 해수가 언니의 죽음에 얽힌 비밀을 알게 되었고, 그에게 이별을 말한 직후 벌어진 일이기 때문이었다. 다만 그걸 머리로는 짐작하면서도 그의 삶을 망가뜨린 것이 자신의 탓만은 아닐 거라고 믿고 싶었던 거였다. 머릿속이 점점 더 복잡해졌다.

해수는 자꾸 새어 나오려는 한숨을 삼키며 윤재를 향해 걸음을 옮겼다.

"아무리 생각하고, 또 생각해도 이해가 잘 안 돼서요."

해수는 초조함에 입술을 깨물었다. 떨리는 두 손을 맞잡고 창밖을 응시하다가 고개를 돌리며 머뭇머뭇 입술을 뗐다.

"말씀해주세요. 그동안 무슨 일이 있었던 건지, 그 시간에 채두식과 만나야 했던 이유는 뭔지."

목소리가 자꾸만 잠겨서 말끝이 뭉개졌다. 애처로운 눈빛으로 해수를 보며 이해한단 듯 고개만 주억거리던 윤재가 재킷 안주머니에 손을 넣었다.

"……그게."

윤재는 빈손으로 미간을 긁으며 사건 당시 상황을 잠시 떠올렸다.

지석은 성북동으로 떠나기 직전 윤재에게, 서류를 전달한 후에도 자신과 연락이 닿지 않으면 미리 지정해둔 경찰에게 신고하라고 일렀다. 짐작한 대로 연락이 닿지 않았고 윤재는 경찰에 신고한 후, 관리인의 도움을 받아 채두식의 저택에 진입할 수 있었다.

달빛 아래, 6명의 장정이 선혈로 낭자한 잔디 위에 처참한 몰골로 널브러져 있었다. 그 위를 군림하듯 버티고 선 지석의 뒷모습은 늘 그랬던 것처럼 고요하고 강건했다. 그래서 괜찮은 줄로만 알았다. 드디어 모든 게 무사히 끝났구나, 지석이 의연하게 버텨냈다는 생각에 진심으로 안도했다.

— 대, 대표님!

지석의 손과 복부에서 검붉은 피가 흘러나와 셔츠를 적시고, 아래로 뚝, 떨어져 꽃잎처럼 번지는 걸 목격하기 전까지는.

챙!

채두식의 손에 쥐어져 있던 흉기가 날카로운 소음을 내며 바닥으로 떨어지자마자, 경찰들이 달려가 채두식을 현행범으로 긴급체포했다.

쓰러지던 지석의 몸을 비호처럼 달려가 간신히 받아낸 윤재는 여전히 코끝에 선연한 피 냄새를 떨쳐내듯, 힘겹게 숨을 몰아쉬며 상념에서 빠져나왔다.

"대표님의 마음이 기만과 배신에서 기인한 게 아니란 걸 알아주셨으면 합니다."

안주머니에서 손을 빼낸 그가 주먹 쥔 손을 서서히 펼치며 말을 이었다.

"아주 사소한 증거, 죄목 하나라도 놓쳐선 안 된다고 하셨습니다. 채두식을 칠 기회는 단 한 번뿐이니 발 뺄 생각조차 할 수 없게 총력을 기울여야 한다고."

마침내 활짝 열린 손바닥 위, 금장 단추와 타이 클립이 조명에 반사되어 빛을 발했다. 당황한 해수가 의미 모를 물건을 보고, 윤재를 빤히 보다가 다시 물건을 향해 눈을 내리떴다.

"……이게 뭐예요?"

심장이 두서없이 뛰어댔다. 그가 즐겨 착용하던 스타일의 액세서리는 분명히 아니었지만, 희미하게 남은 핏자국이 당시의 처참한 상황을 짐작하게 했던 탓이었다.

윤재가 굳어진 낯으로 대답했다.

"소형 녹음기입니다. 채두식과 나누었던 대화들, 여기에 하

272

나도 빠짐없이 기록되어 있습니다. 파일 전송해드리겠습니다."

떵, 소리와 함께 핸드폰이 점멸하며 메시지의 수신을 알렸다. 그대로 걸음을 옮긴 윤재가 병실을 나갔다.

해수는 손바닥으로 얼굴을 쓸어내린 뒤, 불안한 얼굴로 녹음 파일을 열고 재생 버튼을 눌렀다. 두 사람이 나눈 끔찍한 대화들. 쉭, 공기를 가르는 소리. 연이어 들리는 퍽, 퍽, 둔탁한 소음과 쿵, 사람들이 쓰러지는 소리. 채두식의 고함에 이은 지석의 짧은 신음, 그리고 웃음소리까지.

"아, 어떡해."

모든 진실이 거기에 있었다. 그가 얼마나 비참한 삶을 살아왔는지 비로소 알게 된 해수는 한참이나 가슴을 치며 울었다.

다음 날 새벽.

세상을 더럽히는 것들은 모조리 씻어내리기라도 하려는 듯, 밤새도록 창문을 두드리는 빗소리가 요란했다. 주룩주룩 갈라지는 빗물을 멍하니 응시하던 해수는 이내 시선을 내리고 남자의 목에 두 손가락을 모아서 갖다 댔다. 기운찬 맥박이 해수의 손끝에서 뛰었다.

안도한 그녀는 지석의 팔을 베고 품으로 파고들었다. 꿈을 꾸듯 편안하게 잠든 남자의 얼굴을 어루만지며 속삭였다.

"어디서 이렇게 헤매고 있는 거야. 내가 여기서 애타게 기다리고 있는데⋯⋯."

해수는 손을 뻗어 남자의 눈을 감쌌다. 따뜻한 온기가 전해지는 걸 느끼며 눈꺼풀을 만지고 흘러내린 머리카락을 쓸어넘겼다.

미간을 살짝 찌푸린 서늘한 인상이 저만 보면 주인 맞는 강아지처럼 풀어지는 게 신기했다. 해수는 그와의 추억 한 줌을 끄집어내며 지그시 눈을 감았다. 그렇게 햇살처럼 다정하던 미소가 스치듯 떠오를 때면, 행복하던 날들이 빛무리처럼 눈앞에 번지다가 속절없이 흩어져갔다.

늘 한결같이 다정한 그를 참 많이 사랑했다. 하필 그를 입양한 게 채두식이라 모질게 굴 수밖에 없었지만, 모든 걸 알게 된 지금도 그녀의 마음은 변함없었다. 그래서 더욱 현실을 받아들이기 어려웠다.

"지석 씨, 나 심심해. 오늘은 일어나. 응?"

듣는 이도 없는 이름을 부르고 고장 난 것처럼 몇 번이고 했던 말을 반복했다.

"내 말 듣고 있는 거지? 의식이 없어도 청각은 살아 있다는데, 무슨 말을 해야 당신이 돌아와줄까."

해수는 얼룩진 눈으로 남자의 얼굴을 더듬어 가다 억지로 입꼬리를 끌어올렸다. 분명 입은 웃고 있는데, 부풀어 오른 두 눈에 눈물이 그렁그렁 맺혔다.

"고백 하나 할까? 사실 나, 지석 씨를 미워한 적이 한 번도 없어, 아니 당신을 미워하고 싶은데도 미워할 수가 없었어."

274

주사 하나로 티격태격했던 날도, 배려심이라곤 없이 불쑥불쑥 나타나 자신을 곤란하게 만들던 때도, 말 같지도 않은 계약서를 내밀었을 때도, 심지어 진실을 알게 된 그 순간까지도.

"하아."

그를 용서할 수 없었던 이유가 미워한 적이 없기 때문이란 걸 깨달은 해수는 입술을 깨물며 조금 허탈한 듯이 웃었다. 그러다 침대에서 내려와 습관처럼 카메라 앱을 켜고 그의 얼굴을 프레임 안에 담았다.

찰—칵.

이렇게 대충 찍었는데도 어둠을 뚫고 나오는 근사함이 어이없어 또 웃었다.

헛된 웃음이 길어질수록 의지와는 상관없이 눈물이 고였다. 해수는 링거 줄을 주렁주렁 매단 그의 손등에 뺨을 문지르고 입을 맞췄다.

"제발 눈 좀 떠봐. 나 지석 씨한테 하고 싶은 말도, 같이 하고 싶은 것도 너무 많아……."

그는 끝내 대답해주지 않았다.

해수는 옅은 숨소리에 맞춰 오르내리는 남자의 가슴에 힘없이 이마를 기댔다. 울지 않겠단 약속을 지키지 못한 채 울먹이며 녹음 파일에 저장된 음성을 떠올렸다.

— 제가 너무 아끼는 사람입니다. 너무 아껴서…… 더럽고 역겨운 이 집안 때문에 아파하는 걸 보고 있기가 힘듭니다.

그가 채두식을 찾아간 이유는 결국 자신을 위함이었다. 뫼비우스의 띠처럼 얽히고설킨 고리를 모조리 끊어내고, 온전히 제게로 오기 위한.

떨리는 목소리가 고요한 병실을 울렸다.

"내가 잘못했어. 믿어주지 못해서 미안해. 내가…… 내가 너무너무 미안해."

자신이 나약하게 굴지 않았더라면, 조금만 더 이성적으로 생각하고 용기를 내 그를 믿었더라면, 이런 일이 벌어지지 않았을까. 다 자신의 탓인 것만 같았다.

해수가 끝내 눈물을 뚝뚝 흘리며 그를 와락 끌어안으려던 순간이었다.

탁.

허공에서 뻗어온 손이 해수의 손목을 부드럽게 움켜쥐었다.

꿈인지 현실인지 모를 공간을 정처 없이 헤매던 지석은 오랜 잠에서 깨어나 천천히 눈을 떴다. 균열이 간 무의식의 사이로 장막이 걷힌 듯 미약한 빛이 들더니 심연에 가라앉아 있던 의식이 차츰 떠오르는 게 느껴졌다.

여기가 어디지?

의문과 함께 머리가 깨질 듯한 통증이 일었다. 그가 작게 신음하며 눈을 감고 미간을 찡그릴 때였다.

"……너무너무 미안해."

창문을 두드리는 빗소리와 가습기 소음에 섞여든 흐느낌이 물속에 머리를 담근 것처럼 먹먹하게 들려왔다. 그와 동시에 부드러운 살결이 손끝에 스쳤다. 누구인지 굳이 떠올리지 않아도 알 수 있을 만큼 포근하고 익숙한 향기와 함께. 힘겹게 몸을 뒤척이며 그녀의 흔적을 더듬어가는 동안 둔탁했던 감각이 서서히 되돌아왔다.

……해수야.

지석은 자신도 모르게 손을 뻗어 그녀의 손목을 잡으며 가늘게 눈을 떴다. 여전히 정신은 흐릿했다. 시야가 온통 뿌옇게 물들어 어떤 상황인지조차 당장 파악하기 어려웠다. 그때, 두통으로 인해 죄어오는 이마 위로 다급한 목소리가 쏟아졌다.

"지석 씨! 정신이 들어? 내 목소리 들려?"

들리지 않을 리가 있나.

무의식중에도 내내 찾아 헤맸던 음성이 귓가에 닿은 순간 소란스럽던 뇌리가 고요해지고, 머리를 짓이기던 두통에서 해방되었다. 마침내 해수의 얼굴이 또렷하게 보이자, 지석이 희미하게 웃으며 고개를 끄덕였다.

"들려. 아주 잘 들려."

흐릿하던 그녀의 눈동자에도 여명이 밝아오듯 점차 빛이 스며드는 게 보였다.

"고마워. 정말 고마워요. 나는, 너무 무서웠어. 당신이 다시 돌아오지 않을까 봐……."

해수는 아무렇지 않은 척 태연하게 말하려다, 울음이 울컥 터져서 입을 꾹 다물고 감정을 한 번 추슬렀다. 그래도 못 참겠는지 결국 몸을 돌리고 섰다.

"네가 여기 있는데 내가 어딜 가."

지석은 끔찍한 고통에 표정을 일그러뜨리면서도 한 손으로 침대를 짚고 급하게 상체를 일으켜 앉았다. 침대 헤드에 기대앉아 해수의 몸을 돌려세우고, 다른 한 손도 마저 뻗어 손바닥으로 그녀의 뺨을 감싼 채 엄지손가락으로 눈물을 닦아냈다.

"미치게 보고 싶었어……."

제 볼을 감싼 손등에 손을 겹쳐 깍지 낀 그녀 역시 덩치를 키운 파도에 휩쓸리듯 일렁이는 감정을 숨기지 않고 쏟아냈다.

"나도…… 보고 싶었다는 말로는 부족할 만큼 못 견디게 보고 싶었어요. 사실 지금도 겁이 나. 이게 꿈은 아닐까. 꿈이면 난 이제 어떡해야 하나."

그녀의 진심 어린 눈빛에 덜컹 굳어 있던 심장이 서서히 움직이는 게 느껴졌다. 차게 식어 역류하던 피가 본디 온도와 흐름을 되찾았다.

"이리 와."

지석은 머뭇거리는 해수를 끌어당겨 제 허벅지 위에 앉히고서 관자놀이에 입술을 꾹 눌렀다.

"안아줘. 사랑한다, 말해주던지. 아니면 둘 다 해주던지. 해 보면 알겠지. 꿈인지, 아닌지."

그가 깨어났다는 사실이 실감 나지 않아 내내 울먹이던 해수는 망설임 없이 팔을 뻗어 지석의 목을 끌어안았다.

"이제 꿈이 아니란 건 알겠어. 이렇게 따뜻한 품은 세상에 하나뿐이거든."

가슴이 벅차올랐던 지석은 말이 끝나기도 전에 해수의 허리를 강하게 당겨 안았다. 그녀가 숨쉬기 답답할 정도로 꽉 옭아매고 고개를 숙여 포개진 아랫입술을 삼켰다.

쪽쪽, 몇 번이고 입을 맞추고 입술을 비볐다. 입술이 벌어진 틈을 타 뜨거운 숨을, 혀를 밀어 넣었다. 낮은 탄식 소리와 함께 진득한 입맞춤이 이어지며 체온이 한데 섞였다.

나는 네게, 너는 내게 전부야.

숨과 숨이 이어져 있는 이 순간, 모자란 호흡을 그녀의 숨결로 대신하며 살아 있음을 느꼈다. 첫 키스인 것처럼 정신이 격렬하게 흐려지고 있었다.

여명이 밝아오는 겨울 아침, 어느덧 비가 멎고 한 줄기 햇살이 하나로 엉긴 인영을 비췄다.

둘은 가만히 시선을 마주한 채 울고, 또 웃었다.

그날 오후, 간단한 검사를 마친 지석은 해수의 손을 덮어 쥐고서 맑게 갠 하늘정원을 함께 걸었다.

좀 더 경과를 지켜봐야 했지만, 그는 2일 동안 의식을 잃은 사람이라고는 믿기 어려울 만큼 짐승 같은 회복력을 보였다. 황 교수는 학계에 보고할 만한 일이라며 혀를 내두르면서도 격렬한 운동은 당분간 삼가야 한다는 조언을 잊지 않았다.

"다 들었어요. 녹음 파일."

바닥에 고인 물을 피해 걷던 해수가 씁쓸하게 웃으며 그의 옆에 바짝 붙어 섰다.

비가 그친 뒤라 바람이 찼다. 하지만 한겨울의 오후였음에도 서늘하기보다는 청명한 느낌이라 한결 기분이 산뜻해졌다.

뺨을 스치는 바람의 방향을 따라 시선을 내린 그가 해수의 머리카락을 귀 뒤로 넘겨주며 이미 짐작했다는 듯 고개를 끄덕였다.

얕게 한숨 쉰 해수가 할 말을 고르며 마른침을 삼켰다. 잡고 있던 손에 조금 더 힘을 주고서 내내 마음에 걸렸던 말을 꺼냈다.

"난 그런 줄도 모르고 그들과 지석 씨를 하나로 엮어가며, 지긋지긋하다고……."

"그런 생각 하지 마. 널 이해시키지 않고 멋대로 밀어붙인 내 잘못이니까."

자리에 멈춰 선 지석이 어르는 듯한 목소리로 말하며 그녀를 돌려세웠다. 돌아선 해수의 말간 뺨을 쓸고, 어여쁜 얼굴을 가만히 어루만졌다.

"넌 충분히 화낼 만했어. 내가 너였다면, 아마 더하면 더했지 덜하진 않았을 거야. 그러니까 나한테 화가 나면 화내고,

욕하고 싶으면 욕해."

짧은 침묵이 지나가고, 뭐라 대답해야 할지 몰라 잠시 망설이던 해수는 고개를 끄덕이며 지석의 손을 제 가슴께로 가져갔다. 소중한 것을 다루듯 품에 안고 손등에 입을 맞추었다. 붕대를 감은 손등을 제 볼에 문질렀다.

"이상하게 당신한테는 화가 안 나. 가엾고 안쓰러워서 그냥 안아주고 싶어. 내 기분이 그러고 싶대."

다른 건 아무래도 상관없었다. 더는 그를 불안 속에 홀로 남겨두고 싶지 않았다. 누군가를 향한 원망과 분노가 결국 터져 나가지 못한 채 막혀버린다 해도 결국, 이 남자를 선택하게 될 테니까.

"그리고 사실은……."

해수는 잠시도 떨어지기 싫은 마음을 담아, 그에게 진심 어린 감정을 전했다.

"지석 씨가 다시는 날 찾아오지 않을까 봐. 이젠 나 싫다고 할까 봐. 솔직히 겁났어."

그 말에 지석이 귀엽다는 듯, 마치 그럴 줄 알았다는 듯이 코끝으로 슬쩍 웃더니 가녀린 어깨를 완전히 감싸 안았다.

해수는 더 밀착하기 위해 그의 허리에 팔을 둘렀다. 맞닿은 피부가 두근거리는 걸 느끼면서 말을 이었다.

"그래서 혹시라도 그렇게 나온다면, 회사로 찾아가서 애원이라도 할 생각이었어요. 나 버리지 말아달라고."

"해수야."

잠자코 듣던 지석이 나직이 해수를 불렀다. 가까이서 빤히 바라보다가 찡그리듯 웃으며 두 뺨을 감쌌다.

"나는 너를 사랑하려고 태어난 것 같다는 생각을 가끔 해. 그러니 애원은 내가 해야지."

사랑스러워 못 견디겠다는 듯 해수의 동그란 이마에 입술을 꾹 눌렀다. 뜨거운 숨이 가슴에 고이는 걸 느끼며 그녀를 안고 정수리에도 쪽쪽 입을 맞췄다.

"이렇게 예쁜 행운이 내게 왔는데, 기어도 내가 기고 빌어도 내가 빌어야지."

해수는 그의 등을 다정하게 쓸었다. 사랑스러운 눈길로 바라보는 남자를 보며 벅찬 숨을 고른 뒤 말했다.

"지석 씨가 더는 힘들지 않았으면 좋겠어. 물론 진실을 밝히기 위해 아직 해야 할 일이 많다는 건 알지만, 이제 다치지 않았으면 좋겠어. 내가 지금 바라는 건 그게 전부야."

아무렇지도 않게 웃으며 걸음을 떼는 해수를 향한 눈이 벅찬 감정에 흔들렸다. 둘의 행복이 이제는 같은 선상에 놓였다고 말해주는 것 같아서. 지석은 걸치고 있던 코트를 벗어 앞서 걷는 그녀의 어깨를 감쌌다. 나란히 걸으며 입을 뗐다.

"말했잖아. 내가 겪어온 고통엔 다 이유가 있는 거라고. 내가 힘들지 않으려면, 네가 행복해져야 해. 그러니까……."

그가 느릿하게 숨을 들이마시곤, 한참 멈추었다가 날숨과 함께 속삭였다.

"힘든 일도, 괴로운 일도, 슬픈 일도 무조건 나한테 다 말해. 아주 사소한 일도 털어놓고 의지해. 그렇게 조금씩, 행복한 게 당연한 사람처럼, 이 세상에 슬픔 같은 건 존재하지 않는 사람처럼 행복해지는 거야."

걸음을 멈춘 해수는 햇살이 비쳐 부신 눈을 감았다가 천천히 떴다. 그의 머리 위로 내리쬔 햇살이 부드럽고 포근했다. 해수는 빛줄기처럼 흘러내린 남자의 머리카락을 다정하게 매만지다가 이마 위로 손을 뻗었다. 이마 부근에 작은 그림자가 드리웠다. 그늘진 지석의 얼굴 위에 햇살 같은 미소가 번졌다.

병실로 돌아온 두 사람을 반기는 건, 방대한 크기의 잔소리 폭탄이었다.

"피하셨어야죠. 그걸 왜 보고 계셨습니까. 살아왔으니 망정이지. 정말 위험천만한 상황이었습니다!"

손을 잡고 들어오던 두 사람과 맞닥뜨린 윤재는 안도한 동시에 여유를 잃어 다소 거칠어진 목소리로 말했다.

"제가 늦었으면 어떻게 하려고 하셨던 겁니까? 무슨 짓을 할 줄 알고요!"

지석을 찌르던 당시, 채두식은 모든 걸 체념하기 직전의 사람처럼 악에 받쳐 보였다. 따라서 경찰이 들이닥치지 않았다면 어떤 일이 벌어졌을지 아무도 모르는 일이었다.

생각만으로도 섬뜩해진 윤재가 굳어진 얼굴을 풀고 지석에게 다가갔다. 정말 멀쩡한 건지 눈으로 살피며 다소 누그러진 목소리로 말을 이었다.

"아무리 마음이 급하다 해도 세상에는 법이라는 게……."

길고 긴 타박에 지쳐 눈을 감은 지석이 그만 좀 떠들 순 없겠냐 말하듯 성가시다는 얼굴로 미간을 바짝 좁혔다.

"그런 인간들을 상대로, 정정당당하게 법으로 대응하는 게 과연 가능할까? 얄팍한 혐의로 집어넣어봤자 건강 악화니 뭐니, 뭣 같은 핑계로 병원에서 몇 달씩 호의호식하다 슬슬 기어나올 게 뻔한데."

채두식이 어떤 인간이던가. 사회 공헌 사업을 이용하여 암흑계 이미지마저도 말끔히 세탁해버린 악랄한 인간이었다. 따라서 그들을 나락으로 떨어뜨리기 위해선 대중의 부정적인 여론을 형성해야 했고, 자극적인 이벤트로 언론의 주목을 받아야 한다는 것이 지석의 부연 설명이었다. 황당하게 느껴질 만큼 태연한 대답이었으나 오랜 세월 곁에서 모든 걸 지켜봐온 윤재로서는 이해가 되지 않는 것도 아니었다.

복잡한 표정으로 한 손을 허리에 둔 채, 한 손으로 머리카락을 헤집은 윤재가 지친 듯 의자에 털썩 주저앉았다.

"하……. 어쨌든 진짜. 저 며칠 사이 10년은 더 늙은 것 같습니다. 여기 흰머리 난 거 보이십니까?"

한편, 두 사람의 대화에 섣불리 끼어들지 않고 눈만 굴리며 경청하던 해수의 얼굴이 순식간에 굳었다.

지석의 말인즉, 채두식이 칼을 겨눌 것을 알면서도 피하지 않았다는 뜻이었으니까. 그렇게까지 해서라도 악연을 끊고 싶었던 마음을 이해하지 못 하는 건 아니었지만, 더는 그가 위험에 처하지 않길 바라는 마음이 우선이었다.

그녀는 하얗게 질린 얼굴로 지석에게 다가갔다. 두 손으로 뺨을 감싸 자신을 똑바로 보게 한 뒤에 아연한 얼굴로 다그치듯 말했다.

"그게 지금 무슨 말이야? 아무리 증거가 중요하다지만 목숨보다 중요한 건 세상에 아무것도 없어."

해수는 2일 전, 윤재가 건넨 녹음 파일을 듣는 내내 심장이 쪼그라드는 기분을 느꼈다. 그의 목에 큰 상처를 낸 피습 사건 역시 채두식의 짓이라는 말을 들은 순간엔, 자신도 모르게 험한 말이 튀어나올 뻔했다. 너무나도 끔찍해서 상상하기조차 싫은 일이었건만, 정작 지석은 신경 쓸 것 없다는 듯 대수롭지 않게 대답했다.

"하루라도 빨리 모든 걸 해결하고 네 곁으로 돌아가야 했으니까. 나한테는 목숨보다 그게 더 중요한 일이었어."

농담 같은 그의 말에 울컥한 해수가 순간 마음을 추스르지 못하고 소리치듯 언성을 높였다.

"누가 그런 말 듣고 싶대? 당신 다치는 거 싫다고 분명히 말했잖아. 해결하면 뭘 해. 다시는 못 만날 뻔했는데!"

역설적이게도, 그녀의 불만스러운 목소리에서 자신을 향한 깊은 마음을 느낀 지석은 환하게 웃음을 터뜨렸다.

해수를 달래기 위해 제 뺨을 감싼 그녀의 손등을 부드럽게 쓰다듬으며 손바닥에 얼굴을 기댔다.

"화내지 마. 다시는 이런 일 없을 거야. 이젠 나도 무서워.
널 못 보게 될까 봐."

해수는 불과 반나절 전까지 죽은 듯 누워 있던 지석의 얼굴
을 떠올렸다.

그가 길을 잃고 헤매는 사이, 자신 역시 용암으로 뒤덮인 지
옥을 맨발로 걷는 기분이었다. 지금 역시 마찬가지였다. 이렇
게 닿아 있는데도 신기루처럼 사라져버리진 않을까, 순간순간
겁이 났다.

한동안 지석의 얼굴을 바라보던 해수가 그에게 잡혀 있던
손을 뗐다. 격해진 감정을 가라앉히지 못한 얼굴로 고개를
끄덕이고는 더는 대화를 잇지 않기 위해 병실을 떠나버렸다.

다음 날, 해수는 온종일 병동과 연구실을 오가며 바쁜 시간
을 보냈다.

병원 일에 마냥 손 놓고 있을 수 없었고, 새 학기에 접어들
어 시험공부에 열중하기 위해선 업무를 미리 정리해둬야 했기
때문이었다. 무엇보다 그가 왜 그런 행동을 할 수밖에 없었는
지 고민하고 이해하는 시간이 필요했다.

채두식에게 가기 직전, 제게 찾아와서 했던 말들을 떠올리
면 여전히 가슴이 날카로운 것으로 찢기는 기분이 들었지만,

어수선해진 생각을 붙들고 거듭 고심했다. 그러다 보니 결국 남은 건 자신을 위해 모든 걸 포기하려 했던 남자에 대한 미안함과 안쓰러움, 걱정 따위였다.

채두식은 자신뿐 아니라, 지석에게도 씻을 수 없는 상처를 주었다. 가족이라 믿었던 아버지에게 배신당한 기분을 어느 누가 섣불리 이해할 수 있을까.

해수는 낮게 숨을 내쉬면서 무심코 창밖을 내려다보았다. 혼란스러운 시야 사이로 따사로운 조명이 뭉텅뭉텅 내려앉은 풍경이 스친다. 크리스마스를 앞둔 거리는 화려한 빛과 들뜬 사람들의 표정으로 한층 더 평화로워 보였다.

무수히 떠오르는 정념들이 밀려나기만을 기다리던 해수는 마침내 제 머릿속만큼 어지러이 펼쳐둔 참고 자료를 정리하고 몸을 일으켰다. 어쨌든 그는 제자리로 돌아왔고, 자신이 할 수 있는 일은 망가진 그의 내면을 살피고 고쳐주는 일이었다.

시간은 어느덧 6시, 저녁 식사가 담긴 트레이를 들고 내려온 해수가 만면 가득 미소를 머금으며 병실 문을 밀었다.

"채지석 환자분, 저녁 식사……."

끼익―.

경쾌한 소리와 함께 문이 활짝 열리자마자, 병실 안의 풍경을 마주한 해수의 눈동자가 둘 곳 없이 흔들렸다. 소파에 앉아 지석과 심각하게 이야기를 나누던 사람은 그새 머리가 더 하얗게 센 아버지였다.

"오셨어요."

엉거주춤 문 앞에 선 해수는 고개 숙여 인사한 후, 아버지의 맞은편에 앉은 지석을 바라보았다.

문이 열리자마자 허리에 스프링이라도 단 듯 반사적으로 몸을 일으킨 지석이 몇 걸음 만에 해수와의 거리를 좁혀왔다.

"무거운 거 들지 마."

"이게 뭐가 무겁다고."

"내가 무겁다면 무거운 거야. 내 앞에선 깃털 하나도 들지 마. 무조건 나 시켜."

극성맞은 부모처럼 말한 그는 해수의 손에 들린 트레이를 받아 들고, 소파로 이끌어 자리에 앉혔다. 그러고는 그녀에게 시선을 붙박인 채 곁에 꼭 붙어 앉았다.

"오늘 바빴어? 저녁은? 다리 주물러줄까? 기분은 풀렸어?"

"정신없어……. 하나씩 물어봐요."

해수는 끝도 없이 이어지는 질문에 어이없어하면서도 콧등을 찡긋하며 웃음을 터뜨렸다.

두 사람의 다정한 모습을 지켜보던 윤성태의 얼굴에 찰나 따사로운 빛이 스쳐갔다. 물을 한 모금 마시며 낮게 목을 가다듬은 윤성태가 중후한 목소리로 해수의 안부를 물었다.

"……많이 놀랐겠구나. 지석이가 무사해서 정말 다행이다."

해수는 시선을 어디에 두어야 할지 몰라 제 손끝만 물끄러미 응시했다. 시선뿐만 아니라, 무슨 말을 먼저 꺼내야 할지 갈피가 잡히지 않았다. 진실을 알게 되었던 날, 아버지를 향해 매몰차게 쏘아붙였던 말들만 머릿속을 빙빙 맴돌았다.

그런 딸의 마음을 읽고 잠시 숨을 고른 윤성태가 단호하게 굳힌 얼굴로 다시 말문을 열었다.

"내가 오늘 온 이유는 다름이 아니라……."

"……."

"내게 마지막으로 기회를 주었으면 해서."

해수는 머리를 한 대 얻어맞은 사람처럼 멍한 얼굴로 고개를 들었다.

똑똑하고 올곧은 성품을 가진 딸이었다. 어린 나이에 엄마를 잃고, 너무도 일찍 철이 든 딸을 안쓰럽게 바라보면서 윤성태가 말을 이어갔다.

"나로 인해 얽히고설킨 악연이다. 내 손으로 그 더러운 고리, 완전히 끊어낼 기회를 달라는 말이다."

아버지를 향한 해수의 눈동자 위로 여러 가지 감정이 겹겹이 쌓여갔다.

"그게, 대체 무슨 말씀이세요?"

어긋난 인연의 시작은 해수의 엄마, 우연희의 병원비였다. 당시만 하더라도 암 수술비와 항암 치료에 드는 비용은 지금과 비교하기 어려울 만큼 상당한 고액이었다. 우연희가 보육원을 운영하면서 서서히 균열이 가던 재정 상태는 2차례에 걸친 그녀의 수술비와 치료비로 인해 더는 막을 수도 없을 만큼 커다랗게 구멍이 나버렸다.

"그렇다고 해서, 악마 같은 인간들의 꼭두각시로 살아온 내 업보를 사죄받을 순 없겠지만 말이다."

윤성태가 돈을 마련하기 위해 백방으로 노력했음에도 치료비를 감당하기에는 역부족이었다. 다른 이의 불행과 증오를 좀먹고 살아가는 악마가 이런 기회를 놓칠 리 없었다. 거액의 병원비로 인해 허덕이던 윤성태에게 채두식은 거절하기 어려운 마수를 뻗었고, 윤성태는 잘못된 길임을 알면서도 결국 유혹을 떨쳐내지 못했다. 사랑하는 아내가 죽어가는 것을 가만히 앉아 볼 수만은 없었기 때문이었다.

"난 헛된 삶을 살아왔어. 너라도 지켜내기 위해 그저 입 다물고 있는 게 상책이라 여겼지만 내가 틀렸어. ……아주 어리석은 생각이었지."

아내를 살리기 위해 손을 잡은 악마가 결국, 제 딸의 목숨까지 앗아가리라곤 그 역시 상상하지 못했을 터였다.

"하."

짧게 심호흡한 해수는 가시나무처럼 야윈 아버지의 목울대가 위아래로 움직이는 걸 보며 생각에 잠겼다. 무슨 수로 그들에게 맞서겠다는 걸까. 지금으로선 아버지가 무슨 생각을 하는 건지 전혀 알 수 없었다. 맞선다 한들, 과연 그 잔악한 인간들이 아버지를 가만히 내버려둘까.

그럴 리가 없잖아…….

상상만으로도 가슴이 철렁 내려앉았다.

긴장한 해수가 떨리는 손을 꾹 쥐며 미간을 찌푸리자, 커다란 손이 뻗어와 그녀의 손을 덮었다. 그리고 엄지로 부드럽게 손등을 쓸었다. 해수가 고개를 돌리자 눈이 마주쳤고, 지석은

"나 여기 있어. 힘들면 말해." 속삭이며 고개를 끄덕여주었다.

사소한 말과 눈빛, 손에 얹힌 무게감이 뭐라고 이토록 깊은 안도감을 주는 건지.

해수는 그 마음에 화답하듯 옅게 웃으며 고개를 끄덕였다. 닥쳐오는 현실은 버거웠지만, 마냥 주저앉아 관망할 수만은 없는 일이라 생각하면서 힘겹게 입을 열었다.

"……혹시 좋은 생각이라도 있으신가요?"

모든 게 명확해졌고, 의지할 수 있는 든든한 조력자도 제 곁에 있었다. 따라서 이제는 방향을 정하고 맞설 준비를 해야 할 때였다.

해수의 얼굴에 떠오른 의지를 읽어낸 윤성태 역시 심지가 곧게 선 표정으로 환하게 웃으며 대답했다.

"내가 출연하는 프로그램에서 그들의 악행에 대해 낱낱이, 하나도 빠짐없이 고발하고 또, 자백할 생각이다."

머리가 굳은 것처럼 멍해진 해수는 당황하여 한 박자 늦게 되물었다.

"네? 자백? 그, 그게 대체……."

"오래전부터 생각해온 일이었어. 그들에게 세상의 이목을 집중시키기 위해선 이게 내가 할 수 있는 최선이라 생각한다."

담담하게 자신의 잘못을 시인하는 윤성태의 얼굴은 전과 달리 홀가분해 보였다. 반면 해수의 얼굴은 점점 어둡게 일그러졌다.

"아빠. 나는, 나는……."

늘 당당하고, 누구에게나 칭송받던 아버지의 모습이 번개처럼 뇌리를 스쳤다. 이렇게 되길 바란 건 아니었다. 그만하고 싶었다. 아버지에 대한 미움도, 원망도, 제 속을 휘저은 분노마저도, 더는 남아 있지 않기를 간절히 바랐다. 그런 해수가 할 수 있는 일이라곤 그저, 속에서 휘몰아치는 아버지에 대한 감정들을 꾹꾹 억누르고 집어삼키는 것뿐이었다.

"네 마음 하나 제대로 보듬어주지 못하고 혼자 둥둥 떠다니게 내버려둔 거……. 그땐 그게 사랑이라 착각했고, 널 강하게 만들어주기 위한 일이라고 생각했다."

윤성태의 뒤늦은 고백에 해수는 서럽게 흐느꼈다. 뜨거워진 제 눈가를 연신 쓰다듬어주던 지석의 팔을 붙들고 손톱이 살에 박히도록 꽉 쥐었다.

"미안하다. 해수야. 형편없는 아빠 밑에서 이렇게 훌륭하게 자라줘서, 정말 고맙다……."

해수의 목에서 끅끅, 억눌린 울음이 새어 나왔다. 고개 숙인 채 눈물만 뚝뚝 흘리는 딸을 지켜보기 힘겨웠던 윤성태가 고개 돌려 지석을 바라보았다.

"가난했던 마음들……. 서로서로 풍족하게 채워주면서, 행복하게 살아주게. 나는 그거면 충분해."

"……아빠."

뜨겁게 달궈진 모래를 한 움큼 집어삼킨 것처럼 목구멍이 욱신거렸다. 해수는 자리를 박차고 일어나 아버지의 품에 안겼다. 마음의 짐을 켜켜이 쌓아온 세월이 방류하는 댐에서 흘러나온 물살처럼 순식간에 해수를 휩쓸고 지나갔다.

　　　　　　　　🔑

　윤성태가 병실을 나간 후, 탈진하기 직전까지 눈물을 쏟아
낸 해수는 지석의 옆에 마주 보고 누웠다. 한쪽 팔을 세워 머
리를 기댄 그는 묵묵히 해수를 내려다보고 있었다.

　너무 많은 감정을 터뜨린 탓에 기진맥진해 있던 해수가 힘없
이 중얼거렸다.

　"아니란 거 아는데, 그냥 다 내 탓인 거 같아."

　"아닌 거 알면 됐어. 그만 생각해. 정 떠올릴 게 없으면 내
생각이나 하던가."

　그녀의 마음을 이해한다는 듯, 다만 섣불리 위로의 말을 꺼
내는 대신 장난스레 꺼낸 지석의 대답에도 기분이 쉽게 나아
지지 않았다. 붉게 달아오른 시선을 들어 그의 얼굴을 한참이
나 바라보아도 마찬가지였다.

　"그게, 생각처럼 잘 안 돼. 그리고 당신을 생각해도 마찬가
지야."

　해수는 희고 가느다란 손가락을 뻗어 지석의 몸을 감싼 붕
대를 덧그리듯 매만지며 크게 한숨을 내쉬었다.

　"나 때문에 지석 씨도 다친 거잖아."

　힘 있는 팔이 해수의 몸을 잡아끌었다. 퍼즐을 맞춘 듯이
딱 맞아떨어지는 품 아래, 겹쳐진 심장이 요동쳤다. 지석이 픽

웃으며 해수의 이마에 제 이마를 맞댔다. 인내심을 시험하듯 만져대는 손가락을 잡아 아프지 않게 끝을 살짝 깨물며 대답했다.

"너 때문이 아니야. 굳이 잘잘못을 따지자면, 너를 목숨보다 더 아끼는 내 사랑을 탓해야겠지."

"아니라고 해도 그렇게 생각할 수밖에 없어."

해수가 핀잔하듯 말하자 그녀의 기분을 조금이라도 풀어주고 싶었던 지석이 느긋한 미소로 다정하게 대꾸했다.

"그럼 그렇게 생각해. 혹시 알아? 울고 싶은 만큼 울고 나면 생각이 좀 달라질지."

그런 그를 바라보던 해수가 또 눈물이 날 것 같았는지, 머뭇거리며 말했다.

"나는, 아빠가 그러지 않았으면 좋겠어. 언니한테는 너무 미안한 말이지만, 더는 가족이 무너지는 걸 보고 싶지 않아."

그녀의 말에 지석이 고개를 끄덕였다. 해수의 허리를 안아 부드럽게 제 쪽으로 당기고 진귀한 보물을 대하듯 손가락 하나, 하나 쓰다듬던 그녀의 손을 끌어 제 허리에 둘렀다.

"나는 아버님이 무너질 거라고 생각 안 해. 조금 다르게 생각해보면, 마음의 짐을 모두 내려놓고 홀가분해지고 싶은 건지도 모르는 거니까."

지석의 말을 듣고 보니 아버지의 결정을 존중해야 한다는 생각이 들었다. 하지만 머리로는 이해했으나, 마음으로 받아들이기 쉽지 않았다.

해수는 크게 숨을 들이마셨다. 그리고 착잡한 마음을 숨기기 위해 환하게 웃었다.

"그런가. 아직 잘 모르겠어. 머리가 복잡해."

"힘들어도 고민해봐. 아버지도, 나도 아닌, 정말 네가 원하는 게 뭔지. 생각하고 또 고민하다 보면 답이 나오겠지. 윤해수는 똑똑하니까."

정말 그러다 보면 답이 보일까, 생각하던 그녀는 잠이 올 것 같은 기분이 들어 고개를 끄덕이며 가물거리는 눈을 감았다. 점점 잦아드는 목소리로 속에 있는 말을 잠꼬대처럼 속삭였다.

"응. 그렇게. 그리고 어제 그렇게 가버려서 미안했어."

"미안한 것도 많지, 우리 해수는."

"그냥 덜컥 겁이 났던 거 같아. 왜냐면…… 나는 당신이 너무너무 좋아서, 언젠가 찾아올 이별을 상상하는 것조차 늘 두려웠거든."

지석은 머리맡에 놓인 리모컨을 들어 조명을 어둡게 조절하고, 블라인드를 내렸다. 어둠 속에서도 별빛이 내려앉은 것처럼 빛나는 얼굴을 쓰다듬고 벅찬 숨을 내쉬며 그녀의 등을 부드럽게 쓸어 올렸다. 감당하기 어려운 일들이 이어진 탓에 혼란스럽고 마음고생이 극심할 텐데도, 어른스럽고 담담함을 유지하려는 태도에 가슴이 뭉클했다.

해수의 머리카락과 얼굴을 한참이나 조물거리던 지석이 참지 못하고 입술을 내렸다. 그녀의 입술에, 입가에, 코 그리고 이마에 순차적으로 키스하며 충동적으로 속삭였다.

"어머니는…… 원장님은 널 많이 사랑하셨어."

그의 말을 들은 해수는 무겁게 감겨 있던 눈꺼풀을 겨우 들어 올리고 가슴이 들썩이도록 크게 숨을 내쉬었다.

이제는 17년이나 지난 일이다. 엄마의 사정을 다 이해할 필요는 없지만, 이해하기 어려울 만큼 복잡한 나이도 아니었다. 그렇게 생각하면서도, 가장하고 있던 태연함에 금이 갔다. 그녀는 목 너머로 왈칵 올라오는 열기를 식히기 위해 마른침을 삼키며 말했다.

"아마 그랬을 거야. 엄마가 세상을 떠난 후에도 내가 많이 힘들어하지 않길 바라는 마음이었겠지."

해수는 미간을 찌푸린 채 그의 품에 안겨 얼굴을 묻고, 한숨을 쉬었다. 그러곤 입술을 실룩여가며 뒷말을 잇기 위해 노력했지만 끝내 아무 말도 이어가지 못했다.

슬픔이 가득 담긴 눈동자를 응시하던 지석은 자신의 품에서 허물어지는 얼굴에 다시 웃음을 심어주고 싶었다. 우물우물하는 입술이 녹진해지도록 핥아 키스하며 여린 몸을 터질 듯이 꽉 잡아 눌렀다. 떨어져 있던 다리가 저절로 엉켜 들고 하체가 바싹 밀착되었다.

"무거워."

"사랑하면 견뎌야지."

"사랑하는 건 하는 거고, 무거운 건 무거운 거야."

해수가 말을 잇는 내내 서로의 콧방울이 비벼졌다. 촉촉한 입술이 입술 위에서 벌어졌다가 사뿐히 닫히길 반복했다. 지석이 애가 끓는 듯 뿌옇게 풀린 눈으로 입을 열었다.

"내가 줄 수 있는 건 다 주고 싶어. 네가 하고 싶다는 건 다 해주고 싶고."

"그럼, 하늘에 있는 별부터 따다줘."

"좋아. 우주선 만드는 회사부터 인수해볼게."

웃기지 말라고 말하면서, 해수는 웃음을 터뜨렸다. 그녀가 화사하게 웃으니 따라 웃음이 났다. 이제는 서로가 곁에 없으면 진심으로 웃지 못할 것 같다는 생각이 드는 밤이었다.

chapter 25

메리 크리스마스

시간은 눈이 녹듯 빠르게 흘러 어느덧 크리스마스를 일주일 앞두고 있었다.

지석은 여전히 병원 신세였다. 겉보기에 멀쩡하다고는 하나, 완벽히 몸을 추스르길 바라는 주치의의 간곡한 부탁 탓이었다. 그 역시도 연인과 내내 붙어 있을 수 있는 상황이 싫지만은 않은 듯 달리 그녀의 의견에 토를 달지 않았다. 그렇게 두 사람은 복잡한 사정 따위 잠시 접어두고서 여유로운 연말을 함께 보냈다.

딩동—.

주문한 커피가 나왔다는 알람 소리가 들려왔다. 해수는 고개를 돌렸다. 해가 저물기 시작한 병원 야외 정원이 화려하게 장식된 전구로 인해 몽글몽글 따사로운 빛을 내고 있었다. 스피커에서는 재즈풍의 캐럴이 연신 흘러나오고 있었다. 원두 향이 가득 밴 로비 커피숍에 앉아 누군가를 기다리던 해수는 창문 밖 전경을 물끄러미 바라보다가 깊게 숨을 쉬었다.

"후우."

괜찮아, 잘할 수 있어.

머지않아 덜그럭 소리와 함께 아이스 아메리카노가 담긴 기다란 유리컵이 테이블 위에 놓였다.

"전화 받아줘서 고마워……. 진작 연락해서 모든 걸 털어놨어야 했는데, 그럴 수가 없었어."

제 몫의 잔을 놓아두고 마주 앉은 사람은 이도현이었다. 검은색 정장을 갖춰 입던 평소와 달리 편안한 차림이 낯설다, 생각하며 해수가 입을 열었다.

"참 이상하네."

무릎 위에 올려둔 손이 들판에 홀로 남은 사시나무처럼 파르르 떨렸다. 소매 끝자락을 거머쥔 해수는 도현을 바라보며 한 번 더 심호흡했다.

"널 만나면 할 말이…… 되게 많을 줄 알았거든."

엘리베이터를 타고 내려오는 내내 이도현을 만나면 무슨 이야기를 해야 할지 머릿속에 그렸다. 도현을 보자마자 뺨이라도 올려붙일 줄 알았다. 아니면 시원하게 커피라도 끼얹어버리던지. 해수는 마주한 그를 향해 분노조차 일지 않는 마음을 의아하게 여기며, 제 손을 한 번 꾹 쥐었다가 펼쳤다.

"그런데 막상 만나니까, 무슨 말을 해야 할지 모르겠어."

쓸데없이 폭력을 쓰고 감정을 쏟아붓기엔 그녀 역시 너무도 고단했던 탓이었을까. 우습게도 드라마 같은 일은 벌어지지 않았다.

차가운 커피의 얼음이 무너져 내리는 것을 물끄러미 노려보던 해수가 다시 말문을 열었다.

"기껏 생각나는 말이라고 해봤자 나한테 왜 그랬어, 우리 언니한테 왜 그랬어……. 뭐 그런 막막한 질문들뿐이네."

너도 하고 싶어서 했던 일은 아니었을 테니까.

따라서 속으로 아무리 도현을 탓해봐야 들끓는 마음이 후련해질 리 없었다. 해수는 짙게 한숨을 쉬며 아랫입술을 짓씹었다. 차분한 목소리가 끊긴 틈으로 침묵이 고였다.

한편, 해수가 제게 느낀 경멸과 분노를 유감없이 표출할 거라 예상했던 도현은 짓이겨지는 해수의 입술만 바라보다 입을 뗐다.

"차라리 욕해. 고함 지르고 뺨이라도 쳐줬으면 좋겠어. 그러면 내 속이 조금이라도 편해질 것 같아."

도현은 잘려나간 왼쪽 손가락의 약지 자리를 매만지며 무거운 숨을 내쉬었다.

"물론 내가 무슨 말을 해도 변명밖에 되지 않는다는 거 알아. 그 어떤 변명을 한다 해도 네게 일어난 일들이…… 없던 일이 되진 않는다는 것도."

납치 사건 이후, 그룹 내 모든 권한과 지위를 박탈당한 도현은 손가락 하나가 절단된 채 채홍석으로부터 내쳐졌다. 일종의 꼬리 자르기였다. 하지만 후회하기엔 너무 멀리 왔다. 그녀를 납치한 것도 모자라, 같이 죽자며 위협까지 하지 않았던가. 윤해인의 죽음에 연관된 건 물론이고, 증거를 빼내기 위해 접근했었다는 사실까지 해수가 모든 걸 알게 된 이상, 더는 미련이 남지 않았다.

도현은 얼음이 그새 다 녹아 묽어진 커피를 들이켜며 실없이 웃었다.

"채지석 대표에게 전화가 왔었어. 기회를 주겠다고……. 기회를 주겠다는데 거절할 이유가 없잖아. 그래서 내가 저지른 일들, 박사님 방송에서 자백할 생각이야."

도현이 제 얼굴을 쓸었다. 차오르는 죄책감에 고개를 떨구며 지금이 아니면 영원히 하지 못할 말을 꺼냈다.

"늦어도 너무 많이 늦었지만, 물론 이런 행동마저도 이기적이란 건 알지만, 진심으로 사과할게."

해수는 고개를 끄덕이며 몸을 일으켰다. 이만하면 되었다는 듯, 끝까지 그녀답게 그 흔한 작별의 인사나 원망의 말조차도 없이 몸을 돌려 커피숍을 나섰다.

그런 해수를 잠시 바라보던 도현의 시선이 무심코 창밖을 향했다. 붉은빛 포인세티아로 장식된 정원 사이, 한 번도 본 적 없는 표정으로 환히 미소짓는 윤해수가 보였다. 그녀를 향해 채지석이 걸어왔다. 두 사람은 서로만을 바라보며 밝게 웃고 있었다. 행복이 스며든 눈동자엔 조금의 흔들림도 없었다.

"잘 지내."

지석의 손을 잡고 멀어지는 해수의 뒷모습을 오래도록 바라보다가, 도현이 중얼거렸다. 더는 그녀를 그리워하지 않길, 그녀가 행복하길 간절히 바라며 미련 없이 몸을 일으켰다.

일주일 후, 퇴원을 앞둔 지석은 해수가 퇴원 절차를 밟는 사이 병원에서 1시간가량 떨어진 구치소로 향했다. 검찰로 송치되어 구치소에 수용된 채민석을 접견하기 위함이었다.

내부 고발자가 지석임을 짐작한 채민석 측에서 터뜨린 반박 기사의 타이틀은 '굴러온 돌의 반란'이었다. 하지만 경영 승계권에 눈먼 입양아가 계획적으로 그를 무너뜨리려 했다는 기사는 대중들의 공감을 전혀 얻지 못했다. 정말 그럴 생각이었다면 애초에 수십억에 달하는 자금을 대가도 없이 융통해주지는 않았을 테니까. 평소 쌓아둔 채민석의 난봉꾼 같은 이미지 또한 한몫 거들었다. 거기에 저열하고 추악한 진실까지 덧입혀지자 사람들의 반응은 가히 폭발적이었다.

따라서 분위기는 자연스레 지석을 동정하고 옹호하는 쪽으로 급물살을 탔다.

카키색 수인복을 입은 채민석을 한참이나 물끄러미 응시하던 지석이 속으로 한숨을 삼키며 말했다.

"제가 경고했잖습니까. 쓰레기통에 처박아버리고 싶은 삶이되지 않도록, 늘 입단속 잘하시라고."

입이 거칠고 다소 깐족거리는 경향이 있긴 했으나, 채두식이나 채홍석에 비하면 채민석은 잔챙이에 지나지 않았다. 지석이 제일 먼저 채민석을 목표로 삼은 것 역시 한없이 가벼운 언사와 지조라고는 찾아볼 수 없는 그의 행동이 제게 도움을 줄 거라 판단했기 때문이었다.

"지석아, 그래도 이렇게 날 찾아와준 건 너밖에 없다."

아니나 다를까, 초조한 낯으로 고개를 숙인 채민석은 목에 맺힌 땀을 손바닥으로 대충 문질러 닦으며, 고민의 기색조차 없이 지석의 손을 덥석 붙들었다.

"너한테 함부로 대했던 거 사과할게. 내가, 내가 이렇게 빌 테니까. 나 좀 제발 여기서 꺼내 주라. 나 변호사 선임할 돈도 없어서 국선 변호사 써. 쪽팔려서, 씨발."

나무 책상에서 덜그럭 소리가 날 정도로 다리를 달달 떨던 채민석이 흥분한 목소리로 말을 이었다.

"너도 뉴스 봤지? 어떻게 아버지가 아들을 그렇게 버리냐. 내가 씨발, 분해서 이렇게 혼자는 못 죽겠다."

고맙게도 지석이 의도한 대로 모든 게 흘러가고 있었다.

살인 미수 혐의로 구속 송치된 채두식은 지석이 건넸던 채민석 관련 정보를 추가로 언론에 제보했다. 불법 도박과 자금 세탁 정황은 물론, 강남 모처와 마카오 등지에서 VIP 클럽을 운영하며 불법 성매매를 알선해온 사실까지. 자신이 저지른 죄로부터 대중의 시선을 돌리기 위해 친아들마저도 완전히 버린 셈이었다.

너무 인간 같지 않아서 이제는 헛웃음마저 나올 지경이라고 생각한 지석은 알 수 없는 표정으로 가볍게 고개를 끄덕였다.

"변호사, 제가 붙여드리죠. 기회를 드릴 테니, 최선을 다해서 잡아보시길 바랍니다. 그럼."

악당을 상대하기 위해선 본인 역시 악해져야 한다는 건 아주 이골이 나게 잘 알고 있었다. 살아온 인생의 반을 바친 채 두식에게서 얻은 유일한 교훈이었으니까. 이제 남은 건, 서로를 향해 칼날을 겨누게 될 그들을 지켜보는 것뿐이었다.

서로의 안식처가 돼주어야 할 가족의 모습이라기엔 지나치게 추악한 말로에 새삼 환멸을 느낀 지석은 낮게 실소하며 빠르게 접견실을 벗어났다.

전화가 온 건 생각에 잠긴 지석이 삭막한 공간을 막 벗어났을 때였다. 액정에는 해수, 두 글자가 떠올랐다. 주차장을 향해 걷던 지석은 나뭇가지가 바람에 흔들리는 소리를 들으면서 타이를 느슨하게 끌어 내리고 핸드폰을 귀에 가져갔다.

"응, 이제 막 출발하려고."

[몸은 좀 어때? 피곤하지 않아요?]

"네 목소리 들으니까 하나도 안 피곤한데."

[나도.]

해수의 목소리 끝에 흩날리는 듯한 웃음기가 묻어났다. 불어오는 바람에서 약한 파도 소리가 들렸다. 눈을 감고 미약하게 스치는 겨울 냄새를 만끽하던 지석이 희미하게 웃으며 주차된 차에 올라탔다. 문득 해수가 쑥스러운 듯 기어들어 가는 목소리로 속삭였다.

[그러니까, 얼른 나한테 와요. 보고 싶어 미칠 것 같아.]

그 말을 끝으로 전화는 끊어졌다.

"하."

일부러 이러는 건가?

불씨를 붙여두고 어두워진 액정을 바라보던 지석은 시동을 거는 것도 잊고 잠시 멍해 있다가 기가 찬 듯이 웃음을 터뜨렸다.

자신이 사고를 당한 이후, 해수는 눈에 띄게 달라졌다. 환자들을 돌보느라 바쁜 와중에도 틈틈이 연락을 해오고 자신의 병실을 들여다봤다. 한 번쯤 자신을 떠올려줄까, 하고 바라던 마음이 마르지 않도록 애정으로 채워주었다.

그럼에도 지석은 한 번씩 의문이 들었다. 해수는 그녀의 엄마, 우연희를 닮아 다정한 사람이니 단지 자신이 다친 게 신경쓰여 옆에서 머물며 가여워해주는 건 아닐까. 그런 이유로 지석은 아무렇지 않으면서도 아프다, 끙끙 앓고 제 곁에서 진심으로 걱정하는 해수를 보면서 내면의 불안감을 잠재워갔다.

분명 그랬는데…… 자신을 간절히 원하는 것 같은 통화 한 번으로 여진처럼 남아 있던 불안의 잔재마저 휩쓸려 나가는 기분이라니. 그렇지 않아도 수도승처럼 금욕적인 병원 생활 탓에 자제력과 인내심이 종이처럼 얄팍해진 상태였는데, 이렇게 안달 나게 만드는 건 또 어디서 배운 건지. 이런저런 생각들로 착잡했던 기분이 삽시간에 사그라들었다.

지석은 씩 웃으며 시동을 걸었다. 동시에 눈앞에서 작은 불꽃이 탁, 소리를 내며 점화되는 걸 느꼈다. 늘 한결같은 윤해수는 오늘 역시 사랑스러웠다. 지석은 오늘 밤은 도무지 가볍게 넘기기 어려울 것 같다는 생각을 하며 액셀을 밟았다.

"악! 진짜 미쳤나 봐."

그 시각, 서연이 조언해준 대로 말하고 대뜸 전화를 끊어버린 해수의 얼굴에 한순간 확 단색이 들었다. 손발이 오그라들고 뺨이 새빨갛게 달아오르다 못해 이 겨울에 땀까지 삐질삐질 흘렀다. 보고 싶다는 말이 문제가 아니었다. 평소 자신이라면 절대 하지 않을 공기 반, 소리 반 섞인 목소리가 문제였다.

해수는 테이블 위에 던져둔 핸드폰을 보며 못 볼 거라도 본 듯 진저리를 쳤다. 쥐구멍이 있다면 당장 기어들어가고 싶은 심정이었다. 창피함과 자괴감으로 테이블에 엎드린 해수가 그렇게 자신을 매도하고 있을 때, 문을 열고 빼꼼 고개를 들이민 서연이 푸흐흐 장난스레 웃으며 의국 안으로 들어섰다.

"내가 말한 대로 했어?"

"……그런 거 같아."

"뭐래?"

뭐라고 했더라.

해수가 생각을 더듬어가는 사이 서연은 고개를 비스듬히 기울여 그녀의 얼굴을 흥미로운 눈으로 관찰했다. 색이 든 뺨을 손등으로 꾹 누르던 해수가 낭패감에 고개를 마구 저었다.

"몰라. 당황해서 바로 끊었어. 그런데, 아무래도 뭔가 잘못된 것 같아. 이제 어떡하지?"

이 일의 발단은 해수가 그의 퇴원 겸 크리스마스 선물을 고민하는 것에서부터 시작되었다.

사랑하는 이와 맞는 첫 번째 기념일이었다. 더구나 큰일까지 앞둔 터라 기분이 싱숭생숭할 수밖에 없었다. 자신이 주는 것이라면 무엇이든 기쁘게 받을 사람이란 건 알고 있었지만, 해수는 그에게 필요하면서도 뜻깊은 선물을 주고 싶었다.

— 커프스 어때요? 디자인만 주면 제작해주는 곳도 있던데.

— 커플 팔찌도 괜찮지 않나? 러브 팔찐지 뭔지 그거 유행이더라고.

— 쌤! 시계요, 시계! 이게 또 의미가 기가 막히거든요. 당신의 시간을 소유하고 싶습니다. 키야. 죽이죠?

동료들의 조언을 귀담아듣던 해수는 문득, 그가 처음 제게 선물했던 것들을 떠올렸다. 자신에게 결혼 계약서를 내밀기 전, 비 오는 밤에 찾아와 전해주었던 옷과 시계. 그가 속뜻까지 따져가며 골랐을 것 같진 않지만, 그런 의미라고 생각하니 기분이 둥실 떠오르고 이상하게 속이 간질거렸다.

그런 이유로, 해수는 시계를 샀다. 이미 많은, 그것도 고가의 시계를 다양하게 가지고 있는 남자였지만, 기념일 선물로 주기 무난한 아이템이었고 고르는 재미도 있었기 때문이었다. 사실 고르는 재미라고 하기엔 숨이 턱 막힐 정도로 고가의 물건이었다. 제 연봉에 버금가는 금액을 결제하면서 이게 현실인가 싶어 손이 달달 떨릴 지경이었으니까.

동료들의 조언은 거기서 그치지 않았다. 해수는 간호사 스테이션 구석에 몰려 자칭 연애 고수들의 피 튀기는 조언까지 들어야 했다. 선물도 중요하지만, 크리스마스는 자고로 이벤트의 날이라나 뭐라나. 사랑엔 적당한 긴장이 필요한 거라고 했다. 그간 하지 못했던 밀고 당기기 기술을 이용하여 둘 사이에 변화를 줘야 한다고도.

긴장이라면 이미 지나치게 했다. 이 이상 어떻게, 얼마나 더 살 떨리는 연애를 해야 하나. 해수는 그렇게 생각하면서도 내심 궁금했다.

내가 색다른 모습을 보여주면 과연 어떻게 반응할까?

"어떡하긴 뭘 어떡해! 내가 시키는 대로만 하라니까. 의료계의 팜므파탈. 연애 귀신. 너 이 언니 못 믿어?"

내내 핸드폰을 붙든 채 상념에 빠져 있던 해수의 시야에 서연의 얼굴이 불쑥 들어왔다. 퍼뜩 현실로 돌아와 캐비닛으로 걸어간 해수가 한숨을 푹 쉬며 어깨를 늘어뜨렸다.

"그게 아니라, 나를 못 믿겠어. 보나 마나 삐걱대고 뚝딱거릴 게 뻔해서."

하늘색 실크 원피스로 갈아입은 그녀는 로봇처럼 움직이며 목에 장식된 커다란 리본을 묶었다.

가방에 넣어둔 핸드폰에서 진동이 울린 건, 캐비닛에서 코트를 꺼내 든 것과 거의 동시였다.

10분.

뭐?

해수는 메시지를 노려보았다. 구치소에서 병원까지 1시간

308

거리라고 했는데, 지금은 통화가 끊어지고도 겨우 30분 남짓
지난 시간이었다.

"길도 얼어 있을 텐데, 대체 얼마나 밟은 거야?"

운전하는 중에 액정을 두드린 것도 마음에 들지 않아 해수
는 입술을 세게 씹었다. 그러는 동안 또 한 통의 메시지가 도
착했다.

> 1층 응급실 앞.

문자를 보내는 지석의 표정이 보이는 것 같아서 해수는 결
국 해죽 웃었다. 캐비닛에 넣어둔 시계 케이스를 가방에 쑤셔
넣고 미처 코트를 입을 새도 없이 퇴근을 서둘렀다.

"먼저 갈게. 메리 크리스마스, 고서연!"

마음은 이미 저만치 달려가고 있었다. 태어나서 처음으로
크리스마스를 기다린 해수가 문고리를 잡으며 뒤를 돌아보자
의기양양한 얼굴로 손을 흔들던 서연이 외쳤다.

"이 언니가 뭐랬니. 효과 직방이라니까. 체험 보고서 꼭 써!
나도 메리 크리스마스다!"

해수는 화답하듯 웃으며 고개를 끄덕였다.

색다른 모습을 보여주고 싶은 건 저였는데, 누가 봐도 안달
나 죽겠단 듯한 메시지에 가슴이 두근대는 것 역시 자신이었
다.

"빨리, 빨리 내려가라."

엘리베이터에 올라탄 해수는 구두 안으로 발가락을 꼼질거

리며 문이 열리기만을 기다렸다.

문이 열리자마자 쏜살같이 뛰쳐나갈 사람처럼 문 앞에 버티고 서서 어깨에 멘 가방끈을 꾹 쥐었다.

아, 미치겠네.

고작 몇 시간 떨어져 있었다고 이렇게까지 보고 싶을 수가 있나. 그동안 너무 붙어 있어서 분리 불안이라도 생긴 건가. 엘리베이터가 내려가는 동안 머릿속으론 오만 가지 생각이 다 들었다.

띵―.

알림음 하나에도 온 신경이 곤두섰다. 오늘따라 더딘 개폐 속도에 발을 동동 구르던 찰나, 서서히 문이 갈라진 틈으로 커다란 손이 불쑥 들어왔다. 어, 어? 하는 사이, 덥석 잡힌 몸이 등을 감싸는 손에 붙들려 확 끌려나갔다. 움직이지 못하게 그녀의 뒷머리를 감싼 손이 단단했다. 놀라 눈을 화등잔만 하게 뜬 해수는 제 귀 바로 옆에서 흩어지는 가쁜 숨을 느꼈다. 익숙한 체온이 단번에 그녀를 뜨겁게 안았다.

"10분. 안 늦었지?"

그의 다정한 목소리가 닿은 귀에서부터 시작된 찌릿찌릿한 감각이 온몸으로 퍼져나갔다. 얼마나 급히 온 건지, 맞닿은 가슴이 들썩이고 있었다. 긴장이 풀린 해수는 심장이 덩달아 뛰는 걸 느끼며 그의 등을 끌어안았다.

"주차장에서 기다리면 되지. 뭐하러 뛰어왔어요."

"빨리 오라며."

지석은 웃고 있었다. 해수는 그가 미소 짓고 있음을 눈이 아닌, 관자놀이에 닿은 입술로 느꼈다.

나를 위해 뛰었다는 말이 뭐라고 이렇게 떨리는 건지. 새삼스러울 것 없는 말에 철렁 내려앉은 심장이 입 밖으로 튀어나올 것처럼 내달리기 시작했다. 정신이 나갈 것 같았지만, 해수는 자신이 서 있는 장소가 병원 로비임을 인지하고 가까스로 몸을 떨어트렸다.

예상대로 환하게 웃는 얼굴이 자신을 반겼다. 해수는 그의 얼굴이 살짝 붉어진 걸 보고 두 손을 비벼 열을 낸 후, 뺨에 손을 올렸다. 그러더니 고개를 갸웃거렸다.

"응? 열이 있나? 얼어서 빨간 건 줄 알았는데 뜨거워요."

해수의 이마에 평소보다 뜨거운 입술이 닿았다 떨어졌다. 미간을 움찔대던 지석이 허리를 깊이 숙여 그녀의 어깨에 이마를 기대며 힘없이 중얼거렸다.

"당연히 뜨겁지. 나 아파. 너무 뜨거워서 못 견디겠어."

사실 병원으로 달려오는 내내 그의 머릿속은 어떻게 하면 빨리 집으로 갈 수 있을까, 하는 생각으로만 가득했다. 하지만 아프다는 말에 숨 쉬는 것도 잊은 것처럼 굳은 여자를 보자, 그녀를 상대로 이런 핑계를 대는 건 비겁한 일이라는 생각이 들었다.

"사실은 가슴이 뜨겁다는 뜻이었어."

가볍게 웃으며 둘러댄 지석은 해수의 어깨를 부드럽게 감싸 쥐고 걸음을 옮기기 시작했다.

크리스마스이브의 도시는 온통 들뜬 분위기였다. 병원이라고 다를 건 없었다. 응급실 대각선 앞, 주차된 차 주변이 화려하게 장식된 조명으로 연신 반짝거렸다.

"어디로 갈까?"

지석은 그렇게 말하면서 해수를 이끌어 조수석에 태웠다. 살짝 고개를 기울여 그녀의 얼굴 곳곳에 입술을 누르며 안전벨트를 채웠다. 보닛을 돌아 운전석 문을 여는 동안, 해수는 심각한 얼굴로 내비게이션 화면을 두드리며 주소를 입력하고 있었다. 달칵, 운전석에 앉는 지석과 눈이 마주치자 해수가 멋쩍게 웃으며 화면을 가렸다.

"여기 예약했어요. 여기저기 알아봤는데, 괜찮아 보여서."

지석은 부끄러운 듯 소심하게 뻗은 검지를 따라 시선을 옮겼다. 목적지가 집이 아니라는 사실에 순간 아찔해지긴 했지만, 다행히 식당은 반포동. 병원과도, 집과도 꽤 가까운 거리였다.

경기도나 외곽이 아닌 걸 다행으로 여겨야지.

짧은 숨을 토해내며 마음을 추스른 지석은 너무 노골적으로 굴지 않기로 했다. 어차피 밥은 먹어야 했고, 모든 일엔 순서가 있는 법이니 해수가 원하는 곳이면 어디든 상관없었다. 더군다나 맛있는 걸 찾아다니며 먹는 성격도 아닌 여자가 이리저리 검색까지 해가며 미리 식당을 예약해뒀다는 게 참을 수 없이 귀여웠다. 어디 하나 예쁘지 않은 곳이 없었다.

"뭐……."

시동도 안 걸고 뭐 하냐, 그리 묻는 듯한 입술을 향해 지석이 몸을 기울였다. 입술이 닿을 듯한 거리에서 눈을 맞추고 속삭였다.

"여기서 뭐 했었는지 기억 안 나? 우리 처음 키스한 곳인데."

그렇게 말한 지석은 당황해 붉어진 뺨을 감싸고 살짝 벌어진 도톰한 입술에 부드럽게 입을 맞췄다. 외출을 앞두고 정성들여 가꾼 얼굴을 엉망으로 만들 순 없으니 몇 번 더 짧게 입을 맞추는 것으로 갈증을 달래야 했다.

총 6가지 메뉴가 코스로 나오는 레스토랑은 입구부터 성탄 분위기가 물씬 풍겼다. 나름 분위기까지 신경을 썼는지, 해수는 트리 축제가 훤히 내려다보이는 3층으로 예약해두었다며 들뜬 기색을 숨기지 못했다.

조용한 걸 좋아하는 줄 알았는데.

해수는 만화경을 들여다보듯 창문에 거의 코를 박은 채로 한참이나 거리를 내려다보았다.

가끔 보이는 아이 같은 모습이 얼마나 귀여운지, 지석은 따스한 눈으로 여유롭게 웃으며 해수를 지켜보았다.

한 번쯤은 이런 분위기에 휩쓸려보는 것도 나쁘진 않겠지.

그렇게 생각한 지석은 느슨하게 턱을 괴고 해수의 눈동자가 머무는 곳을 향해 시선을 옮겼다.

레스토랑 입구에 장식된 대형 크리스마스트리와 색색의 전구로 둘러싸인 나무가 마음에 따스한 불을 밝혔다. 다양한 디자인의 트리가 즐비한 거리는 동화 속 세상이 눈 앞에 펼쳐진 듯 아기자기했다.

지금의 기분 같아서는 시끄럽게 고막을 울리는 캐럴도, 복잡하게 길을 막고 선 인파들도, 둘을 방해하는 것만 아니라면 모두 너그러운 마음으로 이해해줄 수 있을 것 같았다. 전구 몇 개 달았다고 해서 세상이 이렇게 아름다워 보일 줄은 과거의 자신도 전혀 몰랐으니까.

널찍한 창 안으로 황금빛 조명이 넘실거리며 쏟아져 들어왔다. 한없이 평화로운 크리스마스의 밤이었다. 집과 가깝다고 해서 일찍 갈 수 있는 건 아니라는 사실을 깨닫기 전까지는.

"세 번째 나올 음식은 카펠리니에 새우와 캐비어를 곁들인 것으로, 레스토랑의 대표 메뉴인 만큼 기대하셔도 좋습니다."

지석은 메뉴가 나올 때마다 눈을 부드럽게 휘며 궁금하지도 않은 재료의 원산지, 음식의 유래까지 일장 연설을 늘어놓는 셰프를 서슬 퍼런 눈으로 바라보았다. 이 속도로 식사를 이어갔다가는 오늘 안에 집으로 갈 수 있을지 과연 의문이라고 생각하면서.

"네, 기대할게요. 라자냐도 엄청 부드럽고 맛있었어요."

불만 가득한 눈으로 고개만 끄덕여 인사한 지석은 트리에 달린 별 모양 전구처럼 눈동자를 빛내며 연신 소감을 늘어놓는 해수를 몰래 훔쳐보았다.

라자냐보다 네가 더 달콤하고 부드러운데. 유혹하는 말로 사람 환장하게 해놓더니, 내 속도 모르고.

그렇게 생각하며 지석이 마른침을 삼키는 사이 탁, 소리를 내며 문이 닫히고 독립적인 공간에 드디어 둘만 남았다.

속으로 한숨을 내쉰 지석은 자신을 유심히 관찰하며 뭔가 할 말이 있는 사람처럼 멈칫거리는 해수를 가만히 바라보다 먼저 말문을 열었다.

"사실은 오늘……."

그러자 실룩거리는 입에서 무슨 말이 나올지 이미 알고 있단 듯이 어깨를 축 늘어뜨린 해수가 급격히 미간을 좁혔다.

"여기 별로구나?"

"아니, 좋아. 너랑 같이 있는데 별로일 리가 없잖아."

"그런데 표정이 왜 그래? 혹시 어디 불편해요?"

대화가 의도하지 않은 방향으로 흐르고 있었다. 속으로 내 내 딴생각만 하고 있으니 시큰둥한 반응을 해수가 눈치채지 못했을 리 없다. 지석은 얼른 자세를 고쳐 앉고 별로로 느껴졌을 표정을 풀어 활짝 웃어 보였다.

집에 가서 네게 주고 싶은 게 있었어.

물론 하고 싶은 것도 있고.

어딘가가 많이 불편한 건 사실이었지만, 지금 당장 해결할 수 있는 것도 아니었다. 자신의 복잡한 속내를 구구절절 설명하는 대신 지석은 안주머니에 넣어둔 물건을 꺼내며 말했다.

"그런 게 아니라 사실은……"

마침 자신을 걱정스레 바라보던 해수와 곧장 눈이 마주쳤다. 화려한 꽃 장식과 대비를 이루는 검은색 가죽 케이스가 테이블 위에 놓였다. 해수의 시선이 케이스를 향해 뚝 떨어지는 걸 보며 지석은 천천히 숨을 골랐다.

무슨 말을 먼저 해야 하나.

분명히 생각했던 말이 있었는데, 누구 앞에서도 막혀본 적 없던 말문이 해수의 앞에서는 종종 틀어막혔다. 혀끝으로 아랫입술을 느긋하게 쓸어내리던 지석은 당황한 듯 느슨하게 처지는 해수의 눈꼬리를 바라보며 신중하게 입을 열었다.

"빨리 주고 싶어서 여름에 주문했는데, 시간이 조금 오래 걸렸어. 너랑 어울리는 게 너무 많아서 고르기 어렵더라. 앞으로 매년 기념일마다 하나씩 사는 거로 하고."

허공에서 시선이 마주쳤다. 순간 내면에서 온갖 감정들이 뒤엉켰다. 지석은 가슴이 이상하게 울렁거리는 걸 느끼며 그녀의 옆으로 자리를 옮기고 케이스부터 열었다.

"나는 제대로 된 가족을 가져본 적이 없어. 그래서 가족 간의 책임감, 유대감, 이런 게 어떤 감정인지 솔직히 잘 몰라. 하지만 단 하나 약속할 수 있는 건……"

해수는 지석의 말을 들으면서도 멍한 상태였다. 지석은 휘둥그레진 해수의 눈동자에 물결 같은 빛이 일렁이는 걸 보며 한 손으로 그녀의 목을 감았다. 부드러운 덜미부터 뺨을 한꺼번에 감싸고 그녀의 양쪽 눈에 번갈아가며 입을 맞췄다.

"너한테 필요한 사랑은 살아가면서 내가 넘치게 채워줄게."

진중한 눈이 해수를 향해 부드럽게 휘어졌다. 손을 내려 떨리는 손을 꽉 움켜쥔 지석이 해수의 손등에 입술을 붙이고 달싹였다.

"나랑 평생 같이 살자. 물론 우리가 함께 걸어갈 날들이 늘 행복으로만 채워지진 않겠지만. 우리가 눈 감는 마지막 순간, 내가 있어서 행복한 삶이었다고 느낄 수 있도록 내 모든 걸 걸고 널 사랑할게."

지석이 겹쳐 잡은 손의 약지를 쓰다듬었다. 핑크빛이 도는 커다란 물방울 모양의 다이아몬드 반지가 해수의 네 번째 손가락에 천천히 끼워졌다. 제자리에 안착한 반지는 마지막 퍼즐 조각을 끼운 것처럼 꼭 맞아떨어졌다.

"지석 씨, 나는……."

필요한 사랑을 채워주겠다는 말에, 행복한 삶이었다고 느끼게 해주겠다는 말에, 순간 가슴이 먹먹하게 물들어서 해수는 아무런 말도 잇지 못했다. 어린 시절 사랑받았음에도 그 사랑을 온전히 느끼지 못하고 자란 제게 보내는 위로 같아서.

해수는 가만히 눈을 감고 그와 함께 늙어갈 날들과 그가 없는 삶을 상상했다. 생각은 길지 않았다. 그가 없는 삶을 상상하는 순간, 가슴이 철렁 내려앉고 눈물이 왈칵 쏟아질 것 같았으니까.

해수는 고개를 들고 자신을 향해 웃고 있는 남자의 얼굴을 바라보았다. 늘 경계로 가득 차 있던 서늘한 눈동자 위로 은

하수 같은 빛이 일렁이는 게 보였다. 그 빛은 명확하고 분명하게 자신만을 향해 있었다. 언제나처럼, 늘 그래왔듯이. 마치 영화의 한 장면처럼 지나치게 아름다워서 생이 다하는 순간에도 절대 잊을 수 없을 것 같다는 생각을 한다. 해수는 이내 웃으며 그를 와락 끌어안았다.

오후 9시, 트리 축제로 한창인 산책로는 밀려 나온 사람들로 북적거렸다. 모두가 연말 특유의 들뜬 분위기를 즐기기 위해 몰려든 인파였다. 그래서인지 행인들의 표정과 발걸음에는 묘한 활기가 가득했다. 곳곳에선 크고 작은 크리스마스 장터가 열렸다. 알록달록한 조명으로 눈부시게 치장한 간이 상점에는 아기자기한 장식품과 각종 방한용품, 군것질거리가 넘쳐났다.

크리스마스 분위기에 흠뻑 빠져든 해수는 장인이 손수 만들었다는 소품들을 구경하느라 여념이 없었다. 사진을 찍는 데 열중한 나머지 길을 가로막고 선 사람들 틈새로, 머리 하나는 홀쩍 솟아오른 남자가 천천히 그녀의 뒤를 따르고 있었다. 이렇게 많은 인파 속을 수행원 하나 없이 걷게 될 줄은 상상조차 하지 못했다는 표정으로.

"지석 씨."

한 손엔 붕어빵을 들고 또 다른 한 손엔 핸드폰을 든 채, 두 걸음 앞서 걷던 해수가 눈사람 모양의 트리를 찍으며 고개를 휙, 옆으로 돌리더니, 귀를 쫑긋대는 토끼처럼 반짝반짝 예쁘게도 웃으며 물었다.

"이렇게 사람 많은 곳, 혼자 걸어본 적 있어?"

그녀를 따라 미소 짓던 지석은 고개를 저었다. 늘 위험이 발밑에 서성거리는 삶을 살아왔기에, 보통의 삶을 사는 사람들이 영위하는 장소를 홀로 걷는다는 건 상상조차 할 수 없는 일이었다.

물론 지금도 안심하긴 일렀다. 채두식과 채민석이 수감되어 있고, 채홍석이 도피 중이라 하더라도 자신에게 해를 가할 방법이 없는 건 아니니까. 하지만 일 년 내내 크리스마스만을 기다려온 아이처럼 들떠 있는 여자에게 불안감을 심어줄 순 없는 노릇이었다. 사람 많은 곳을 손잡고 걸어도 안심할 수 있는, 여전히 그녀가 보통의 삶을 살 수 있는 사람이라는 걸 알려주고 싶은 마음도 있었다.

여기저기 사진을 찍으며 돌아다니는 해수의 주변을 경호하듯 따라 걷던 지석이 그런 생각에 빠져 있는 동안 또 다른 질문이 날아왔다.

"음……. 주사는 언제부터 그렇게 싫어했던 거예요?"

"그게 궁금했어?"

그의 말에 해수가 입술을 잘근 물더니 부정하지 않고 고개를 끄덕였다.

"응. 지석 씨가 나한테 그랬잖아. 사소한 일도 털어놓고 의지하라고……. 난 당신이 속에 담아두고 있는 이야기는 없는

지 궁금했어. 비밀이 있으면 외로워지는 법이니까."

해수는 일부러 웃음소리를 내며 안심하라는 듯 덧붙였다.

"하지만 억지로 대답하지 않아도 돼. 난 늘 들어줄 준비가
된 사람이니까, 이야기할 준비가 되면 그때 말해요."

더는 부담을 주지 않으려는 듯 해수는 대답을 기다리지 않
고 성큼 걸음을 내디뎠다. 그 모습을 가만히 바라보던 지석은
인파 속에 섞여드는 그녀를 단숨에 따라잡았다.

찰—칵.

수상한 움직임은 없는지 잠시 경계하는 사이, 카메라 소리
가 들렸다. 불시에 시선을 내리자 순간 붕어빵을 한 입 삼켜
먹던 해수가 화들짝 핸드폰을 돌리며 딴청을 피운다. 홍조 띤
얼굴이 귀여워서 시치미를 떼려는데 다시 한번 찰칵, 사진이
찍혔다. 제게 향해 있던 렌즈를 확인한 지석이 웃음을 터뜨렸
다. 등 뒤에 숨긴 핸드폰을 빼앗아 놀려볼까 하다가 고개만
비스듬히 기울이며 물었다.

"왜 자꾸 몰래 찍어?"

"나? 지석 씨 뒤에 있는 트리 찍은 건데?"

해수는 해죽해죽 웃으며 썰매 모양의 트리를 손으로 툭 건
드렸다. 트리에 잔뜩 매달린 종 모양의 장식에서 찰랑찰랑, 요
란한 소리가 났다. 그 소리에 놀라 뒷걸음질 치던 해수가 다
른 이와 부딪히기 직전, 지석이 성큼 그녀에게 다가가 허리를
낚아챘다.

"거짓말이 갈수록 늘어."

320

뜨거운 손바닥이 서늘해진 뺨을 한 번 쓸고, 반지 긴 손등 위를 감쌌다. 꽉 잠긴 목소리로 속삭인 그가 가둬둔 손을 끌어다 입을 맞추며 덧붙였다.

"엄마가 날 두고 간 곳이 병원이었어. 예방주사 맞고 집에 가는 길엔 짜장면을 먹기로 했는데, 화장실에 간다며 나간 엄마가 아무리 기다려도 오질 않는 거야."

지석은 무거운 마음이 그녀에게 짐이 되지 않길 바라며 쉽게 떨어지지 않는 입을 뗐다. 누구에게도 말한 적 없던 비밀이었다.

누군가에게 의지하는 것도, 마음을 터놓는 것도 익숙지 않았던 지석은 가슴속이 말도 안 되게 뜨거워지는 걸 느끼며 해수의 어깨를 감싸 당겼다. 서늘해진 어깨가 따뜻해지도록 연신 쓸어주며 말을 이어갔다.

"그 어린 나이에도 눈치라는 게 있었는지, 왠지 울면 안 될 것 같았어. 그렇게 병원의 불이 다 꺼지고, 퇴근하던 간호사들이 날 발견하기 전까지 쥐 죽은 듯 조용히 있다가……."

힘껏 끌어당긴 어깨가 불편했을 텐데도 해수는 내내 혀를 깨문 것처럼 입을 벌린 채 굳어 있었다. 그러다 멱살이라도 잡힌 듯이 꽉 막힌 목소리로 묻는다.

"많이…… 울었어요?"

다정한 시선이 해수의 얼굴을 위에서 아래로 덧그리듯 흘러내렸다. 마치 모든 게 자신의 잘못인 것처럼 허물어지는 여자의 얼굴을 두 손으로 감쌌다. 엄지손가락으로 그녀의 볼을 어루만지며 달래듯 말했다.

"괜찮아. 이제 다 지난 일이야. 더는 외롭지도 않고."

그의 입술이 이마에 위로처럼 내려앉는 동안 목에 걸린 울음을 삼킨 해수가 지석의 심장 부근을 다독이며 쓸었다.

"거짓말 마. 하나도 안 괜찮잖아. 주사 맞는 내내 여기가 찔리는 기분이었을 텐데."

이상한 일이었다. 입버릇처럼 튀어나오던, 괜찮다는 말이 왜 목구멍에 달라붙은 것처럼 떨어지질 않는 건지. 그렇게 미간을 찌푸린 채 입술만 달싹이던 지석은 해수의 눈동자에 비친 제 얼굴을 본 순간 문득 깨달았다.

그동안 괜찮다며, 다 지난 일이라 되뇌어왔던 건 고된 현실을 버티기 위해 자신을 속여온 것에 불과하다는 것을. 사람 많은 곳을 홀로 걸어도 아무렇지 않은, 그저 보통의 삶을 살고 싶었던 것 역시 자신이었다는 사실을.

그녀에게 안겨 위로받고 싶은 충동에 휩싸인 지석은 조금 허탈하게 웃으며 고개를 끄덕였다.

"네 말이 맞아. 다 거짓말이야. 난 이제 외로운 게 뭔지도 알고, 잃기 싫은 것도 많아. 무엇보다 너와 떨어져 있는 시간이 날 불안하게 만들어."

걱정스러운 눈길로 바라보던 그녀가 눈살을 찌푸렸다 풀며 감정을 추스르는 게 보였다. 지석은 해수의 이마에 제 이마를 가볍게 맞댔다.

"아무래도 고장 났나 봐. 시도 때도 없이 네가 보고 싶고,

만지고 싶고, 가지고 싶은 걸 보면."

　나직하지만 전혀 가볍지 않은 진심이 해수의 가슴을 아프게 두드렸다. 그의 말에 잠시 생각에 잠겨 있던 해수는 이내 환하게 웃으며 그의 코트 깃을 붙들어 당겼다. 그에게 온전히 자신을 기대고서 탄탄한 허리를 세게 감싸 안았다.

　"이리 와요. 그건 내가 매일매일 고쳐줄 수 있어."

　거리를 오가는 인파 속, 지석의 코트 안을 파고들던 해수가 수줍게 속삭였다. 바람에 흔들리던 오렌지빛 조명이 여자의 얼굴 위로 춤을 추듯 너울졌다.

　지석은 제 등을 매만지는 가녀린 손에서 숨길 수 없는 애정을 느꼈다. 눈을 반짝이며 서 있는 여자가 눈물 나게 아름답다는 생각을 하며 그녀의 뒤통수를 가볍게 쓰다듬고 비스듬히 고개를 기울였다. 날렵한 얼굴이 가까워지더니 서로의 빈 곳을 채워주듯 두 사람의 입술이 조금 오래 닿았다 떨어진다. 따뜻한 숨이 느리게 섞여들어 상처 입은 내면을 쓰다듬기엔 충분한 시간이었다.

　"하아."

　잠시 후, 옅게 쉬는 호흡을 따라 하얀 김이 새어 나왔다. 뜨겁게 젖은 입술이 그녀의 눈가에 가볍게 포개졌다. 그렇게 입술이 떨어지고도 잠시 묵묵한 시선이 이어졌다.

　"어때요?"

　"훨씬 나아졌어."

　한 번 더 다짐하듯 "정말로."라고 대답한 지석이 그녀의 허리를 힘껏 감싸 안았다. 그와 동시에, 가슴속에 도사리던 증오심이 가라앉고 상실감과 불안으로 넘실거리던 과거 어느 날의 제가 위로받는 기분을 느꼈다.

해수는 한동안 아무 말도 없이 그의 품에 기대 있었다. 한참을 생각하고, 또 생각한 그녀가 속삭였다.

"그리고 좀 잃으면 어때. 모든 걸 잃고 바닥을 굴러도, 실패해서 나락으로 떨어져도 달려가서 안아줄 안식처가 여기 있는데."

그러더니, 이번에는 한층 더 밝아진 목소리로 말을 이었다.

"그리고 이건, 그 안식처가 주는 크리스마스 선물. 아니다. 나도 프러포즈 선물이라고 할래. 지석 씨가 준 거에 비하면 보잘것없긴 하지만."

부스럭대는 소리와 함께 별안간 손목 위로 서늘한 금속의 느낌이 전해져온다. 지석은 코트 소매 바깥으로 나온 왼쪽 손목을 바라보았다. 시계였다.

해수가 어색하게 웃으며 중얼거렸다.

"딱 보자마자 당신을 위해 만들어진 거라는 생각이 들어서, 다른 건 눈에 들어오지도 않더라. 마음에 들었으면 좋겠어."

한참을 꼼지락거리던 해수가 마침내 시계를 채우고 고개를 들었다. 지석은 예상치 않은 선물에 감격한 나머지 시계를 조용히 바라만 보았다. 괜히 쑥스러워진 해수는 고개를 기울여 그의 표정을 확인하기 위해 애쓰며 조곤조곤 되물었다.

"마음에 드는 거지? 사실, 마음에 안 들어도 상관은 없어.

사람마다 취향이라는 게 있는 거니까. 물론 다른 거로 교환도 가능……."

그때, 지석이 손목 위로 드러난 각진 베젤을 어루만지며 조금 떨리는 목소리로 중얼거렸다.

"당신과 모든 시간을 함께하고 싶습니다."

"응? 의미를 알고 있었어요?"

"나 역시 그런 뜻으로 네게 선물했던 거니까."

해수를 지그시 응시하던 지석이 고개를 끄덕이며 덧붙였다.

"그리고 완벽한 프러포즈야. 세상에 다시없을 만큼."

지석은 손을 뻗어 코끝까지 빨갛게 얼어버린 연인을 품에 안고 포근한 목덜미에 콧등을 문질렀다. 성큼 다가온 그녀에게서 서늘한 겨울 냄새가 났다. 불안정하게 부서지는 숨이 뺨을 스치는 순간 마음이 팽팽하게 당겨졌다.

지석은 향긋한 목덜미에 얼굴을 묻은 채 간질간질한 기분이 모두 빠져나갈 때까지 깊은숨을 삼켰다. 그러다 문득, 이 순간을 영원히 간직해야겠다는 생각이 들었다.

"핸드폰 줘봐."

해수의 손에 들린 핸드폰을 받아 든 지석이 카메라 앱을 켠 뒤, 눈높이에 맞춰 들어 올렸다.

찰—칵.

널찍한 액정에 환하게 웃고 있는 두 사람의 얼굴이 담겼다. 제 옆에 바짝 붙어 선 해수의 양 볼을 한 손으로 잡고 다시 한 번 쪽, 입술이 포개지는 순간도, 해수가 픽, 웃음을 터뜨리는 순간도, 그런 해수의 코끝에 장난스레 입 맞추던 순간마저도.

"메리 크리스마스. 내 사랑."

첫 번째 크리스마스가 그렇게 저물었다.

겨울 역시 깊어가고 있었지만 더는 춥지 않았다. 봄바람처럼 살랑거리는 미소와 함께 온기를 전해주는 연인이 있어서 지석에게는 이 순간이 봄이었다.

chapter 26

밤의 시작

오너가(家) 살인 미수 사건의 범인이 채두식으로 밝혀지면서 세상은 또 한 번 떠들썩해졌다. 사회 공헌 사업으로 온화한 이미지를 쌓아온 터라 대중들의 배신감은 더욱 컸다. 잇따라 터진 WS그룹의 악재에 주가는 연일 바닥을 치고, 내부에선 경영진 교체 문제로 골머리를 앓았다.

현행범으로 체포된 이후 건강상의 이유로 불구속 입건된 채두식은 병원에 몸을 숨기고 있었다.

채두식이 병실 안으로 막 들어선 비서를 향해 분노한 기색을 여과 없이 드러냈다.

"이 후보 전화는? 아직도 먹통이야?"

"그, 그게. 여태 받은 돈, 다 정산하시겠다고……."

"뭐? 이 인간이 노망이 났나. 그걸 지금 말이라고 해!"

지금 돈이 문제가 아니었다.

"이것들이 나를 끝장내 버리려는 속셈인가 본데……."

이 후보가 여당 대선 후보로 확정되기까지 저질러온 온갖 불법과 비리들은 채두식의 손에 의해 갈무리된 것이었다. 따라서 자신의 허물을 모두 알고 있는 채두식을 얌전히 살려둘 리 없었다. 보고 들은 것이 많다는 이유로, 지석에게 칼을 겨누던 제 모습이 투영되는 것만 같아 골이 지끈거렸다.

"여보, 잠시 나가 있어야 할지도 모르니까 집에 가서 돈 될 만한 것 좀 챙겨 와."

엄지로 관자놀이를 꾹꾹 누르던 채두식이 굳은 목소리로 말하자, 초췌한 몰골로 사과를 깎던 유지숙이 제 귀를 의심하며 되물었다.

"뭐라고요? 나가긴 어딜 나가? 그러지 말고 걔한테 전화라도 해봐요! 당신이 실수 좀 했기로서니 제까짓 게 지금 뭐 어쩌자는 건데. 걔를 키워도 은혜를 이딴 식으로 갚지는 않을 거 아니야!"

채두식이 성가시단 듯 손을 휘 내저었다.

"멍청하게 굴지 말고 입 다물어. 지금은 후일을 도모하는 게 상책이야. 나머지는 시간이 해결해줄 테니까."

이런 때일수록 이성적으로 머리를 굴려야 했다. 천지 분간도 못 하는 아내와 대거리해봤자 희한하게 돌아가는 상황에 불붙이는 꼴밖에 되지 않을 테니까. 그렇게 생각하며 한숨을 푹 내쉬는데, 걸려온 전화를 받고 들어온 비서가 다급히 텔레비전을 켰다.

"회장님! 이것 좀 보셔야겠습니다."

"대체 또 뭔데 그래!"

328

채두식이 흉측하게 미간을 일그러뜨리며 벽에 걸린 텔레비전 화면을 노려보았다. 시계가 정확히 10시를 알렸다. '풀리지 않는 그날'의 오프닝 음악이 흐르고, 어두운 스튜디오에 홀로 앉은 윤성태의 비장한 얼굴이 화면 가득 채워졌다.

[안녕하십니까. '풀리지 않는 그날', 생방송 특별 진행을 맡게 된 윤성태입니다. 저는 지난 세월, 지독하게도 저를 괴롭혀온 추악한 진실에 대해 고백, 그리고 자백하고자 이 자리에 나왔습니다.]

"저, 저 미친 새끼가!"

화면에서 새어 나온 빛이 붉으락푸르락해진 채두식의 낯을 환하게 비췄다. 이윽고 화면을 통해 송출된 것은 내연녀를 살인한 채홍석과 자신의 목표를 이루기 위해 잔악무도한 짓을 일삼아온 채두식을 고발하는 내용이었다.

[……채 회장의 만행은 여기서 그치지 않습니다. 그는 그룹 인재 양성을 빌미로 보육원 아이들을 데리고 갔고, 이들이 미성년자인 점을 악용하여 각종 범죄에 연루시켜왔습니다.]

이어 지석과 정원에서 나눈 대화의 녹취 파일이 공개되었다. 게다가 함께 일을 도모해온 인간들이 채두식의 악행을 낱낱이 고발하기 시작했다.

"여, 여보! 저게 다 무슨 소리야?"

지금 자신들이 처한 상황에 대해 제대로 파악하지 못한 유지숙이 과도를 떨어뜨리며 눈을 크게 떴다.

"그러니까…… 지금, 그 계집애가 계획적으로 접근했다는 거야? 당신한테 복수하려고?"

엎친 데 덮친 격으로, 구속영장을 발부받은 경찰이 자신을 체포하기 위해 출발했다는 소식까지 전해 듣자 채두식의 머릿속은 점점 더 복잡해졌다. 상상조차 하기 싫었던 최악의 가정이 현실로 성큼 다가왔다. 그렇다고 이대로 가만히 앉아 당할 수만은 없는 노릇이었다.

그때, 이를 갈며 머리를 굴리던 채두식이 별안간 눈을 빛냈다. 잔뜩 흥분한 아내를 병원 밖으로 내보내 경찰의 눈을 따돌린다면 도피할 시간 정도는 충분히 벌 수 있을 것 같다는 생각이 들어서였다.

"여보, 일단 당신이 병원에 가서 쟤 좀 만나봐."

"내가? 만나면 뭐 뾰족한 수나 있고?"

그 말에 속내를 철저히 숨긴 채두식이 절망적인 표정으로 고개를 끄덕였다.

"지금으로선 당신이 유일한 희망이야. 가서 몰아붙이면 저 계집도 눈 돌아서 덤비겠지. 그렇게 흥분해서 떠들다 보면 계획적으로 접근했다는 정황이 드러날지도 몰라. 그렇게만 돼준다면 재판에서 유리하게 써먹을 수 있어."

그러자 유지숙이 비장한 얼굴로 고개를 끄덕이고는 병실을 나섰다.

멍청한 여편네.

문이 닫히자, 채두식은 밀항 전문 선장에게 즉시 전화를 걸어 당장 움직일 수 있는 배를 예약했다. 만약을 대비하여 입

330

수해둔 병원 관계자 옷으로 갈아입은 후, 서둘러 병원을 빠져나갔다.

한편, 의국에 홀로 남은 해수는 초조함에 덜덜 떨리는 속을 진정시키고 노트북을 열었다. 손이 키패드 위를 바삐 움직였다. 사방이 쥐 죽은 듯 조용하니, 타닥타닥 자판을 두들기는 소리마저 소란스럽게 느껴졌다.

숨을 참느라 해수의 가슴이 크게 부풀었다. 아버지는 자신이 방송을 보지 않길 원했으나, 도무지 태연하게 책이나 들여다보고 있을 수가 없었다. 오늘 하루, 그녀의 마음은 깊은 나락으로 가라앉아 있었다.

실시간 공중파 방송 영상을 제공하는 사이트에 접속하자 현재 방송 중인 프로그램들이 상단에 줄지어 지나갔다.

마우스에 얹은 해수의 손에 점점 힘이 들어갔다.

잠시 후, 가까스로 마음을 다잡고 방송사 섬네일을 클릭하려는데 때마침 울린 낮은 진동 소리가 적막을 깼다.

액정에 떠오른 지석의 이름을 확인한 순간 해수의 몸을 에워싸고 있던 긴장의 끈이 탁 풀렸다. 동시에 심장이 놀랍게 느껴질 만큼 빠르게 뛰더니, 가슴 깊은 곳에서부터 무수히 솟구친 안도감과 그리움이 한데 엉겨 소용돌이쳤다.

목소리까지는 그렇다 쳐도, 고작 이름 하나에 이렇게 반응하는 건 좀 심한 거 아닌가.

"이 정도면 병이다. 병. 그것도 아주 중증."

뭐라 설명할 수 없는 기분에 휩싸인 해수는 노트북에서 눈을 떼고 의자 뒤로 몸을 길게 젖혔다. 심장에 해로운 남자를 떠올리며 허공을 잠시 바라보다가 통화 버튼을 꾹 눌렀다.

[기분은 좀 어때?]

피로가 잔뜩 묻은 목소리에서 나른한 숨결이 흘러나왔다. 해수는 다짜고짜 묻는 남자의 목소리를 음미하듯 눈을 지그시 감았다.

크리스마스 이후 일주일이 흘렀다. 이번 일에 사활을 건 만큼 그는 얼굴 마주칠 시간조차 없이 바쁘게 뛰었다. 아버지가 위험에 노출될 것을 염려하여 방송국 미팅과 리허설에 동반했고, 초호화 변호인단을 구성하여 자문을 얻었다.

해수는 아버지의 곁에서 힘을 실어주는 남자에게 말로 이루 다하기 어려운 고마움을 느꼈다. 그가 아니었다면 여기까지 올 용기조차 내지 못했을 테니까.

"어떻긴……. 무지무지 보고 싶지."

한숨처럼 속삭인 해수는 책상 서랍 가장 아래 칸을 열어 액자 하나를 꺼냈다.

해수의 대학교 입학식 날 찍은 사진이었다. 세상을 다 가진 것처럼 환하게 웃고 있는 해수와 그런 해수를 부둥켜안고 있는 해인, 눈에 넣어도 아프지 않은 딸들을 바라보며 인자하게 미소 짓는 윤성태. 이제 다시는 볼 수 없을 광경이었다.

해수는 버겁게 숨을 삼키며 액자 위를 가볍게 쓰다듬었다.

"조금 우울한 거 같기도 하고."

수화기 너머로 낮은 숨소리만 전하던 그가 나직한 목소리로 위로의 말을 건넸다.

[방송 잘하고 계셔. 아버님 충분히 이겨내실 거야. 누구보다 강인한 분이니까.]

해수가 그럴 줄 알았다는 듯 맥없이 웃었다.

"응, 알아. 아는데……."

아버지에 대한 원망과 후회, 가족의 마음을 헤아려주지 못했던 자조가 섞여들어 자꾸만 한숨이 새어 나왔다. 언니를 생각하면 가슴속이 후련하면서도 어쩐지 슬픔과 공허함이 더 크게 느껴진 탓이었다.

"솔직히 아직도 잘 모르겠어요. 언니는 아빠가 이렇게 되길 원했던 걸까? 너무 어려워."

게다가 방송이 끝난 직후 일파만파 커질 사회적 비난과 법적 책임 역시 아버지가 오롯이 감당해야 할 부분이라 생각하면 커다란 돌덩이라도 삼킨 것처럼 가슴이 꽉 막혔다.

해수의 말을 경청하던 지석이 진중한 목소리로 그녀의 어지러운 마음을 단단히 잡았다.

[누구나 잘못된 판단을 내리긴 쉽지만, 그게 틀렸다는 걸 인정하는 건 어려워. 아버님이 용기 내신 덕에 증인도 그만큼 모을 수 있었던 거고.]

"……."

[아버지를 믿고, 넌 네가 할 일을 해. 그래줄 수 있지?]

그 어느 때보다 확신에 찬 목소리가 귀를 울렸다. 그제야 한결 기분이 나아진 해수는 시간이 빨리 갔으면 좋겠다는 말로 통화를 마무리한 후 노트북을 닫았다.

방송을 보고 마음 아파하며 시간을 헛되이 보내고 싶지 않았다. 그건 언니와 아버지가 원하는 모습이 아닐 테니까. 그럼에도 여전히 머릿속이 복잡했다.

이럴 땐 빠릿빠릿하게 몸을 굴리는 게 상책이지.

육체노동만이 답이라고 생각한 해수는 갑갑한 숨을 내보내며 테이블을 짚고 몸을 일으켰다. 왠지 모를 스산함에 팔을 쓸어내리며 의국을 나섰다.

해수는 뚜벅뚜벅, 텅 빈 복도에 울리는 발소리를 들으며 2일 전, 로비에서 목격한 아버지의 뒷모습을 떠올렸다. 이사장실을 방문한 아버지는 부서장 이상 간부 및 각 과 교수들을 소집하여 이번 방송에 대해 미리 언질을 주었다. 이유는 간단했다. 세상이 발칵 뒤집힐 만큼 충격적일 내용에 딸의 입장이 곤란해질 것을 미연에 방지하기 위함이었다.

자신에 대한 제자들의 신뢰와 존경이 한순간 깨져버리는 걸 보면서 아버지는 어떤 생각을 했을까?

"근데 윤해수 쟤, 진짜 기 세지 않아? 아버지가 방송에 나와서 자백하고 있는데, 멀쩡히 출근해서 일하는 거 좀 봐."

한동안 멍한 상태로 걷던 중, 지나가는 이들의 수군거림이 들렸다. 그들은 해수를 보지 못했는지 거침없이 떠들어댔다.

"그러게 말이야. 나 같으면 부끄러워서라도 병원 못 다닐 것 같은데."

"쉿, 조용히 해. 함부로 떠들다가 징계받고 싶지 않으면."

어둑해진 직원 전용 복도를 지나 엘리베이터에 올라타는 그 순간까지, 직선으로 찔러오는 시선에 뒤통수가 따끔거렸다.

3, 2, 1⋯⋯. 하나씩 줄어드는 숫자를 바라보던 해수는 숨을 죽인 채 입술을 물었다. 어깨에서부터 주먹까지 팽팽하게 힘이 들어가 바들바들 떨렸다.

뒤에서 쑥덕대는 말들이야 늘 그랬듯 못 들은 척 버티면 그만이다. 소문이라는 게 본디 시일이 지나면 흐지부지해지기 마련이니까. 하지만 이런 식으로 동료들에게 부담을 주는 상황이 마냥 유쾌하지만은 않았다. 자신의 존재로 인해 병원의 명성에 흠집이 날지도 모른다 생각하니 당장 눈물이 쏟아질 것처럼 목구멍이 뜨거워졌다.

하, 정신 차리자. 지금은 이런 생각이나 할 때가 아니잖아.

해수는 짧게 고개를 털며 관성처럼 돌아오는 우울을 밀어냈다. 응급실 앞에 걸린 시계를 올려보며 불안하게 뛰는 심장을 가라앉히고 숨을 골랐다.

11:20 P.M.

방송은 끝났을까, 아버지는 이제 어떻게 되는 걸까, 생각하며 자동문을 통과한 순간 응급실의 텁텁한 공기가 코끝으로 성큼 밀려왔다.

"야, 윤해수. 공부하라고 올려보냈더니 뭐하러 기어 내려왔어. 일도 없는데."

해수가 꾸벅 인사를 하자, 모니터를 들여다보며 부지런히 키보드를 두드리던 이주혁이 평소처럼 심드렁하게 말했다.

"아니, 이주혁 선생님. 일 없다는 소리 하면 부정 탄다고 내가 몇 번을 말했어요. 해수 쌤, 어서 와요."

콧등을 구기고 서서 이주혁과 입씨름하던 간호사 역시 경계 없는 눈빛으로 해수에게 손짓했다.

"네⋯⋯."

평소처럼 자연스럽게 행동하면 되는 건가. 아니면 물의를 일으켜서 죄송하다고 사과해야 하나.

너무도 평온한 분위기가 되레 불안감을 부추겼다.

어색한 웃음을 흘린 해수는 눈치 보는 아이처럼 쭈뼛거리며 스테이션으로 걸어가 차트를 펼쳤다.

"저⋯⋯."

스테이션에 앉아서 업무를 보던 이주혁의 시선이 몇 번 더 제게 닿는 걸 느낀 해수가 머뭇머뭇 입을 떼려던 순간이었다.

"너 내가 누군 줄 알아? 어디서 감히 손을 대! 손을 대길!"

고요하던 응급실 밖에서 소란이 일었다. 이게 무슨 소리지, 위중한 환자라도 들어왔나 싶어 고개를 돌리려던 찰나, 손톱으로 철판을 긁는 듯한 음성이 해수의 고막을 날카롭게 할퀴었다.

"이 천벌 받아 지옥에 떨어질 년! 쥐뿔도 없는 것들 거둬준

은혜도 모르고 이런 식으로 뒤통수를 쳐?"

전신에 소름이 일었다. 딛고 있는 자리에서 단 한 발자국도 떼기 어려울 만큼 당황한 해수의 몸이 빠르게 굳어갔다.

"너, 그 애한테 계획적으로 접근한 거지? 네 아버지랑 짜고서 걜 조종한 거야. 그렇지 않고서야 어떻게…… 어떻게 일이 이 지경이 돼!"

마침내 시선이 향한 곳엔 자신을 찢어 죽일 듯한 눈빛으로 달려드는 유지숙과 그 우악스러운 행동을 제지하려는 수행원, 그리고 보안요원들이 한데 엉켜 있었다.

"널 만나지 않았다면 걔가 회장님과 틀어질 이유도 없었겠지. 이게 다 너 때문이야. 가만히 있는 애 들쑤셔놓은 네년 때문이라고!"

해수는 가만히 눈을 감았다. 악물고 있던 턱이 욱신거렸다. 속에 있는 말을 모조리 토해내고 싶은 마음이 굴뚝 같았지만, 가느다랗게 남아 있던 이성이 뛰쳐나오려는 말을 막았다.

"드릴 말씀이 없습니다. 소란 피우지 말고 이만 돌아가주세요."

말귀를 알아먹을 사람이었다면 여기까지 찾아올 생각조차 하지 않았겠지. 무엇보다 아버지가 어떠한 처벌을 받게 될지 확실하지 않은 상황에서 제 말 한마디가 독이 될지도 모르는 일이었다. 여기까지 생각한 해수는 황급히 뒤돌아 걸음을 내디뎠다. 그러자 벼락처럼 소리 지른 유지숙이 보안요원들을 밀치고 달려들었다.

"어디서 어른이 말하는데 등을 보여!"

미처 피할 틈도 없이 휘어잡힌 해수의 머리채가 뒤로 확 젖혀졌다.

"헉!"

아차, 하는 순간 중심이 흔들려 상체가 휘청거렸다. 해수가 숨을 크게 들이마시며 손을 뻗었으나 잡히는 게 없었다.

몸이 반쯤 기울어진 해수는 자신의 얼굴을 향해 날아오는 유지숙의 손바닥을 보았다.

아, 꼼짝없이 한 대 맞겠구나.

예상했던 상황이었지만 머리가 젖혀지는 순간 다리에 힘이 빠졌다. 해수는 어금니에 힘을 주며 눈을 질끈 감았다.

그때였다.

"헛소리도 정도껏 하셔야지."

해수의 머리카락을 휘어잡은 손목을 비틀어 떼어낸 누군가가 허공으로 치켜든 팔마저 낚아채 가볍게 밀쳤다.

"으아아악!"

날카로운 비명에 놀라 부릅뜬 해수의 시선이 보안요원과 부딪혀 나뒹구는 유지숙에게 향했다.

"알 만한 분이 공공장소에서 행패를 부리시면 되겠습니까. 이렇게 보는 눈도 많은데."

강경하고 서늘한 음성으로 말하며 기울어지는 해수의 몸을 날렵하게 받아낸 사람은 다름 아닌 지석이었다.

여길 어떻게.

얼마나 급히 달려온 건지 흐트러진 머리카락 아래, 신경질적으로 휘어진 입매에서 불쾌감이 읽혔다. 관자놀이며 목에 핏대가 툭툭, 불거질 정도로 그의 온몸에 힘이 바짝 들어가 있었다.

"큰일 날 뻔했네."

분노를 삭이느라 흉곽을 크게 부풀린 지석이 고개를 비스듬히 내려뜨렸다. 그 서늘한 인상이 품에 안긴 해수를 보며 차츰 생기를 되찾았다. 그가 해수의 등을 토닥이며 나직이 속삭였다.

"들어가 있어. 금방 돌아올 테니까."

언제나처럼 안도감을 주는 목소리를 듣는 순간, 눈물이 핑 돌고 가슴이 먹먹해졌다. 폭언을 들은 탓일까. 잠시도 떨어지고 싶지 않았다. 이렇게 뛰다가 심장이 멎을지도 모르겠다는 생각이 불현듯 들었던 해수는 고개를 끄덕이려다 말고 남자의 옷깃을 다급하게 붙들었다.

"윤 선생! 괜찮아? 다친 데는?"

그때, 웅성거리며 몰려드는 사람들을 통제한 이주혁과 간호사들이 식은땀을 흘리며 달려왔다.

할 말이 있는 사람처럼 움찔거리던 해수는 그를 붙들었던 손에 힘을 빼고 어서 다녀오라며 고개를 끄덕였다. 다가오는 의료진을 향해 해수가 다친 곳은 없는지 살펴볼 것을 부탁한 지석은 곧장 몸을 돌렸다.

병원은 사람들이 자유롭게 오갈 수 있는 공간인 만큼 결코 가볍게 넘길 문제가 아니었다.

뚜벅뚜벅, 그의 분노를 대변하듯 윤이 나는 구두가 바닥에 닿으며 선뜩한 소리를 냈다. 그 소리가 점차 가까워지자, 간신히 몸을 일으켜 벽을 짚고 선 유지숙이 저승사자라도 맞닥뜨린 사람처럼 휘청거리며 두어 걸음 물러섰다.

지석이 한 발 성큼 다가서서 낮게 내씹었다.

"아직도 사태가 어떻게 돌아가고 있는지 분간이 안 가십니까?"

"너, 너 지금 그게 부모한테……!"

"부모."

차분하게 내리까는 시선이 서릿발처럼 냉랭했다. 처음 느껴보는 위압감에 놀란 유지숙이 아랫입술을 파르르 떨며 질식시킬 기세로 압박해오는 눈을 마주했다.

"섭섭한 게 있으면 말로 풀어야지. 가족 간에도 의리를 지켜야 한다는 거, 아버지께 못 배웠니?"

"놀랍네요. 절 가족으로 생각하고 계신 줄은 몰랐는데."

단호한 말투가 이어지자 어떻게든 수습해보려던 유지숙의 얼굴이 멈칫 굳었다. 식사 자리를 비롯한 공식 석상 어디서도 큰 소리 한 번 내지 않던 아이였다. 심지어 아들들의 끈질긴 괴롭힘에도 불만은커녕 무관심으로 일관하며 남편의 곁을 그림자처럼 지켜온 아이가 아니었던가. 남편이 죽으라면 죽는시늉이라도 하던 게 바로 눈앞에 선 지석이었다.

그래, 아직 늦지 않았어.

유지숙의 턱에 단단히 힘이 들어갔다.

"다른 사람도 아닌 네가 어떻게 회장님 등에 칼을 꽂아. 회장님이 널 어떻게 거뒀는데!"

지석이 부드럽게 말했다.

"그래서 법으로 해결하려는 겁니다. 오갈 곳 없는 절 거둬주신 은혜를 생각해서, 인간적이고 평화로운 방식으로."

미세하게 남아 있던 웃음기마저 완전히 걷어낸 지석이 흐트러진 머리카락을 말끔하게 쓸어 올리며 상체를 낮췄다.

"그러니까, 잘 모를 땐 입 다물고 가만히 계셔야 한다는 겁니다. 어머니."

하얗게 질린 채 바들바들 떠는 유지숙에게서 등을 완전히 돌린 지석이 한 걸음 떼다 말고 고개를 돌렸다.

"그래야 제게도 어머니께 마지막 온정을 베풀 수 있는 명분이 생기지 않겠습니까."

자세를 바로 한 지석은 로비로 나간 해수를 향해 걸어갔다.

유지숙의 무릎이 풀썩, 힘을 잃고 꺾였다.

커피 잔만 만지작거리며 로비에서 서성이던 해수는 경찰에게 유지숙을 인계하고 제게로 오는 지석에게 황급히 걸어갔다.

"아빠는? 아빠는 어쩌고 여기 온 거예요?"

지석은 제 팔을 붙들고 초조한 낯으로 묻는 해수가 다친 곳은 없는지부터 빠르게 살핀 후, 염려스러운 눈으로 내려다보며 말했다.

"괜찮아? 다친 데는 없고?"

"응. 괜찮아요. 그것보다 아빠는요?"

헝클어진 해수의 머리카락을 매만지던 지석은 반대 손으로 그녀의 머리를 감싸 제게로 당겼다.

"일단 본가로 가셨어. 우리 집으로 모시려고 했는데, 살펴봐야 할 자료들도 있다고 하셔서 더는 잡기 어려웠어."

"아아."

해수는 고개를 끄덕이며 웃었지만, 그것이 안도의 의미는 아닌 듯 보였다. 그는 여전히 두려움에 사로잡혀 있는 해수의 어깨를 감싸 안고 눈가에 입을 맞춘 후, 긴장이 잦아들 때까지 다정하게 토닥였다.

"걱정할 일 없을 테니까 안심해. 경호원도 충분히 배치해뒀고, 모든 게 다 알려진 마당에 더는 발악하기 어려울 거야."

생방송이 진행되는 동안 채두식이 무모한 짓을 벌일 거라는 건 이미 예상한 일이었다. 아니나 다를까, 방송을 보고 흥분한 유지숙을 꼬드겨 내보낸 채두식은 즉시 밀항을 시도했다. 하지만 지석이 미리 일러둔 루트대로 배치된 경찰이 뒤를 밟았고, 현장에서 채두식을 체포했다는 전화를 막 받은 참이었다.

"정말 다행이에요. 이제 진짜 끝이었으면 좋겠다."

구겨진 가운을 탁탁 털며 애써 불안을 떨쳐내듯 맑게 웃는 해수를 보자 팽팽하게 당겨져 있던 신경 줄이 툭, 끊겼다. 분을 삭이지 못해 거칠게 숨을 몰아쉬며, 지석은 굳은 얼굴을 쓸어내렸다.

다 끝났다고, 이제는 그녀에게 든든한 울타리가 되어주는 일만 남았다고 생각했지만, 유지숙을 막아내지 못했다는 자책감이 그를 에워쌌다.

더 많은 변수를 고려해 면밀히 살피지 못한 자신에게 화가 났다. 조금만 늦었다면 큰 사고로 이어질 수도 있었다는 생각에 이르자 더는 태연해질 수가 없었다.

"미안해. 이런 일이 벌어지지 않도록 더 신경 썼어야 했어. 널 위험에 빠트리고 싶지 않았는데……."

마른침을 삼키고 숨을 크게 토해냈는데도 어딘가 꽉 막힌 듯 답답했다. 지석이 더는 말을 잇지 못하고 그녀를 내려다보자, 옅게 한숨을 내쉰 해수가 그의 손목을 꽉 그러쥔 채 로비 의자로 이끌었다.

"여기 좀 앉아봐."

해수가 제 옆자리를 탕탕 두들겼다.

지석이 굳은 얼굴로 제 곁에 앉자, 해수는 커피 잔을 내려놓고 충분히 데워진 손으로 그의 양 뺨을 감싸 당기며 말했다.

"자, 날 봐요."

미간을 모은 그녀가 채근하듯 곧바로 되물었다.

"어때 보여?"

지석은 멍하니 해수를 바라보았다. 그녀의 뒤편, 크리스마스가 훌쩍 지났는데도 여전히 남아 있는 화려한 트리가 보였다. 오렌지빛 조명이 그녀의 창백한 얼굴 위로 석양처럼 번져 초현실적인 분위기를 자아냈다. 고혹적으로 뻗은 눈꼬리, 도톰하고 붉은 입술을 바라보고 있으려니 기분이 묘했다.

도드라진 목울대가 위로 솟았다가 아래로 꺼졌다. 그는 깊이 생각하지 않고 대답했다.

"예뻐. 지금 당장 집으로 데리고 가서, 밤새 괴롭히고 싶을 만큼."

그렇게 대답하는 사이, 어둡게 가라앉았던 지석의 눈가가 부드럽게 누그러졌다. 내면에 자리 잡은 불안도 가만가만 흩어지는 걸 느꼈다. 뇌쇄적으로 변해가는 눈빛을 지켜보던 해수의 눈매가 초승달처럼 어여쁘게 접혔다.

"그것 봐. 아무 일도 벌어지지 않았고, 난 위험에 빠지지도 않았어."

그녀는 지석과 눈을 마주치고, 진심을 담아서 웃어 보였다.

"쓸데없는 걱정으로 시간 버리지 마. 그럴 시간에 지금 당장 하고 싶은 거 해요. 우리."

허공으로 오가는 시선이 서로를 향해 뜨겁게 쏟아졌다.

어둑한 창 너머로 비치는 하늘에 짙은 구름이 깔려 있었다.

여명이 밝아오기엔 아직 이른 시각, 나른해진 눈빛으로 하늘을 바라보던 해수는 침실 안의 더워진 공기를 들이마시며 몸을 뒤척였다.

"어디 가려고."

해수의 등 뒤에 바짝 달라붙은 지석이 가느다란 허리춤을 당겨 안으며 목덜미에 입술을 묻었다.

"그게 아니라 좀 힘들어서. 덥기도 하고."

"매번 뭐가 그렇게 힘들어. 체력이 너무 약한 거 아닌가."

부드럽게 목덜미를 더듬던 입술이 귓등을 지나 귓바퀴에 닿자, 숨이 차고 몸에 열이 살짝 오르기 시작했다. 해수는 가슴을 크게 부풀렸다가 긴 숨을 토해내며 힘겹게 고개를 저었다.

"이게 다 누구 때문인데……."

"그래. 전부 다 내 탓인 걸로 하고."

울컥하는 마음에 투덜거리자, 지석이 놀리듯 슬쩍 웃고는 적나라하게 손을 움직여 아랫배를 느릿느릿 쓰다듬었다.

다시 불을 지피려 드는 손길에 느슨해진 해수가 고개를 뒤로 젖혀 그를 바라보았다.

"그만해요. 우리 밤샌 거 같아."

침대 맡 간접 조명에서 쏟아져 나온 빛이 부드러운 각을 그리며 그를 비추었다. 온몸이 녹진하게 녹아내릴 정도로 나른해진 해수는 결국 몸을 돌렸다. 눈이 마주치자마자 당연하단 듯 입술이 달라붙었다. 겹쳐지고 비벼지는 모든 곳이 하나로 녹아드는 듯한 키스였다. 밀려드는 숨이 너무 뜨거워 닿는 순간 입을 열어줄 수밖에 없었던 해수는 매달리듯 그의 목덜미를 꽉 끌어안았다.

"아침 되려면 멀었어. 아직 놀 시간 충분해."

부드럽게 입술을 모아 다정한 키스를 이어가던 그가 나직하게 중얼거렸다. 반박하려고 입술을 달싹였으나, 달뜬 숨만 새어 나왔다. 욕망으로 뒤덮인 혀가 엉망으로 엉켜 들었다. 가쁜 호흡이 조각나 폐부를 가득 채웠다. 금방이라도 잠들 것 같았던 세포 하나하나가 예민하게 깨어났다.

그와 사랑을 나누는 것은 기분 좋은 일이었다. 경계로 가득 찬 눈이 열기에 차 흐려지는 것도, 커다란 손이 온몸을 부드럽게 어루만지는 것도, 모진 풍파로부터 자신을 지켜줄 것 같은 널따란 품도 좋았다. 무엇보다, 늘 처음인 것처럼 열렬한 키스를 퍼붓는 남자가 자신으로 인해 극도로 흥분하고 있다는 사실이 그녀를 전율하게 했다.

"아까 병원에서 무슨 말하려고 했어?"

어느새 상체를 일으켜 해수의 다리 사이에 자리 잡은 그가 매끄러운 허벅지를 움켜쥐며 불쑥 물었다.

해수는 남자의 시선이 종아리를 타고 그녀의 발목에 닿는 걸 보며 되물었다.

"응? 무슨 말?"

"내가 들어가라고 했을 때, 할 말이 있는 얼굴이었는데."

"아아. 그거."

"그게 뭔데."

지석이 대답을 재촉하듯 눈썹을 밀어 올렸다. 그에게 늘 허기져 있는 제 속내를 들키고 싶지 않았던 해수는 시치미를 뚝 떼고 미소 지었다.

"음……. 비밀."

지석은 곧장 살랑거리는 발목을 움켜쥐고 안쪽 복숭아뼈를 따라 입을 맞추며 잘근잘근 씹어댔다. 위아래로 움직이던 그의 목울대에 파르라니 핏대가 돋아났다.

"아아, 간지러워. 하지 마."

두툼한 혀가 훑고 지나갈 때마다 수백 개의 얼음 파편이 튀는 것처럼 찌릿한 감각이 전신에 내달렸다. 해수는 몸을 뒤틀어 지석을 밀어내려고 했지만 늘 그랬듯 소용없었다.

"얼른 말해. 은근슬쩍 넘어갈 생각하지 말고."

"아, 아프다니까, 정말?"

그가 깨문 허벅지에 동그란 잇자국이 나 있었다. 그걸 한 번 쓱 핥아 올린 남자가 짓궂은 투로 말했다.

"이런 거 좋아하는 줄 알았는데."

잔뜩 예민해진 허벅지가 따뜻한 점막에 휘감기는 느낌이 선뜩했다. 해수는 소스라치며 발끝으로 시트를 구겼다. 심장이 뻐근하게 느껴질 정도로 지나친 자극이었다.

"아아, 말할게. 말할 테니까 제발 그만해."

미간을 찌푸린 얼굴 그대로 그가 입꼬리만 휘어 승리한 자처럼 미소를 지었다. 상체를 일으킨 해수는 제게 덮쳐드는 그림자 위로 올라타 복근이 자리한 배를 쓸어내리며 말했다.

"며칠 만에 봐서 그런지, 그냥 그 순간 떨어지고 싶지 않았어. 괜히 안 좋은 소리 듣고 상처받진 않을까 걱정도 되고."

잔잔하게 휘어지는 눈매에 어쩔 수 없이 가슴이 울렁거렸다. 검지로 단단한 가슴을 덧그리듯 매만지던 해수는 백기를 든 포로처럼 몸에 힘을 쭉 빼고 그에게 안겼다. 꼼지락거리며 편한 자세를 찾아 안착한 다음 길게 한숨을 내쉬었다.

"응. 맞아. 사랑이야……. 사랑해서 그런가 봐."

해수는 보기만 해도 가슴이 따스해지는 얼굴을 부드럽게 어루만졌다.

"시도 때도 없이 같이 있자, 사랑해달라, 집착하게 될까 봐. 이런 감정이 처음이라 겁나."

해수가 말을 멈추고 버겁게 숨을 뒤채는 순간, 그가 숨을 다 집어삼킬 기세로 입술을 가르고 들어왔다. 맹렬하게 밀려드는 움직임과는 달리 부드럽게 얽히는 혀와 가느다란 등허리를 쓸어내리는 손길만은 깨지기 쉬운 유리 인형을 다루듯 조심스러웠다. 턱 아래에, 목덜미에 코를 뭉개가며 키스하던 그가 해수를 꽉 끌어안고 가녀린 어깨에 이마를 묻었다.

"제발 그렇게 해줘. 아무 데도 못 가게 옭아매고 집착해. 끊임없이 욕심내고 날 원해줬으면 좋겠어."

소유욕과 독점욕, 질투, 그 저변에 깔린 밑바닥 감정까지도 내보일 수 있는, 온전한 서로의 것이 될 수 있도록.

가쁘게 치닫는 숨을 힘겹게 끊어 쉬던 그가 그렇게 중얼거리며 다시 입을 맞추었다. 가볍고 짧은 입맞춤 끝에 지석은 한숨처럼 속삭였다.

"나도 그래. 너 때문에 하루에도 몇 번씩 심장이 곤두박질 쳐. 네가 너무 사랑스러워서 못 견디겠어."

애타게 주변을 맴돌던 그가 붉고 연약한 틈으로, 그녀조차 들여다보지 못한 깊은 곳으로 서서히 밀려 들어왔다.

어느덧 푸르스름해진 창문 너머로 여명이 밝아오고 있었다.

응급실을 비롯한 일반외과가 가장 바쁜 연말과 설날이 지나고, 새 학기를 앞둔 2월의 마지막 주.

고풍스러운 분위기가 물씬 풍기는 테이블 위, 화로 위에 줄 지어 놓은 숯불갈비가 지글지글 소리를 내며 익어갔다. 새하 얀 창호지가 발라진 격자문이 복도 끝까지 이어져 있는 공간, 분위기와 딱 어울리는 수묵화 그림이 일정한 간격으로 걸려 있었다.

"교수님, 너무 무리하시는 거 아닙니까? 이거 영……. 고기 가 목구멍으로 안 넘어가는데요?"

두툼한 갈빗대를 야무지게 쥔 채, 씹고 뜯던 서연이 입에 발 린 소리를 하며 황 교수의 소주잔에 술을 따랐다.

"시끄러워, 인마. 이런 기회 자주 오는 거 아니니까, 다들 눈 치 보지 말고 먹고 마시자고."

사람 좋게 너털웃음을 지은 황 교수가 잔을 치켜들자, 이를 기점으로 모두가 와자지껄하게 회식 자리를 즐기기 시작했다.

테이블 위로 정다운 대화가 오가고 연신 웃음꽃이 피었다. 숯불 위에 올라간 고기는 구워지기가 무섭게 동이 났다.

힘든 일이 어느 정도 마무리되고, 모든 것이 제자리를 찾아가기 시작한 터라 해수의 얼굴에도 이전과는 달리 여유가 가득했다.

한참 동료들과의 대화에 빠져 있던 해수의 핸드폰에서 진동이 울린 것은 분위기가 한창 무르익어가던 때였다. 지석의 메시지였다.

> 아직 회식 중이야? 데리러 갈까?

듣기 좋은 목소리가 귓가에 들리는 듯한 착각이 일어 입가가 대번에 길어졌다. 하지만 곧 의국장이 될 해수에겐 연차가 낮은 레지던트들을 챙겨야 할 의무가 있었다. 더구나 교수님마저 자리를 지키고 있는 마당에 먼저 일어날 수도 없는 노릇이었다.

해수는 눈치껏 토독토독, 자판을 두드렸다. 토끼가 훌쩍 눈물을 훔치고 있는 이모티콘과 함께였다.

> 지금은 일어나기가 조금 어려울 것 같아요.

메시지 옆에 1이 생기기도 전에 답장이 왔다.

> 어떡하지.

> 지금 당장 널 안지 않으면 안 될 것 같은데.

아, 미치겠다. 정말.

해수는 발끝부터 정수리까지 부끄러움을 뒤집어쓴 사람처럼 몸을 웅크린 채 핸드폰을 가슴에 안고 발을 동동 굴렀다.

매일매일 얼굴을 맞대고 함께 시간을 보내면서도 문자 하나에 마음이 설렜다. 게다가 술이 한 잔 들어간 탓인지 들뜬 마음이 간질간질 목 끝까지 차오르는 기분이었다.

이렇게 계속 심장이 터질 듯 두근거려도 괜찮은 걸까.

하늘로 둥실 떠오를 것 같은 마음을 애써 다독이고 이성의 끈을 바짝 조였다. 해수는 한참이나 고민을 거듭한 끝에 겨우 문장을 완성했다.

> 미안해. 먼저 자고 있어. 금방 갈게요.

그는 먼저 잠들지 않을 것이고, 자신 역시 금방 가지 못할 게 분명했다. 하나도 맞는 말이 없는 메시지였지만 달리 뾰족한 수가 없었다. 해수는 그도 분명 이해하리라 생각하며 핸드폰을 가방에 넣었다.

"수야, 청첩장은 언제 나온다 그랬지?"

불쑥 자신을 부르는 서연의 목소리에 해수는 얼른 고개를 들었다.

최근 병원에서 있었던 소소한 일들로 이어지던 대화의 주제가 어느덧 결혼식을 앞둔 해수에게로 집중된 모양이었다. 그와 메시지를 주고받다 보니 시간이 흐르는 것도 의식하지 못하고 있었다.

앞 접시에 놓인 갈비를 집어 들던 해수가 눈썹을 찡긋 추켜 올리며 대답했다.

"늦어도 다음 달 안에는 나올 거야."

"결혼식이 5월이랬나? 그런데 날짜를 왜 그렇게 늦게 잡았어? 박사님 일 때문에?"

평소 말 많기로 소문난 신경외과 교수가 건너편 테이블에서 물었다. 동시에 해수의 주변에 앉은 동기들의 시선이 일제히 그녀에게로 쏠렸다. 젓가락을 내려둔 해수는 묵묵히 소주잔을 만지작거리며 고개를 저었다.

"그건 아니고요. 연말이랑 학기 초에 오래 자리를 비워두는 건 곤란할 거 같아서요. 아버지랑은 상관없이."

채두식의 악행이 방송을 통해 세상에 드러난 지도 벌써 두 달에 가까워졌다. 채두식이 여당 대선 후보와 결탁했다는 사실까지 밝혀지면서, 사건은 완전히 새로운 국면으로 접어들었다. 숫제 이제는 강 건너 불구경이었다.

"에이! 채두식인지 나발인지, 똥물에 튀겨 죽여도 시원찮을 새끼!"

분노가 꽉꽉 눌러 담긴 황 교수의 찰진 욕설과 함께 '쾅!' 텅 빈 소주잔이 원목 테이블 위로 깨질 듯이 놓였다.

"나도 이렇게 속이 뒤집히는데 넌 오죽했을까. 고생했다. 해수야, 너 진짜 고생 많았어."

황 교수는 그간 제자 앞에서 말하기 어려웠던 속내를 솔직히 드러냈다. 윤성태의 애제자였던 만큼 그 역시도 마음고생이 심했던 듯했다.

"전 이제 괜찮아요. 정말로요."

그래도 씁쓸한 웃음이 새어 나오는 건 어쩔 수 없는 일이었다.

황 교수가 해수의 어깨를 꾹 쥐며 그녀의 잔에 소주병을 기울였다.

"괜찮긴. 자, 한 잔 받아. 마신다고 털어낼 수 있는 건 아니겠지만. 어쩌겠냐. 남은 사람은 또 내일을 살아야지."

그래, 내일은 내일의 태양이 뜰 테니까.

해수는 상체를 뒤로 돌려 소주잔을 비우며 깊은 한숨을 삼켰다.

그날 방송으로 인해 사건이 수면으로 드러나자 국과수 역시 비난을 면치 못했다. 아버지 역시 채두식을 조력해왔다는 사실은 고의성이 입증되지 않아 벌금형에 그쳤으나, 결국 모든 보직에서 스스로 물러났다.

비워진 해수의 잔을 다시 채우던 이주혁이 넌지시 말을 보냈다.

"박사님, 독일에 가신다고 들었는데."

"네. 공부를 마저 하고 싶으시대요. 마음의 짐을 좀 덜어놓으셨으면 좋겠는데, 그게 생각처럼 잘 안 되나 봐요."

어깨를 으쓱이며 해수가 애써 가벼운 투로 대답하자, 황 교수 역시 한결 홀가분해진 얼굴로 대꾸했다.

"그 양반 성정이 그렇게 생겨먹은 걸 어쩌겠냐. 그걸 네가 꼭 닮은 거고. 그래서, 채 대표는 요즘 어떻게 지내? 어디 아픈데는 없고?"

물 흐르듯 자연스럽게 넘어간 황 교수의 말에 곧바로 지석을 떠올린 해수의 얼굴이 상냥하게 허물어졌다.

"걱정해주신 덕분에 무척 건강해요. 조금 지나칠 정도로요."

"어쭈. 생각만 해도 좋아죽겠나 보네."

해수가 뺨을 붉히며 대답하자 아나나 다를까, 기다렸다는 듯 사방에서 야유가 날아들었다.

"뭐야. 쟤 빨리 집에 보내줘라. 이러다 남편 될 분 찾아오는 거 아냐?"

"와, 난 윤해수 저렇게 웃는 거 처음 봤다. 10년을 같이 지냈는데도."

"난 이해해. 내 남편이 그 얼굴이다? 그냥 존재 자체로도 감사한 거지. 그럼 그럼."

화기애애해진 분위기는 각자의 결혼 생활을 토로하는 자리로 넘어갔다. 자연스레 장소도 옮기게 되었고, 2차로 가게 된 수제 맥주 가게에서 즐거운 시간이 흘렀다.

"주혁아, 나 먼저 갈 테니까 알아서 애들 잘 챙겨 보내라."

적당히 취한 황 교수가 카드를 건네고 자리에서 일어서자 어수선하던 회식 자리는 어느덧 한 테이블로 정리되었다.

이주혁이 양 손바닥을 짝 소리 나게 마주 잡으며 시선을 집중시켰다.

354

"자, 우리도 슬슬 자리 옮기자. 좀 특별한 메뉴 없나?"

유흥 문화에 빠삭한 서연이 손을 번쩍 들었다.

"강남역 근처에 꼬치구이 끝내주는 집 있는데, 가실래요?"

"오케이. 콜!"

말이 떨어지자 다들 일사불란하게 움직이기 시작했다. 이주혁이 계산을 하는 사이, 테이블에 놔두고 간 물건은 없는지 훑어보던 서연이 고개를 휙 돌려 해수를 보았다.

"해수야. 너도 갈 거지? 나 버리고 갈 거 아니지?"

해수는 대답 대신 블라우스 소매를 걷어 시간을 확인했다. 12시를 넘어 시간은 어느덧 새벽 1시를 향해 가고 있었다.

아, 어떡하지. 생각보다 너무 늦었는데.

교수님도 가셨고, 이제는 슬슬 일어나야 할 타이밍이었다.

"아, 미안. 난 이만 가봐야 할 거 같아."

코트를 팔에 걸친 해수가 가방 손잡이를 움켜쥐고 일어서려던 순간이었다.

"혁…… 여기 억지로 해수한테 술 먹인 사람 없어요. 정말이에요, 오해하지 마세요!"

갑자기 이건 또 무슨 소리야.

억울하다는 듯 허공에 대고 주절거리던 서연이 동조를 구하듯 눈을 부릅뜨고 해수의 팔을 툭 쳤다. 어서 네가 사실을 고하라는 듯이.

얘가 벌써 취했나. 그러니까 누구한테 하는 말인데?

입 모양으로 '뭐?'라고 대답하며 일어서려던 해수는 순간 눈앞이 핑 도는 것을 느꼈다. 오랜만의 회식 자리라 무리해서 마셨더니 취기가 훅 오르는 모양이었다.

해수는 멍해진 얼굴로 가게 입구를 바라보는 서연을 따라 시선을 옮겼다. 코끝에서 헛웃음이 픽, 터졌다. 문짝만 한 남자가 장승처럼 버티고 서서 그녀를 마뜩잖게 내려다보고 있었다.

남은 병원 식구들에게 지석을 인사시킨 해수는 막 가게를 빠져나왔다. 밀폐된 공기로 갑갑했던 실내와는 달리 서늘한 공기가 성큼 밀려왔다.

"조금 걸을까? 날씨도 꽤 많이 풀렸는데, 술도 좀 깰 겸."

지석이 그렇게 말하며 해수의 손을 깍지 껴 잡았다. 둘은 음식점이 즐비한 새벽의 골목을 천천히 걸었다. 고요한 거리엔 이따금 취객들의 고성만이 들렸다.

"먼저 자라니까 왜 이렇게 얇게 입고 왔어요, 연락도 없이."

터덜터덜, 그의 팔에 완전히 의지한 채 걷던 해수가 느리게 눈을 깜박이며 중얼거렸다. 지석이 가죽 재킷을 벌려 그녀의 어깨를 감싸 안고서 고개를 기울였다.

"네가 너무너무 보고 싶어져서."

지석이 술기운에 몽롱해진 해수의 눈을 들여다보며 부드럽게 말을 이었다.

"못 참겠더라고. 참을 이유도 없고."

달빛이 녹아든 눈동자가 물끄러미 그녀에게로 향했다. 해수는 숨을 내쉬는 것조차 잊고 코앞까지 다가온 지석의 얼굴을 빤히 바라보았다. 갈망에 차 있을 게 분명한 눈길이 남자의 반듯한 이마에서 코끝으로, 비율이 완벽한 입술로 뚝 떨어졌다.

어쩜 이렇게 매일 봐도 늘 새로울 수가 있는 건지.

해수는 기가 막혀 웃었다. 미세하게 스치는 숨소리에도 솜털까지 쭈뼛 설 만큼 팽팽한 긴장감이 흐르고, 무어라 형용하기 어려운 열망이 자꾸만 혀끝을 간지럽혔다.

해수의 눈썹이 묘한 각도로 휘어졌다.

"취해서 이러는 건가. 오늘따라 왜 이렇게 기분이 이상하지?"

잔뜩 갈라진 목소리가 비어져 나왔다. 속으로만 뱉어야 할 말이었다. 아무렇지도 않게 내뱉은 걸 보면 취한 게 분명했다.

해수는 제 안에 소용돌이치는 감정들이 잔잔해질 때까지 숨만 몰아쉬며 그를 올려다보았다.

바람결에 얼어붙은 건지, 기이한 열망에 달아오른 건지 모를 뺨을 그가 살며시 쓸었다. 관자놀이와 이마에 달라붙은 머리카락을 넘겨준 그가 가볍게 입을 맞추며 물었다.

"지금도 이상해? 계속하다 보면 나아지지 않을까?"

"뭘, 계속해?"

"키스."

그렇게 말하는 동안에도 입술이 비벼지듯 스치고 있었다.

시간이 더디게 흐르고, 주위가 흐릿해지는 기분에 고개를 끄덕이려던 해수는 지나가는 사람들의 인기척을 느끼고 황급히 몸을 뗐다.

"그만해. 사람들이 이상하게 보잖아."

"아무도 안 봐. 내가 뭘 어쨌다고."

"아니 갑자기 키스를……."

"얼마나 취했나, 확인한 거야."

혹 좁혀진 심리적 거리에 심장이 들썩거려 마른침만 삼키고 있는데, 별안간 그녀의 앞을 막고선 지석이 무릎을 굽힌 채 등을 내보였다.

"……응?"

의아한 듯 미간을 굽힌 해수가 멀뚱히 바라만 보자, 뒤를 돌아본 그가 고개를 까딱 기울이며 말했다.

"너 많이 취했어. 업혀, 업히기 싫으면 안고 가줄 수도 있고."

그냥 하는 말이 아닌 게 분명했다. 비서가 있거나 말거나, 자신을 훌쩍 안아 들고 다니길 예사로 여기는 남자가 스쳐 지나가는 사람들 눈치까지 볼 리 없지 않나.

널찍한 등을 보며 괜스레 부끄러워진 해수는 아랫입술에 슬며시 잇자국을 냈다.

"아니, 괜찮아. 나 하나도 안 힘들어. 그러니까 얼른 일어나. 사람들 봐."

새벽이긴 했으나 화려한 네온사인으로 휩싸인 골목은 여전히 대낮처럼 훤했다. 휘청거리며 지나가던 취객들이 좋을 때다, 주절거리며 웃는 소리도 언뜻 들려왔다. 슬쩍 주변을 살핀 해수는 다급히 손사래 치며 모르는 사람인 척 재빨리 그를 스쳐 지나가려 했다. 하지만 예상했던 대로 지석은 손을 뻗어 가느다란 손목을 가볍게 붙들어 세웠다.

"내가 안 괜찮아. 얼른 업히기나 해. 그게 더 빠르니까. 다시 볼 사람들도 아닌데 뭘 눈치까지 봐."

그래도 부끄러운데……

해수는 숨을 깊게 마시고 훅 내쉬었다. 가쁜 호흡을 따라 입김이 하얗게 피어올랐다. 시원한 공기가 드나들던 가슴이 오르내리고 뺨에는 화사한 빛이 떠올랐다.

"……무겁다고 버리기만 해봐."

뭐든 더 주고 싶어 하는 남자의 성격에 그럴 리 없었지만, 차오르는 민망함에 투덜거린 그녀가 몸을 낮추고 지석의 어깨를 짚었다. 가죽 재킷이 그녀의 손안에서 부드럽게 구겨졌다.

피식 웃으며 일어선 그는 양손으로 해수를 단단히 받치고서 어두운 골목길을 천천히 걷기 시작했다. 웅성거리던 소리들이 소거되고 어느덧 어둑한 골목길엔 묵직한 남자의 발소리만이 울렸다.

황금빛 가로등 불빛이 결 좋은 머리카락 위로 탐스럽게 맺혔다. 거기에 낮은 콧노래 소리까지 더해지자, 해수의 입가에 은은한 미소가 번졌다. 빨리 가기 위해 업고 가는 거라더니, 제 발로 걷는 것보다 훨씬 느린 걸음에서 말로 표현하기 어려운 애정과 안락함을 느낀 해수는 널따란 지석의 등에 편안히 볼을 비비며 희미하게 웃었다.

"한번은…… 엄마한테 업어달라고 떼쓰다가 호되게 혼난 적이 있었어요."

"그랬어? 언제?"

"음, 그때가 7살이었나. 그래서 언니가 우는 날 업고 잠이 들 때까지 마당을 서성서성……."

널따란 등에 기대자, 술기운과 나른함이 뒤섞여 졸음이 쏟아졌다. 해수가 결핍이 느껴지는 목소리로 중얼거리자 낮게 한숨 쉰 그가 담담히 고개를 끄덕였다.

"속상했겠네. 하지만 어머니도 마음으론 밤새 업어주고 싶으셨을 거야."

그랬을까. 아마도 그랬겠지.

가만히 듣던 해수는 긍정의 의미로 고개를 끄덕였다.

"항암 치료하느라 체력도 떨어지고 무척 힘든 시기였을 테니까."

아랫입술을 지그시 말아 문 해수가 엄마에 대한 그리움을 떨쳐내며 그의 등에 얼굴을 묻었다. 폐부 가득 숨을 밀어 넣으며 꿈을 꾸듯 느리게 눈을 깜박였다. 그러다 힘겹게 한마디 뱉었다.

"……그래도, 이렇게 업히니까 좋다."

한숨인지 웃음인지 모를 숨소리가 들려오나 싶더니, 우물처럼 깊은 목소리가 등을 통과해 해수의 귓가에 묵묵히 닿았다.

"어릴 때 못 해봤던 거, 부러웠던 거 있으면 말해. 내가 전부다 해줄 테니까. 그 대신……."

해수는 짧게 웃었다. 이제는 그의 목소리, 말을 꺼내기 전 멈칫거리는 숨소리만 들어도 그가 무슨 말을 하려는 건지 알 것 같았으니까.

남자의 너른 등이며 탄탄한 팔뚝을 조몰락거리던 그녀가 지석의 목덜미에 팔을 두르고서 선수 치듯 나른하게 대꾸했다.

"알았어요. 앞으로 걱정할 일 만들지 않을게."

"하여간 말이나 못 하면."

"약속할 수 있어. 자, 약속."

그녀가 새끼손가락을 쭉 뻗으며 뻔뻔하게 대답하자, 이를 바라본 남자의 입매가 시원스레 휘어졌다. 지석은 눈을 가늘게 뜬 채 힐긋 뒤를 보았다.

"윤해수가 언제부터 내 말을 그렇게 잘 들었다고."

"나, 말 잘 듣지 않나? 지석 씨 한정으로."

지석의 목덜미에 쪽, 입을 맞춘 해수가 킥킥대며 말했다. 따스한 숨이 목덜미를 느리게 쓸었다.

저도 모르게 튀어나오려는 신음을 삼킨 지석은 투정 부리듯 눈매를 딱딱하게 굳혔다.

"나라고 늘 아무렇지 않을 거라 생각하지 마. 나도 매일 널 기다려."

"……."

"물론 널 기다리는 시간조차 내겐 행복이지만."

그래도 혼자 두지 마. 외로운 건 질색이야.

연이어 쏟아지는 달콤한 투정이 결국, 해수를 웃게 했다.

은은하게 드리워진 가로등 아래, 하나의 그림자에서 정답게 흩어지는 웃음소리가 어두운 밤거리를 밝게 비추었다.

불규칙한 궤적을 그리며 길게 이어진 수흔의 끝, 기분 좋은 미온수가 두 사람의 몸 위로 쏟아져 내렸다.

바닥에 나뒹구는 젖은 옷가지들을 대강 밀어낸 지석이 해수의 말랑한 몸을 소중히 어루만지며, 보드라운 거품을 냈다.

라벤더 향에 휩싸인 그녀의 고개가 살짝 뒤로 젖혀졌다. 살짝 벌어진 입술 사이로 고요한 숨소리가 흘렀다.

"왜 이렇게 오래 기다리게 해."

지석이 해수의 허리를 감아 쭉 끌어당기며 속삭였다.

"하루 종일 안고 싶은 걸 참느라 미치는 줄 알았어."

말이 떨어지자마자 몸이 번쩍 들렸다. 지석이 해수의 다리를 잡아 제 허리를 감게 한 뒤 단번에 몸을 밀어 넣었다. 이러다 심장이 조각조각 흩어지겠다 싶을 정도로 자극적인 감각에 그는 혀 뿌리까지 올라오는 욕설을 꾹 삼켜야 했다.

그러는 사이 해수와 시선이 맞물렸다. 발갛게 달아오른 얼굴이 색정적인 분위기를 더했다. 그녀가 가쁜 숨을 몰아쉬며 힘겹게 입을 열었다.

"그런데요, 지석 씨."

"응, 말해. 너무, 길게는 말고."

정수리로 떨어지는 물이 주르륵 흘러내리는 탄탄한 가슴 아래 가둬진 채, 말갛게 치켜든 시선이 지석의 목울대로 향했다. 바로 대화를 이으려던 해수가 목울대를 가로지른 흉터를 홀린 듯이 바라본다. 맞닿은 하체의 마찰이 격렬해지고, 드나드는 남자의 격정이 소름 끼치도록 선연하게 느껴지는 와중에도 미간을 움찔거리면서 손을 뻗는 게 사랑스러웠다.

"보기 흉하지?"

지석의 말에, 흉터를 향해 뻗었던 손을 다시 아래로 내린 해수가 세차게 고개를 저었다.

"그럴 리가 없잖아. 얼마나 아팠을까……. 마음이 아파서."

단련된 근육으로 짜인 아름다운 피사체를 더듬던 손이 그의 얼굴로 향했다. 잠시 말을 멈춘 그녀가 그의 뺨에 손을 얹고는 엄지로 쓸어내리며 눈을 맞추었다. 진심이 전해지길 바라는 듯한 눈빛이었다.

지석은 그녀의 손바닥에 정신없이 입을 맞추면서도 시선을 떼지 않았다. 해수는 거칠게 엉킨 남자의 눈동자에서 어떤 시련이 와도 자신을 지켜줄 것만 같은 강건함과 그 안에 내재된 진중함을 읽었다.

"마음 아파하지 않아도 돼. 하나도 아프지 않았으니까."

쪽, 쪽, 애끓는 소리를 내며 입 맞추던 그가 해수의 빗장뼈 위로 입술을 찍어 누르며 속삭였다. 당장이라도 깨져버릴까,

그녀의 피부를 어루만지는 손길마저 애틋했다.

"거짓말."

"거짓말 아닌데. 오히려 이렇게 만들어줘서 고맙기도 하고."

반듯한 입꼬리가 진실을 말하듯 유려한 호선을 그려냈다. 칠흑처럼 짙은 머리칼을 부드럽게 만지작거리던 해수가 순간 와락 얼굴을 구기며 목소리를 높였다.

"말도 안 돼. 고맙긴 뭐가 고마워. 채두식 때문에 두 번이나 죽을 뻔했던 거 벌써 잊었어요?"

말없이 웃는 얼굴이 쓸쓸해 보였다. 인생의 반을 바쳐온 양아버지에게 끝까지 이용당하고, 목숨까지 빼앗길 뻔했던 배신감을 자신이 감히 헤아릴 수 있을까, 하는 생각에 자꾸만 마음이 찢길 듯 아팠다.

해수가 심해까지 가라앉은 눈빛으로 자신을 바라보자, 지석이 서릿발처럼 냉랭해진 음성으로 중얼거렸다.

"영감이 날, 이 지경으로 만들지 않았다면 널 만날 수도 없었겠지. 그것만으로도 감사해야 할 이유는 충분해. 그게 다야."

"그래도⋯⋯."

"다른 감정 같은 거 없어. 그냥 다 죽여버릴 걸 그랬나, 하는 생각이라면 또 모를까."

그렇게 말하고는 다시 커다란 손으로 해수의 양 뺨을 감싸고 따스한 눈동자로 그녀를 단단히 옭아맸다.

"그러니까, 이제 다른 생각 그만하고."

누가 먼저랄 것도 없이, 서로의 입술을 찾았다. 몸을 물릴 여유조차 주지 않겠다는 듯 혓바닥이 곧장 입천장 깊숙한 곳을 훑었다. 자꾸만 벌어지는 입술 사이로 미온수가 흘러들었다. 정신이 아득해지고, 한계까지 끌어 올려진 흥분에 시야마저 흐려졌다.

"하아⋯⋯."

앓는 소리를 삼킨 그녀는 지석의 찌푸린 눈가와 괴로운 듯 주름 잡힌 미간을 바라보았고, 각진 어깨 너머 욕실 한 면을 가득 채운 통창을 보았다. 멀리 바쁘게 오가는 자동차에서 나오는 불빛들이 동그랗게 어룽지는 걸 보며 다시 한번 그의 어깨를 부여잡고 목덜미를 바짝 끌어안았다.

다리 아래 찰랑거리는 물살이 남자의 눈빛과 닮았다는 생각을 한다.

생각은 길게 이어지지 않았고, 밤은 이제 시작이었다.

낙원의 일상

그로부터 1개월 후.

긴 통로를 지나 자리한 밀실. 드르륵, 미닫이문이 열리고 WS그룹 이사진들과의 회동을 끝낸 지석이 방에서 나왔다.

"뭐라고 하던가요."

일렬로 길게 늘어선 장정들 사이에서 대기하던 윤재가 재빨리 따라붙으며 물었다. 대답을 고심하듯 지석의 한쪽 눈썹이 느리게 치켜 올라갔다.

"예상대로."

WS그룹 이사진은 채두식이 조직을 정리하고 회사를 세우는 데 일조한 인물들로 그룹 내에 영향력이 막강한 원로들이기도 했다. 하지만 나이가 나이이니만큼 회장 자리에 오르기 위해 알력 다툼을 하기보다는 원로들에게 예우를 갖추고 자리를 보전해줄 후계자를 세우는 일에 혈안이 되어 있었다.

고개를 끄덕이며 따르던 윤재가 빠르게 말했다.

"회사 안팎으로 시끄러워지기 전에, 얼른 회장 자리를 메꿔야 한다는 의견이 지배적입니다. 지금으로선 대표님 외에 명분을 가진 이가 없습니다. 이사들이 뒷받침해준다고 할 때 작업 들어가시죠."

이어지는 첨언에도 아랑곳하지 않고 지석은 묵묵히 걸음을 옮겨 어두운 통로를 벗어났다. 끼익, 대기하던 사내들이 묵직한 철문을 열고 허리를 깊숙이 숙여 인사했다.

마침내 시원스레 드러난 북악산 자락을 마주하자 꽉 막혔던 속이 탁 트이는 기분이 들었다. 지석은 초봄의 맵고 찬 바람을 들이켜며 잠시 생각에 잠겼다.

"글쎄⋯⋯."

윤재의 말대로, 이사들은 대주주가 된 그에게 회장 자리에 오를 것을 강권했다. 채두식은 물론 후계자로 거론되어온 자식들까지 재기 불능인 만큼, 폭락한 주가를 급등시키기 위해선 지석이 적임자라는 게 공통된 의견이었다.

어깨가 무거웠다. 수많은 이들의 생계가 걸린 일인 만큼 그 역시 자신으로 인해 경영진 자리가 빈 것에 대해 책임감을 느끼지 않는 것은 아니었다.

"거절했어. 거긴 내 자리가 아니니까."

바지 주머니에 손을 찔러 넣고 정면을 잠시 응시하던 지석이 단호하게 고개를 저었다.

"WS그룹은 대대적인 개편이 필요해. 머릿속으로 계산기나 두드리는 노인네들까지 싹 밀어내려면 전문 경영인 체제로 가는 게 맞겠지."

다른 이의 비탄과 고통을 자양분 삼아 일군 회사에서 채씨 일가의 흔적을 완전히 지워버리겠다는 것이 변함없는 그의 뜻이기 때문이었다.

지석은 다시 입을 떼며 걸음을 옮겼다.

"비록 내가 이 빌어먹을 집구석의 적통은 아니지만, 채두식의 아들이라는 사실까지 부정할 순 없는 노릇이니까."

그의 마음을 이해하면서도 숙고해주길 바라던 윤재가 고개를 한 번 주억거린 후 홀가분한 얼굴로 말했다.

"예. 알겠습니다. 그리고 서두르셔야 할 것 같습니다. 사모님 방금 제주도에서 출발하셨다고 연락 왔습니다."

"사모님? 그렇게 부르기로 드디어 합의한 건가. 해수가 질색할 텐데."

"질색하셔도 어쩔 수 없습니다. 이제는 익숙해지셔야겠죠. 이런 일이 일상이 될 테니."

마침내 매서운 꽃샘바람을 가르고 차가 출발했다. 시원하게 내달리는 차 안에서 지석은 앞으로 해수와 함께 걸어갈 미래를 그려보았다.

"일상이라……."

느리게 흘러가는 풍경을 훑어보던 지석이 조용히 읊조리며 고개를 끄덕였다. 그녀의 삶을 송두리째 흔들었던 사건을 세상에 알리고, 두 사람에게 위협이 될 만한 인물들까지 모두 정리했다. 이제는 비로소 일상이라 부를 만한 평범한 삶을 영위할 때였다. 누구에게도 방해받지 않을 둘만의 낙원에서.

칠흑처럼 매끈한 세단이 정체 없는 도로 위를 시원스레 달렸다. 40분 남짓, 다행히 늦지 않게 공항에 도착한 차가 국내선 청사 입구에 멈춰 섰다.

오후 6시. 살짝 금이 가 있던 지석의 미간은 곧 손목 위에서 빛나는 시계를 확인하곤 언제 그랬냐는 듯 매끈해졌다.

"여기서 대기해. 다녀올 테니까."

차에서 내려 입국을 앞둔 항공편들이 표시된 전광판까지 빠르게 걸어간 그는 해수가 타고 있을 비행기의 도착 시각을 확인했다. 입국장은 1층이었고, 도착까지는 5분가량 여유가 있었다. 지석은 말없이 주변을 살피다 입국장 앞으로 걸어갔다.

의자에 앉자마자 고된 하루가 속수무책으로 쏟아져 내렸다. 그는 손바닥에 열을 내 마른 얼굴을 쓸어 올리며 목덜미를 길게 뒤로 젖혔다.

2일 전, 해수는 세미나 참석차 제주도로 떠났다. 그렇지 않아도 3월에 들어서자마자 눈코 뜰 새 없이 바빠진 해수와는 얼굴 한번 맞닥뜨리기 힘들었다. 그나마 일찍 들어오는 날도 머리만 대면 곯아떨어지기 바빴다. 논문을 마무리 짓고 시험 공부를 하느라 고된 모양인지 살도 쑥 내린 것 같았다.

이러다 얼굴 까먹겠네, 싶을 만큼 바쁘다 보니 진한 스킨십은 시도조차 하지 않게 되었다. 눈치 없이 커지는 욕망이나 채우자고 병든 닭처럼 픽픽 쓰러져 자는 여자에게 짐승처럼 덤벼들 순 없는 노릇이지 않나. 조금이라도 더 재우고 싶어 자는 얼굴에 대고 가볍게 입이나 맞추는 게 고작이었다.

고개를 좌우로 꺾으며 시간을 흘려보내던 지석은 말없이 입국장의 출입구를 응시했다. 연인에 대한 그리움으로 어둡게 흔들리던 눈빛이 기이한 열망으로 나른해졌다.

"······시간 되게 안 가네."

고작해야 2일, 그 시간이 영원처럼 길었다. 혼자 지내는 데 제법 익숙해졌다고 생각했는데, 이제는 혼자 지내는 시간이 못 견디게 외로웠다. 쓸쓸하다 못해 공허해진 심장 반쪽이 뚝 썰려나간 기분까지 들었다.

다시는 혼자 보내지 말아야지.

시계를 수백 번도 넘게 들여다보며 다짐하고 없는 일까지 만들어 생각을 다른 곳으로 돌리려 노력했지만, 그녀가 없는 2일 내내 애간장이 녹아들었다.

[잠시 후, XX 항공······.]

마침내 비행기 도착 안내 방송이 흘렀다. 해수가 타고 올 비행기 항공편을 확인한 지석은 상념을 떨치고 입국장을 향해 성큼성큼 걸어갔다.

1초가 1분처럼 더디게 흘렀다.

영원할 것 같던 기다림 끝에 문이 열리면서 무채색인 사람들이 밀려 나오기 시작했다. 그는 보기 드물게 초조한 낯으로 사람들의 얼굴을 빠르게 훑었다.

한참 뒤, 그의 눈이 어여쁘게 채색된 입구 모퉁이에서 멈췄다. 그와 동시에 자신을 발견한 해수가 크게 손을 흔들며 달려오기 시작했다.

"지석 씨!"

그리웠던 목소리가 귓가에 닿는 순간, 잔물결을 그리던 마음에 커다란 파동이 일었다. 환하게 웃는 얼굴을 보자 얼어붙은 심장이 세차게 맥동하기 시작했다.

"언제 왔어요? 못 오는 줄 알았는데."

"방금 도착했어."

"바쁠 거라더니."

힘껏 달려와 안기는 몸을 끌어안자 포근한 비누 향이 성큼 밀려들었다. 맞닿은 가슴 위로 크게 울리는 심장 박동이 서로에게 고스란히 전해졌다.

"바빴어. 내내 네 생각하느라."

지석은 숨이 차 헐떡이는 해수의 허리에 팔을 두른 채 가만히 눈을 감았다. 내내 무표정하던 입꼬리가 그녀의 목덜미에 묻힌 채 환하게 휘었다.

어쩌다 이렇게 되었나.

엄마와 헤어질 때도 느껴본 적 없던 분리불안증이 이제 와 솟구치는 게 어이가 없어 헛웃음 친 그가 말했다.

"조금만 더 안고 있자. 네가 너무 그리워서 힘들었거든."

"나도, 보고 싶어 죽는 줄 알았어."

지석이 몸을 살짝 떼고 해수를 내려다보았다.

"춥겠다. 얼른 집에 가자."

서로의 손가락이 꼭 맞물렸다. 어느덧 해가 뉘엿뉘엿 기울어진 공항 출구로 향하는 발걸음이 조금씩 빨라졌다. 두 사람의 머리 위로 오렌지빛 노을이 평화롭게 번져갔다.

엘리베이터에서부터 둘은 서로를 있는 힘껏 끌어안으며 키스를 나누었다. 조금이라도 떨어지면 죽을 것처럼 엉겨 붙고 팔다리를 얽었다. 뒷머리가 뻣뻣해지고 금방이라도 터질 것처럼 흥분한 몸이 제멋대로 달아올랐다.

지석은 그녀를 번쩍 안아 든 채로 현관문을 열어젖혔다.

"해수야……."

열기에 들끓는 목소리가 낮게 흘렀다.

지석은 통제 불가로 부풀어 오른 하체를 진득하게 맞붙이고 문지르며 그녀를 벽에 몰아세웠다. 한쪽 무릎을 팔에 걸어 꺾듯이 들어 올리자 과격한 행동에 놀란 해수가 고개를 뒤로 젖히며 도리질 쳤다.

"여기서 이러면 너무 깊……게 들어올 텐데."

홍조 띤 뺨에, 부풀어 오른 입술에 짧게 입 맞춘 지석이 그녀의 턱을 깨물며 어르듯 말했다.

"싫으면 말해. 천천히 할 테니까."

잇새로 달뜬 숨을 터뜨린 그녀가 한쪽 발끝을 들고 손을 뻗어 지석의 양 뺨을 감싸 제게로 끌어당기며 입술을 붙여왔다.

"아니, 좋아. 너무 좋아."

"내가 뭘 어떻게 할 줄 알고 좋대."

"그냥, 하고 싶은 대로 해. 멈추지 마."

그녀는 제 입술을 파고드는 남자의 결 좋은 머리카락을 본능적으로 그러쥐었다. 숨기지 않고 드러내는 다정한 갈망에 취해 욕심껏 입을 벌려 그를 마셨다. 잠시 떨어지는 틈도 용납할 수 없다는 듯이 한 몸처럼 겹쳐진 혀가 끈적하게 비벼지며 서로를 갈구했다. 해수는 지금 당장 끓어오르는 자신의 욕망에 솔직해지기로 했다.

"안아줘. 얼른⋯⋯."

부끄러움에 정신을 차리지 못하던 평소와 달리 그녀는 먼저 손을 뻗어 지석의 셔츠 단추와 버클을 풀어 내리고 따뜻한 온기를 움켜쥐듯 그를 붙들었다.

환장하겠네.

지석은 여전히 해수의 얼굴을 집요하게 바라보고 있었다. 미세한 표정의 변화 하나조차 놓치지 않겠다는 듯, 직선으로 시선을 꽂았다. 뒷골이 팽팽하게 당기고 악다문 턱 근육이 도드라졌다.

엉망으로 헤집어 울려버리고 싶을 만큼, 지독한 흥분이 머리를 때렸다. 너무 예뻐서 돌아버릴 것 같다는 걸 매일 느끼면서도 새로이 깨달은 사람처럼 그가 속삭였다.

"못 참고 멋대로 굴어도, 원망하지 마."

머릿속이 새까맣게 타들어가는 듯한 욕망과 긴 출장에 지

쳐 있을 그녀를 배려하고자 하는 마음이 뒤엉킨 혀 사이로 섬
광처럼 빠르게 드나들었다.

"원망 안 해. 부서지고 망가져도 상관없어."

갈라진 입술 사이로 깊은숨까지 공유하던 그녀가 가느다랗
게 잡고 있던 이성마저 뚝 끊어낼 듯 속삭였다.

지석은 떨리는 턱에 힘을 주며 스트라이프 셔츠 안으로 뜨
거운 손을 밀어 넣었다. 그 안에 숨겨진 다디단 과실을 베어
물고 메마른 사막처럼 쩍쩍 갈라지는 갈급함을 달랬다.

"내가 널 어떻게 망가뜨려. 손만 닿아도 다칠까 봐 미칠 것
같은데."

지석은 귀까지 붉게 달아오른 얼굴을 보기 위해 그녀의 젖
은 머리카락을 쓸어 올리며 턱을 잡고 눈을 맞췄다.

"그런데 오늘은 안 되겠다. 예뻐서……. 네가 너무 예뻐서."

그렇게 말한 지석은 무지막지한 힘으로 가느다란 허리를 휘
감아 당겼다. 메마른 땅을 적시듯 낮게 한숨을 쉬며 서서히
그녀에게로 들어섰다. 깊이 더 깊이.

끝나지 않을 것 같은 욕망을 쏟아내고, 눈앞이 새하얗게 타
올라 사라질 때까지 그렇게 서로를 몰아세웠다. 이대로 목이
날아간다 해도 결코 멈출 수 없을 것 같은 치열한 열락의 시
간이 이어졌다.

극심한 압박감에 활짝 벌어진 해수의 마른 입술에서 통제할
수 없는 탄성과 웃음이 날숨과 함께 새어 나왔다.

완전히 홀린 듯 몽롱해진 눈이 서로에게 박히듯 가까워졌

다. 지석은 눈을 감고 천천히 고개를 비틀었다.

햇살이 청명한 날이었다.

추모 공원 입구, 아치형의 웅장한 문설주 옆으로 길게 늘어선 목련 나무가 파릇한 봄의 시작을 알렸다.

까만 세단이 원형의 경사로를 돌아 주차장으로 들어섰다. 미리 준비한 꽃 장식을 만지작거리던 해수가 차창에 머리를 툭, 기대며 하늘을 바라보았다.

"날씨 진짜 좋다······."

바닥에 널브러진 꽃잎을 밟던 차가 멈췄다. 시동을 끈 지석이 단정한 하늘색 트위드 원피스를 입은 해수에게 물었다.

"왜. 혼자 올 때는 날씨가 별로였어?"

고개를 끄덕인 해수가 싱긋 웃으며 안전벨트를 푸는 사이, 운전석에서 내린 지석이 천연색으로 물든 주위를 둘러보곤 조수석 문을 열었다.

"손에 든 거 이리 주고, 조심히 내려. 안 춥겠어?"

"응, 괜찮아요. 조금만 올라가면 돼."

눈송이처럼 새하얀 얼굴 위로 햇살이 쏟아져 내렸다. 핀 조명처럼 내리쬐는 빛에 깊게 미간을 찌푸린 해수가 숨을 훅 내쉬며 말했다.

"이상하게도 언니 기일엔 늘 비가 왔어요. 작년에도 오전 내내 쨍쨍하더니, 난데없이 비가 쏟아지기 시작하는 거야."

차분한 목소리에 귀 기울이던 지석은 낮은 담벼락을 따라 걸으며 해수의 어깨를 감쌌다. 손을 뻗어 그녀의 이마에 드리워진 햇살을 걷어내는 남자의 목소리에서 옅은 웃음기가 묻어났다.

"기억나. 그날은 내게도 특별한 날이었거든."

해수가 조용히 미간을 굽혔다. 말뜻을 짐작해보려는지 눈동자를 둥글게 굴린 끝에 되물었다.

"어떤 날이었는데요?"

가지런한 눈썹 끝을 들썩이던 지석이 망설임 없이 답했다.

"네가 나한테 쏟아져 들어온 날."

낮게 "아무리 애써도 피할 수 없는 소나기처럼."이라고 중얼거린 그가 해수의 이마에 슬쩍 입술을 맞추곤 빙글거리는 웃음을 걸친 채로 덧붙였다.

"지나가면 아무것도 아닌 일이 되지 않는 것도 있다는 걸, 처음 알게 된 날이기도 하지."

길게 뻗어 매혹적인 남자의 눈이 청량하게 휘어졌다. 심해를 닮은 눈 속에 깊고 충만한 애정이 찰랑찰랑 흘러넘치고 있었다.

해수는 눈을 찡긋 기울이며 기억 속에서 지석의 목소리를 한 줌 끄집어냈다.

— 미필적 고의도 고의입니다.

— 이만하면, 보고 싶어 할 이유로는 충분한 것 같은데.

갑작스레 쏟아지던 비, 그에게 잘못 보낸 메시지, 병원으로 달려간 자신을 열이 나는 와중에도 기다리던 남자. 여전히 어제처럼 생생한 기억이었다.

"그날 나만 떨린 거 아니었잖아."

새싹이 움트기 시작한 정원을 보며 상념에 잠긴 해수를 현실로 끌어낸 것은 단단한 남자의 목소리였다.

긍정도 부정도 하지 않는 해수를 돌려세운 남자가 마뜩잖게 미간을 좁히며 그녀의 볼을 툭, 건드렸다.

"뭐지, 이 반응? 나만 너한테 빠져서 정신 못 차렸던 거야?"

지석의 말에, 해수는 알 듯 모를 듯 묘한 표정을 지었다. 철렁 내려앉는 마음을 간파당하고 싶지 않다는 듯이, 혹은 튀어나오려는 속내를 꾹 삼켜 애태우려는 듯이.

그녀는 곧장 입을 여는 대신 가볍게 웃음을 삼켰다. 그러고는 멀찍이 보이는 봉안당 입구를 바라보며 들썩이는 아랫입술을 슬쩍 깨물었다.

"이미 알고 있는 줄 알았는데."

말이 떨어지는 순간, 꽃향기를 머금은 봄바람에 해수의 긴 머리카락이 살랑, 나부꼈다.

해수는 그와 병실에서 맞닥뜨린, 그날과 똑같은 눈으로 지석을 바라보며 한 발 더 다가섰다.

"병실에서 처음 마주친 순간……. 당신을 보던 내 눈빛이 어땠는지."

콧등을 찡그리며 새침하게 웃는 해수를 바라보던 지석이 흘날리는 그녀의 머리카락을 쓸어 넘겨주었다.

"알지. 너무 뜨겁고 달아서 녹아내릴 것 같았지. 지금처럼."

혼잣말처럼 중얼거린 그가 트렌치코트 주머니 속으로 겹쳐 쥔 손을 밀어 넣었다. 고개를 끄덕이는 해수의 머리에 제 이마를 콩 맞대며 지석이 슬쩍 웃었다.

"긴장되네. 우린 이렇게 좋아서 죽고 못 사는데, 허락 못 받으면 어떡하지?"

상아색 돌계단을 차분하게 밟아 오르던 해수가 지석의 어깨에 기대며 장난스레 눈매를 좁혔다.

"우리 언니 되게 무서운 거 알죠? 각오 단단히 해야 할걸."

그렇게 말한 해수는 눈앞의 건물을 올려다보며 비장하게 고개를 끄덕이는 남자를 보았다.

18년 만에 언니와 만나는 자리라 무척 신경이 쓰인다고 했었지. 하나뿐인 동생을 지나치게 울린 탓에 미움받진 않을까 걱정이 된다고도.

해수는 새벽부터 일어나 무슨 옷을 입고 가야 하나 고민하고 긴장하던 남자를 떠올리며 잠시 고른 숨을 내쉬었다. 그러다 피식 웃으며 말을 이었다.

"혹시 그렇게 되더라도 내가 잘 설득해볼게. 언니가 다른 건 몰라도 내 부탁은 잘 들어줬으니까."

어느덧 돌계단을 올라 회랑처럼 이어진 복도 사이로 두 사람의 그림자가 길게 드리워졌다.

가만히 발치를 내려다보던 해수는 시선을 들어 올려 그를 마주하곤 싱긋 웃었다. 늘 무겁기만 하던 발걸음이, 아사 직전의 사람처럼 허덕이던 마음이 이토록 가벼울 수가 없었다.

해수와 지석은 서로의 손을 부드럽게 감싸 쥔 채 마침내 해인의 봉안함 앞에 멈춰 섰다.

"언니, 나왔어. 그동안……."

분명 조금 전까지만 해도 아무렇지 않았는데 해사하게 웃고 있는 사진을 마주하는 순간, 불쑥 눈시울이 뜨거워졌다. 해수는 주먹을 꾹 쥐고서 눈을 길게 감았다가 떴다.

"……잘 지냈지? 오늘은 나 혼자 온 거 아니야. 소개해주고 싶은 사람이 있어서 같이 왔어."

지석의 손끝이 어깨를 쓸자, 긴장해 바짝 솟아 있던 어깨가 둥글게 무너지며 아래로 내려앉았다. 부드러운 손길에 안정을 되찾은 해수가 잠시 감정을 추스른 뒤에 다시 입을 뗐다.

"언니한테 꼭 말해주고 싶었어. 이 사람이 있어서 더는 외롭지 않다고. 그러니까…… 이제 내 걱정하지 말고 편히 쉬어."

그때, 불쑥 뻗어온 손가락이 해수의 턱 밑을 훔치고 눈 밑을 꾹 누르듯이 쓸었다. 그제야 자신이 울고 있었다는 걸 인지한 해수는 완전히 숨이 끊어진 언니의 마지막 모습을 떠올리며 어깨가 들썩일 만큼 서럽게 눈물을 쏟아내기 시작했다.

"괜찮아. 울고 싶은 만큼 울어."

그 마음을 이해한다는 듯, 지석은 말없이 다만 제가 가진 온기만을 전해주며 그녀가 스스로 울음을 그칠 때까지 묵묵히 기다려주었다.

마침내 코끝을 빨갛게 물들인 해수가 훌쩍이며 고개를 들었을 때, 지석은 깨끗이 닦은 봉안함의 문을 열고 꽃 장식을 교체했다. 그렇게 고개를 숙인 채 눈을 감고 해인을 애도하며 잠시 시간을 흘려보낸 지석이 한참 만에 입을 열었다.

"늦게 찾아봬서 죄송합니다. 정식으로 인사드리겠습니다."

꾸벅 인사한 그가 긴장한 듯 크게 숨을 들이켰다.

"해수 눈에서 눈물 나게 하는 일 없을 겁니다. 평생, 넘치도록 사랑만 주고 살겠습니다. 그리고……."

고개를 비스듬히 내린 그가 정면을 바라보던 해수의 손을 힘주어 그러쥐었다. 애정이 담뿍 깃든 목소리가 진중하게 이어졌다.

"감사합니다. 우리 해수, 이렇게 바르고 훌륭하게 키워주셔서."

지석을 바라보며 부드럽게 미소 짓던 해수는 가방에서 아빠, 언니와 함께 찍은 사진을 꺼내 봉안함 안에 넣어두었다.

"고마워, 언니. 나 잘할게."

사진 속에서 웃고 있는 언니를 보며 다짐하듯 몇 번이고 되뇌었다. 손을 맞잡은 채로 꾸벅 인사한 두 사람은 봉안당 밖으로 걸음을 옮겼다.

여전히 화창한 하늘을 보며 옅게 미소 짓던 그때, 찬연하게 부서지던 오후의 햇살 사이로 너울지던 그림자가 점차 가까워졌다. 미간을 찌푸리고 정면을 바라보던 해수의 눈이 커다랗게 뜨였다.

"어……."

설마.

해수는 발을 내딛던 자세 그대로 굳었다. 작은 꽃다발을 손에 쥔 채 비틀거리며 돌계단을 오르던 윤성태 역시 마찬가지였다.

함께 서울로 돌아온 세 사람은 곧장 혜화동 본가로 향했다.

짙은 원목 테이블 위에는 꼭지를 손질한 딸기와 생강차가 놓였다. 활짝 열린 분합문 너머로 쾌청한 바람이 불어왔다. 바람에 실려 온 꽃향기가 향긋했다.

해수가 짙은 향기를 따라 고개를 돌리자, 느긋하게 마당을 거닐며 텃밭을 구경하는 지석의 옆모습이 보였다. 다시 테이블 위로 시선을 옮긴 그녀는 괜스레 손끝만 만지작거렸다. 두 사람을 위해 지석이 자리를 피해준 걸 알면서도 쉽게 입이 떨어지지 않았다.

그간 어떻게 지내셨냐는 안부 인사도, 거긴 어쩐 일로 가셨냐는 말도 할 수 없었던 해수는 애꿎은 입술만 물었다가 떼어내길 반복할 뿐이었다. 그렇게 서로 눈치만 보던 정적 끝에 먼저 입을 연 것은 윤성태였다.

"해수야, 밥은 잘 먹고 다니냐?"

그 말을 듣는 순간, 왈칵 뜨거운 덩어리가 해수의 목구멍을

틀어막았다. 입만 벙긋거리던 해수가 한참 만에 겨우 고개를
끄덕이자 윤성태가 옅은 한숨을 내쉬며 딸기 접시를 밀었다.

"이것 좀 먹어봐. 아직도 좋아하는지 모르겠구나. 예전에는
겨울만 되면 딸기 사다 나르기 바빴는데 말이다."

아무렇지 않은 듯 말하면서도 아버지의 행동에는 초조함이
묻어났다. 점잖은 손짓으로 찻잔을 들면서도 내내 해수를 힐
끔거렸다. 무언가 할 말이 많은 사람처럼 들썩이는 숨소리에
도 망설임이 녹아 있었다.

해수는 바닥에 눌어붙은 용기를 긁어모았다. 심해로 가라앉
은 목소리를 끌어올리며 포크를 들었다.

"네. 좋아해요. 여전히."

그 말 한마디에 윤성태의 입가가 미세하게 떨렸다. 잠시 포
크와 그릇이 부딪치는 소리가 울리는가 싶더니 윤성태가 덧붙
였다.

"잘 먹으니까 좋다. 생강차도 좀 마셔봐. 이게 기관지에 좋
다고 해서……."

포크를 내려둔 해수는 제 앞에 놓인 찻잔을 가만히 손으로
감쌌다. 기억에 꼭꼭 가두어두었던 어린 시절, 아버지와의 추
억들이 찻잔 속에 퐁당 빠진 채 소슬하게 떠돌고 있었다.

— 과일 하나라도 못나고 벌레 먹은 건 다 아빠 줘. 내 새끼
들은 예쁜 것만 먹어야지.

— 기관지가 안 좋아서 큰일이네. 목에 손수건 두르는 거 잊
지 말고.

아버지는 기침이 잦은 자신을 위해 한여름에도 목 끝까지 이불을 덮어주느라 잠을 설치곤 했다. 과일에 있는 씨 하나, 꼭지 하나도 허투루 손질하는 법이 없었다.

"아빠."

해수는 울컥 솟아오르는 감정을 굳이 추스르지 않았다. 딸의 목소리가 떨리는 걸 느낀 윤성태가 화들짝 놀란 듯 엉덩이를 들썩이며 해수의 안색을 살폈다.

"왜, 아빠가 뭐 맛있는 거 사줄까? 먹고 싶은 거라도 있어? 아니면 안 좋은 일이라도…….."

이제는 낯설지만 그럼에도 여전히 다정한 목소리였다. 해수는 눈가가 달아오르는 것을 느끼며 입을 뗐다.

"아빠는 내가 밉지 않아?"

언니가 더는 세상에 없다는 사실을 해수는 받아들이지 못했다.

— 산 사람은 어떻게든 살아야지.

언니를 보내고 집으로 돌아온 그날, 아버지가 했던 말을 마지막으로 그녀는 가족을 등졌다. 아버지에게 모든 짐을 떠넘겨야 다시 일어설 수 있을 것 같았으니까.

"내가 먼저 등 돌리고 도망쳤잖아. 세상에 가족이라곤 둘뿐인데, 아빠가 밉다는 이유로 외면하고, 전화도 안 받고…….."

해수는 고개를 떨어뜨렸다. 윤성태가 떨리는 손으로 해수의 손등을 쓸어주었다.

"우리 딸이 미울 리가 있나. 세상에서 제일 예쁘고, 자랑스러운 내 새끼인데."

건드리면 툭 떨어질 듯한 눈물을 매단 딸의 눈을 보면서 윤
성태가 말을 이었다.

"아빠가 네 얼굴 볼 면목이 없었다. 방송이 끝나고도 마무
리할 일들이 있어서 바로 연락하지 못했어. 날 보는 네 마음
역시 여전히 편치는 않을 것 같았고……."

크게 숨을 고른 윤성태는 부드러운 표정을 지으려 어색하게
입꼬리를 들어 올렸다. 정신없이 고개만 끄덕이는 딸의 마른
손을 연신 토닥였다.

"그동안 지석이가 네 사진도 보내주고 자주 찾아와줬어. 실
은 오늘도, 지석이가 사람을 보내왔더라."

해수는 번쩍 고개를 들었다. 속눈썹에 맺혀 있던 눈물이 또
르르 뺨 위를 굴렀다. 윤성태가 차를 한 모금 마시고는 면목
없다는 듯이 웃었다.

"더는 네가 마음 아파하는 걸 보고 싶지 않다고 하더구나.
본인이 채운다고 채워도, 메워지지 않는 부분이 분명히 있을
거라고."

그런 부분까지 신경 쓰고 있을 줄은 꿈에도 몰랐다는 듯 해
수가 작게 고개를 끄덕였다.

윤성태는 바닥에 떨어진 살구나무 꽃을 주워 들던 지석에게
로 시선을 옮겼다.

지석은 종종 그를 찾아와 말동무를 해주었다. 함께 식사하
고, 텃밭을 일구거나 장기를 두며 시간을 보냈다. 독일에 거처

를 마련하고, 공부를 이어갈 수 있도록 도운 것도 지석이었다. 처음부터 끝까지 해수의 마음이 편해지길 바라며 해온 행동이었다. 그 행동들은 그 언젠가 제 입으로 했던 말처럼 세상이 반으로 쪼개진다 해도 해수는 끝까지 지키겠구나, 그런 믿음을 가지게 했다.

다시 고개를 돌린 윤성태가 눈꼬리를 축 늘어뜨린 해수를 바라보았다.

"네 상처가 덧나지 않게 잘 봉합해달라고 부탁하더라. 물론 이런다고 해서 당장 해결될 일은 아니겠지만, 이제는 너도 편안해졌으면 한다. 다른 또래들처럼, 그야말로 평범하게."

소리 없이 눈물만 뚝뚝 떨어뜨리던 해수가 어렵사리 눈을 들었다. 투명한 물막으로 휩싸인 눈동자가 가늘게 흔들렸다.

이제야 제자리를 찾아간 딸의 일상에 돌을 던지고 싶지 않았던 윤성태가 인자한 얼굴로 덧붙였다.

"네가 건강하게 잘 지내는 거, 그것 말고는 바라는 게 아무것도 없어. 혹시라도, 지석이가 힘들게 하면 말해라. 내가 아주 혼꾸멍을 내줄 테니까."

그렇게 말하던 윤성태의 눈시울 역시 건드리면 터질 듯 벌그름했다. 해수는 아버지의 마음이 더는 갈라지지 않도록 고개를 끄덕이며 대답했다.

"그럴게. 힘들게 하면 전화해서 꼭 다 말할게요."

아버지가 자신의 행복을 바라는 만큼 아버지 역시 행복하길, 해수는 진심으로 바랐다. 그러니 후회도 원망도 더는 필요하지 않았다.

시선을 옮긴 해수는 대청마루 끝에 걸터앉은 지석과 마주 보며 부드럽게 미소를 지었다.

"아버님이랑 무슨 이야기를 그렇게 심각하게 했어?"

지석이 조수석 문을 열어주며 묻고는 대답을 기다리지 않고 운전석에 올랐다. 착실히 안전벨트를 매고서 '글쎄…….' 하는 표정을 짓는 해수를 보다가 그는 픽 웃으며 말을 이어갔다.

"혹시 네 마음이 다치면 어쩌나, 걱정했는데 그건 아닌 것 같아 다행이야. 그거면 됐어."

여유롭게 웃으며 핸들을 돌리던 그가 해수의 머리를 가볍게 쓰다듬은 후에 긴장한 목덜미 부근을 커다란 손으로 마사지 해주었다.

신뢰감을 주는 음성에 마음이 벅차올랐다. 해수는 제 응어 리진 마음까지 신경 써주는 그를 보며 생글, 눈가를 부드럽게 휘었다.

"고마워요."

"뭐가?"

"나 대신 아빠한테 찾아가준 거, 그리고 엄마한테도 매년 찾아가준 거."

지석에게 있어서 우연희 원장은 엄마와도 같은 존재였다. 가시덥불 같은 삶을 살아오면서도 따뜻하고 온화하던 온기가 문득문득 그리울 때가 있었다. 그리고 지금, 그 온기를 전해주는 해수의 손을 깍지 껴 잡은 지석이 힐긋 그녀를 보며 장난스레 물었다.

"그게 다야?"

"응?"

"고마우면 보상을 해줘야지. 은근슬쩍 넘어갈 게 아니라."

뻔뻔한 얼굴로 협박을 하자 해수는 재미있다는 듯 웃으며 눈동자를 둥글게 굴렸다.

"음, 뽀뽀?"

"고작 뽀뽀 하나 가지고 보상이 되나. 일곱 살 먹은 애도 아니고."

느른하게 올라붙은 입꼬리를 본 해수가 피식 덩달아 입꼬리를 말아 올렸다.

"애처럼 유치하게 조르길래, 일곱 살짜리 애긴 줄 알았지."

"애긴 줄 알았다면서 어젯밤에 먼저 덮친 건 좀…… 문제 있는 거 아닌가."

"아니, 덮치긴 누가!"

해수는 눈을 크게 부릅뜬 채 얼굴을 확 붉혔다. 지석은 그런 해수의 볼을 가볍게 쥐며 여유롭게 되물었다.

"정말 기억 안 나?"

고개를 비뚤게 기울인 채 아랫입술을 훑던 지석이 그렇다면 친절하게 묘사해주겠다는 듯 유들유들하게 입술을 달싹였다.

"아, 기억나! 아주 생생하게 기억나!"

참다못한 해수가 와 소리쳤다. 물론 억울하지 않은 건 아니었다. 자신이 먼저 다가가기까지 그가 얼마나 관능적인 시선을 보내왔던가. 유혹하듯이 셔츠까지 홀딱 벗고선!

"치사하게."

뾰로통하게 내민 입술이 귀여웠다. 당장에라도 차를 세우고 집어삼키고 싶을 만큼.

그렇게 생각하며 넥타이를 끌어 내린 그가 말했다.

"자, 그럼 이렇게 하자."

해수는 눈을 빛내며 잠자코 듣기만 했다. 귀엽게 반짝이는 눈동자를 힐긋 살핀 그가 초조한 듯 마른침을 삼키며 말을 이어갔다.

"우리, 이제 곧 결혼식이잖아."

"응."

"그래서 말인데."

대체 무슨 말이 하고 싶은 걸까.

해수는 영문을 모르겠다는 듯 슬며시 미간을 모았다. 지석이 해수의 손을 조금 더 세게 쥐며 말했다.

"날 조금 더 친근하게 불러주는 건 어떨까, 해서."

짧은 정적이 흘렀다. '드디어 올 게 왔구나.' 하는 표정으로 잠시 생각에 잠겨 있던 그녀의 시선이 멈칫 흔들렸다.

"어……. 그러니까 자기라든지, 오빠라든지. 그런 거?"

속사포처럼 빠르게, 차마 입에 담기 어려운 말을 내뱉듯 말한 해수가 얼굴을 붉혔다. 그가 망설임 없이 고개를 끄덕였다.

"불러봐."

태연한 얼굴로 능글맞게 채근하는 입술이 보기 좋게 휘어졌다. 만족스럽게 눈매를 좁혔다 푼 그가 빙글거리는 웃음을 머금은 채 덧붙였다.

"얼른."

"아, 음."

이게 뭐라고 이래.

등에서 식은땀이 흐르고 도무지 입술이 떨어지질 않았다. 연예인이라도 좋아해본 적이 있다면, 오빠라는 말에 조금 익숙해졌을까. 태어나서 단 한 번도 혀끝에 올려본 적이 없는 단어였다. 사랑하는 사람이라고 해서 오빠라는 말이 술술 나올 거라는 건 오산이었다. 사람이 어디 그렇게 쉽게 변할까.

확 달아오르는 기분에 공연히 목덜미만 만지작거리던 해수가 창밖으로 시선을 두며 목청을 가다듬었다.

"오빠라든지, 자기라든지 그딴 말은 딱 질색이라고 말했던 거 같은데……."

"맞아. 듣기 싫은 말이었지. 그런데 궁금해지더라고."

"뭐가?"

"네가 불러주는 건, 당연히 특별한 느낌일 테니까."

아, 그렇게 말하면 또 마음 약해지는데. 이렇게까지 말하는데 모르는 척 버티는 것도 우스운 일이겠지.

투레질하듯 푸르릉거리며 해수는 한참 동안 입술을 풀었다.

신호를 받고 잠시 차가 멈춘 틈을 타 그의 귓가에 대고 나지막
이 속삭였다.

"오빠……. 노력해볼게."

기대에 찬 표정으로 듣고 있던 지석의 입매가 찢어질 듯이
길게 늘어졌다. 바짝 긴장해 힘이 들어간 허벅지를 주먹으로
툭툭 치며 그가 잇새로 중얼거렸다.

"미치겠다. 진짜."

지석은 벅찬 기분을 한껏 머금은 채, 간간이 긴 숨을 뱉으며
운전에 집중했다. 그러다 뭔가, 도무지 참을 수 없는 기분이
되어 도로 옆에 차를 세웠다. 부끄러운 듯 달아오른 양 뺨을
붙들어 앙증맞은 혀를 쪽 빨아들이고 냉큼 상체를 물렸다.

갑작스러운 접촉에 놀란 해수가 머지않아 맑은 웃음을 터뜨
렸다. 그렇게 키득거리는 사이, 두 사람이 탄 차가 어둠이 깔
리기 시작한 도로 위를 시원스레 내달렸다.

chapter 28

다시 돌아온 봄

　1년 중 가장 날씨가 완벽하다는 5월의 어느 날.

　아차산 중턱, 짙푸른 녹음이 우거진 독채 야외 예식장 정원에 따스한 봄바람이 살랑살랑 불어 왔다. 눈부신 햇살이 파도처럼 쏟아져 들어오는 창 너머에서 보석 가루 같은 잔물결이 춤을 추듯 넘실거리고 있었다. 푸르른 한강이 시원스레 내려다보이는 공간, 떠들썩한 웃음소리가 신부 대기실을 환하게 밝혔다.

　"축하드려요, 쌤!"

　"너무 아름다우세요."

　"와……. 진짜 입에 발린 소리가 아니고, 내가 본 신부 중에 윤해수 네가 제일 예쁘다. 대박."

　결혼식 당일을 맞은 해수는 어깨를 드러낸 실크 드레스를 입고 몸을 단장하며 손님을 맞는 중이었다.

　"와주셔서 감사합니다."

　"어머, 쌤! 제가 감사하죠. 언감생심 이런 결혼식에 내가 언제 와보겠어요."

결혼식은 비공개로 치러질 예정이었다. 지난 연말부터 몰아친 각종 사건에 휩쓸려온 터라 매체의 접근을 원천 차단하기로 한 거였다. 그렇다고 해서 우후죽순처럼 쏟아지는 기사까지 막을 순 없었다. 재벌가에 입양되었으나 비극적 삶을 살아온 젊은 사업가와 병원에서 기적적으로 재회한 의사의 러브 스토리가 각종 포털의 메인을 떠들썩하게 장식하고 있었다.

그러한 소란에도 불구하고 번잡한 걸 좋아하지 않는 두 사람은 최소한의 인원만 초대했다. 그렇게 백여 명 남짓한 하객들이 신전을 방불케 하는 웅장한 2층 건물 앞으로 속속 모여들고 있었다.

찰칵, 찰칵—!

신록이 눈부신 계절만큼이나 아름다운 신부, 넓은 잔디밭 위에 펼쳐진 웨딩 로드와 확 트인 정원을 내려다보던 해수의 눈앞에 번쩍, 번쩍, 연달아 요란한 카메라 플래시가 터졌다. 해수는 괜스레 시큰 아려오는 코끝을 문지르며 무르익은 봄처럼 환하게 웃었다.

"후."

해수는 긴장되는 듯 손끝을 꼼지락거리다 시선을 내려 찰랑거리는 물결을 바라보았다. 오렌지빛 노을이 내려앉기 시작한 강물은 오늘따라 잔잔했다.

눈앞의 아름다운 피사체를 향해 창작 욕구를 활활 불태우던 사진작가가 빠르게 셔터를 눌러대며 감탄사를 내뱉었다.

"아이, 좋다. 지금 신부님 표정 너무 좋아요. 잠깐 휴식하는 동안, 우리 신부님 드레스 정리 좀 해주실게요."

"아! 제가 할게요. 잠시만요."

신부 들러리를 맡은 서연은 티슈가 눈 밑에 말라붙을 때까지 눈물을 찍어내면서도 사진이 예쁘게 찍히도록 면사포와 드레스 자락을 정돈해주느라 여념이 없었다. 허리 뒤에서 활짝 펼쳐지는 순백의 레이스가 꽃잎처럼 하늘거렸다. 다이아몬드로 촘촘히 장식된 면사포가 실크 드레스 위로 무지개처럼 길게 드리워졌다. 드레스를 정리해주곤 눈이라도 마주칠세라 급히 돌아서는 서연의 손목을 붙든 해수가 말했다.

"서연아, 이리 와서 같이 사진 찍자."

눈이 마주치자 서연의 눈에 금세 눈물방울이 서렸다. 얼른 물기를 훔친 서연이 잔뜩 물먹은 목소리로 웅얼거렸다.

"나중에. 나 화장 다 번졌단 말이야……."

얕게 한숨을 내쉰 해수는 서연의 손등을 부드럽게 어루만지며 달랬다.

"그러니까 그만 좀 울어. 누가 보면 나 팔려가는 줄 알겠다."

참고 참았던 감정이 툭 터지듯, 코를 훌쩍이던 서연의 얼굴이 급격히 일그러졌다.

"……나 진짜 안 울려고 했는데."

"네가 자꾸 그러면 나도 울고 싶어져."

해수가 그렇게 말하자마자 실룩거리던 입술이 크게 벌어지더니, 이내 서연이 어린아이처럼 소리 내어 울기 시작했다.

"기분이 왜 이렇게 이상하지? 힘들 때나, 기쁠 때나 우리 늘 함께였잖아. 이제 그 옆자리를 대표님한테 넘겨줘야 한다는 게…… 기쁘면서도 너무 슬퍼."

아, 어떡해.

해수의 눈가가 속수무책으로 붉어졌다.

울고 싶지 않아서 새벽부터 일어나 마음을 다독이고, 지석과 아버지마저 대기실로 들어오지 못하게 철저히 막은 거였는데…….

자신조차 이렇게 북받쳐 오를 줄은 꿈에도 몰랐다는 듯, 고개를 뒤로 젖힌 채 손부채로 열을 식히던 서연이 아랫입술을 바르르 떨었다.

"물론 네가 잘할 건 아는데……. 걱정도 되고, 꼭 내 동생 멀리 시집보내는 기분이야. 나, 진짜 주책이지?"

그녀가 속으로 누굴 떠올리며 저리도 슬피 우는지 해수가 모를 리 없었다. 10년, 짧다면 짧고 길다면 긴 세월 제 곁을 지켜준 서연의 눈시울을 손수건으로 찍어낸 해수가 눈매를 기울이며 부드럽게 말했다.

"가긴 내가 어딜 가. 내 가장 친한 친구는 지금도, 앞으로도 영원히 너야. 너야말로 도망갈 생각하지 마."

"흑……."

"그리고 힘들 때마다 내 곁에서 웃게 해주느라 고생 많았어. 언니도 엄청 고마워하고 있을 거야. 앞으로도 잘 부탁해,

서연아."

쌓였던 슬픔을 털어내고 어느덧 마음을 추스른 서연이 굳게 다짐하듯 주먹을 불끈 쥐며 대답했다.

"당연하지! 너, 대표님이 말 안 듣고 힘들게 하면 바로 말해! 난 완전 네 편이니까."

옆에서 훌쩍거리며 지켜보던 동기들과 병원 식구들도 함께 목소리를 높였다. 모두가 진심으로 그녀의 행복을 바라고 있었다. 가슴이 뭉클해진 해수가 애써 미소를 지으며 고개를 끄덕일 때, 별안간 밖이 부산스러워지더니 대기실의 문이 활짝 열렸다. 동시에 해수의 얼굴에 웃음꽃이 만개했다.

검정 턱시도에 부토니아를 꽂은 남자가 약지에 끼워진 웨딩 링을 만지작거리며 다가오고 있었다. 머리카락을 말끔히 올려 이마가 훤히 드러나자 눈을 떼기 어려울 만큼 조각 같은 외모가 더욱 돋보였다. 해수에게 시선을 붙박인 채 다가오던 지석은 신부 측 손님들에게 양해를 구한 뒤, 대기실을 모두 비우고 문을 닫았다.

꽉 닫힌 문을 본 해수가 웃으며 일어나려 하자 지석이 다가와 그녀의 발아래 한쪽 무릎을 굽히고 앉았다. 안주머니에서 하얀 장갑을 꺼내 든 그가 해수의 손가락을 하나하나, 소중한 보석 다루듯 쓰다듬으며 장갑에 밀어 넣기 시작했다.

"무슨 말을 해야 할지 모르겠다. 너무 예뻐서."

그렇게 말하며 약지에 웨딩 링을 끼워 넣었다. 가느다란 손가락에 끼워진 심플한 디자인의 반지가 짙은 눈동자 안에서 영롱하게 빛났다.

혼들림 없이 들끓는 시선과 함께 뻗어온 손가락이 그녀의 뺨을 감싸려다 귓불만 슬쩍 스치고 지나갔다. 쑥스러운 듯 고개 숙인 지석이 나직하게 고백했다.

"난 널 처음 본 순간부터, 우리가 결혼하게 될 날을 상상했어."

새하얀 장갑으로 에워싸인 손을 제 손바닥 위에 올린 지석이 손등에 입을 맞추며 활짝 웃는다.

"평생 지켜줘야겠다 다짐했던 꼬마를 17년 만에, 그것도 죽음 직전에 마주쳤을 때, 내 마음이 어땠는지 알아?"

"……어땠는데?"

"내가 살아오며 겪었던 고난들은 널 만나기 위한 과정이었구나 싶었어. 이렇게 예쁜 널 내게 주려고."

옹송그리고 있던 봉오리가 움트듯 맞닿은 눈빛이 섞여 녹아드는 내내 심장이 터질 것처럼 벅차올랐다. 애틋하게 차오르는 숨을 삼키던 그녀가 몸을 일으켰다. 그녀를 부축하며 함께 일어선 지석과 마주 보았다.

지석은 제 앞으로 다가서는 해수를 홀린 듯 바라보다 손을 내밀었다. 우아한 은방울꽃 부케를 쥔 해수가 듬직한 손을 꼭 맞잡고 걸음을 뗐다. 맞잡은 손에 힘을 주고 건물 밖으로 나오자 푸르른 야외 정원 끝까지 이어진 웨딩 로드가 눈앞에 화사하게 펼쳐졌다. 새하얀 천과 핑크빛 생화로 장식된 웨딩 아치가 청명한 하늘 아래 눈부시게 빛났다.

비로소 함께 내딛게 될 인생 제2의 서막 앞에서 가만히 눈을 내리깐 해수가 지석의 팔을 잡아당기며 작게 소곤거렸다.

"나 떨려. 눈물 나면 어떡하지?"

고개를 기울여 시선을 마주한 지석이 훤히 드러난 그녀의 어깨를 감쌌다. 편안한 미소를 머금고서 이마에 슬쩍 입술을 댄 채 속삭였다.

"울면 어때. 넌 뭘 해도 다 예뻐."

그렇게 말하며 해수의 손을 제 팔 사이에 끼운 지석이 그녀의 손등을 일정한 박자로 토닥였다.

"떨리면 나한테 기대. 우리가 가는 길이 어디든, 네가 다치지 않도록 조심히 안고 갈 테니까."

마법과도 같은 남자의 말에, 불안을 머금었던 눈매가 서서히 휘었다. 해수는 부유하는 삶을 살았던 제게 확신만을 안겨 주는 지석을 가만히 응시했다.

무언가를 잃는 것에 익숙해진 자신이, 계산하지 않고 마음껏 욕심내도 되는 온전한 제 것. 그런 남자를 향해 해수는 애정이 깃든 목소리로 속삭였다.

"고마워. 그래도 웃어야겠다. 좋은 날이잖아."

"내가 더 많이 웃게 해줄게. 준비됐으면 이제 갈까?"

지석과 해수가 서로를 바라보며 부드럽게 미소 지었다.

"가요."

두 사람의 등장과 함께 아름다운 선율이 울려 퍼지기 시작하자, 준비된 꽃잎이 사방에서 날아들고 우레와 같은 환호성이 쏟아졌다.

"어머, 예뻐라! 두 분 너무 잘 어울려요!"

"축하해. 행복해라!"

아낌없이 축하의 마음을 전해주는 하객들을 향해 고개 숙여 인사한 두 사람이 웨딩 로드를 향해 동시에 발을 뗐다. 탁트인 정원 너머, 한 폭의 그림처럼 펼쳐진 한강 위로 서서히 석양이 드리워지고 있었다. 이제는 그가 만든 길 위로 함께 걸어갈 시간이었다. 어떠한 고난과 역경이 있어도 절대 손 놓지 말고 어디든 같이 가자는 약속과 함께였다.

해가 제법 길어진 덕에 여섯 시가 훌쩍 넘어서야 서서히 땅거미가 내려앉기 시작했다. 파릇파릇한 잔디 위에 어둠이 드리워졌다. 황금빛 조명으로 둘러싸인 건물은 낮보다 한층 더 웅장해 보였다.

웨딩 로드가 걷힌 정원은 애프터 파티를 즐기는 사람들로 북적거리고 있었다. 만족스러운 식사를 마친 하객들은 늦은 시각까지 지치지 않고 먹고 마시며 춤을 추었다.

핑크빛 튤 레이스 드레스로 갈아입은 해수는 자신을 반기는 사람들과 한참을 즐겁게 웃고 떠들었다. 지석 역시 멀리서 찾아와준 손님을 맞느라 바쁜 시간을 보냈다.

아버지의 손을 붙들고서 울지 않아 다행이라며 안도의 한숨을 내쉬던 해수는 멀찍이서 자신을 향해 성큼성큼 달리듯 걸어오는 남자를 보았다. 바람을 가르며 걷던 지석이 입꼬리를 올리더니 양팔을 활짝 벌렸다.

나도 제정신은 아닌 게 분명해.

그와 눈이 마주치는 순간, 가슴이 요동치는 걸 느낀 해수의 몸이 그대로 달려나갔다. 선선한 바람에 드레스 자락이 나부꼈다. 깃털처럼 달려온 해수가 널따란 지석의 품에 안겼다. 무언가에 쫓기듯 급하게 달려온 지석이 그런 해수를 덥석 끌어안으며 한 바퀴를 빙글 돌았다. 허리가 뒤로 꺾일 듯 격렬한 포옹이었다. 키스할 것처럼 다가오던 입술이 미끄러져 내려와 목덜미에 닿는다.

그가 푹, 깊은숨을 내뱉었다. 몇 년은 떨어져 있었던 사람처럼 애끓는 목소리가 이어졌다.

"……아, 이제 좀 살겠네. 보고 싶어 죽는 줄 알았어."

그 모습에, 먹고 마시고 즐기던 하객들이 환호성을 지르며 즐겁게 웃었다.

"아이고, 눈치 보여라. 첫날밤인데 이제 슬슬 보내줘야 하는 거 아닌가?"

"쌤, 이거 부러우면 지는 거 맞죠?"

"아니. 오늘은 마음껏 부러워해도 되는 날이야. 두 사람이 주인공이잖아."

저마다 말을 보태는 사람들 덕에 민망해졌을 신부를 위해, 눈치 빠른 밴드가 느릿한 재즈곡을 연주하며 분위기를 한층 고조시켰다.

머지않아 사람들의 시선이 제각각 흩어진 것을 느낀 해수가 발끝을 들어 그의 귓가에 들릴 듯 말 듯 속삭였다.

"어디 갔었어. 나도 보고 싶어 죽는 줄 알았는데……."

그의 얼굴을 보기 위해 몸을 떨어뜨리려는데, 지석이 그녀의 허리를 팔로 감아 바짝 당겼다. 리듬을 타듯 몸을 좌우로 흔들며 나른하게 속삭였다.

"……이제 너랑 둘만 있고 싶어."

"그건 내가 하고 싶은 말인데."

지석은 제게 의지하듯 기댄 채 속닥거리는 해수를 가만히 내려다보았다. 다정함에 길들어진 얼굴이 반짝이는 그녀의 눈동자에 오롯이 비쳤다.

"우리 도망갈까? 아무도 없는 곳으로."

그렇게 말한 지석이 그녀의 뒷머리를 감싸며 얼굴을 밀착했다. 곧이어 고개가 젖히고, 가볍게 입술이 맞닿았다.

그의 목에 팔을 두른 해수가 잠시 입술을 뗐다. 밤하늘의 별을 훔쳐다 박아놓은 듯한 눈을 빛내며 고개를 끄덕였다.

"오늘은…… 밤새도록 안고 있자. 문 꼭꼭 잠그고, 아무도 방해하지 못하게."

"응, 그러자."

그가 근사하게 웃으며 고개를 끄덕이자, 뺨이 확 붉어진 해수가 너른 품에 얼굴을 묻었다. 지석이 그녀의 이마에 입술을 붙이고서 속삭였다.

"결혼 축하해, 해수야."

"나도 축하해요. 행복하게 해줄게."

지석이 그런 해수를 사랑스럽다는 듯 내려다보며 정수리에 가볍게 입을 맞췄다.

서로를 곧게 마주한 두 사람의 머리 위로 새하얀 꽃잎이 은하수처럼 흩날렸다.

길고 긴 비행 끝에 도착한 공항에서 다시 비행기를 타고 들어가, 구불구불 휘어진 산길을 따라 달린 지 10분 남짓.

이글루 형태로 지어져 눈 덮인 주변 경관과 잘 어울리는 웅장한 호텔 건물이 서서히 시야에 들어오기 시작했다.

"네, 교수님. 다음 주 의국 회의 주제는 제가 전체 메일로 공유할 거고요. 콘퍼런스는 화상 회의로 참석할 예정입니다. 이제 거의 다 왔어요. 네, 그럴게요."

해수는 핸들을 잡은 남자가 못마땅한 듯 미간을 와락 구기는 모습을 바라보며 통화를 마무리했다. 마침내 자유로워진 해수의 손을 덥석 잡은 지석이 말했다.

"고작 열흘 비우는데 무슨 보고 거리가 그렇게 많아. 그놈의 회의는 꼭 참석해야 하는 건가."

"마지막 학기라 그래. 이것도 상반기까지만 하면 끝이야. 하반기엔 공부에 집중해야 하니까."

히터를 틀었는데도 제대로 작동하지 않는 건지, 입김이 뽀얗게 흩어졌다. 해수는 제 손을 붙든 지석의 손을 뺨에 대고 녹이며 이어 말했다.

"그래도 당신이랑 열흘 동안 꼭 붙어 있을 생각 하니까 너무 좋다."

키가 큰 자작나무가 빽빽하게 들어찬 숲이 어느덧 가까워지고 있었다. 하늘을 향해 쭉 뻗은 하얀 수목 위에 소복이 쌓인 눈이 이국적인 풍취를 돋웠다.

— 그럼, 하늘에 있는 별부터 따다줘.

그 말 한마디로 결정된 신혼여행 장소는 장장 10시간을 날아 도착한 핀란드였다.

그것도 극지방에 가장 가까운 라플란드, 주위를 아무리 둘러보아도 민가는커녕 설원에 반사된 햇살만 눈부시게 드리워진 둥그런 이글루 형태의 호텔의 커다란 성문을 연상케 하는 철문을 지나친 지석이 서서히 속력을 줄이며 말했다.

"미리 말하는 거지만, 열흘 동안 절대 안 놔줘. 네가 어딜 가든, 뭘 하든."

온통 유리창으로 둘러싸인 건물 앞에 차를 세운 지석은 조수석 문을 열고 해수의 무릎 뒤에 팔을 넣었다.

"열흘 동안은 나만 봐. 다른 사람 보지 말고, 다른 생각도 하지 말고."

"그런 억지가……."

"대답 안 하지."

설원에 반사된 빛보다 눈부신 미소를 머금고서 꺅, 소리 지르는 해수를 반짝 안아 든 지석이 성큼성큼 걸음을 내디뎠다.

"아악!"

금방이라도 눈 위에 휙 던지고 함께 뒹굴 것처럼 몸을 들어올리는 그의 목덜미를 바짝 끌어안은 순간 몸이 갸우뚱 기울어졌다. 시야가 확 뒤집히나 싶더니 몸이 눈 속으로 푹 빠져버렸다.

입 안으로 서걱거리는 얼음 결정이 들어왔다. 눈썹이며, 머리카락이 온통 눈에 파묻혀 희게 물들었다. 사춘기 소년처럼 장난스레 키득거리던 지석이 해수의 얼굴에 묻은 눈을 털어내며 말했다.

"아니다, 정정. 열흘이 아니라, 앞으로 영원히 평생 나만 생각해."

"이미 그럴 생각인데."

발목까지 푹푹 빠지는 눈 위에 드러누운 지석이 그녀를 안아 제 몸 위에 올렸다. 빨갛게 얼어버린 볼을 두 손으로 감싸고서 웃는 남자의 눈빛이 짙었다.

"내가 널 사랑하는 만큼, 아니 반의반만큼이라도 날 사랑해 줘."

"이미 그 이상으로 사랑하고 있어."

몸을 옆으로 굴린 지석이 해수를 있는 힘껏 끌어안았다. 웨딩 링이 끼워진 손을 끌어다 제 입가로 가져가며 입술을 달싹였다.

"내게 평생을 맡긴 걸 후회하지 않도록 노력할게. 내가 더 잘할게, 해수야."

웃으며 말을 하는 남자의 눈빛이 빠져들 듯 깊었다. 고개를 끄덕인 해수 역시 눈을 지그시 깜박이며 그의 이마 위에, 코끝에, 부드럽게 휘어진 입술 위에 입술을 눌렀다.

"지금도 충분히 잘하고 있어."

"더…… 더 잘할게."

끝도 없이 펼쳐진 설원, 쭉 뻗은 숲길을 따라 빼곡히 늘어선 자작나무 위로 오렌지빛 태양이 떠오르고 있었다.

맞닿은 입술 사이로 뜨거운 숨소리가 겹겹이 몰아쳐 흐르고, 누가 먼저라 할 것도 없이 포개진 입술이 부드럽게 서로를 감싸 안았다. 그렇게 눈밭 위에서 두 사람의 키스가 깊어지는 사이 솜사탕처럼 몽글거리는 눈송이가 표표히 흩날리기 시작했다.

해수는 손을 뻗어 그의 얼굴을 쓸어내렸다. 여전히 따스한 온기가 손끝을 간지럽히는 걸 느끼며 다정하게 속삭였다.

"태어나줘서 고마워. 날 사랑해줘서 고맙고, 힘든 시절 잘 견뎌내줘서 고마워."

파르르 떨리는 지석의 눈꺼풀 위로 그녀의 입술이 내려앉았다. 살짝 벌어진 입술과 잔뜩 힘이 들어간 턱 끝에도.

흰 눈송이가 하나둘 떨어지는 설원 위, 두 사람은 마주 보고 끌어안은 채, 서로의 숨결, 심장 소리, 피부에 새겨지는 모든 감각을 나누어 가졌다.

시간은 어느덧 자정에 가까워지고 있었다.

검은색 SUV 차량이 가로등조차 보기 드문 설원 위를 힘차게 내달렸다. 멀찍이 보이는 얼음 호수 앞, 뾰족한 소형 텐트가 오밀조밀 모인 오로라 관측소를 보면서 해수가 핸드폰을 꺼냈다.

"오늘은 오로라 볼 수 있을까?"

"안 봐도 상관없다더니."

분명 처음엔 그랬다. 형형색색으로 발광하는 오로라와 은빛 강처럼 흐르는 은하수를 관측할 수 있다는 기대감보다 아무도 없는 곳에서 둘만의 시간을 보낼 수 있다는 설렘이 더 컸다.

주위에 편의 시설이라곤 눈 씻고 찾으려야 찾을 수 없는 마을이었지만, 그래도 신혼여행이니까. 나무로 된 욕조에 따뜻한 물을 가득 채워놓고 몸에 나무 향이 밴 듯한 기분이 들 때까지 목욕하는 게 유일한 낙이었지만, 문명과 동떨어진 곳에서 오롯이 서로에게 집중할 수 있는 시간이 소중했다. 그래서인지 일주일 내내 관측에 실패하여 허탕을 치고 돌아가도 아쉽지 않았다.

"아무리 그래도. 여기까지 왔는데……."

오로라 관측 예보 앱을 켠 해수가 입술을 쭉 내민 채 열렬히 고개를 끄덕였다.

"오늘은 오로라 지수가 꽤 높아. 여길 우리가 언제 다시 오 겠어. 여기까지 온 김에 꼭 보고 가야지."

해수는 그렇게 덧붙이며 달빛조차 내비치지 않는 창밖을 내 다보았다. 차는커녕 개미 새끼 한 마리 없는 길을 달리고 있으 려니, 꽉 막혀 있던 가슴이 탁 트이는 기분이 들었다. 그렇게 생각하는 사이, 깍지 낀 해수의 손을 입술에 붙이고 다른 손 으로 핸들을 잡은 지석이 뭘 그렇게 고민하냐는 듯 입을 열었 다.

"언제 또 오긴. 오고 싶을 때마다 오면 되지."

"음……. 내가 이렇게 길게 쉴 수 있는 날이 또 있을까."

"뭐가 걱정이야. 네가 병원장이 되면 해결될 일인데."

본인이 생각해도 어이가 없는 말이었는지 지석이 웃음을 터 뜨리자 황당해진 해수의 시선이 그에게로 향했다.

병원이나 지어주고 그런 농담하라는 핀잔을 주려다가 정말 진지하게 생각할까 싶어 입을 꾹 다무는데, 지석이 천천히 속 력을 줄이며 말했다.

"오늘은 별을 꼭 따야 할 텐데."

마침내 차가 멈춰 선 곳은 밤하늘에 드리워진 은하수가 반 사된 얼음 호수 앞이었다.

"그때 생각난다. 오토바이 타고 우리 바다에 갔던 날."

"날 미친놈 보듯이 봤었지."

"나 사실, 그날 되게 설렜었는데."

해수는 지그시 눈을 감고 검푸른 밤바다를 떠올렸다. 은빛 비늘처럼 찰랑거리던 물결에 대한 기억이 선명했다. 찬란하게 떠오르던 일출도, 그의 등에 기대 느꼈던 안온한 감각도.

"해수야."

조금씩 크기를 키워가던 눈이 기어코 차창을 두드렸다. 매직으로 칠한 듯 까맣게 선팅된 차 안에는 감미로운 겨울밤의 선율만이 흐르고 있었다. 시트를 뒤로 젖힌 채 밤하늘을 바라보던 지석이 제 허벅지를 툭툭, 두드렸다.

"이리 올라와봐."

잠시 고민하며 두리번거리던 그녀는 콘솔박스를 넘어 그의 어깨를 짚은 채 탄탄한 허벅지 위로 자리를 잡았다.

"착석감 어때? 맘에 들어?"

"퍼스트 클래스야. 내 몸에 꼭 맞춘 것처럼 편해."

해수는 따뜻한 미소를 머금으며 그의 가슴에 편안히 기대 누웠다. 노곤하고, 포근하고, 지나치게 평화로웠다.

"아, 좋다. 행복해."

왼쪽 귀론 소복소복 내려앉는 눈 소리와 음악 소리, 오른쪽 귓가론 그의 심장 소리와 낮은 숨소리가 파고들었다. 오직 서로를 향해 뛰는 심장 소리에 귀 기울이던 해수가 가만히 중얼거렸다.

"우리가 조금 더 일찍 시작했다면, 더 오래 행복할 수 있었을까?"

지석은 제 심장을 포근하게 감싸오는 그녀의 온기를 소중히 감싸 안고 이마에 입을 맞췄다.

사실 그 역시, 너무도 오래 외로웠다.

"널 다시 만난 이후로 늘 상상해왔어. 17년 전, 내가 떠나지 않고 네 곁에 계속 남아 있었더라면, 지금쯤 우린 어떤 모습이었을까."

해수는 담담히 고개를 끄덕이며 경청했다. 그녀 역시 상상해본 일이었다. 가슴이 빠듯하게 벅차오르기도, 조금쯤 서글퍼지기도 하는 상상이었다.

지석이 숨을 고르듯 가슴을 크게 들썩이며 한참 만에 입을 열었다.

"만약 그때 사랑을 시작했다면, 우린 어떤 곳에서 첫 키스를 하고, 어떤 곳에서 처음 사랑을 나누고, 어떤 사랑을 했을까. 뭐 그런 생각."

가만히 상상하던 해수가 확신에 찬 목소리로 대답했다.

"음……. 과정은 잘 모르겠지만, 어쨌든 결과는 같지 않았을까."

그랬겠지.

그는 말없이 그녀의 눈가를 어루만졌다. 코끝을 파고드는 향기, 그 떨리는 손길에 머리가 핑 도는 것만 같던 순간, 지석의 입술이 느릿하게 그녀를 덮쳐왔다.

삼키듯 겹쳐진 입술이 조심스럽게 움직였다. 숨쉬기를 버거워하며 가슴을 밀어낼수록 욕망이 달구어진다. 맨살에 입술이 닿았다가 떨어지는 소리가 고요한 정적을 깨트렸다.

살짝 벌어져 뭉개진 아랫입술을 엄지손가락으로 짓누르며

그가 속삭였다.

"……예뻐 죽겠어."

"당신도 예뻐."

"귀엽지나 말든가. 예쁜데 또 귀여워. 말도 어쩜 이렇게 사랑스럽게 하는지."

한숨을 쉬듯 말한 남자가 해수의 허리를 부드럽게 감싸자 상처가 거의 다 아물어가는 남자의 목이 해수의 코끝에 와닿았다. 해수는 고개를 들어 지석의 목울대에 입을 맞췄다. 고개를 틀어 맞물린 입술 사이로 뜨거운 숨을 섞었다. 그리고 심해처럼 가라앉은 눈에도. 어둠 따위 멀리멀리 밀어내고서, 햇살로만 가득 채우려는 듯이.

남자의 눈동자에 잔물결 같은 빛이 반짝였다. 해수가 환하게 웃으며 양손으로 그의 뺨을 감쌌다.

"지석 씨는 눈이 보석 같아. 늘 반짝반짝 빛나."

파노라마 선루프를 향해 토독토독, 내려앉는 눈마저도 낭만적인 순간, 그녀는 대답 없이 지그시 시선을 마주하는 남자의 뺨을 애틋하게 쓰다듬으며 말을 이었다.

"원망도, 자책도, 이만하면 충분해. 그러니까 우리…… 누군가를 미워하고 슬퍼하는 거 이제 그만하자. 사랑만 하고 살기에도 인생은 너무 짧으니까."

지석이 천천히 고개를 끄덕이며 웃었다. 그는 벅차오르는 숨을 길게 내쉬며 해수의 목덜미에 입술을 누르곤 양팔로 꼭 끌어안았다.

"사랑해. 사랑한다는 말로는 부족할 만큼 많이 사랑해. 나는 부모도 없이 자랐고, 널 사랑하는 거 말고는 할 줄 아는 게 하나도 없는 놈이야. 그런데 네가 알려주면 뭐든 열심히 할 자신은 있어."

그가 뜨거워지는 눈을 지그시 감았다가 떴다.

"그러니까, 네가 평생 날 길들여줘. 평생, 오래오래 우리 행복하게 살자. 응? 나랑 사랑하면서 살자. 손 꼭 잡고."

멀리 돌아온 만큼, 앞으로의 인생에는 행복만이 가득하기를. 사랑만으로 버티기 어려운 날들이 닥쳐온다 해도, 절대 손 놓지 말고. 생명이 다해 눈 감는 마지막 날까지.

진중한 목소리에 귀 기울이던 해수가 느리게 고개를 끄덕이며 웃었다.

"약속할게. 어떤 일이 있어도 지석 씨 믿고, 함께할 거야. 힘들면 나한테 기대. 지석 씨를 괴롭히는 건 이제 내가 절대 용서 안 해."

그저 앞으로 나아가기에만 바쁘던 시간이, 기꺼이 발을 멈추고 안온하게 두 사람을 감싸 안던 순간, 어느덧 눈이 그치고, 춤을 추듯 길게 뻗은 은하수 위로 오로라가 쏟아져 내릴 듯 영롱하게 빛났다. 마치 꿈을 꾸듯 황홀한 광경이 두 사람의 눈앞에 펼쳐졌다.

영원히 벗어날 수 없을 것만 같던 어둠의 굴레 속, 햇살을 몰고 온 그녀가 기적처럼 제게 손을 내밀었다. 함께 만들어갈 미래를 상상하는 것만으로도 행복하다. 충만하게 느껴지

410

는 사랑에 지석은 가슴이 터질 듯이 벅차오르는 것을 느끼며 환하게 웃었다.

구원이, 안식이, 바다처럼 넓고 따스한 품이 찬연한 햇살처럼 그를 감싸 안았다.

이제는 서로가 서로의 안식처가 되어, 미치도록 원하는 것을 아낌없이 줄 차례였다.

지켜주겠다는 약속

  아름다운 여인과 소년이 만물이 소생하는 계절, 봄의 초입
을 환영하듯 수선화가 흐드러지게 핀 마당을 산책하고 있었
다. 마당 한쪽 구석에는 꽃봉오리가 올라오기 시작한 살구나
무가 드리워져 있었고, 붉은 산당화와 앙증맞은 개나리도 군
데군데 자리한 채 훈훈한 바람에 이리저리 흔들렸다.

  ……여긴 대체 어디일까.

  아이는 목이 늘어난 노란색 티셔츠에 빛바랜 청색 멜빵바지
를 입고, 바퀴 하나가 빠진 장난감 자동차를 손에 꼭 쥔 채 연
신 주위를 두리번거렸다. 시야에 들어온 갈색 건물 입구에는
'희망과 사랑이 가득한 집, 행복한 미래를 향해.'라고 적힌 현
수막이 걸려 있었다. 그리고 그 아래, '나리 보육원'이라 적힌
나무 현판이 굳건히 자리하고 있었다.

  포근하게 느껴지는 날씨와는 달리 아이에겐 모든 것이 낯설
고 두려운 광경이었다.

  "처음 오는 곳이라 무척 낯설지? 지금 기분이 어때?"

그때, 봄바람처럼 다정한 목소리가 머리 위에서 울렸다. 해맑은 어린아이 특유의 탐색이나 호기심이 아닌 두려움으로 점철된, 몹시도 그늘진 소년의 얼굴이 여인에게로 향했다. 온화한 목소리가 이어졌다.

"이제부터 날 엄마라고 생각하면 돼. 물론 쉽지 않을 거라는 건 알아. 그래도 우리 잘해보자. 알았지?"

수많은 아이의 엄마가 되어주는 이 아리따운 여인의 이름은 우연희, 나리 보육원의 원장이었다. 수선화처럼 가느다란 몸에 연한 갈색 생머리를 가진 연희는 아이 앞에 무릎을 굽히고 앉아 부드러운 손길로 머리카락을 쓰다듬어주었다. 그럼에도 여전히 아이의 눈가 말미엔 경계심이 어려 있었다. 연희는 뒷걸음질 치는 아이에게서 떼어낸 손을 뻗어 허공을 가리켰다. 경계심을 거두어주기 위한 나름의 비결이었다.

"저기 볼래? 저 나무에 피어 있는 꽃 이름이 뭔 줄 아니?"

연희의 검지를 따라 아이의 시선이 향한 곳엔, 눈송이처럼 하얀 꽃이 올망졸망 줄지어 매달려 있었다. 겁에 질려 있던 눈이 찰나 크게 뜨였다.

……벚꽃.

엄마와 바다에 놀러 가던 길, 어렴풋이 본 기억이 있었다. 하지만 아이는 냉담하게 보일 만큼 아무런 감정도 드러내지 않은 채 속으로만 말했다.

한참이나 대답을 기다리듯 햇살 같은 눈빛으로 바라보던 연희는 아이의 앞머리를 살살 흔들며 고개를 끄덕였다. 마치 아무런 말도 하고 싶지 않은 마음을 이해한다는 듯이.

아이가 끝내 입을 열지 않자 연희가 미소를 머금은 입매를 환히 늘였다.

"잘 모르겠지? 얼핏 보면 벚꽃이라고 생각하기 쉬운데, 저 꽃은 살구꽃이야. 참 예쁘지? 동요에도 나오는……."

"……아니에요."

여인과 만난 이후, 아이가 처음으로 내뱉은 말이었다. 그것이 부정의 의미라 할지라도 연희는 진심으로 기뻐하며 되물었다.

"뭐라고?"

"벚꽃 맞아요. 엄마가 벚꽃이랬어요."

어린 시절의 지석이 화가 난 것처럼 뾰로통해진 얼굴로, 무심하게 대답했다. 분명히 엄마가 벚꽃이라고 말했는데. 엄마의 말이 세상 전부였던 지석은 그것을 부정하듯 말하는 눈앞의 어른을 향해 또박또박한 발음으로 제 생각을 전했다.

잠시 놀란 듯 눈을 동그랗게 뜨던 연희는 금세 햇살처럼 환하게 웃으며 지석의 부르튼 손을 소중하게 감싸 쥐었다.

"그렇구나. 벚꽃이었구나. 엄마가 몰랐네. 알려줘서 고마워."

엄마라는 말에 지석의 눈에 쌍심지가 켜졌다. 씩씩거리며 숨을 몰아쉬던 지석이 당차게 소리쳤다.

"엄마, 아니잖아요!"

6살, 또래에 비하면 머리 하나는 더 큰 소년이었으나 젖살 하나 없이 비쩍 마른 몸은 측은함을 불러일으켰다.

지석은 아이치고 신기하리만큼 무감해 보이는 눈을 매섭게 치켜뜨며 주먹을 불끈 쥐었다.

"엄마는 화장실에 다녀온다고 했는데! 그랬는데!"

사납게 대든 것도 잠시, 지석은 눈물이 그렁그렁한 눈으로 연회를 올려다보며 울먹였다. 이해할 수가 없었다. 그 자리에서 씩씩하게 기다리고 있으면 엄마는 분명히 자신을 데리러 올 거였다.

"으앙! 엄마한테 데려다주세요! 으앙!"

하지만 서늘한 시선만을 보내던 어른들은 자신을 가만히 내버려두지 않았다. 불과 며칠 만이었다. 주사 맞으러 갔던 병원에 버려져 파출소로, 파출소에서 여러 어른의 손을 거쳐 서울 외곽의 한 보육원으로. 시간을 가늠할 줄 몰랐던 아이는 엄마에게 버림받았다는 생각보다는, 무서운 어른들이 자신을 무작정 끌고 왔다는 두려움에 꾹 참았던 울음을 터뜨렸다.

"으앙! 엄마……. 엄마 보고 싶어요."

연회는 익숙한 손길로 지석의 등을 찬찬히 쓸어내리며 어르고 또 얼렀다.

"미안해. 원장님이 미안해. 엄마 아니야. 그렇지. 맞아, 아주 똑똑하구나. 아직은 엄마 아니야. 원장님이 성급하게 굴어서 미안해. 정말 미안해."

자신을 향한 부드러운 목소리에 마음이 누그러진 지석은 연회의 옷자락을 거머쥐며 작은 손을 바들바들 떨었다.

"하나 슈퍼마켓 앞이 우리 집이에요. 이제 말 잘 들을 거라고 엄마한테 꼭 이야기해주세요. 네?"

"응, 그럴게. 원장님이 약속할게. 그러니까 그동안 밥 잘 먹고, 씩씩하게 지내고 있기로 하자. 알았지?"

머뭇거리며 자꾸만 뒤돌아보던 엄마의 일그러진 얼굴을 떠올린 지석은 온몸을 덜덜 떨며 마지못해 새끼손가락을 내밀었다. 그래야만 할 것 같았다. 이곳에서도 말을 듣지 않으면, 영영 엄마를 볼 수 없을지도 모른다는 막연한 두려움이 지석의 자그마한 머릿속을 온통 지배했다. 게다가 시커먼 경찰 아저씨들과 사무적인 복지센터 관계자만 본 후여서 그런지, 6살 지석의 눈에는 자신을 둘러싼 세상 모든 어른이 거대하고 위협적인 존재로만 느껴졌다.

"자, 약속도 했으니까 이제 원장님이 한 번만 안아봐도 될까? 저기 나무 위에 핀 꽃 한 송이만 따서 원장님 머리카락에 꽂아줄래?"

그에 비하면 자신을 원장이라 칭하는 눈앞의 어른은 천사처럼 예뻤고, 솜사탕처럼 몽글몽글했으며 봄볕처럼 따스해 보였다. 지석은 설핏 마음을 놓으면서도, 새끼 고양이처럼 잔뜩 옹송그린 채 경계하며 대답했다.

"……꽃, 함부로 꺾으면 안 된대요. 나무에도 생명이 있어서 아파한다고 했어요."

"어머, 그래? 누가 그런 얘기를 해줬어?"

"책에서 봤어요."

416

"우와. 책을 정말 좋아하나 보네?"

연희는 언제 울었냐는 듯 고개를 힘차게 끄덕이는 지석을 보며 귀엽다는 듯 맑게 웃었다. 아이의 경계심이 느슨해진 틈을 타 자연스럽게 화제를 돌렸다.

"너, 코코아 좋아하니?"

"그게 뭐예요?"

"음, 마시면 기분 좋아지고 행복해지는 거. 우리 그거 마시면서 같이 동화책 읽을까?"

"네. 좋아요!"

지석은 금세 기분을 풀고, 깨금발로 콩콩 뛰었다. 그런 지석의 손을 잡고 건물 안으로 들어간 연희는 타닥타닥, 소리가 나는 난로 앞 흔들의자에 아이를 앉힌 뒤, 따뜻한 담요까지 폭 덮어주었다.

놀이 기구에 탄 듯 신이 난 지석은 발을 까딱거리며 창밖을 바라보았다. 하늘은 푸르고 높았다. 꺅꺅거리며 뛰노는 친구들의 모습에, 두려웠던 마음이 조금씩 가라앉는 듯했다.

……여기엔 친구들이 정말 많아.

그렇게 생각하며 따뜻한 이불을 만지작거리는 사이, 달콤한 코코아를 타 온 연희의 손에는 아이들이 좋아할 만한 동화책이 들려있었다. 지석의 자그마한 손에 코코아 잔을 조심스레 쥐여준 연희는 이내 나긋한 목소리로 동화책을 읽어 내려가기 시작했다.

"……왕자와 공주님은 오래오래 행복하게 살았답니다."

"그런데 그걸 어떻게 알아요?"

예상외의 질문을 던지는 지석을 물끄러미 바라보던 연희는 아이의 입가에 묻은 코코아를 말끔히 닦아준 후, 상냥한 목소리로 대답했다.

"그건, 어려운 일을 함께 헤쳐나갔기 때문이란다. 그리고 왕자님이 공주님을 지켜주겠다고 약속했지? 만약 약속을 어겼다면, 동화책의 주인공이 될 수 없었을 거야."

"아아."

지석은 생각했다. 지켜주겠다는 약속은 절대 어기면 안 되는 거구나. 무슨 말인지 잘은 알 수 없었지만, 지석은 이해했다는 듯 고개를 끄덕이며 남은 코코아를 마저 마셨다.

시간은 빠르게 흘러 어느덧 봄이 지나고, 파릇파릇한 녹음이 짙어진 여름의 중턱이 찾아왔다.

외로움과 두려움에 고립되어 있던 지석은 연희의 극진한 보살핌으로, 어렵지 않게 경계를 풀고 보육원 아이들과도 스스럼없이 지낼 수 있게 되었다.

나리 보육원의 앞마당은 아이들이 뛰어놀 수 있는 자그마한 놀이터와 자연 체험을 할 수 있는 공간으로 나누어져 있었다.

여느 날과 마찬가지로 보육원 친구들과 즐겁고 소소한 일상을 즐기던 지석은, 갓난아기를 등에 업고 들어오던 연희에게로 쪼르르 달려갔다. 조막만 한 손으로, 연희의 등에서 방싯거리던 아기의 볼을 조심스레 만져보던 지석이 물었다.

"엄마! 누구예요? 새로 들어온 아기예요?"

418

연희는 등에서 아기를 내려 폭신한 담요 위에 내려두었다. 이마에 맺힌 땀을 닦으며 환하게 웃었다.

"전에 해인이 누나 본 적 있지? 누나 동생이야. 엄마 둘째 딸, 엄청 예쁘지?"

지석은 갈색 눈동자에 솜털 같은 머리카락, 하얀 피부를 가진 아기를 빤히 관찰했다. 담요 위에 눕혀진 아기는 내내 사랑스럽게 방실방실 웃으며 팔다리를 바둥거리다가, '부바바.' 간간이 귀여운 목소리로 옹알거리기도 했다.

지석은 힘차게 고개를 끄덕였다.

"네! 몇 살이에요?"

"태어난 지 아직 여섯 달밖에 안 됐어. 한 살."

연희가 검지를 펼쳐 보이자, 덩달아 검지를 치켜든 지석이 아기의 볼을 손가락으로 살짝 건드리며 물었다.

"세상에서 제일 예쁘고 귀여워요! 아기 저 주시면 안 돼요?"

물을 채운 주전자에 볶은 보리를 넣고 난로 위에 올려두던 원장이, 특유의 눈웃음을 지으며 안타깝다는 듯 대답했다.

"그런데 어떡하지? 사람은 가지고 싶다고 해서 마음대로 가질 수 있는 게 아닌데."

"그러면 어떻게 해야 해요?"

지석이 살아온 환경은 열악했다. 정해진 거처 없이 여관 옥탑방을 전전하며 살아온 아이는 원하는 것을 가져본 적도 없을뿐더러, 자기 것을 가져보고 싶다는 생각조차 할 수 없는 삶을 살아왔다. 그런 지석에게 눈앞에서 꼬물거리는 아기는 생경한 호기심을 자아냈고, 그것은 순수한 마음에서 비롯된 인생 최초의 관심이었다.

체크 무늬 치마를 곱게 접어 쪼그리고 앉은 연희가 지석의 뒤통수를 쓰다듬었다.

"글쎄……. 엄마랑 같이 고민해볼까?"

지석은 제법 진지한 낯을 한 채 데굴데굴 동그란 눈을 굴리며 한참을 고민하다 무언가 생각났다는 듯이 손뼉을 쳤다.

"아! 그럼 이제부터 제가 지켜줄래요. 왕자님처럼!"

의외의 대답이 흘러나오자 연희의 눈이 크게 뜨였다.

"오, 그거 아주 좋은 방법인데? 아이고, 우리 해수는 좋겠네. 이렇게 멋진 오빠가 지켜준다니."

선뜻한 대답에 지석이 머뭇거리며 되물었다.

"정말 제가 지켜줘도 돼요? 정말요?"

"안 될 리가 있겠어요? 당연히 되지. 정말 멋진 생각이라고 생각해."

— 저리 가! 엄마가 너랑 놀지 말라고 했어!

또래들의 거절에 익숙했던 지석은 쌍꺼풀 없이 길게 뻗은 눈매를 반짝반짝 빛내며, 마치 딱지 왕이라도 된 듯이 웃었다.

"아기 이름이 해수예요? 그럼 해수랑 저랑 오래오래 행복하게 살 수 있어요? 공주님이랑 왕자님처럼?"

기대에 찬 지석의 얼굴을 바라보던 연희는 아이들이 흔히 하는 말들이니, 대수롭지 않게 여기며 그저 귀엽다는 듯 지석의 볼을 아프지 않게 살짝 쥐었다.

"음, 그러려면 동화 속 왕자님처럼 어려운 일을 이겨내고 공주님을 지켜줘야 해. 그렇게 마음을 얻고 사랑에 빠지게 되면 오래오래 행복하게 살 수 있겠지요?"

지석이 두 주먹을 불끈 쥐었다.

"네, 제가 열심히 지켜줄게요! 아기랑 행복하게 살래요!"

무엇 하나 제 것이라곤 없던 소년에게 처음으로 목표가 생겼다. 지켜주고 싶다는 건, 곧 소중하다는 뜻이었고 그것이 가리키는 의미는 알게 모르게 지석의 마음 깊은 곳에 뿌리박혀 갔다.

10년 후.

늘 싱그럽던 나리 보육원의 마당은 예전의 생기를 점차 잃어갔다. 관리를 받지 못한 살구나무의 가지는 하늘 높은 줄 모르고 볼품없이 쭉쭉 뻗었으며, 마당 곳곳을 오색 찬란하게 물들이던 사계절 꽃들은 자취를 감춘 지 오래였다.

6년 전, 폐암 판정을 받은 우연희 원장은 2차례의 수술을 받았고 경과는 나쁘지 않았으나 종전과 같이 살뜰하게 보육원을 챙기지는 못했다.

오늘은 일주일에 한 번, 보육원 안팎을 깨끗이 대청소하는 날이었다. 키가 가장 크다는 이유로 유리창 청소를 도맡은 지석은 물통과 젖은 걸레, 마른걸레를 챙겨 들고 진종일 열심히 돌아다니며 광을 냈다.

늦은 오후의 색을 담은 햇볕이 마룻바닥을 점차 따스한 색채로 물들여갈 무렵, 지석은 원장실의 문을 조심스레 열고 한 발짝 내디뎠다. 황금빛 오후의 햇살이 들이치는 사무실 안으로 표표한 빛 먼지가 춤을 추듯 떠돌고 있었다.

"……크헝."

그때, 드릉거리며 작게 코 고는 소리가 들려왔다.

모두가 청소하는 시간이라 원장실은 비어 있을 텐데?

순간 긴장한 지석은 그 자리에 우뚝 멈춰 선 채 들어가야 하나, 말아야 하나 잠시 망설였다. 그러다 문틈으로 슬쩍 고개를 들이밀자 원장실 책상 위에 엎드린 채 잠든 사람의 형체가 또렷이 보였다. 대청소 날마다 해인의 손에 이끌려 억지로 나오는 해수였다. 도살장에 끌려가는 소처럼 죽을상을 하고 투덜거리면서도 빠지는 날은 없었다.

귀여워라.

늘 어디서 뭘 하나 했더니, 원장실에 숨어 있었구나.

만면에 미소를 드리운 채 밖으로 이만 나가려던 지석은 잠든 해수의 곁으로 조심스레 다가가 허리를 숙이고 잠든 얼굴을 가만히 들여다보았다.

"컹!"

꽤 요란한 코골이와는 달리, 작은 새가 둥지 안에서 웅크리고 자는 듯한 느낌이 들었다.

자그마한 얼굴 안에 오밀조밀 가득 들어찬 이목구비 역시 햇살에 반사되어 윤슬처럼 반짝였다.

조그만 게 뭐가 그렇게 피곤해서.

피식, 귀엽다는 듯 미소 지은 지석이 해수의 손에 쥐어진 샤프를 빼주기 위해 손을 뻗은 순간이었다. 해수가 베고 누운 문제집 위에 무수히 많이 그려진 별표가 시선을 사로잡았다.

뭐지? 대체 무슨 문제길래 이렇게 표시를 해둔 걸까.

눈을 가늘게 늘이고 문제집을 들여다보던 지석이 인상을 찡그리며 고개를 절레절레 흔들었다.

무슨 초등학생이 이차함수를 풀어?

해수가 공부를 잘한다는 건 보육원 내에서도 모르는 이가 없었다. 우연희 원장 역시 딸 앞에선 내색하지 않았지만, 여느 부모와 마찬가지로 해수를 대견스레 여겼다. 그런 해수가 짜증스레 별표를 마구 그려댄 걸 보면, 꽤 어려운 문제일 건 뻔했다.

지석 역시 공부를 못하는 건 아니었다. 중학교 3학년이 된 그는 학업 성적이 제법 우수했던 덕에 주기적으로 장학금을 수여 받았고, 해외 유학을 후원하겠다는 제의 역시 심심찮게 받아왔다. 이대로 성적을 유지해 나간다면 기업 후원금으로 해외 유학은 물론, 후원해준 기업에 좋은 조건으로 스카우트될 것 역시 분명한 사실이었다.

해수가 일어나기 전에 여기서 나가자. 창피당하기 전에.

모르는 문제는 제게 물어보라며 늘 해수에게 큰소리치던 그였다. 더군다나 자신이 지켜주어야 할 꼬마 공주님 앞에서 부끄러운 모습을 보일 수는 없었다. 지석이 뒤꿈치를 들고, 다시 밖으로 나가기 위해 살금살금 뒷걸음질 치던 순간.

"뭐 해. 나 안 자는데."

책상에 엎드린 채 눈을 번쩍 뜬 해수와 눈이 마주쳤다.

식은땀 한 방울이 등줄기를 타고 흘렀다. 처녀 귀신이라도 맞닥뜨린 양 소스라치게 놀란 지석은 말까지 더듬어가며 궁색한 변명을 늘어놓았다.

"……아, 안 잤어? 난 너 자는 줄 알고 자리 비켜주려고. 저기, 혹시 나 때문에 깼어?"

자고 일어난 사람답지 않게 해수의 눈망울은 평소처럼 또렷했다. 별빛처럼 반짝이는 눈으로 지석을 바라보던 해수가 제 뺨을 더듬거리며 물었다.

"그럼, 사람 얼굴을 그렇게 빤히 쳐다보는데 안 깨고 배겨? 내 얼굴에…… 뭐 묻었어?"

손에 밴 땀을 바지에 닦아내며 지석이 뒷걸음질 쳤다.

"아, 아니. 더 자. 푹 자. 나는 저기, 다른 데 유리창이나 마저 닦으러 가야겠다."

"여기 닦아야 하는 거 아니야? 항상 원장실이 제일 마지막이잖아."

"아……."

해수가 자신의 동선을 파악하고 있다는 걸 생각할 겨를도 없었다. 지석은 그저 몰래 쳐다보다 들켰다는 것에 대한 민망

424

함, 수학 문제를 질문할지도 모른다는 것에 대한 두려움으로 머릿속이 하얬다. 하지만 되레 얼굴을 붉힌 건 해수였다. 해수가 화르르 붉어진 얼굴로 의자에서 벌떡 일어났다.

"아, 같은 소리 하고 있다. 거, 걸레 이리 줘봐! 아래 창은 내가 닦을 테니까!"

"어? 어. 고마워."

해수는 무언가 못마땅한 기색이 역력한 얼굴로 혀를 쯧, 차더니 젖은 걸레를 빼앗아 들고 창틀을 쓱쓱 닦기 시작했다. 그러다 불현듯 고개를 홱 돌리더니, 마른걸레를 들고 쭈뼛거리는 지석을 손짓으로 불렀다.

"저기……. 수학 잘한댔지? 나 이 문제 좀 가르쳐줘. 2시간을 들여다봐도 못 풀겠어."

드디어 올 것이 왔구나.

정수리에서 땀이 배어나는 기분에 당황한 지석의 손이 차게 식었다.

네가 2시간을 들여다봐도 못 푼 걸, 내가 뚝딱 풀어낼 수 있을까?

망신도 이런 개망신이 없다는 생각과 당당하게 풀어내서 조금은 멋져 보이고 싶다는, 사춘기 소년의 치기 어린 생각이 충돌했다.

지석은 과장된 몸짓으로 여유만만하게 웃어 보이며 해수의 곁으로 다가갔다.

"요즘은 5학년도 이차함수를 배워?"

휘리릭, 휘리릭. 샤프를 빙빙 돌리며 애써 태연한 목소리를 흘려낸 지석이, 해수가 물어온 문제를 향해 떨리는 시선을 내렸다. 너무 가까이 갔던 걸까. 잔뜩 굳은 얼굴로 상체를 뒤로 물린 해수가 헛기침하며 의자에 등을 쭉 기대앉았다.

"아니, 이거 중3 심화 학습용인데? 재미있어 보여서 풀어보기 시작한 건데, 여기서 딱 막히네."

그때, 서쪽으로 뉘엿뉘엿 기울던 늦은 오후의 햇살이, 푸르른 잎사귀에 조각조각 반사되어 해수의 하얀 얼굴 위로 쏟아졌다. 갑작스레 들이닥친 햇발에 부신 눈을 질끈 감은 찰나, 먹구름이 드리워지듯 해수의 뽀얀 이마 위로 커다란 그림자가 졌다. 살며시 눈꺼풀을 들어 올리자 커다란 손으로 그늘을 만든 지석이 해수의 이마에 들이치는 햇살을 가려주고 있었다.

자리에서 일어선 지석이 의자를 쭉 밀며 손짓했다.

"눈부시지? 나랑 자리 바꾸자. 네가 이쪽으로 와."

간신히 가라앉힌 얼굴 위로 다시 한번 화르륵, 불이 붙었다. 해수가 헛기침하며 딴청을 피웠다.

"아, 뭐래. 됐어. 멋있는 척 그만하고 문제나 풀어봐!"

"멋있는 척? 방금, 나 멋있어 보였어?"

"웃기고 있네. 왕자병이야?"

뭐래, 이 바보가.

불쾌한 듯 눈썹을 그러모은 해수가, 제 앞에 선 지석을 흘겨보았다.

피식, 가볍게 웃은 지석은 언짢아하는 해수가 마냥 귀엽다는 양, 머리카락을 흐트러뜨리며 다시 반대편에 앉아 문제를 들여다보았다. 막상 각을 잡고 보니 그리 어렵지 않은 문제여서 다행이라 생각하며 설명을 시작했다.

"아, 최대 최소 활용 문제네. 어렵게 생각할 만해. 이런 문제는 일단 문장 속에서 미지수를 먼저 정하고, 범위를 구해야 하는데……."

반면, 해수는 주변 소음마저 무시하던 평소와는 달리 좀처럼 집중하지 못한 채, 혀 아래에 고인 침만 꿀꺽 삼켜냈다. 분명 눈앞에서 식이 세워지고 문제가 풀어지고 있는데, 방금 제 머리를 스친 손길에 온통 신경이 쏠렸다. 눈앞의 활자들이 춤을 추고, 시간이 멈춘 것처럼 아무런 소리도 들리지 않던 귓속으로 별안간 낮은 음성이 흘러들었다.

"……자, 이런 식으로 풀면 돼. 답은 3,500원. 생각보다 쉽지?"

"어? 어……."

"해수야, 너 어디 아파? 얼굴이 빨개. 열나는 거 같은데?"

"아, 아니라고!"

어, 나 대체 왜 이러는 거지.

자신이 사춘기의 초입에 들어섰음을 알 리 없던 해수는 내적 혼란을 겪으며 문제집을 빼앗아 탁, 소리 나게 덮었다. 이런 명확하지 않은 기분은 유쾌하지 않았다, 아니 불쾌했다.

부모와 정상적인 유대 관계를 쌓지 못한 해수는 자신의 잦은 감정 및 기분 변화가 어디서 기인한 것인지 제대로 파악하지 못한 채 짜증으로 일관했다.

"잠깐만, 이마 좀 짚어볼게."

해수의 갑작스러운 태도 변화에 당황한 지석은 걱정이 잔뜩 담긴 눈으로 체온을 가늠해보기 위해 해수의 이마 위로 손을 뻗었다.

탁, 사춘기 소녀 특유의 메마른 정신적 피로감에 시달리던 해수는 자신도 모르게 제게로 오는 손을 모질게 쳐냈다.

"만지지 마!"

알 수 없었다. 자꾸만 심장이 빠르게 뛰는 것도, 목덜미를 타고 식은땀이 흐르는 것도, 얼굴이 빨개지는 생경한 기분이 드는 것도 기분이 나쁘게만 느껴졌다.

"해수야. 너 손 괜찮아? 허락도 없이 손대서 미안……. 손 많이 아팠지? 미안해."

그중에서도 가장 기분이 나쁜 건, 앞에 선 저 인간이다.

이유 없이 짜증을 낸 것도 자신이고, 손을 아프게 때린 것도 자신인데, 왜? 어째서 내 손을 걱정하고, 사과까지 하느냐는 말이다.

"……."

그때였다.

쾅―!

원장실 문이 벌컥 열리며 해인이 고개를 빼꼼 들이밀었다.

누군가를 다급히 찾던 중이었는지, 가쁘게 차오른 숨소리가 원장실에 울려 퍼졌다.

428

"어?"

발갛게 상기된 낯으로 마주 앉은 두 사람을 찰나 의아한 얼굴로 바라보던 해인이, 이내 지석에게로 시선을 옮기며 심호흡을 했다.

"어우, 숨차. 한참 찾았는데 여기 있었네. 뭐 하고 있었어?"

"아, 해수가 모르는 문제가 있다고 해서, 제가 도와주던 중이었어요."

혼잣말처럼 "아아."라고 짧게 중얼거리던 해인이 다감하게 웃으며 말을 이었다.

"엄마가 부르시네. 후원하시는 회장님이 너 잠깐 보자고 하시는 거 같더라."

지석이 팔꿈치까지 걷어 올린 소매를 내리며 자리에서 일어섰다.

"아…… 네. 어디로 가면 돼요?"

"뒷마당으로 가봐. 지금 묘목 심는 중이거든. 가서 단정한 모습 보여드리고, 대답 잘해. 너야 뭐 어련히 알아서 잘하겠지만. 어쨌든 네가 앞길을 잘 닦아놔야, 동생들도 네 뒤를 따라갈 테니까."

지석도 익히 알고 있었다. 그건 일종의 면접과도 같은 절차였으니까. 18살이 되면 보육원으로부터 독립해 자신의 삶을 찾아야만 했기에, 그에겐 이처럼 자신을 증명해야 하는 기회가 종종 찾아들곤 했다.

"네, 누나. 걱정하지 마세요."

듬직하게 미소 지은 지석이 고개를 까닥이며 원장실을 나가려다, 다시 몸을 돌리며 걱정 어린 낯을 했다.

"저기, 누나. 해수 열이 조금 나는 것 같아요. ……이만 데리고 들어가시는 게 좋지 않을까 해서요. 그럼."

다시 허리 숙여 인사한 지석은 차마 해수와 시선을 맞추지 못하고, 그대로 방을 나갔다.

문이 닫히는 걸 바라보던 해인이 해수가 앉은 책상 쪽으로 서서히 걸어왔다. 책상 위에 걸터앉은 해인은 이내 목을 길게 빼고 해수가 가지고 온 문제집을 들여다보았다. 가늘게 뜨인 눈, 의미심장하게 솟구친 입매가 가늠하듯 해수를 아래위로 훑었다.

"저기요. 윤해수 양?"

"아, 뭐! 왜! 또 무슨 시비를 걸려고."

도둑질하다 들킨 아이처럼 해수가 인상을 찡그리며 툴툴거렸다. 다소 이른 사춘기에 접어들었다지만 해수는 여전히 어린아이였고, 제 속마음을 감추는 데는 도통 소질이 없었다.

놀리고 싶어 하는 것이 분명한 표정으로 입가에 웃음기를 가득 머금은 해인이 별안간 눈매를 바짝 좁히며 해수를 취조하듯 바라보았다.

"너, 오늘 들고 온 문제집…… 다섯 번째 푸는 거 아니야?"

턱을 치켜들며 자잘하게 훑어내는 눈길에 해수는 순간 속마음을 들킬지도 모른다는 불안감을 고스란히 드러냈다.

"그래서, 다섯 번째 풀면 왜? 모르는 문제 있으면 뭐, 안 될

430

거 있어?"

해인의 말은 사실이었다.

해수가 별표를 열심히 그려둔 이유 역시 별의 개수만큼 열심히 풀었다는 의미기도 했으니까. 뻔히 아는 문제임에도 불구하고 굳이 지석을 불러 세워 물어봤던 이유. 그 이유를 알고 있다는 듯 깔깔, 배를 잡고 능글맞게 웃어 젖힌 해인이 짓궂게 되물었다.

"세 번째 풀 때, 나랑 어려운 건 한번 싹 정리했잖아. 그런데도 너한테 어려운 문제가 있었다고? 말이 돼?"

"아, 그래서 뭐! 조금 헷갈렸나 보지!"

"아우, 귀여워라, 우리 해수. 오빠한테 말 걸고 싶으셨어요?"

속마음을 들키자 당황한 해수는 재빨리 문제집을 챙겨 들고 몸을 일으켰다.

"나 먼저 간다."

"에이, 삐졌어? 해수야, 같이 가! 야! 윤해수!"

웃음기 섞인 언니의 부름을 뒤로한 채 툴툴거리며 건물을 나서던 해수의 눈앞으로, 여름 오후의 순도 높은 햇살이 와르르 쏟아졌다.

"아, 진짜……."

동시에 습기 가득 머금은 흙냄새, 나무와 풀에서 흩어지는 싱그러운 풋내 따위가 코끝으로 기분 좋게 스며들었다.

잠시 까맣게 물들었다가 천천히 밝아지는 시야 사이로 성큼성큼 멀어지는 지석의 뒷모습이, 한 장의 사진처럼 해수의 뇌

리에 강하게 새겨졌다. 문제집을 품에 꼭 당겨 안은 해수의 입
꼬리가 하늘 높은 줄 모르고 솟구쳤다.

고요한 설렘이 마음속에 잔물결처럼 찰랑찰랑 고여 들었다.

이듬해 2월.

싸라기 같은 눈이 너저분하게 흩날리던, 겨울의 끝자락.

쉴 새 없이 드나드는 문상객으로 인해 머리가 지끈거렸다.
관자놀이를 문지르며 단어장을 꼭 쥔 해수는 구석에 앉아 귀
를 틀어막았다. 오장육부를 토해낼 듯한 해인의 억눌린 절규
가 계속된 탓에 집중이 되질 않았다.

"엄마, 아직은 안 돼……. 제발 다시 일어나. 엄마! 이렇게
가버리면 난 어떻게 살아. 엄마!"

해수는 제단 위에 장식된 꽃 사이에서 환하게 웃는 엄마의
영정 사진을 향해 짧게 시선을 던졌다가 도로 거뒀다. 그러곤
다시 까만 글자 사이로 고개를 떨구었다.

삐—.

바이털 사인 모니터를 관통하던 냉혹한 기계음이, 이명처럼
남아 고막을 마구 헤집어놓는 듯했다. 물론 눈물 따윈 나지
않았다. 숨이 멎는 순간까지도 보육원 아이들을 더 걱정하던
엄마가 아니던가. 슬픔보단 미약하게 이는 분노에, 단어장을
움켜쥔 손이 소리 없이 구겨졌다.

"……괜찮아?"

별안간 들려오는 목소리에, 목 끝까지 차오르던 분노가 느슨하게 가라앉았다. 고개를 들지 않아도 목소리의 주인이 누구인지는 이미 알고 있었다. 바닥을 뚫고 들어가는 듯한 묵직한 음성. 다정한 목소리로 제게 안녕을 물어올 사람은 단 한 사람뿐이었으니까.

해수는 전해지는 온기를 따라 가만히 시선을 내렸다. 말을 건 이의 손끝이 그녀의 손등에 살포시 닿아 있었다. 모든 게 다 성가시고, 귀찮다. 해수는 일단 한숨부터 내쉰 후 그 손을 뿌리쳤다.

"안 괜찮으면, 어쩔 건데?"

"힘들면…… 울어도 되는데."

눈물을 그렁그렁 매달고서 지석은 그렇게 말했다.

울고 싶지 않은데 울어도 된다는 건 무슨 의미일까, 알 수 없었던 해수가 뾰족하게 되받아쳤다.

"신경 쓸 일이 그렇게 없어?"

"오빠가 가려줄까? 창피하면, 숨어서 울어도 돼."

"오빠는 무슨. 그렇게 울고 싶으면 너나 실컷 울어."

분위기 탓이었을까. 마지막 숨을 끊어내지 못해, 괴로워하며 꺽꺽거리던 엄마의 얼굴이 지석의 얼굴 위로 덧입혀졌다. 보육원 아이들 사이에 둘러싸인 채, 텅 빈 눈빛으로 자신을 바라보던 엄마 말이다. 한 걸음 뒤로 물러선 제게 '엄마한테 와.'라며 벙긋거리던 바짝 마른 입술이 덩달아 떠올랐다. 엄마가 곧 제 곁을 떠날 거란 두려움에, 고개 돌려 외면하던 자신의 모습까지, 고스란히.

"……해수야."

비겁했던 제 속마음을 들여다본 듯한 목소리에 순간 짜증이 훅 치밀었다. 나약해진 마음을 들킬까 두려웠던 해수의 목소리 끝에 울컥 힘이 실렸다.

"저리 좀 가. 머리 아프니까, 그만 좀 불러!"

상처받을 것 같은 관계는, 끊어내 버리면 되는 거였다. 먼저 상처 주고 보호막을 치면 그만이다, 엄마가 내게 그랬듯이. 마지막 순간, 자신을 향해 손을 뻗던 엄마의 눈빛조차도 의심스러웠다. 고작 손 한 번 잡고서 아프다는 이유로 애정을 주는 것에 인색했던 지난날을 모두 털어버리려는 거구나, 싶어서.

격앙된 숨을 몰아쉬던 해수의 어깨를 큼직한 손이 달래듯 토닥였다.

"화나면 얼마든지 화내. 내가 들어줄게. 그리고 오빠가……앞으로 너 지켜줄 수 있어. 정말이야."

대체 무슨 수로 나를 지켜준다는 말인가.

웃기지도 않는다는 듯, 해수가 고갤 들었다. 지석과 눈이 똑바로 맞닿자 싸늘하게 대꾸했다.

"지켜주긴 뭘 지켜줘. 앞으로 우린 죽을 때까지 마주칠 일도 없을 텐데."

"……그게 무슨 말이야?"

"엄마랑 약속이라도 했어? 나 지켜주겠다고? 그러니까 편안하게 눈감으시라고?"

비뚤어진 감정이 입술을 통해 흘렀다. 해수는 따지듯 지석에게 말했다.

"다 들었어. 부잣집에 입양 간다며? 한 달에 한 번, 후원하러 오시는 그분 말이야."

부잣집 사람들은 끼리끼리 어울리는 법이다. 따라서 앞으로 그를 만날 일은 없을 것이며, 그가 뱉은 말은 돌아가신 엄마에 대한 마지막 예의였을 게 분명했다.

해수는 다시는 만날 수 없을 자신의 첫사랑, 지석에게 향해 있던 시선을 정면으로 옮겼다.

"그러니까 잘 살아. 괜히 눈 밖에 날 행동 같은 것도 하지 말고. 엄마도 아마…… 그렇게 살길 바랄 테니까."

행복해, 부디.

더 말을 잇고 싶지 않았던 해수는 자리를 털고 일어섰다. 바닥에 엎드린 채 통절하듯 울던 언니가 다가와 해수를 끌어안았다.

감당하기 버거운 현실이 물밀 듯 밀려들었다. 바닥을 향한 해수의 얼굴이 그제야 서서히 일그러지다, 한순간 터진 울음으로 인해 서럽게 무너져 내렸다.

여느 기업의 후견인들과는 달리, WS그룹 채두식 회장이 지석에게 제안해온 것은 '아들이 되어달라.'는 것.

입양 그리고 가족……. 지석은 길게 고민하지 않았다.

소년에게 있어 가족이란, '열등감'과도 같은 단어였다. 남들에겐 당연하게 주어진 것들이 그에겐 죽어라, 발버둥을 쳐도 가질 수 없는 허상과도 같은 것이었기에. 그래서 의심 없이 따라갔다. 훌륭한 어른이 되기 위해선 힘을 가져야 했고, 정답이 번쩍 손을 내미는데 망설일 이유가 없었다.

― 내가 시키는 것만 하면, 넌 뭐든지 다 가질 수 있다. 너에게는 가족이 필요하고, 나에게는 말 잘 들어줄 아들이 필요하고.

하지만 스스로 무언가를 결정해본 적도, 선택해본 적도 없는 소년에게 들이닥친 결과는 너무도 가혹했다. 제 존재의 가치와 당위성을 인정받는 과정은 외롭고 비참했다. 그렇게 성장 대신 생존을 배워온 지석은 자신에게 무언가 결핍되었다는 사실조차 인지하지 못한 채 미완성된 어른으로 자랐다.

작은 실수 하나 용납되지 않는 삶, 제게 사랑을 말하며 다가오는 여자들은 그저 시간을 좀먹는 귀찮은 존재들이었을 뿐이다.

보육원을 떠난 후 17년, 사랑을 받는 법도 주는 법도 모른 채 그렇게 텅 빈 삶을 사는 동안 시간은 잘도 흘렀다.

독자적으로 경영하기 시작한 회사는 어느덧 안정 궤도에 올랐고, 채두식의 감시로부터도 자유로워졌으나 여전히 무료한 인생이었다. 그렇게 일에만 묻혀 살아가면서도 새벽의 푸른 냉

436

기가 집무실의 유리창을 서늘하게 물들여가는 시간이 될 때면 문득 해수가 떠오르곤 했다.

어떻게 자랐을까? 뭘 하며 살고 있을까? 결혼은 했을까?

맹랑했던 꼬마를 떠올리며 미소 짓는 시간이 유일한 낙이 되던 날도 있었다. 그럼에도 딱히 찾아보려는 생각은 하지 않았다. 묵직한 업보를 등에 업은 입양아의 입지는 채두식의 발밑에 기는 개, 누군가의 눈에는 돈깨나 굴릴 줄 아는 깡패, 겨우 그 정도밖에 되질 않았으니까.

떳떳한 모습으로 만날 수 있다면 참 좋을 텐데.

모든 기억이 다 또렷한데, 여전히 소녀의 얼굴만은 가물가물했다. 하긴, 17년 동안 잊지 않았다면 그건 그거대로 미친놈 소리 들을 짓이었다.

그렇게 권태롭고 공허하고, 내일 죽어도 아쉬울 게 없는 일상이 이어지던 어느 날, 지석은 괴한에게 피습을 당했다.

제아무리 삶에 미련이 없는 사람이라 할지라도, 예기치 않게 들이닥치는 죽음의 그림자 앞에서까지 초연할 사람은 없을 것이다. 그 역시 마찬가지였다. 채두식 일가의 잔혹한 학대 앞에서도 의연하던 그는 이대로 비참하게 생을 마감하고 싶지 않았다.

그렇게 끊어져가는 제 목숨을 이 악물고 움켜쥔 지석은 대수술을 받은 후 병실에 누워 지나간 날들을 가만히 돌이켜보고 있었다. 제 삶을 망가뜨린 그들에게 어떤 식으로 복수를 하면 좋을까. 머릿속이 내내 복잡했다.

그때였다. 조용히 병실 문이 열렸다. 길고양이처럼 살금살금 들어온 여자가 가슴을 쓸어내리며, 혼자 무어라 중얼거리기 시작했다. 벌써 세 번째였다. 그는 별말도 하지 않았는데, 지레 겁먹고 울면서 나가는 게 성가셨다.

"거기, 뭡니까."

짜증 가득한 목소리가 지석의 입술을 가르고 서늘하게 흩어지던 순간, 병실 문에 기댄 여자의 얼굴 위로 은은한 달빛이 스치듯 지나갔다. 그와 동시에, 머릿속을 뒤덮고 있던 뿌연 안개가 순식간에 걷히더니 마치 시간이 거꾸로 돌아간 것처럼, 꼬마의 얼굴이 선명하게 되살아났다.

의심의 여지도 없었다. 제 앞에 서 있는 여자는 자신이 평생 지켜주기로 약속한 첫사랑, 윤해수였다.

남편에 대한 이상한 소문

여전히 칠흑처럼 어두운 새벽 5시.

습관처럼 눈이 저절로 뜨인 지석은 현실감을 되찾기 위해 상체를 반쯤 들어 올렸다. 꿈을 꾼 것 같았다. 그것도 기억조차 희미한 아주 오래전 과거. 해수가 목도 채 가누지 못하던 갓난아기 시절 모습이 잔상처럼 남아 눈앞에 아른거렸다.

"……하아."

한 손으로 얼굴을 쓸어내린 지석은 제 품에 안겨 꼼지락거리는 온기를 따라 시선을 내렸다. 추운 듯이 제게 몸을 붙여 오는 해수였다.

"예나 지금이나 아기처럼 귀여운 건 마찬가지네."

그들을 둘러싼 사건이 일단락되고, 두 사람이 '가족'이 된 지도 3개월 후면 벌써 1년이었다. 결혼과 동시에 해수는 눈코 뜰 새 없이 바쁜 시간을 보냈다. 그리고 올해 2월, 전문의 시험에 합격했고, 심사숙고 끝에 병원에 남아 펠로우 생활을 이어 가기로 했다.

병원은 1년 내내 바쁘므로 성실한 해수가 연차까지 써가며 길게 휴가를 내는 일은 없었다. 따라서 전문의 합격 후 주어진 2주간의 휴가는 꿈처럼 특별했다.

두 사람은 일전에 지석이 '함께 보고 싶다.'고 말했던 야경을 보기 위해 방콕에 왔다. 앨런을 만나기 위해 혹은 사업 논의차 수차례 드나들었던 곳임에도 이번 여행은 감회가 새로웠다. 이곳이 과연 자신이 알고 있던 도시가 맞는가 하는 생각이 들 만큼.

"미치겠다⋯⋯."

숨이 막히도록 끌어안고 입을 맞추고 싶었지만, 아직 깨우기엔 일렀다. 꿈틀대는 욕망을 다독이며 뒤척이는 해수의 등을 일정한 박자로 토닥이자 금방이라도 깰 것 같던 숨소리가 언제 그랬냐는 듯 고요해졌다.

"왜 이렇게 예뻐, 사람 불안하게."

지석은 손을 뻗어 이마 위로 흐트러진 머리카락을 조심스레 넘겨주었다. 손가락 사이사이로 빠져나가는 머리카락이 아기 솜털처럼 부드러웠다.

"으응⋯⋯."

세상모르고 잠든 와중에도 제 가슴에 얼굴을 비비적거리는 게 참을 수 없이 귀엽고 예뻤다. 말로 표현하기 어려울 만큼 사랑스러워서 가끔 슬픔과도 닮아 있는 이 감정은 역설적이게도 그가 살면서 느껴온 내면의 결핍을 차곡차곡 채워주었다.

"해수야."

기껏 재워놓고, 보고 싶어서 다시 깨우는 나는 진정 미친놈인 건가.

그렇게 생각하며 2번쯤 부르자 응, 반응한 해수가 손을 뻗어 허리를 끌어안는다. 피부 위를 조물거리는 손가락의 감촉이 쾌락점을 건드린 것만큼이나 자극적이었다. 그러다 도로 잠이 든 듯 다시 고요해졌다.

색색거리는 숨에서 들꽃을 말려놓은 듯 은은한 향기가 흩어졌다. 심장이 뻐근하게 요동쳤다. 늦은 밤까지 몰아붙이고도 부족해 겨우겨우 억누른 충동에 불을 붙이는 향기였다.

"조금 더 재워야 하는데."

사춘기 소년처럼 인내심이 금세 바닥났다. 터질 듯 팽팽하게 부풀어 오른 허벅지에 해수의 다리가 스칠 때마다 움찔움찔 몸이 떨렸다. 하지만 더는 괴롭혀선 안 됐다. 오늘은 앨런의 집에 점심 식사 초대를 받았으니까.

지석은 크게 심호흡한 후 창밖으로 시선을 옮겼다. 그들이 묵고 있는 숙소는 과밀한 도시의 빌딩, 그중 가장 고층에 위치해 탁 트인 전면 창 너머로 어스름한 하늘 외엔 아무것도 보이지 않았다. 고단한 굴레는 벗어버리고 함께 행복에 들어선 두 사람의 밝은 앞날을 예고하듯 희미한 새벽빛만이 고요하게 스며들고 있었다. 해가 뜨면 시작될 평화로운 일상을 상상하자 또다시 기분이 붕 뜬 것처럼 달아올랐다.

"좀 피곤해도 되지 않나? 일하는 것도 아닌데."

멍해진 머리는 이성적인 판단을 거부했다. 탄식 같은 말을 마침과 동시에 지석이 덮고 있던 이불을 한쪽으로 걷어냈다.

"흐음."

모로 웅크린 채 팽팽한 허벅지의 윤곽을 괴롭히던 다리가 움찔하더니 나른한 한숨 소리가 들려왔다. 지석이 해수의 무릎 사이를 벌리며 뒤척이는 몸 위로 슬쩍 올라탔다.

"해수야, 눈 좀 떠봐."

맞닿은 하체의 자극이 조금 더 깊어지자 비로소 해수의 눈이 몽롱하게 뜨였다.

"지석 씨, 나 피곤해⋯⋯."

더는 괴롭히지 말아달란 투와는 달리 지석의 너른 어깨를 쓸어내리는 손길이 뜨거웠다. 하얗고 길게 뻗은 다리가 탄탄한 허리에 슬쩍 감겨왔다.

"알아, 피곤한 거."

그렇게 말하며 해수의 한쪽 다리를 접듯이 꺾어 올린 지석이 야릇한 자극에 낮게 목을 울렸다.

"잠 오면 눈 감고 있어. 알아서 할 테니까."

"이러고 있는데, 어떻게 자. 더는⋯⋯ 못 해."

그런 한계조차 뛰어넘는 게 그였다. 이마와 코끝이 닿을 것처럼 가까운 거리에서 지석이 다시 한번 달콤한 한숨과 함께 간청하듯 말했다.

"힘들게 안 할게."

"⋯⋯거짓말."

"거짓말 안 해. 약속할게."

얼굴을 좀 더 가까이 붙인 지석이 코끝을 뭉개며 말하자, 해수는 어젯밤 남자가 자신을 얼마나 괴롭혔는지 떠올리며 믿을 수 없다는 듯 고개를 저었다.

"우리, 오늘 점심 식사 초대받았어."

"알지."

장난처럼 속삭이는 동안에도 입술은 이미 몇 번이나 스치고 있었다. 뻔뻔하게 고개를 끄덕이면서도 결코 이 행위를 멈출 생각은 없어 보였다.

"진짜, 못됐어……."

그녀의 숨소리가 조금 더 가빠지나 싶더니 상체를 세워 그의 어깨를 살짝 물고 이내 승낙의 의미로 고개를 끄덕였다.

"거절 못 할 거 알면서."

말이 떨어지자 따뜻한 입술이 해수의 아랫입술을 살짝 물었다가 놓았다. 서로의 입술을 천천히 머금다 마치 첫 키스인 양 조심스럽게 혀를 얽고 호흡을 나누었다.

"어쩌겠어. 난 너랑 있으면 충동 하나 조절 못 하는 사춘기 애새끼처럼 변해버리는데."

얕은 입맞춤을 여러 번 나누다 누가 먼저랄 것도 없이 입술과 입술 사이의 빈틈을 채우듯 고개가 꺾이고 둘의 입술이 진하게 포개졌다.

"하루에도 몇 번씩 네 생각을 해. 그럴 때마다 머릿속이 흐물흐물 녹아내리는 것 같아."

"……."

"가끔 이런 내가 무서울 정도야. 그러니까 조금만 더, 내가 널 느낄 수 있게…… 응?"

그렇게 말하면서도 지석은 서두르지 않았다. 다만 부드럽게 그러쥔 가슴 위로 입술을 내려 하얀 살결에 촘촘히 붉은 자국을 남겼다. 타액에 젖은 남자의 입술은 뜨겁고 촉촉했다. 서서히 아래로, 더 깊이 훑어 내려온 입술이 여린 살 속에 숨어 있던 정점을 부드럽게 흡착하듯 빨아들였다.

"……흐읏!"

시트를 쥐어짜듯 구겨 쥔 해수의 허리가 높이 들렸다. 롤러코스터의 최고점에서 아래로 불시에 곤두박질친 사람처럼 그녀는 붉은 입술을 열어 헐떡였다.

"하아, 지석 씨 제발…… 아아, 제발."

무엇을 애원하는 건지 알고 있었다.

그 역시 더는 참지 못하겠다는 듯 낮게 욕을 내뱉으며 허리를 세워 그녀의 허벅지 사이로 자리를 잡았다.

"후우."

숨을 고른 지석은 그녀의 한쪽 다리를 들어 어깨에 걸치며 다시 한번 딱딱해진 몸을 잡고 여린 살을 부드럽게 문질렀다.

"해수야."

이미 한 차례의 짧은 절정에 휩쓸린 해수는 대답 대신 힘겹게 시선을 마주하며 고개를 끄덕였다. 귀에서부터 목선을 타고 내려간 붉은 기운과 지석의 팔뚝을 쥐어뜯듯 움켜쥔 손짓만으로도 그녀가 얼마나 흥분했는지 알 수 있었다.

"아아!"

뜨겁고 흉포한 몸이 좁은 틈을 짓이기며 거칠게 밀고 들어갔다. 단번에 차오르는 압박감에 짧은 탄성이 둘의 입에서 동시에 튀어나왔다.

"후우…… 천, 천히 할게."

무릎 꿇은 채 발끝으로 시트를 밀어내며 그는 꽉 찬 내부의 굴곡이 그대로 느껴질 만큼 느리고 깊게 허리를 움직였다.

"기분 좋아?"

"아아…… 너무, 좋아."

여린 피부가 마찰할 때마다 들려오는 외설적인 소리가 커다란 자극으로 다가왔다. 소리가 점차 느리고 질척해질 무렵, 그의 등을 쥐어짜듯 움켜쥔 해수가 신음하며 애원했다.

"지석 씨, 조금만…… 조금만 더 빨리, 움직여줘."

"왜, 힘들어?"

몸을 조금 더 붙여 키스하며 다정하게 묻자, 해수가 괴로움에 점철된 표정으로 고개를 젓는다.

"아니…… 천천히 하니까 너무, 너무 심하게 느껴져서. 하아, 미치겠어."

"빨리 끝낼게."

"싫어. 빨리 끝내지 마."

"……젠장, 돌겠네."

그 역시 정점을 향해 치닫고 있었다. 이를 악문 지석은 힘겹게 입꼬리를 말아 올렸다. 그러고는 해수의 입술을 제 것으로 완전히 뒤덮었다. 신사답던 아까와는 달리 거침없이 속살을 헤집고 강하게 빨아들이며 가녀린 몸을 구기듯 끌어안고 미친 듯이 내달리기 시작했다.

"하아, 아아, 지석 씨, 아!"

압박감에 놀란 내부가 꽉 조여들자, 온몸의 근육이 경직되어 단단해졌다. 어느덧 한계에 다다른 지석의 미간에도 균열이 갔다.

"해수야, 그거 알아?"

격렬하게 들썩이며 길게 신음하는 해수의 귓가를 물어뜯듯이 깨문 그가 불꽃이 지펴진 눈동자로 아내를 꿰뚫듯 바라보았다.

"너 없이는 일분일초도 못 버텨……. 사실 내 머릿속엔 온종일 너밖에 없어."

쿵, 소리와 함께 침대 헤드가 부서질 듯 진동했다. 아래에서 위로 강하게 허리를 쳐올리자 단말마의 탄성과 함께 지석의 하복부가 움찔 경련했다.

아득한 정적이 한동안 이어졌다. 어둑한 구름을 가른 햇살 한줄기가 하나로 겹쳐진 인영 위로 뜨겁게 내리쬤다.

절정으로 물든 신혼, 아침의 시작이었다.

앨런의 집은 방콕의 청담이라고 불리는 신흥 부촌이었다.

그녀의 본거지는 홍콩이지만 지석과 공동으로 운영하는 여러 사업체와 사톤(Sathorn)에 있는 미술품 관리를 위해 방콕에 간혹 머무는 거라 했다. 홍콩에 있던 그녀는 두 사람이 태국에 왔다는 소식을 듣고 한달음에 달려왔다.

지석이 가장 편하게 대할 수 있는 사업 파트너라는 사실만으로도 해수가 앨런을 특별하게 생각할 이유는 충분했다. 채두식의 감시에서 벗어나기 위해 지석이 고전하고 있을 때 결정적인 도움을 준 것도 그녀였고, 정신적인 버팀목이 되어준 것도 그녀라는 걸 알고 있었다. 따라서 자주 만날 기회가 없더라도 앨런은 지석뿐만 아니라 해수에게도 좋은 사람, 그 이상의 의미였다.

삼엄한 경비를 지나 열대 나무가 빽빽하게 늘어선 길을 차로 올라가는 동안, 해수는 창문을 열고 쾌청한 공기를 폐부 깊숙이 들이마셨다.

"꼭 어릴 때 만화책에서 본 베르사유 궁전 같아. 집이 어쩜 이렇게 넓지?"

"마음에 들어? 우리도 이런 집 지어서 살까?"

"아니, 우리 둘만 사는 집인데 뭐. 지금 집도 너무 넓어서 감당 불가야."

스치는 바람결에 부드러운 머리카락이 살랑살랑 나부꼈다. 도망치는 바람을 잡으려는 듯 창밖으로 손을 뻗은 해수를, 지석은 귀엽다는 듯 바라보았다.

얼마 지나지 않아, 그리스 신전을 연상케 하는 기둥 위에 자리 잡은 상아색 저택이 웅장한 자태를 드러냈다.

싱그러운 초목으로 둘러싸인 정원에 들어서자마자, 목까지 올라온 암녹색 드레스를 차려입은 앨런이 격하게 두 사람을 반겼다.

"어서 와. 먼 타국까지 오느라 고생 많았네."

그러다 한 걸음 뒤로 물러서서 걱정스럽다는 듯 혀를 차며 해수의 얼굴을 자세히 들여다보았다.

"아유, 예쁜 얼굴 핼쑥해진 것 좀 봐. 어려운 시험 통과했다더니, 공부를 얼마나 했길래……. 안쓰러워라."

얼굴이 핼쑥한 이유는 나오기 직전까지 지석에게 괴롭힘당한 탓이었다. 하지만 다정한 얼굴로 한계까지 몰아붙이는 그를 원망할 수도 없었다. 곁눈질로 지석을 흘겨보며 앨런의 팔에 제 팔을 끼워 넣은 해수가 길게 뻗은 돌길을 향해 발을 떼며 칭얼거리듯 푸념했다.

"그러게 말이에요. 저 진짜 힘들어 죽는 줄 알았어요."

젊은 시절 사랑하는 이를 범죄 집단의 손에 잃고 평생을 혼자 지낸 앨런은 해수를 자식처럼 생각하며 살갑게 대했다.

"고생 많았어. 말만 해. 정 힘들면 내가 도와줄 수도 있으니까. 신념이 있는 건 칭찬받아 마땅한 일이지만, 적당히 주변 상황을 이용할 줄도 알아야지."

앨런이 찡긋 윙크하며 말하자 해수는 배시시 웃었다.

"아니에요. 그래도 레지던트 할 때보다는 앞으로 훨씬 덜 바쁠 거예요. 지석 씨랑 데이트할 시간도 많을 거고요."

448

"아이고, 말도 어쩜 이렇게 예쁘게 할까. 채 대표는 밥 안 먹어도 배부르겠어?"

해수의 등을 쓱쓱 쓸어내리는 손길이 다정했다. 그렇게 서로의 근황을 나누며 걷다 보니 돌길의 끝자락, 대형 바비큐 그릴이 마련된 목재 파고라가 보였다. 먼저 도착해서 고기를 굽고 있던 윤재와 임신 6개월에 접어든 그의 아내가 반갑게 손을 흔들었다.

"어서 와요!"

평소 가족 간 교류가 잦았던 탓일까. 상사의 휴가까지 기어코 따라온 윤재의 충성심은 그의 아내조차도 말리지 못했다.

"지석이 삼촌!"

파고라 옆, 수영장에서 물놀이를 하던 윤재의 첫째 아들이 한달음에 달려와 지석을 반겼다. 올해 6살이라고 했던가. 코뿔소처럼 힘이 넘치는 모습으로 달려온 아이를, 어느새 달려간 지석이 번쩍 들어 올리며 몸으로 격하게 놀아주고 있었다. 까르르, 숨이 넘어갈 듯 자지러지는 아이의 웃음소리가 싱그러운 정원을 가득 채웠다.

윤재의 아내, 민영이 부풀어 오른 배에 한 손을 얹고 아이를 향해 손짓했다.

"삼촌 그만 괴롭히고 이리 와서 고기 먹자!"

색색의 채소를 곁들인 바비큐가 커다란 접시에 산처럼 쌓여갔다. 몽글몽글 피어오르는 연기만큼이나 먹음직스럽게 느껴지는 바비큐 냄새가 오감을 자극했다. 시원한 생맥주는 물론 달콤한 와인과 탄산이 퐁퐁 터지는 샴페인까지. 푸르른 나뭇잎 사이로 들이치는 햇살과 기분 좋게 불어오는 바람마저도 완벽했다.

좋은 사람들과 함께하는 식사 시간은 보고 있는 것만으로도 해수의 마음을 풍족하게 만들어주었다.

어느덧 식사를 모두 마치고, 팔을 걷어붙인 남자들이 사용인들을 물리고 뒷정리까지 도맡았다. 앨런은 해수와 민영을 이끌고 채광이 좋은 거실로 자리를 옮겼다.

"선물 받은 건데 향이 참 좋더라고, 한번 들어봐. 아, 민영 씨는 임신 중이라 차로 준비했어요. 카페인 없는 거로."

널따란 대리석 테이블 위엔 독특한 풍미를 자랑하는 커피 두 잔과 루이보스 차가 핑거 푸드와 함께 준비되어 있었다.

"으음, 향이 정말 좋네요."

따뜻한 커피가 입안을 부드럽게 적셨다. 해수는 커피를 한 모금 마시면서 아이가 고사리 같은 손으로 자리를 정리하는 모습을 보았다. 감동적인 영화를 보는 것처럼 지켜보기만 해도 귀엽고 마음이 포근해지는 광경이었다.

"해수 씨…… 사실은 제가 오며 가며 들은 게 있는데. 대표님 말이에요."

그때, 조심스러운 민영의 목소리가 귓가로 흘러들었다. 흐뭇하게 미소 지으며 탁 트인 전면 창을 바라보던 해수가 고개를 돌렸다. 진지하게 궁금하다는 듯 눈을 깜빡이며 되물었다.

"음? 지석 씨가 왜요?"

그러자 해수에게 몸을 조금 더 붙인 민영이 괜히 주변을 쓱 둘러보며 입을 뗐다.

"아, 이게 심각한 건 아닌데, 그…… 이상한 소문이 좀 도는 것 같더라고요."

이상한 소문이라니. 남편에 대해 내가 모르는 일이 있다는 건가. 그렇다면 그는 왜 아무런 내색도 하지 않았던 거지? 내게 말 못 할 일이라도 있는 걸까.

거기까지 생각이 미친 순간, 해수는 심장이 철렁하고 내려앉는 걸 느꼈다. '소문'이라는 단어 하나만으로도 머릿속에서 생각이 이리저리 엉켰다.

담담함 속에 피어난 근심을 읽은 듯한 민영이 그녀를 안심시키듯 재빨리 본론으로 들어갔다.

"다른 게 아니라 두 사람 사이에 아이가 없는 것 때문에요. 가타부타 말들이 좀 많다고 들었어요."

민영의 말을 들은 앨런이 익히 들어 알고 있는 소문이라는 듯 고개를 끄덕이며 커피 잔을 들었다.

"사람들도 참. 결혼한 지 얼마나 됐다고 입들을 그렇게 대는 건지 원. 해수, 넌 신경 쓸 거 없다. 저 사람도 대수롭지 않게 생각했으니 말을 꺼내지 않은 거겠지."

아닐 거야, 해수는 느리게 숨을 삼키며 속으로 부정했다.

자신이 아는 지석은 아무리 머릿속이 복잡해도 그걸 겉으로 드러내지 않는 사람이었다. 따라서 모르면 몰라도 알게 된 이상 신경 쓰지 않을 수 없었다. 게다가 그는 어릴 때 부모를 모두 잃었다. 누구보다 가족이 주는 온기가 간절한 사람이란 뜻이다. 그렇지 않아도 입양이니 뭐니 뒷말이 무성한 그에게 아이 소식마저 없으니 호사가들이 얼마나 떠들어 댔을지 훤히 보이는 듯해 눈살이 찌푸려졌다.

해수의 얼굴이 딱딱하게 굳어가자, 괜히 말을 꺼낸 거라 자책한 민영이 얼굴을 붉혔다.

"회장님 말씀이 맞아요. 나도 그렇게 생각해요. 그렇지 않아도 바쁜 사람한테 내가 괜한 얘기를 했나 봐요."

자신은 그의 아내였다. 따라서 언젠가는 알게 될 이야기였다. 굳어 있던 표정을 환히 밝힌 해수가 미안해할 필요 없다는 듯 고개를 저었다.

"아니에요. 저 역시도 고민하던 문제였어요. 다른 일도 아니고, 가족 계획이잖아요. 진지하게 지석 씨랑 대화해봐야죠."

그녀 역시 마음 깊은 곳에선 아이를 가지기 적당한 시기가 언제일지 깊이 고민하고 있던 부분이었다. 하지만 아무리 생각해도 일하는 여성에게 아기를 가지기 적당한 시기는 없는 것 같았다. 대학병원 교수를 꿈꾸는 여성 의사의 경우 대부분이 미혼이었고, 기혼의 경우 대다수가 가진 고민이었다. 가뜩이나 임용의 기회가 드문 대학병원 교수 자리를 임신한 여성이 차지하는 건 불가능에 가까운 일이니까.

"흐음."

해수는 느리게 숨을 내보내며 창밖 너머로 시선을 뻗었다. 윤재의 아이를 어깨에 들쳐 멘 채 환하게 웃고 있는 지석이 보였다. 봄바람처럼 살랑거리던 마음이 갑작스레 무거워졌다.

그는 이 문제를 어떻게 생각하고 있을까. 해수는 그의 속마음을 짐작해보며 찬찬히 잔을 비워갔다.

모임이 끝난 후 지석은 이제 차를 출발시키려는 듯 핸들을 쥐면서 물었다.

"무슨 일 있었어?"

"아니."

"표정이 안 좋은데, 많이 피곤하면 호텔로 갈까?"

한번 문제를 인식하기 시작한 뇌는 과부하가 걸릴 때까지 작동을 멈추지 않았다. 이렇게 중요한 문제를 자신과 상의하지 않은 남편에 대한 서운함. 그런 와중에도 자신의 진로를 생각하며 적당한 시기가 언제일지 고민한 것에 대한 자괴감. 결국, 행복한 유년 시절을 보내지 못한 자신이 아이에게 사랑을 줄 수 있을까 하는 두려움에 휩싸이기까지 해서 머리가 터질 것 같았다.

왠지 지석의 얼굴을 보기가 힘들어서 해수는 삐걱거리는 로봇처럼 시선을 피하며 고개를 저었다.

"아니…… 괜찮아."

지석은 소리 없이 웃으면서 입술에 쪽, 소리가 나도록 키스해주었을 뿐 같은 말만 반복하는 해수에게 더는 묻지 않았다.

대신 얕은 입맞춤을 여러 번 하며 그녀의 굳은 얼굴을 풀어주기 위해 노력했다. 지석이 머리카락을 쓸어주면서 속삭였다.

"보고 싶었어."

"……우리 계속 같이 있었어."

"같이 있었던 게 아니라 같은 장소에 있었을 뿐이지. 난 너만 보고 있었는데, 넌 다른 사람들만 보고 있었으니까."

머리카락을 쓸던 손이 귓불을 쓸고 뺨으로 내려왔다. 출발하려던 것도 잊고 그녀를 향해 몸을 반쯤 기울인 지석이 얄밉다는 듯 해수의 볼을 쥐고 살짝 흔들었다.

"말했잖아, 나 사춘기라고. 나이가 많다고 해서 모두가 다 어른스러울 거란 생각은 하지 마."

"지석 씨는 이미 충분히…… 어른스러워."

지석의 얼굴에는 장난기가 남아 있었지만, 해수는 아까부터 전혀 웃지 않았다. 누가 봐도 할 말이 많은 것 같은 얼굴이었지만, 섣불리 입을 열 것 같지도 않았다.

대체 무슨 일이 있었던 건가.

손을 뻗어 해수의 벨트를 점검한 그가 서서히 차를 움직이며 말했다.

"야경이 괜찮은 카페가 있다고 해서 한번 가볼까 하는데."

그는 운전 때문에 술을 마시지 않았으나 해수는 은은하게 취기가 오른 상태였다. 물론 취한 모습도 귀엽긴 하지만, 술을 더 먹이면 안 될 것 같았다. 지석은 함께 가기로 한 루프톱 바 대신 카페로 목적지를 변경했다.

30분쯤 달려 그들이 카페에 도착했을 땐 이미 해가 뉘엿뉘엿 기울어져 땅거미가 짙게 깔릴 무렵이었다.

"지석 씨, 잠깐만. 우리 이야기 좀 해."

강 건너 불이 환하게 밝혀진 사원이 보이는 이색적인 카페 앞에서 해수는 문득 걸음을 멈추었다.

두 사람은 왓 아룬 사원이 훤히 보이는 차오프라야 강변을 함께 걸었다.

해와 달의 교차는 순식간이었다. 눅눅하던 공기에 미약하게나마 쾌적한 기류가 돌고 어스름하던 강물 위로 달빛이 비쳤다. 불야성처럼 휘황찬란한 사원이 시커멓게 일렁이는 강에 반사되어 황홀한 분위기를 자아내고 있었다.

"어릴 때…… 그런 생각을 한 적이 있었어."

선착장에서 출발하는 유람선을 따라 시선을 흘려보내던 해수가 문득 멈춰 서더니 입을 열었다.

"나중에 커서 아이를 낳게 되면 난 꼭 좋은 엄마가 돼야지. 하루에도 몇 번씩 숨 막히게 안아주고, 저 문을 나가면 다시는 못 볼 사람처럼 사랑을 표현해줘야지."

강 건너 사원에 잠시 닿아 있던 지석의 시선이 해수에게로 향했다. 이미 고개 돌려 그를 바라보던 해수가 반소매 니트 아래 드러난 지석의 굵은 팔뚝을 쓰다듬고 있었다. 대충 올려

묶어 흐트러진 연갈색 머리칼, 황금빛 조명에 비쳐 영롱하게 반짝이는 눈동자와 오밀조밀한 이목구비가 그의 시선을 사로잡았다. 하얗고 가지런한 이 사이로 언뜻 보이는 붉은 혀에 입맞추고 싶은 충동을 삼키며 그는 이어질 말을 기다렸다.

"그게 내가 꿈꾸던 이상적인 가족의 모습이었거든. 친구처럼 격 없고 장난기 넘치는 아빠, 다정하고 사랑 넘치는 엄마, 건강하고 활기찬 아이들, 늘 맛있는 음식 냄새와 아이들이 뛰어노는 소리로 가득 채워진 공간."

"좋네. 상상만 해도."

잠시 둘 사이에 정적이 일었다.

지석은 해수가 어떤 말을 하고 싶은 건지 이미 눈치챘다. 그러니 속마음을 들어줄 준비가 되었노라고, 안심시켜주기 위해 해수의 뺨을 손등으로 쓸어주었다.

"진심이야. 나도 미치도록 보고 싶어. 네가 상상하는 그런 모습들."

산들거리는 바람이 해수의 눈가를 시리게 훑고 지나갔다. 이어진 지석의 대답은 그녀의 머릿속을 괴롭히던 숱한 혼란을 단번에 쓸어갔다.

"나라고 왜 널 닮은 아이를 만나고 싶지 않겠어? 예쁜 아이와 함께 행복하게 살고 싶은 마음, 그 누구보다 간절한 게 바로 나일 텐데."

하지만 그의 말을 이해하면서도 사랑하는 이에게 의지가 되지 못했다는 사실이 여전히 해수를 괴롭혔다.

"그런데…… 왜 말 안 했어? 우리 사소한 일도 서로 터놓고 이야기하기로 했잖아. 내가 그렇게 못 미더웠어?"

"말할 기회가 없었어. 공부하느라 넌 얼굴 한 번 보기 어려울 만큼 바빴고, 그런 널 붙잡고 털어놓을 만큼 중요한 이야기는 아니라고 생각했으니까."

정말 아무것도 아니라는 투였다. 너무도 그다운 대답에 해수는 순간 말문이 막혔다.

짧은 정적 후, 붉어진 눈꺼풀 위를 그의 널따란 가슴이 덮듯이 감쌌다. 아이를 달래듯 커다란 손이 등을 쓸어내리자 해수는 그제야 참고 있던 숨을 작게 터뜨렸다.

"지석 씨는 여전히 모든 걸 혼자 짊어지려고 해."

"미안해. 네가 이렇게까지 신경 쓸 줄은 몰랐어."

마음의 짐을 조금이라도 덜어주려는 해수의 깊은 뜻을 그가 어떻게 모를 수가 있을까. 하지만 지석은 공적인 일을 사적인 영역으로 끌고 오는 걸 극도로 꺼렸다. 이유야 간단했다. 누군가에게 의지하다 보면 경계는 반드시 흐트러지기 마련이니까.

사건이 매듭지어졌음에도 그는 여전히 채씨 일가에 속해 있었고, 채두식이 떠난 자리를 메우라는 이사진의 압박은 계속되었다. 게다가 최근, 필리핀에 거주하던 채홍석의 행적이 묘연했다. 이런 상황에서 아이를, 그것도 빌어먹을 채 씨 성을 물려줘야 할 아이를 낳는다는 건 지석에게 있어 커다란 중압감으로 다가왔다.

"해수야."

원망하듯 말없이 바라보는 해수의 얼굴을 두 손 안에 가둔 지석이 입술 위에 진하게 키스했다.

"아기가 어떻게 아기를 키워. 넌 아직 너무 어려."

고작 5살 차이였지만 자라는 과정을 보아온 탓인지 그의 눈에 해수는 여전히 어리게만 보였다. 게다가 소맷자락 아래로 드러난 하얀 손목은 주사기 하나 드는 것조차 힘겨워 보일 지경인데 어떻게 저 가냘픈 몸에 아이를 품는단 말인가.

아직은 어림도 없는 일이지.

지석은 그녀의 뺨을 감싸고 있던 팔로 어깨를 쓰다듬고, 동그란 뒤통수를 당겨 안으며 달래듯 속삭였다.

"그뿐인가. 넌 아직 하고 싶은 것도, 이루고 싶은 것도 많지. 그렇게 성실한 네가 아이를 낳으면, 매사에 얼마나 애태울지 눈에 훤히 보이는데."

그러곤 바람에 흐트러진 잔머리를 넘겨주면서 이마와 콧등, 입술에 다시 여러 번 입을 맞췄다.

"그리고 난 아직 네 사랑을 누군가와 나눠 가질 준비가 안 됐어. 정확히는 내 사랑을 꼬맹이에게 나눠줄 마음이 없다고 봐야겠지. 너에게만 듬뿍 쏟기에도 늘 하염없이 부족하니까."

주춤주춤, 해수는 그가 이끄는 대로 끌려가 단단한 허리에 팔을 두르며 얌전히 그의 가슴 위에 뺨을 기댔다.

물론 그녀는 어리지 않았다. 사랑을 나눠 가진다고 해서 그 마음의 크기까지 줄어드는 건 더더욱 아니라고 생각했다. 하지만 한순간 상황에 휩쓸려 쏟아붙인 자신과 달리 그는 조금 더 현실적이고 이성적이었다. 그 어른스러움이 못내 섭섭하긴 했지만, 힘든 일이 차고 넘치는 건 사실이었다. 알면서도 쓸쓸함이 덜 삼킨 와인처럼 입안을 맴돌았다. 해수는 얕게 한숨을 삼켰다.

유람선 위에서 태국 전통 음식으로 배를 채우고 돌아온 두 사람은 샤워를 한 후, 스위트룸 내부에 마련된 영화 감상실로 향했다. 워낙 늦은 시간인 데다 루프톱에 가서 술을 마시기도 여의치 않아, 가볍게 영화를 한 편 보기로 한 것이다.

"여긴 야경이 보여서 분위기가 색다른 것 같아. 우리 와인 한 잔씩만 할까요?"

"그럴까."

메인 룸과 반대편 끝에 있는 영화 감상실에선 우뚝 솟아오른 마천루가 훤히 내려다보였다.

해수가 보고 싶어 했던 영화가 재생되고 10분쯤 지났을까. 지석이 주문한 와인과 늦은 시간 먹기에 부담 없는 안주가 서빙되었다. 악마가 만들었다고 알려진 와인은 그 명성답게 깊은 풍미와 부드러운 목 넘김이 예술이었다.

"졸리면 자. 안아서 옮겨줄 테니까."

홀짝홀짝 와인을 마시던 해수는 평소와 달리 영화에 영 집중하지 못했다. 급격히 말이 없어지나 싶더니, 이내 지석의 반소매 티셔츠를 걷어 올리고 그의 판판한 아랫배와 깊게 조각된 복근으로 거침없이 손을 뻗었다.

지석은 순간, 아랫배를 걷어차인 것처럼 움찔 경련했다. 뇌가 흔들릴 것만 같은 기분에 이를 악물었다.

"아니면 지금 침실로 갈까?"

말없이 눈만 끔뻑이던 해수는 굴곡진 피부 위를 손가락으로 조물거리면서 얄밉게 고개를 저었다.

설마 여기서 하자는 건가. 하지만 이곳엔 콘돔도 없었고, 보통의 성인 남자들보다 몸집이 큰 그가 아내와 사랑을 나누기에 적합한 공간도 아니었다.

그는 다시 한번 턱 근육에 바짝 힘을 주었다. 그녀의 손길한 번에 열이 올라 잔뜩 달아오른 몸을 어떻게든 갈무리하려 애썼다.

"그럼 어떻게 할까? 응?"

하지만 겁도 없이 몸을 붙여오며 아래로, 조금 더 아래로 과감히 움직이는 손을 보니 그조차도 쉽지 않다.

대체 어쩌란 말인가. 자신은 성인군자가 아니다. 눈만 마주쳐도 몸과 마음을 난잡하게 만드는 아내가 대놓고 유혹하는 걸 사양할 만큼 바보천치도 아니었다. 거칠게 몸집을 부풀리며 꺼떡거리던 몸이 어서 빨리 그녀에게 자신을 밀어 넣으라 사정하고 있었다.

"……후우. 해수야, 잠시만."

그때 지석의 팔을 베고 모로 누워 있던 해수가 서서히 상체를 들어 올렸다. 어둠 속에 드러난 지석의 얼굴을 유심히 바라보며 속삭였다.

"싫어. 오늘은 내 마음대로 할 거야."

"뭐?"

"지금 당장 안을 거라고."

　선전포고하듯 비장하게 대답한 해수는 지석의 허벅지 위에 올라타 입고 있던 슬립의 한쪽 어깨끈을 내렸다.

　뭐지. 이 묘하게 달라진 분위기는.

　지석은 고개를 살짝 기울여 해수의 눈동자를 꿰뚫을 듯 들여다보다 이내 포기했다.

"하아."

　얇은 파자마를 입은 탓인가, 천 하나를 사이에 두고 압박되는 부위의 자극이 아프게 느껴질 만큼 생생했던 탓이었다.

"……미치겠다, 너 때문에."

　필사적으로 힘을 억누르던 그는 슬립 밖으로 아찔한 굴곡이 드러나자 결국 백기를 들고, 티셔츠의 뒷덜미 부근을 잡아 단번에 벗어 던졌다.

"네가 먼저 유혹했어. 오늘은 새벽 내내 못 잘지도 몰라. 밤새도록 몰아붙일 생각인데, 그래도 괜찮겠어?"

　다른 날이라고 다를 건 없었지만, 오늘은 치미는 욕망의 크기가 달랐다. 어떻게든 저 예쁜 눈에서 물기를 쏟아내는 모습까지 봐야 직성이 풀릴 것 같았다.

"괜찮······."

해수가 위아래 입술을 꾹 맞물어 긴장을 삼켜내고 무어라 대답하기 위해 다시 입술을 열던 때였다. 한계까지 부풀어 뻐근한 허리를 벌떡 일으킨 그가 허벅지 위에 앉은 그녀의 가슴을 한 손으로 움켜쥔 채 뒷머릴 당겨 입술을 포갰다. 뜨거운 열기를 품은 남자의 혀가 무방비하게 벌어진 해수의 입술 사이로 거침없이 미끄러져 들어갔다.

"으음······."

"하아."

신사의 탈을 벗어 던진 지석은 목울대를 긁어대며 거칠게 신음했다. 숨이 턱 끝까지 차올랐는지, 해수의 목 안쪽 깊은 곳에서도 가쁜 호흡이 터졌다. 그렇게 조금씩 입술이 열리고, 맞물린 입술이 더 깊고 진하게 겹쳐졌다 떨어지길 반복했다.

미칠 것 같았다. 불을 품은 것처럼 덥고 또 더웠다. 한번 열이 오른 몸은 좀처럼 식을 줄을 모르고 맹렬하게 이성을 휘발시켰다.

"하······. 윤해수. 나 미치게 만들려고 작정을 했지."

두 팔과 몸을 꽉 껴안아 마주 보고 앉은 자세 그대로, 아래에서 위로 끝까지 파고든 그가 빠르게 드나들며 그녀를 금세 쾌락의 정점으로 끌어올렸다.

"아아!"

몰아붙이겠다는 그의 말은 거짓이 아니었다. 몇 번이고 자신을 스스로 놓아버릴 만큼 강한 자극에 맞물린 그녀의 속살이 왈칵, 뜨거운 물을 토해내며 수축과 팽창을 반복했다.

이대로는 위험한데.

전신이 녹아내리고 있었다. 마음이 급해졌지만, 지석은 가까스로 정신을 다잡았다. 콘돔이 있는 침실로 가기 위해 결박한 상태 그대로 해수를 번쩍 들어 올리려 하자 그녀가 황급히 다리를 감아 그에게로 밀착했다.

"싫어. 여기서 해. 그냥…… 하고 싶어."

세이렌의 노랫소리가 이토록 달콤했을까. 그 어떤 방해물 없이 서로의 가장 내밀하고 연약한 부위를 있는 그대로 느끼고 싶다는 강렬한 유혹이 뇌를 흐물흐물 녹였다.

지석은 심각하게 갈등하는 얼굴로 잠시 침묵했다. 만에 하나 아이라도 가지게 되면 어떡하나. 그가 아무리 신경을 쏟고 아이를 돌봐줄 사람을 여럿 붙인다 해도 결국 몸과 마음에 부담이 가는 쪽은 해수였다.

그런 고민을 읽은 걸까, 보채듯 허리를 뒤틀어 절정의 여운을 느끼던 그녀가 지석의 얼굴을 감싸 가까이 당겨 코끝과 입술에 키스했다.

"어서, 안아줘. 이대로…… 그냥 해요."

가늘어진 그의 눈에서 피어난 욕망에 탁, 불꽃이 점화됐다. 이성적 판단은 거기까지였다. 온몸을 태워버릴 듯한 열기를 그녀에게 쏟아 넣어 식히는 것, 그것 외에 다른 생각은 할 수가 없었다.

죽었다 깨어나도 오르지 못할 나무

2주간의 짧은 휴가가 지나고, 오늘은 해수가 펠로우로 근무하게 된 첫날이었다.

이제 막 개화를 시작한 매화가 올망졸망 핀 정문을 지나 서원대학교 병원의 로비로 들어서자 깔끔하게 조성된 음악 분수와 미니 정원이 시선을 사로잡았다. 신입생이 들어오는 특별한 날답게 이른 아침부터 가동 중인 분수에서는 날씨만큼이나 가볍고 경쾌한 클래식이 흘러나오고 있었다.

해수는 가슴을 가로질러 맨 체인 크로스백의 끈을 꾹 쥐며 의지를 다졌다. 천지 분간도 못 하고 날뛰던 인턴 시절부터 레지던트 4년 차까지, 자그마치 5년을 소똥구리처럼 굴러온 병원이었다. 분명 제집처럼 편안하고 익숙한 공간이건만 교수 임용을 향한 보이지 않는 전쟁은 지금부터 시작이었다. 외래 진료는 물론 병아리 레지던트 1년 차를 제 몸처럼 끼고 하나하나 가르쳐야 한다는 부담감에 어깨가 무거웠다.

하지만 좋은 점도 있지.

공부할 시간이 많아진다는 것과 다양한 수술을 접해볼 기회가 생긴다는 것에 대한 기대감. 게다가 급한 일이 아닌 이상, 사람 구실 못하고 좀비처럼 비실거리던 레지던트 때와는 달리 이제는 당직 날에도 집에 갈 수 있었다. 비로소 남편과 함께 보낼 온전한 일상을 상상하니 시작하기도 전에 삶의 질이 수직으로 상승하는 기분이었다.

"헤어진 지 얼마 안 됐는데…… 벌써 보고 싶네."

해수는 지난밤을 떠올렸다. 첫 출근을 앞둔 터라 일찍 자야 한다고 단단히 일러뒀음에도 하마터면 지석의 유혹에 속절없이 무너져 내릴 뻔했다. 광활하고 두꺼운 어깨는 물론 떡 벌어진 가슴과 거친 끌로 신경 써서 조각한 듯한 복근, 굵고 섬세하게 갈라진 허벅지 근육까지. 컨디션을 조절해야 한다는 결심과는 별개로 몸은 철저히 그의 손길과 혀에 녹아들어갔다.

지석을 떠올리자마자 그녀를 감싸고 있던 긴장의 끈이 탁 풀렸다. 동시에 뺨이 붉어지고 눈이 시릴 만큼 보고 싶어져서 자꾸만 입꼬리가 올라갔다. 아무래도 자신이 지석을 끔찍이 사랑하는 게 틀림없었다.

기분 좋게 엘리베이터에 올라탄 해수는 12층 버튼을 누른 후, 가방에서 핸드폰을 꺼냈다. '내 사랑'이라고 적힌 대화창을 열어 달콤한 대화 아래, 거리낌 없이 사랑을 표현했다.

> 나 출근했어요.
> 벌써 보고 싶은데 온종일 어떻게 버티지?

1이 사라진 자리를 다정한 메시지가 채웠다.

나도 그런데, 보러 갈까?

입꼬리가 수직으로 솟구쳤지만, 그러라고 할 순 없었다. 태국에서 돌아온 이후 지석은 밀린 업무로 인해 눈코 뜰 새 없이 바빴고, 제가 아는 남편은 입으로 뱉은 말은 꼭 지키는 남자였으니까.

아니, 꾹꾹 참았다가 저녁에 만날래.

그렇게 귀엽게 말하지 마.
뛰쳐나가고 싶은 걸 간신히 참고 있으니까.

넹!

엘리베이터 문이 열리는 소릴 들으면서 해수는 두 눈이 하트로 빛나는 복숭아 캐릭터 이모티콘과 함께 메시지를 전송했다. 답은 오지 않았지만, 근사하게 웃고 있을 얼굴이 머릿속에 그려졌다.

"야! 아까부터 뭘 그렇게 실실거리면서 들여다봐?"

짝! 등에 와닿는 매서운 손길이 상념을 깨웠다. 지석을 향해 달려가던 정신이 가까스로 붙잡혔다.

"아! 깜짝이야!"

함께 병원에 잔류하기로 한 서연이었다. 어제 낮에도 만나 함께 브런치를 먹고 수다를 떨었는데, 새로운 학기가 시작되

466

는 병원에서 펠로우 직함을 달고 만나니 감회가 새로웠다.

"또 남편님 생각했어? 밤새 같이 있다 와놓고도 그새 보고 싶냐?"

"그래, 아주 그냥 보고 싶어 죽겠다. 왜?"

만면에 미소를 띤 해수는 직원 전용 복도를 향해 힘껏 발을 내디디면서 핸드폰을 가방에 집어넣었다. 발그레한 해수의 얼굴을 보고 서연이 씁쓸하게 웃었다.

"하긴, 네 남편이라면 인정이지. 좋을 때다, 좋을 때야."

예나 지금이나 남녀 사이의 묘한 기류를 잡아내는 눈썰미 하나는 최고인 서연도 제 연애에는 젬병이었다. 잘생겼다 싶으면 얼굴값을 기똥차게 했고, 그렇지 않은 놈들은 꼴값을 떨며 그녀의 복장을 뒤집었다. 최근에 만난 남자와는 결혼까지 생각했으나 과한 예단을 원하는 시어머니가 문제였다.

씁쓸하게 내뱉는 투가 해수의 마음에 걸렸다. 해수는 괜스레 네 번째 손가락에 낀 결혼반지를 숨기듯 만지작거리며 화제를 돌렸다.

"사실은 긴장돼서 그래. 올해에는 얼마나 귀여운 후배들이 들어오려나, 싶어서."

"귀엽긴. 요즘 애들이 얼마나 당돌한지 몰라서 이래? 초장에 기를 콱! 꺾어놔야 해. 안 그럼 아주 네 머리 꼭대기에 올라서려고 할걸?"

"에이, 설마."

"하여간, 윤해수 불안하다, 불안해. 물러터져서."

아무리 물러터졌어도 고되기로 유명한 의대의 기강이 그리 쉽게 무너졌을 리 없었다. 해수는 그렇게 생각하며 시계를 들여다보았다. 오전 7시. 10시에 시작될 오리엔테이션까지는 시간이 넉넉하게 남았으나, 펠로우 출근 첫날인 만큼 자신도 새로운 일과와 업무에 익숙해질 여유가 필요했다.

"어, 늦지 않으려면 서둘러야겠다. 나중에 강당에서 보자!"

아까는 지석을 생각하느라 심장이 두근두근 터질 것 같았다면, 지금은 앞으로 일어날 의국 생활에 대한 기대로 가슴이 뛰었다.

"정신 똑바로 차려야지."

빳빳한 새 가운으로 갈아입은 해수는 '펠로우 윤해수'라고 적힌 명찰을 목에 걸며 병동을 향해 서둘러 발걸음을 옮겼다.

서원대학교 병원의 신관 건물 지하로 들어서자 호텔의 컨벤션 홀을 연상케 할 만큼 화려한 대강당이 모습을 드러냈다.

신입 레지던트 오리엔테이션

큼지막한 현수막이 강당 입구와 단상 위를 장식했다. 기다란 테이블이 양옆으로 둘러싼 강당 중앙, 신입 수련생들이 저마다 설레는 얼굴로 두리번거리며 서 있었다.

당직 일정표를 정리하느라 살짝 늦은 해수가 급하게 강당 안으로 들어섰다. 일렬로 줄지어 서 있던 인턴과 레지던트들이 우렁찬 목소리로 일제히 인사했다.

"안녕하세요, 선생님!"

"선생님, 2주 동안 푹 쉬셨어요?"

상기된 얼굴로 서 있던 신입 수련생들은 다소 의아하게 이 상황을 지켜보았다. 기껏해야 또래, 혹은 레지던트 2년 차보다 나이가 훨씬 적어 보이는 의사가 선생님이라고 불렸기 때문이었다. 늘 생글 웃는 듯 휘어진 눈매가 그녀의 앳돼 보이는 얼굴에 정점을 찍었다.

"응, 덕분에 마음 놓고 즐겁게 보냈지. 올해도 우리 잘해보자."

어깨를 가볍게 두드리며 내뱉는 투 또한 상냥하다. 레지던트 4년 차가 깍듯하게 존댓말을 쓰는 것으로 보아 적어도 펠로우 이상인 듯했다.

얼마 지나지 않아 과장 및 교수진들이 위엄 넘치는 모습으로 걸어와 단상 위로 올라섰다. 다들 자리를 채우고 앉자 진행을 맡은 외과 의국장이 인사를 하며 행사의 시작을 알렸다.

각 과의 과장이 나와 짧은 인사말을 하는 동안 불현듯 한 신입 레지던트가 손뼉을 짝! 쳤다.

"아아! 나 생각났어. 저 사람 그거다!"

"그거라니?"

"그 있잖아. WS그룹 깡패 새끼들 싹 밀어낸 입양아. 그 사람 와이프."

"아! 어쩐지. 그래서 눈에 익었구나. 나도 SNS에 떠도는 결혼식 사진 본 적 있어."

속닥이는 소리가 꽤 크게 들려오자 가장자리에 서 있던 이주혁이 성큼 걸어가 의자를 툭 차며 엄중하게 주의를 시켰다. 자연스레 사람들의 시선이 해수에게로 쏠렸다.

"저것들이 미쳤나."

"하지 마, 나쁜 뜻으로 하는 말들도 아닌데 뭐."

금방이라도 달려갈 듯 씩씩거리는 서연의 팔을 붙들며 해수는 시선을 돌렸다.

어느덧 단상 위에선 병원의 역사와 운영 시스템에 대한 PPT 자료가 발표되고 있었다.

해수는 자신을 처음 보는 사람들이 유명 인사를 대하듯 힐끔대거나 소곤대는 일에 이미 익숙해져 있었다. WS그룹 전체를 휩쓴 채씨 일가의 만행과 몰락, 그 중심에 선 두 사람이 세간의 주목을 받게 된 건 당연한 순서였으니까. 지석이 아무리 보호를 한다 해도 해수의 신상은 이미 드러난 후였다. 따라서 해수의 언니인 윤해인이 채씨 일가의 피해자라는 사실 역시 언론을 통해 보도될 수밖에 없었다.

……내 잘못이 아니야. 떳떳하지 못할 이유가 없어. 단단하게 마음을 다독이는 사이, 병원 소개가 모두 끝났다. 이어 한명 한명, 자기소개까지 마친 신입 수련생들은 각 의국장의 통

솔하에 자신이 몸담게 될 진료과 의국에 속속 모여들었다.

"선생님, 이번 신입 명단입니다."

의국으로 들어선 해수가 민혁에게서 건네받은 차트를 훑으며 답했다.

"응, 고마워."

"여행은 잘 다녀오셨어요? 아, 나도 해외여행 가고 싶다."

"너도 전문의 시험 끝나면 꼭 다녀와. 너무 좋더라."

그녀가 콧등을 찡긋하며 상큼하게 웃자 뒷줄 구석 자리에 선 신입 레지던트 이현이 큐피드의 화살이라도 맞은 양 욱신거리는 가슴 부근의 가운을 거머쥐었다. 강당에서부터 눈여겨본 해수는 머리끝부터 발끝까지 완벽한 자신의 이상형이었다. 유리구슬이 굴러가듯 차분하고 또렷한 목소리는 물론 심장에 해로울 만큼 환한 백만 불짜리 미소까지.

심지어 그녀가 자신을 이끌어 갈 펠로우라니! 이게 운명이 아니면 대체 뭐란 말인가!

똑똑—.

이현이 상상의 나래에 빠져 정신 못 차리는 사이, 노크 소리와 함께 짙은 남색 스트라이프 슈트를 빼입은 남자가 의국 문을 열고 들어섰다.

누구지? 저렇게 잘생긴 사람이 우리 병원에 있었던가?

이현은 숨죽인 채 남자를 바라보았다. 문짝만큼 키가 컸음에도 전혀 둔해 보이지 않는 체격을 가진 남자는 남성미가 흐르다 못해 숨 막히는 카리스마를 발산하고 있었다. 전면 창을 등지고 선 남자는 배경으로 보이는 도시 전체는 물론 그의 머리 위에 후광처럼 드리운 태양의 주인처럼 보였다. 적어도 병원에 큰 영향을 끼치는 높은 지위를 가진 사람임이 분명했다. 그때, 세상의 모든 것을 가진 냉혈한처럼 생긴 남자가 아무것도 가진 것 없는 사람처럼 해수를 향해 표정을 허물었다.

"바쁜데 내가 방해를 한 건가?"

해수는 의국에 들어선 남자를 보며 이현이 오늘 보았던 것 중 가장 예쁜 미소를 지었다.

"오늘 회의 있다고 하지 않았어요? 여긴 어쩐 일이에요?"

"보고 싶어서."

심지어 서로의 옷깃을 가볍게 스치는 스킨십마저 자연스러워 보였다. 이현의 표정이 단번에 굳었다.

보고 싶어서라니. 설마, 애인이라도 되는 건가?

퍽!

그때, 이현의 노골적인 시선을 목격한 동료 가희가 넋 놓고 있던 그의 팔을 팔꿈치로 쿡 치며 잇새로 속삭였다.

"야, 꿈 깨. 펠로우 쌤 결혼하셨어."

"뭐, 결혼?"

"나도 몰랐는데, 스테이션에서 주워들었어. 죽었다 깨어나도 오르지 못할 나무라고. 남편 장난 아니라더니 진짜였네."

이런 기분을 두고서 하늘이 무너진다고 하는 건가 보다. 고백 한번 해보지 못하고 걷어차인 이현이 망연한 시선을 들어 올렸다.

"이제 곧 점심시간이기도 하니까."

그렇게 말하며 소매를 걷은 남자는 P 브랜드 한정판 시계의 각진 몸체를 들여다보며 자신의 곁에 서 있던 남자를 불렀다.

"김 실장."

"예, 말씀하신 대로 근처 한우 맛집 예약해뒀습니다."

한우 맛집이라니. 의국 안에 있는 인원만 대충 세도 15명은 넘었다. 이것이 남자의 권위라는 것인가.

이현은 범접하기 어려운 카리스마에 짓눌려 있던 시선을 슬쩍 들어 남자를 노려보았다.

"……."

더럽게 잘생겼네, 젠장.

남자와 시선이 마주치는 순간, 이현은 반나절 간의 짧은 짝사랑을 끝내야 함을 절실히 깨달았다.

갑작스러운 점심 회식 후, 해수와 지석은 8층 VIP 병동과 연결된 하늘정원으로 향했다. 하늘하늘 아름다운 수선화는 물론 히아신스와 천리향까지, 이사장이 심혈을 기울여 조성한 갖가지 꽃들이 탁 트인 시야를 화사하게 물들였다.

마시고 있던 일회용 커피 잔을 나무 벤치 위에 올려둔 해수는 주위에 아무도 없는 걸 확인한 후 바로 뒤돌아 지석을 끌어안았다.

"아아, 너무 좋다. 향기도 좋고."

"향기만 좋고?"

해수는 배시시 웃으며 검지로 그의 얼굴 여기저기를 콕콕 누르며 말했다.

"그럴 리가 있겠어? 여기도 좋고, 여기도 좋고, 다 좋지."

남편에게는 그의 분위기와 꼭 닮은 특유의 향기가 있었다.

"지석 씨 머리부터 발끝까지 다 내 건데."

해수는 그의 겨드랑이 아래로 팔을 넣어 어깨에 손을 걸고 너른 품에 얼굴을 파묻었다. 욕심껏 향기를 들이마신 후에 고개를 들고 물었다.

"정말 나 보고 싶어서 온 거야? 화성에 간다더니."

"다녀왔지. 6시 출발, 왕복 3시간, 회의하는데 3시간, 도착 시각 12시. 한 치의 오차도 없이 정확하게 맞춰서."

그가 고개를 내려 해수의 얼굴에 입술을 비벼댔다. 사랑스러워 못 견디겠다는 듯, 코끝을 마구 문지르며 말을 이었다.

"보고 싶어서 견딜 수가 있어야지. 2주 내내 붙어 있었던 후유증이 이렇게 클 줄은 몰랐어."

"나도 그래."

마주 보고 웃으며 입을 맞추려는데 소란한 기척과 함께 하늘정원 입구에서 한 무리의 의료진들이 걸어오는 게 보였다. 일반 외과 레지던트들이었다. 한우로 든든하게 속을 채웠으니 소화라도 시키러 올라온 모양이었다.

뒤늦게 두 사람을 발견한 의국장 민혁이 서둘러 다가와 꾸

474

벽 허리를 숙였다.

"대표님 덕분에 포식했습니다. 대낮부터 한우로 회식한 과는 저희밖에 없을 거라면서 신입 애들이 엄청나게 자랑하고 다니더라고요."

지석이 해수의 어깨를 부드럽게 감싸 안았다.

"아내도 펠로우로 출근한 첫날이라 마음이 많이 쓰였습니다. 앞으로도 민혁 씨가 많이 도와줬으면 해요. 뇌물이라 생각해도 좋고."

"해수 선생님이 워낙 인기가 많으셔서 그런 걱정은 하지 않으셔도 됩니다! 저 아니라도 선생님이랑 같은 팀 되고 싶어 안달 난 놈들이 한둘이 아니라서요."

너털웃음을 터뜨리며 인사를 나누는데 어쩐지 뒷줄에 선 한 녀석의 날카로운 눈빛이 지석의 신경에 거슬렸다.

아, 그놈이군.

조금 전 의국에 들어선 순간부터 해수를 바라보던 묘한 눈길이 거슬리던 녀석이다. 같이 팀이 되고 싶어 안달 난 놈에 저 녀석도 있겠지. 누군가 그의 머리를 한 대 툭 친 것 같은 불쾌함에 지석이 미간을 구겼다.

아내는 아름답다. 인형인지 사람인지 분간되지 않는 외모는 물론 상냥한 목소리와 배려심 넘치는 성격은 누구에게나 호감을 줄 것이다. 어디 그것뿐일까. 귀여운 강아지를 연상케 하는 하얀 피부와 웃을 때 살포시 접히는 눈꼬리가 묘하게 색정적이라 늘 불안했다. 누군가, 이도현 같은 놈이 호시탐탐 해수를 노리고 음험한 손길을 뻗을 수도 있다고 생각하니 뒷골이 뻣뻣해졌다. 그렇다고 해서 의사에게 웃지 말라 할 순 없는 노릇 아닌가.

"아, 맞다! 선생님, 오늘 저녁에 전체 회식 있는 거 아시죠?"

이건 또 무슨 소리지?

고개를 돌린 지석이 대답을 요구하며 눈썹을 밀어 올리자, 그녀는 이미 알고 있는 이야기라는 듯 대수롭지 않게 말했다.

"그럼, 알고 있지. 우리 병원 전통이잖아. 첫날은 무조건 닭갈비에 소주!"

심지어 신이 난 듯 보이는 해수를 바라보면서 지석은 머릿속으로 빠르게 오후 일정을 계산했다. 스타트업 투자 유치 포럼에 참석해야 했고, 금감원장과의 간담회, 17시엔 주간 임원 회의가 있다. 빌어먹을, 아무리 머리를 굴려도 빠르게 퇴근할 방법이 떠오르지 않았다.

"지석 씨, 나 이만 내려가봐야 해. 조심히 들어가고 나중에 봐요."

"할 말, 더 없어?"

지석은 돌아서는 그녀의 팔을 다급히 붙들었다.

잡아당기는 힘의 반동으로 살짝 휘청거린 해수가 의아하게 눈을 뜨며 잡힌 팔을 내려다봤다. 둘만 있는 자리라면 모를까, 신입들이 빤히 쳐다보는 곳에서 그런 게 있을 리 없었다. 해수는 당황한 입술을 천천히 움직였다.

"음…… 무슨 말? 할 말 있어요?"

"아니, 뭐. 그냥."

무슨 말이라도 해야 할 것 같아 잡았을 뿐 그 역시도 할 말은 없었다. 지석은 적당히 얼버무리며 그녀의 팔목을 살짝 쥐었다 놓았다.

"나중에 보자고. 회식 때 술은 적당히 마시고."

"아아, 난 또 뭐라고. 알았어. 그럼 나 진짜 갈게. 조심히 들어가요!"

여기서 더 잡으면 윤해수 남편은 실없는 인간이라는 소리나 듣겠지. 과하게 먹은 것도 없는데 소화되지 않은 것처럼 갑갑한 기분, 지석은 실로 오랜만에 느끼는 거슬림을 발아래 짓이기며 몸을 돌렸다.

"그럴 리는 없겠지만, 혹시 싸우셨습니까?"

자신도 모르게 인상을 쓰고 있었던 모양이다. 뒷좌석에 올라탄 지석은 구겨진 미간을 수려하게 펴면서 태블릿을 집어 들었다.

"주간 회의 후에 일정이 있나?"

"회의 끝나고 임원들과 함께 저녁 식사하기로 하셨습니다."

"장소는?"

회전 교차로를 돌아 도로에 합류하던 윤재가 힐긋 돌아보며 대답했다.

"일식집 예약한 거로 알고 있습니다."

"취소해. 지금 때가 어느 땐데 일식이야."

"예? 저녁 식사를 취소하란 말씀입니까?"

말도 안 되는 핑계를 댄 지석은 잠시 차창을 열어 머릿속을 환기했다. 단지 해수를 향한 눈빛 하나만으로 지나치게 반응하고 있다는 생각에 어이가 없어 헛웃음만 나왔다.

— 사모님 주위를 맴돌던 놈들입니다. 결혼한 걸 몰랐다기에 경고만 주고 돌려보냈습니다만 예의주시할 필요는 있을 것 같습니다.

그간 이런 식으로 해수 모르게 걸어낸 놈들이 한둘이 아니었다. 그러니 신경이 쓰일 수밖에. 서늘한 공기를 힘껏 들이켜자 오랫동안 피우지 않던 담배 생각이 간절했다.

괜한 찝찝함을 안고 업무를 볼 순 없는 노릇이라 지석은 해수에게 전화를 걸었다. 헤어진 지 얼마 지나지 않아 전화가 온 게 이상하게 여겨졌는지 해수는 곧장 전화를 받았다.

[여보세요.]

"아직도 나한테 할 말 없어?"

뜬금없는 질문의 속뜻을 생각했던 모양인지 해수가 한 템포 느리게 질문했다.

[……무슨 일 있어?]

"내가 지금 좀 많이 불안해서 그래."

[갑자기 뭐가?]

"어째서 넌 갈수록 예뻐지는 거지?"

수화기 너머에서 안도한 숨소리와 함께 유리구슬처럼 맑은 웃음소리가 흘러들었다.

"이것 봐. 웃는 것도 사랑스럽잖아. 이러니 내가 초조할 수밖에."

[하, 자꾸 장난할 거면 끊어요.]

어이없다는 듯 웃음 섞인 해수의 목소리에 지석이 다급히 물었다.

"이번엔 누구 담당이야? 올해도 민혁 씨가 어시스트해주는 건가?"

슬쩍 떠보는 말에 해수는 담담한 목소리로 술술 대답했다.

[걔 바빠, 올해 4년 차라. 난 이제 1년 차 옆구리에 끼고 하나하나 가르쳐야지.]

"1년 차?"

[정이현이라고, 애가 되게 싹싹하고 귀여워.]

싸한 기분은 기우가 아니었다. 스치듯 눈에 새긴 놈의 이름을 듣는 순간 주먹이 꽉 쥐어지고 이마에 힘줄이 돋았다.

[여보세요? 지석 씨, 무슨 일 있는 거 아니지?]

"사랑한다고 말해줘. 그러면 다 괜찮아질 거 같으니까."

평소와 다른 기류를 느꼈는지 해수는 왜냐고 되묻지 않았다. 잠시 자리를 옮기는 듯 어수선한 소리가 들려오나 싶더니, 숨을 고른 그녀가 나긋이 속삭였다.

[사랑해. 태어나 지금까지, 앞으로도 내가 사랑할 사람은 맹세코 당신밖에 없어.]

자신이 더 사랑한다는 말로 화답한 그는 한층 홀가분해진 마음으로 전화를 끊었다. 해수의 말대로 그녀가 사랑하는 건 예나 지금이나, 언제나처럼 영원히 자신뿐이란 걸 알고 있다. 그러니 더욱더 싹을 잘라내야지. 어리고 멀끔한 놈이 해수에게 불순한 마음을 품도록 두고 볼 수는 없는 일 아닌가.

지석은 서늘하게 불어오는 봄바람으로 머리의 열기를 식힌 뒤 다시 창을 닫았다. 그러고는 경악한 얼굴로 통화를 엿듣던 윤재를 향해 간결하게 지시했다.

"닭갈비에 소주, 메뉴는 그걸로 해. 그게 당기니까."

퇴근 후, 서원대학교 병원 교수 이하 직원들이 닭갈비 집 테이블에 둘러앉았다. 매년 이 식당을 회식 장소로 고르는 이유는 간단했다. 수많은 의료진을 수용할 수 있을 만큼 넓고, 저렴하고, 맛있었으니까.

해수에게도 이 식당은 꽤 의미 깊은 곳이었다. 인턴 시절부터 서연이나 친한 동기 몇몇과 아지트 삼아 놀던 곳이었기 때문이다.

떠들썩한 테이블 위 널찍한 철판에 닭갈비와 양념, 양배추는 물론 곁들여 먹을 수 있는 각종 사리가 뒤섞여 자작하게 졸여지고 있었다. 지글지글 닭갈비 익는 소리가 미각을 더욱 더 자극했다.

침을 꼴깍 삼키며 철판을 뒤적이던 서연이 소주를 따라 해수 쪽으로 잔을 밀었다.

"수야, 대표님이 점심때 한우 쏘고 갔다면서? 나도 불렀어야지. 치사하게."

술은 적당히 마시라는 지석의 당부가 떠올라 해수는 소주 대신 사이다를 마시며 마른 목을 축였다.

"소문 한번 빠르네. 넌 너희 과 신입 챙겨야지."

그러자 서연의 옆자리에 앉아 있던 민혁이 믿을 수 없다는 듯한 목소리로 소곤거렸다.

"대표님은 같은 남자가 봐도 정말 매력적이세요, 아니 그렇게 바쁘신 분이 아내가 신경 쓰여 열 일 제쳐두고 달려왔다니. 이건 망상 속에서나 가능한 일 아닙니까?"

"너 몰랐어? 유니콘이잖아. 똑같이 눈, 코, 입 달렸다고 해서 너희랑 같은 종족이라 생각하면 곤란해."

서연의 대답에 사람들이 웃음을 터뜨렸고, 대놓고 남편을 추켜 올리는 말에 민망해진 해수가 할 수 있는 거라곤 그저 멋쩍게 웃는 일뿐이었다. 그때, 해수의 옆자리를 꿰차고 앉은 이현이 뒷머리를 긁적이며 말을 보탰다.

"그래도 외롭지 않으세요? 기업 경영하시는 분들 보면 대부분 그렇더라고요. 아내와 함께 있어 주지 못하는 시간을 돈으로…… 약간 해결하려고 하는?"

이현의 질문에 미간을 찡그린 해수는 고개를 저었다.

"글쎄. 남편이 워낙 바쁜 건 사실이지만, 그런 생각은 전혀 안 해봤어."

"그럼, 선생님은…… 불안하지 않으세요? 그렇게 멋진 남편이 어디서 뭘 하는지…… 뭐 그런 거 말이에요."

신입이 하기엔, 아니 누구의 입에서 나왔다 해도 다소 무례한 질문이었다. 하지만 둘의 사랑을 지켜봐 온 동료들과 달리 호기심에 찬 신입의 눈엔 그렇게 보일 수도 있겠다는 생각이 들었다. 술에 취해서 살짝 선을 넘은 거겠지, 정말 궁금해서 물어본 건 아닐 테니까.

그렇게 생각한 해수는 크게 한 번 숨을 집어삼키며 자신 있게 말했다.

"너도 봤겠지만, 남편은 외로울 틈을 주지 않는 사람이야."

그때였다. 드르륵 가게 문이 열리고 남색 스트라이프 재킷을 팔에 걸친 지석이 뭇 여성들의 시선을 사로잡는 근사한 자태로 들어섰다. 마치 영화 속 극적인 반전 장면처럼 모든 공기의 흐름이 그를 중심으로 흐르는 것 같았다.

"헐, 누구지? 연예인인가? 아니면 병원 관계자?"

여기저기서 선망 어린 시선이 오가고, 헛숨 집어삼키는 소리가 터졌다. 그를 처음 보는 이들이 보일 법한 반응이었다.

"뭐면 어때. 방금 내 마음속에 입주했어. 내가 찜했다고."

"찍으면 뭐, 너한테 눈길이나 줄까 봐?"

심지어 그는 혼자가 아니었다. 여의도 증권가에서나 볼 법한, 매끈한 남자들이 그의 뒤를 따랐다. 그를 중심으로 키가 큰 장정 여럿이 가게 안으로 들어서자 가뜩이나 비좁았던 공간이 꽉 찬 것처럼 느껴졌다.

반면, 해수의 머릿속엔 한시바삐 지석을 이곳에서 데리고 나가야 한다는 생각뿐이었다.

갑자기 여긴 왜 온 거지?

이미 모든 걸 알고 있는 동료들이야 상관없었지만, 그렇지 않아도 과도한 관심을 쏟는 신입생들의 시선이 부담스러웠다.

"다들 조용히 해. 윤해수 선생님 남편분이셔."

아니나 다를까, 누군가가 한마디 툭 던지자 가게 내부는 찬물이라도 확 끼얹은 듯 침묵으로 휩싸였다.

민망해진 해수는 재빨리 지석에게로 다가갔다.

그는 함께 온 동료들과 자리를 잡은 후, 황 교수와 주혁이 앉은 테이블에 다가가 친근하게 인사를 나누고 있었다.

"지석 씨, 나 좀 봐."

해수가 다가가 셔츠의 등허리 부근을 잡아당기자 힐끗 뒤를 돌아본 지석이 능청스럽게 말했다.

"나도 회식하러 온 거야. 신경 쓸 거 없어."

"나가서 얘기 좀 해. 여긴 보는 눈이 많아서."

"그럼 차로 가지."

그의 차는 식당에서 멀찍이 떨어진 공터에 주차되어 있었다. 윤재는 이미 퇴근한 건지, 자리를 비운 건지 보이지 않았다. 둘은 뒷좌석에 나란히 앉았다.

"뭐예요?"

상의 없이 들이닥친 그의 행동에 살짝 기분이 상한 해수가 존댓말로 말문을 열었다. 그의 입가가 느슨하게 늘어졌다.

"대체 아까부터 왜 그래요? 왜 안 하던 짓을 자꾸……."

유들유들한 태도가 얄미웠다. 해수가 그의 어깨를 툭 치며 나무라자, 묵묵히 흔들리던 지석이 몸을 완전히 틀어 그녀를 끌어당겨 안았다. 그제야 안심된다는 듯 가녀린 어깨에 입술을 묻으며 속삭였다.

"말했잖아, 불안하다고. 그래서 왔어. 윤해수 내 거라고 이마에 써 붙이러."

그러곤 더는 물러설 곳이 없을 데까지 해수를 뒤로 몰아붙였다. 거대한 문에 가로막힌 그녀가 급히 숨을 들이마시자 지석이 고개를 숙이며 짧게 한숨을 쉬었다.

"너랑 같이 팀 한다던 놈, 눈빛 못 봤어?"

해수는 조금 의외의 질문이라는 듯 미간을 찌푸리며 그를 바라보았다.

"같은 팀? 그게 누구…… 아, 정이현? 걔가 왜?"

헛웃음으로 지석의 어깨가 떨렸다. 그는 해수를 품에 가둔 채 시선을 맞추며 다시 느슨히 입꼬리를 올렸다.

"이러니 내가 마음을 놓을 수가 있나. 널 아주 발라 먹을 것 같은 눈으로 보던데."

"말도 안 돼. 이상한 소리 좀 하지 마. 그래서 감시하러 온 거라고?"

해수가 어이없다는 듯 웃으며 지석의 가슴을 밀어냈다. 물론 꿈쩍도 하질 않았지만. 외려 바짝 줄어든 거리에 그의 숨결이 뒤섞일 듯 가까워졌다.

지석이 시선을 끈질기게 맞춰오며 제 가슴 위에 놓인 해수의 손가락 사이로 자신의 손을 얽었다.

"아니, 보고 싶어서 왔어. 나도 내가 왜 이러는지 모르겠는데 온종일 네 생각만 나. 하루하루 지날수록 네가 미치게 더 좋아져. 이렇게 같잖은 질투까지 할 만큼."

꽉 잠긴 목소리로 다정하게 속삭인 그가 맥없이 벌린 입술 사이로 서서히 진입했다. 눈이 스르륵 감겼다.

여러 번에 걸쳐 천천히 각도를 틀어가면서, 젖먹이 짐승처럼 서로의 입술을 애달프게 찾았다. 이곳이 어디인지 자신이 지금 무얼 하고 있는지 판단이 흐려지기 직전, 해수는 눈을 뜨고 흐트러진 남편의 뺨을 소중하게 감쌌다.

"내가 지석 씨를 얼마나 사랑하는지 알면 그런 이상한 생각 못 할 텐데."

"알아, 알고 있어."

그렇게 대답하면서도 그는 여전히 생각이 많은 얼굴이었다. 해수의 엄지가 지석의 광대 위를 부드럽게 어루만졌다.

"알면서 뭐가 불안한데. 내가 지석 씨를 불안하게 했어? 난 그런 적 없는 것 같은데."

그녀는 지석의 머리를 감싸 자신의 가슴 쪽으로 꽉 끌어당겼다. 악몽을 꾼 아이를 달래듯 몇 번이나 어깨를 쓸고 다독였다.

"불안해하지 마. 나는 죽어도 지석 씨 못 떠나. 보물 상자를 내다 버리는 멍청이가 세상에 어디 있겠어."

"미안해. 나약한 모습 보여서."

그는 미안할지 몰라도 해수는 그의 나약한 이면을 엿보는 게 자신만이 가진 내밀한 특권처럼 느껴졌다. 아무도 모르는 얼굴, 자신만이 볼 수 있는 그의 흐트러진 표정. 모든 것의 주인인 듯 늘 당당한 그가 속내를 숨김없이 드러낼 수 있는 유일한 사람, 그게 자신이라서 정말 다행이라고 해수는 문득 생각했다.

"자! 다들 잔 채우셨습니까? 술 못 드시면 생수로 채우셔도 됩니다. 자자, 그럼 모두 준비된 거로 알고 파도타기 한 번 가겠습니다!"

민혁이 잔을 들어 단숨에 들이켜자 시계 방향으로 돌아가며 저마다 채운 잔을 비워가기 시작했다.

제 차례가 되자, 해수는 반쯤 채운 맥주를 대충 홀짝이며 대각선 방향에 앉은 지석을 향해 시선을 뒀다.

그는 한 손에는 방금 비운 소주잔을 들고, 또 다른 한 손으로는 넥타이를 느슨하게 끌어 내리느라 바빴다. 그 간단하고 별것 아닌 동작조차도 매혹적이고 근사했다. 소주병을 들어 다른 이의 잔을 채워주는 행동 또한 마찬가지였다. 병원 직원들과 어우러져 함께 술자리를 즐기는 동안에도 그는 도무지 무시할 수 없는 존재감을 뽐내고 있었다.

"그나저나 두 사람 말이에요."

지석의 옆에 앉아 잔을 받던 송주연 교수가 목소릴 낮추며 조심스럽게 덧붙였다.

"물론 부부가 알아서 할 일이란 건 알지만, 산전 검사 한번 받아보는 게 어때요?"

"산전 검사요?"

그렇지 않아도 임신에 대한 호기심을 놓지 못한 해수가 눈을 크게 뜨자, 송주연이 고개를 끄덕이며 설명했다.

"응, 일종의 임신을 준비하는 첫걸음이라고 보면 돼. 만에 하나 있을지도 모를 내 몸의 문제점을 미리 발견할 수도 있는 거니까."

"아아…… 문제점."

해수는 우려하듯 미간을 좁히며 고개를 끄덕였다.

지난 몇 년간, 언니의 죽음으로 마음이 너덜너덜한 상태에서 일과 공부를 병행하느라 체력은 한계에 달한 지 오래였다. 그 때문인지 생리 주기도 다소 불규칙했고, 빈혈 수치가 낮은 것도 임신 후엔 큰 문제가 될 수 있었다.

원한다고 해서 임신이 그렇게 쉽게 되는 것도 아닐 텐데 너무 안일했나?

아이를 가지고 싶다는 생각을 막연하게 가지고 있으면서도 제 몸은 하나도 준비가 되어 있지 않았다. 교수님 말대로 산전 검사부터 하고 영양제도 먹어가며 몸을 돌보는 게 우선일 것 같았다.

"그리고 해수야, 나 첫애 다 키워놓고 둘째 키우면서 교수 임용됐어. 그러니까 너무 겁먹지 말았으면 해."

커다란 벽을 마주한 듯 답답했던 마음이 조금 홀가분해지는 걸 느꼈다. 해수는 당차게 고개를 끄덕였다.

소중한 결실

1개월 후.

해수는 지난 한 달간 지석을 따라 열심히 운동을 다녔다. 새벽 운동은 도무지 체력이 따라주질 않았기에 아쉬운 대로 저녁 식사 후 함께 한강 변을 달리며 꾸준히 체력을 길렀다.

그간 바쁜 일과 때문에 거르기 일쑤였던 끼니도 꼬박꼬박 챙겼다. 기껏해야 컵라면으로 버티던 때와는 달리 한 끼를 먹더라도 제대로 된 식사를 했다. 아침마다 장홍댁이 챙겨주는 영양제도 부지런히 삼켰다.

그렇지 않아도 뽀얀 피부에 광이 났다. 오래 서 있어도 다리가 붓거나 아프지 않았고, 비실거리던 손목엔 제법 힘도 생겼다.

"서연아, 나 진짜 몸이 너무 이상해."

해수는 서연과 병원 커피숍 창가 테이블에 마주 앉아 푸념했다.

오전 7시, 이른 아침 시간이라 커피숍엔 밤을 새운 레지던트

몇몇만이 자리를 차지하고 있었다.

"밥 잘 먹고 체력도 좋아졌는데 뭐가 문제야? 어떻게 이상한데?"

대용량 아이스 아메리카노를 수액처럼 쭉 들이켠 서연이 그래도 잠이 깨지 않는다는 듯 눈을 끔뻑이며 해수를 보았다.

해수는 도톰한 입술을 꾹 다문 채 양쪽 손으로 목덜미를 주무르다가 어깨를 축 늘어뜨리며 중얼거렸다.

"자도 자도 피곤해. 글쎄 어제는……."

숨이 넘어가도록 한계까지 치받는 그를 끝까지 받아내지 못하고 중간에 잠들었다는 말은 차마 할 수 없었다. 해수는 테이블 위에 철퍼덕 엎드린 채 심각한 목소리로 빠르게 물었다.

"아무리 봄이라지만, 춘곤증이 너무 심해. 아차 하면 나도 모르게 잠들어 있다니까? 이거 기면증 그런 거 아냐? 검사 받아볼까?"

"그런 거라면 큰일인데. 갑자기 안 하던 운동을 해서 몸에 무리가 간 건 아닐까?"

운동이 체질적으로 안 맞는 사람도 있다던데, 서연의 말대로 자신이 그런 희한한 케이스일까, 설마.

해수는 한숨을 푹 내쉬며 창밖 너머로 시선을 돌렸다. 임신은 둘째치고, 체력이 좋아지는 게 피부로도 느껴져서 앞으로 꾸준히 운동하기로 마음먹었었다. 더구나 저녁 식사 후 남편과 의미 있게 시간을 보낼 수 있어 좋았는데, 운동이 몸에 맞지 않는다면 자신은 대체 뭘 해서 체력을 길러야 한단 말인가.

곰곰이 생각에 잠긴 해수를 바라보며 서연이 달래듯 말했다.

"너 오늘 산전 검사 하는 날이지? 교수님한테 일단 여쭤보고, 이상한 점 없다고 하시면 당분간 운동을 좀 쉬어봐. 그래도 이상하면 말해."

공부 외에 해수가 무언가에 몰두한 건 이번이 처음이었다. 그걸 못 하게 될지도 모른다니, 대체 원인이 뭘까.

창밖을 환하게 물들인 벚꽃이 해수의 기분을 한층 더 우울하게 만들었다.

빡빡한 오전 일정을 끝내고 집무실에 들어선 지석은 넥타이 매듭에 손가락을 걸고 끌어 내렸다. 골반에 손을 짚은 채 창문 앞에 서자 흐드러지게 핀 벚꽃 길이 모두 내려다보였다. 지석은 자연스레 지난밤을 떠올렸다.

— 해수야, 자? 정말 자는 거야?

버둥거릴 기운조차 남아 있지 않아 축 늘어진 적은 있지만, 관계하다 아내가 기절하듯 잠이 든 건 처음이었다. 분명 체력이 좋아진 걸 느낀다고 했는데, 자신이 보기엔 평소보다 훨씬 더 피곤해하는 것 같았다.

설마 어디 아픈 건 아니겠지. 그렇게 생각하면서도 걱정이 사그라지지 않아서 지석은 핸드폰을 꺼냈다. 하지만 외래 진료로 한창 바쁠 시간일 것 같아 통화 버튼을 누르려다 그만

두었다. 어차피 오후엔 산전 검사를 받으러 병원에 가야 했다. 차라리 빨리 나가서 해수에게 먹일 영양제라도 하나 사는 게 나을 것 같았다. 보면서 기운 낼 수 있는 선물도 하나 사고. 뭘 사야 할지 생각하다 보니 갑작스레 마음이 급해졌다. 지석은 윤재에게 전화를 걸어 차를 대기시키도록 일렀다.

뭐가 좋을까, 반지? 팔찌?

지석은 몸에 꼭 맞춘 잿빛 브리오니 슈트에 팔을 꿰면서 가늘고 긴 해수의 손가락을 떠올렸다. 바짝 깎아 모난 부분 하나 없이 깔끔하게 다듬어진 손톱과 툭 불거진 손목뼈 위로 곧고 우아하게 뻗은 팔까지. 그 어떤 장신구도 착용하지 않은, 담백한 차림새였다. 늘 청결함을 유지해야 하는 직업이니 당연하다 생각하면서도, 액세서리 보관함에 잠들어 있는 프러포즈 링을 떠올리면 머릿속이 조금 복잡해졌다.

"반지는 결혼기념일에 맞춰 주문해뒀으니 제쳐두고."

도둑질도 해본 놈이 한다고 했던가. 지석은 20대의 대부분을 해외에서 보냈다 해도 과언이 아닐 만큼 해외 출장이 잦았다. 하지만 해수 외에 누군가의 선물을 제 손으로 사본 적은 단 한 번도 없었다. 따라서 여자들이 좋아할 만한 선물을 고르는 판단력이 부족한 건 당연한 일이었다.

이제는 예쁜 걸 보면 해수가 떠올랐고, 맛있는 걸 먹으면 그녀에게 똑같은 걸 사다줘야 기분이 좋아졌다. 그것만으로도 그에겐 커다란 발전이었다.

"백화점 잠시 들렀다가 병원으로 이동하지."

"예, 대표님."

정말 마음에 들 만한 걸 주고 싶은데, 생각하며 차에 올라탄 지석은 고개를 뒤로 젖힌 채 머리카락을 쓸어 넘겼다.

병원에 도착한 지석과 함께 산부인과 진료실 앞 의자에 앉은 해수는 대기하는 내내 표정이 어두웠다.

"왜, 혹시라도 건강에 이상이 있을까 봐?"

지석이 어깨를 감싸 안고 토닥이자 해수가 걱정스러운 얼굴로 고개를 끄덕였다. 어지간한 일에는 동요하지 않는 그녀가 불안해하니 안쓰러워 죽을 것 같았다. 이런 상황에 산전 검사를 하는 게 맞는 건가 싶기도 하고.

"산전 검사는 미루고 건강검진부터 하는 게 어때?"

"오래 걸리지 않을 거래. 그리고 부인과 검진도 중요하고."

아무리 불규칙해도 2개월에 한 번은 해야 할 생리가 벌써 석 달째 감감무소식이었다.

"윤해수 님."

해수는 도살장에 끌려가는 소가 된 심정으로 진료실 안에 들어섰다. 지석이 심각한 얼굴로 그녀의 허리를 감싸 부축했다.

해수의 증상을 들은 송주연 교수는 간단한 초음파 검사 후, 한참 뜸을 들이다 해수를 바라보았다.

"요즘 많이 피곤하지? 자꾸 잠이 오고, 몸도 축축 처지고?"

"……네."

해수는 덜컥 겁이 났다. 단지 평소 하지 않던 운동을 과하게 한 탓이라 여겼는데 송주연의 표정을 보니 예삿일이 아닌 것 같았다.

"기초 체온이 높아. 몸에 몸살기도 있을 거고, 한동안 많이 힘들 거야. 윤해수, 마음 단단히 먹어야 해."

깍지 껴 잡은 해수의 손이 덜덜 떨리는 걸 느낀 지석이 긴장을 삼키며 서둘러 물었다.

"이 사람, 많이 안 좋습니까?"

금방이라도 그녀를 둘러업고 뛰쳐나갈 듯 지석이 재촉하자 송주연이 환하게 웃었다.

"축하해요, 임신 5주 차예요."

뜻밖의 소식에 놀란 두 사람은 입만 벌린 채 아무런 말도 이어가지 못했다. 아이를 가지려고 마음먹은 것도 아니었고, 단지 산전 검사를 하기 위해 왔을 뿐인데 임신 소식이라니. 어떻게 이런 일이 있을 수가 있나.

송주연이 산전 검사를 권유하지 않았다면 정말 오랜 시간 몰랐을 수도 있었던 일이라 생각하니 어깨가 움츠러들면서 소름이 확 끼쳤다.

"두 사람 그냥 보기에도 사이가 워낙 좋았으니까. 왜 아이가 생기지 않는 건지 걱정이 되더라고. 그래서 검사를 권했던 거였고."

"……감사합니다. 정말 감사해요."

의지와 무관하게 입술을 열고 나온 말이었다.

어떤 생각을 해야 하는 건지, 당장 어떤 표정을 지어야 할지도 몰랐다. 늘 외로움에 사무쳤을 그에게 화목한 가족을 만들어주는 것. 어쩌면 아주 오래전부터 이런 날이 오기만을 기다려 온 것 같단 생각이 든 순간, 해수의 뺨에 뜨거운 눈물이 흐르고 있었다. 어떤 말로도 표현할 수 없는 감정들이 폭풍우처럼 휘몰아쳤다. 그리고 그건 해수의 손을 꼭 쥐고 진료실 밖으로 나온 지석도 마찬가지였다.

서로의 얼굴을 보면 눈물이 멈추지 않을 것 같아 둘은 하늘정원에 도착하는 순간까지 눈조차 마주치지 않았다. 감정을 추스를 시간이 필요하단 듯 나란히 서서 멍하니 전방만 주시했다.

해수가 눈물을 멈춘 후에도 그는 한동안 커다란 손으로 입가를 넓게 문지르며 거친 숨만 몰아쉬고 있었다.

"축하해. 아빠 된 거."

침묵을 깬 건 해수였다. 그의 얼굴이 보고 싶어서 해수는 몸을 반쯤 돌려 섰다. 그는 이런 행위조차 그녀의 몸에 무리가 갈 거라는 듯 과하게 손을 뻗어 등을 받쳐주었다.

"오버 좀 하지 마."

안절부절못하는 행동이 재미있어서 해수는 언제 울었냐는 듯 그새 소리 내 웃음을 터뜨렸다.

"여기 우리 아이가 있대. 신기하지?"

해수는 여전히 아무 말도 하지 못하는 지석의 손을 이끌어 아직은 밋밋한 제 아랫배에 가져다 댔다.

"응, 신기해. ……뭐라고 말을 해야 할지 모르겠어."

그렇게 말한 그는 예쁘고 진귀한 것이라도 보듯 애틋하게 해수를 내려다보며 그녀의 아랫배를 정성껏 어루만졌다.

그러다 예쁜 손끝에, 하나하나 소중히 입을 맞췄다.

"미치겠다."

울컥하는 감정을 조절하는 데 실패하여 새끼손톱을 꽉 깨물고서 마지막에는 못 참겠다는 듯 해수의 양 뺨을 꽉 붙들고 진하게 입을 맞췄다.

"나는 세상에서 제일 행복한 놈이야. 네가 날 그렇게 만들어."

그 절제된 말과 행위에서도 해수는 자신이 넘치도록 사랑받고 있음을 절실히 느꼈다.

이어 손을 여러 번 쥐었다 편 그가 한층 격앙된 숨소리를 거칠게 내뱉으며 머리카락을 마구 흐트렸다.

"지금 마음 같아선 너 안고 길에서 미친 듯이 소리 지르면서 뛰어다니고 싶어."

해수가 눈을 반달처럼 휘며 웃음을 터뜨렸다.

"그렇게 좋아?"

"그냥 기분이 이상해. 막 가슴이 간질간질한 것 같기도 하고……. 아!"

다른 사람들의 시선에도 아랑곳하지 않고 해수의 볼에 마구 입을 맞추던 그가 돌연 탄식을 터뜨리더니 안주머니에서 녹색 케이스를 꺼냈다.

"네가 너무 보고 싶고, 사랑스러워서 급하게 산 건데 어쩌다 보니 특별한 선물이 돼버렸네."

그의 손에 들린 건 네 잎 클로버 모양의 펜던트 안에 다이아 몬드가 촘촘히 박힌 디자인의 목걸이였다. 해수의 눈가가 붉어졌다. 늘 변함없는 사랑을 전해주려는 그로 인해 하루하루가 감동의 연속이었다.

"이건 절대 빼지 않기로 약속해. 윤해수 내 거라고 점 찍어 둔 거니까."

돌아보라는 그의 손짓에 해수는 머리카락을 앞으로 넘기며 그에게 등을 보였다.

하얀 목선을 손으로 어루만진 지석이 마침내 반짝이는 목걸이를 그녀의 목에 걸곤, 다시 돌려세웠다. 매끈한 이마 위로 따뜻한 입술이 포개졌다. 지석이 나긋하게 속삭였다.

"고마워, 그리고 말로 표현하기 어려울 만큼 사랑해. 진심으로."

세상에서 가장 뜻깊은 선물을 받은 두 사람의 얼굴 위로 행복이 가득 넘쳐흘렀다.

그로부터 7개월 후.

울긋불긋한 낙엽이 발밑에서 바스락거리는 초겨울, 바람이
선선했다.

몸보신하러 가자던 지석이 차를 멈춘 곳은 석양이 내리쬐는
언덕 위, 높은 담벼락으로 둘러싸인 이태원의 저택 골목이었
다.

해수의 연갈색 눈동자가 호기심 어린 시선으로 주변을 둘러
보았다.

"와, 예쁘다. 이런 데도 식당이 있어?"

해수는 임신을 확인한 그때부터 지독한 입덧에 시달렸다.
평소 좋아하던 음식은 물론 물 말곤 아무것도 먹을 수가 없
었다. 그게 미칠 듯이 안타까워서 지석도 함께 굶었다. 그러
지 말라고 해도 해수 앞에선 절대 음식을 입에 대지 않았다.
임신 중기에 이르러서야 입덧이 완화되었고, 막달에 접어든 지
금은 병원에 출산 휴가를 내고 일부러 맛집만 골라 다닐 만큼
컨디션이 회복되었다.

"이리 와봐."

지석은 해수의 허리를 감싸 안고 조심스레 조수석에서 내리
게 했다. 가느다란 발목으로 지탱하기엔 버거워 보이는 배를
안쓰럽게 바라보며 함께 길을 걸었다.

"여기야."

지석의 말에 해수는 고개를 갸웃거리며 눈앞의 주택을 올려
다봤다. 철옹성으로 둘러싸인 듯한 높은 담벼락 탓에 안이 잘
보이지는 않았지만, 앨런의 방콕 저택을 연상케 할 만큼 웅장

한 건물인 건 한눈에도 알 수 있었다.

"여기가, 식당이라고?"

끼익, 아무리 봐도 레스토랑처럼 보이지 않는 견고한 대문이 묵직하게 열렸다. 그 소리를 듣자 저도 모르게 가슴이 두근거리기 시작했다.

"들어가자."

해수는 지석의 손에 이끌려 정원을 향해 발을 들였다. 싸늘한 바깥과는 다른 공기가 느껴졌다. 분명 온도는 같을진데, 마치 봄이 온 것처럼 포근하고 따스한 향기가 온몸을 휘감았다.

"여기는……."

석양으로 붉게 물든 크림색 건물 앞 정원에는 야트막한 수영장과 모래 놀이터도 만들어져 있었다. 봄이 오면 활짝 꽃을 피울 나무들과 함께, 마치 그들의 소중한 결실을 두 팔 벌려 기다리듯이.

"해수야, 내가 인생에서 처음으로 가졌던 목표가 뭔지 알아?"

그가 나지막한 목소리로 입을 열었다. 해수는 눈물이 그렁그렁해진 눈으로 그를 올려다봤다. 그가 말을 이었다.

"너를 지켜주는 것, 그리고 더 나아가 동화 속 공주님과 왕자님처럼 오래오래 행복하게 사는 것."

몸을 돌려 해수와 마주 본 그가 팔을 뻗어 그녀의 얼굴을 어루만졌다.

"네 마음을 얻어 결국 사랑에 빠졌고 너를 사랑하고 나서야

난 내가 진정으로 원하는 게 뭔지 알게 됐어."

"……지석 씨."

"너와 나, 그리고 앞으로 태어날 우리 아이들이랑 여기서 오래오래 행복하게 살자."

"동화 속 이야기처럼?"

"마르지 않게, 끊임없이, 후회 없이, 사랑한다고 말해주면서."

해수는 얼굴에 닿은 지석의 손에 자신의 손을 겹쳤다. 고개를 기울여, 그녀의 이마에 입술을 묻으면서 그가 속삭였다.

"고마워. 날 더는 외롭지 않게 해줘서. 그리고 미안해. 너무 오랫동안 돌아온 것 같아서."

눈가로 흐른 눈물이 뺨을 적시고 있었다.

해수는 그가 늘 해주는 것처럼 두 손으로 얼굴을 쥐고, 그를 끌어당겼다. 물에 젖은 따뜻한 입술에 정성스럽게 입을 맞추자, 아이가 뱃속에서 함께 놀아달라 발길질을 했다.

따스하고 또 세상을 다 가진 것처럼 행복했다.

환하게 웃음을 터뜨린 두 사람의 머리 위로 황금빛 저녁노을이 아름답게 내려앉았다.

〈끝〉

작가 후기

이 소설의 초고를 쓰기 시작할 무렵, 저는 극심한 코로나 우울증을 겪고 있었습니다. 세상이 나를 괴롭히는 것 같고, 모든 일에 의욕이 없었어요. 그럼에도 완벽을 추구하는 성격이 지친 육신과 메마른 감정을 좀먹어가는 악순환이 반복됐습니다. 더욱이 초등학교에 입학해야 할 8살짜리 남자아이와 집안에 갇혀 온종일 부대낀다는 게 생각처럼 호락호락한 일은 아니었어요.

평생 쓸 기력의 상당량을 아이를 돌보는 데 소진한 저는 이대로는 위험하단 생각 끝에 기다란 책상 하나를 사서 거실에 두게 됩니다. 그리고 아이가 책을 읽는 동안, 마주 보고 앉아 난생처음 웹소설이라는 것을 쓰기 시작했어요.

가장 먼저 했던 일은, 지극히 제 취향인 남주 캐릭터를 설정하고 할 말은 곧 죽어도 해야 하는 평소 제 성격을 녹여 지석이와 해수라는 주인공을 만들어 내는 일이었습니다. 처음 설정한 지석이 캐릭터는 조폭 집안에 입양되어 집안의 자금줄을 담당하는 인물답게 입도 마음도 아주 많이 거친 남자였습니다. 제 글만큼이나요.

그렇게 10화가량, 괴발개발 쓴 초고로 '조아라'와 '네이버'에서 무작정 무료 연재를 시작했습니다. 잘되고 말고, 그런 생각조차 없었어요. 단지 제 취향으로 버무려진 소설을 읽고 싶었고, 아무것도 모르던 그때는 제가 쓴 글을 누군가가 읽어준다는 게 신기했으니까요. 하지만 놀랍게도 반응이 나쁘지 않았습니다. 글을 올리면 순위에 올랐고 출판사로부터 계약하자는 제의도 심심찮게 받기 시작했어요.

처음 연애를 시작하는 사람처럼 가슴이 설렜지만 저는 '이런 글을 출판한다는 게 가능한가?' 싶어, 끊임없이 자신을 검열하고 수정을 거듭하면서 연재를 꿋꿋이 이어갔습니다. 그런 제게 자신감을 심어준 것은 글을 올릴 때마다 열렬한 반응을 보여주신 독자님들이었습니다.

그리고 병아리 작가의 허접한 멘탈을 다잡아 주신 테라스북, 담당 피디님의 케어도 큰 영향을 끼쳤습니다. 첫 소설로 웹툰까지 제작하게 된 행운 역시 테라스북을 만나지 않았다면 불가능했을 테고요.

일에 치여 바쁘면서도 틈틈이 아들을 데리고 나가준, 배려심 깊은 순둥이 남편에게도 살포시 감사 인사를 전해봅니다.

마지막으로 사랑둥이, 이제 10살이 된 애교 넘치는 아들에게는 미안함이 앞서네요. 엄마의 뒤늦은 자아실현을 응원해 주는 속 깊은 배려에 늘 고맙고, 세상에서 제일 사랑한다는 말 전하고 싶어요.

하지만 아직 엄마 소설을 읽는 건 안 된단다.

이 소설은 첫 작품이기도 하지만, 여러 의미에서 제 인생 최고의 작품이기도 합니다. 아직은 작가라는 이름이 못내 쑥스럽고 첫 문장과 끝 문장 쓰는 게 여전히 너무도 어렵지만, 저는 계속해서 사랑 이야기를 쓸 생각입니다.

그러니 어디선가 '구늘봄'이라는 작가명을 보게 되면 부디 친구처럼 반가워해주세요.

부족한 소설을 끝까지 읽어주신 독자님들의 인생에 '봄'처럼 화사한 날들만 계속되기를 바라며 이만 글을 마칩니다.

미치도록 원하는 2

초판 1쇄 인쇄 2023년 3월 21일
초판 1쇄 발행 2023년 4월 15일

지은이 구늘봄 ∣ 펴낸이 강성욱 ∣ 책임 기획 전주예 ∣ 일러스트 김스타
디자인 김한솔 ∣ 기획 편집 이진영 손효은 강채림 ∣ 교정 서진영 손효은
펴낸곳 테라스북 ∣ 등록 제 2022-000073호
주소 (04799) 서울특별시 성동구 아차산로 17길 26, 301호 (성수동2가, 규장각빌딩)
전화 070-4794-5826 ∣ 팩스 0505-911-5826
블로그 https://blog.naver.com/terracebook ∣ 전자우편 terracebook@naver.com
ISBN 979-11-6728-289-7(04810)
ISBN 979-11-6728-287-3 (SET)